KB038091

내 남편이
너무 귀여워서
곤란하다

fio
ret

내 남편이 너무 귀여워서 곤란하다 4

초판 1쇄 인쇄 2019년 12월 9일
초판 1쇄 발행 2019년 12월 30일

지은이 Rana
발행인 오영배
편집 편집부
표지·내지디자인 오정인
제작 조하늬

펴낸곳 (주)삼양출판사 · 피오렛
주소 서울시 강북구 도봉로 173
대표 전화 02-980-2112 / **팩스** 02-983-0660
편집부 전화 02-987-9393 / **팩스** 02-980-2115
블로그 blog.naver.com/dan_gul
출판등록 1999년 3월 11일 제9-00046호.

ISBN 979-11-283-9751-6 (04810) / 979-11-283-9747-9 (세트)

fioret 은 (주)삼양출판사의 로맨스 판타지 문학 브랜드입니다.

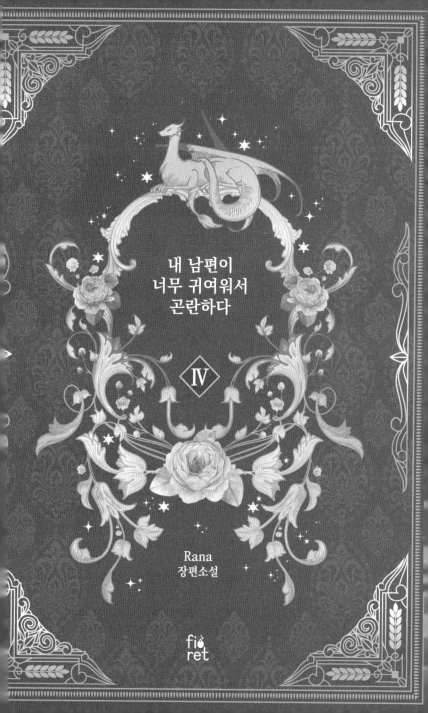

내 남편이
너무 귀여워서
곤란하다

IV

Rana
장편소설

fioret

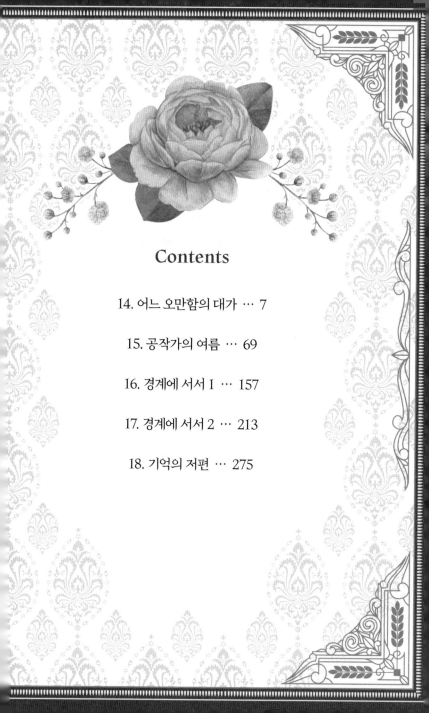

Contents

14
어느 오만함의 대가

늦봄도 천천히 흘러가고 이제 초여름이었다. 북부는 날씨가 서늘한 편이었기에 아직까지는 그리 덥지 않았다.

하지만 뺨을 스치는 바람은 이미 미지근해진 지 오래였고, 머리 위로 내리쬐는 햇빛 또한 점차 그 열기를 더해 갔다.

그리고 그 여름, 이엘리는 짧은 고민에 빠져 있었다.

'살롱이라.'

지금껏 북부 사교계의 중심은 로렌 백작 부인의 살롱이었다. 백작 부인은 황가의 신뢰와 헤센바이츠 공작의 외숙모라는 지위를 믿고 마음껏 귀부인들 사이에서 군림해 왔다.

원래대로라면 북부의 안주인이 되어야 할 헤센바이츠 공작 부인이 자리를 비운 지 오래이기에 더욱 그랬었다.

'솔직히 난 살롱 자체에 별로 관심이 없긴 하지만.'

하지만 이제 그녀는 제국 유일의 공작 부인이자 자카리의 아내였다. 그녀가 관심이 있건 관심이 없건 간에, 살롱은 귀부인들의 자존심이자 사교의 장이다.

또한 보통 그 지역에서 신분이 가장 높은 귀부인은 레이디들이 지속적인 사교생활을 이룰 수 있는 자리를 만들어 내곤 했다.

'귀부인의 의무이자 권리, 라.'

이엘리는 두 눈을 가늘게 떴다. 아마 로렌 백작 부인은 자신의 살롱이 가지고 있는 위치를 빼앗기지 않으려 아등바등할 것이다. 이엘리가 언제쯤 살롱을 열까, 호시탐탐 견제하고 있겠지.

'이왕 살롱을 연다면, 그 살롱으로 뭔가를 할 수 있지 않을까?

긍정적인 이미지를 만든다든지. 뭔가 좋은 방법, 없나? 그녀는 미간을 좁히며 고민에 빠졌다.

'다른 사람은 몰라도…… 로렌 백작 부인만큼은 어떻게든 하고 싶단 말이지.'

백작 부인과의 기나긴 악연을 떠올리던 그녀는 문득 창밖을 내다보며 눈을 깜빡였다.

"아, 비 오네?"

토독, 토도독.

가느다랗던 빗줄기는 금세 굵어졌다. 초여름 소나기였다. 그녀가 미간을 좁혔다.

"자카리가 우산이 있었던가?"

어차피 마차를 타고 오긴 할 테지만, 현관까지 들어올 때 비에 젖을지도 모른다.

솔직히 그녀가 아니라도 휘하 사용인들이 우산 정도는 챙겨다 주겠지만, 그래도 역시 사람 마음이란 게…….

"……좋아. 자카리를 데리러 가자."

어차피 그녀가 계획하고 진행하고 있던 일이 어떻게 진척되는지를 확인하기 위해서라도, 행정청에도 한번 들를 생각이었다. 몸을 일으킨 이엘리는 밖으로 나섰다. 빗줄기가 꽤나 거셌다.

"세상에."

쏴아아― 소리와 함께 비가 쏟아졌다. 빗물 냄새와 흙냄새가 뒤섞인 여름 특유의 소나기 냄새가 났다. 그녀는 종종걸음으로 마차로 향했다. 우산을 받쳐 든 메리가 걱정스럽게 입을 연다.

"이렇게 비가 오시는데 행정청에 가시려고요?"

"응, 자카리는 우산이 없을 거 아니야."

"하지만 사람을 따로 보내셔도 될 텐데."

"내가 자카리를 보고 싶어서 그래."

씩 웃으며 그렇게 대답하자, 메리는 그럴 줄 알았다는 얼굴이 되어 이엘리를 배웅해 주었다.

"그럼 다녀오세요, 마님."

"……그렇게 순식간에 납득할 필요는 없어, 메리."

"하지만 진심이실 테니까요."

너무 당연하게 받아들이는 거 아냐? 그녀는 입 안으로 불평을 터뜨리며 마차에 몸을 실었다.

*   *   *

행정청에 있던 자카리는 창문 밖을 바라보았다. 비가 시원하게 쏟아지고 있었다. 초여름 소나기이긴 하지만, 하늘이 꽤나 어두운 것이 금방 그칠 것 같지는 않다.

'어?'

자카리는 미간을 좁히며 유리창 너머를 응시했다. 마차 한 대가 비를 뚫고 달려와 행정청 앞에 섰다. 펼친 우산 아래로 살랑거리는 머리카락 색깔은 아샤 꽃을 닮은 분홍색이다.

"이엔?"

이렇게 비가 오는데 여기까지 찾아왔단 말이야? 자카리는 황급히 밖으로 나섰다. 막 마차에서 몸을 내리던 이엘리가 두 눈을 동그랗게 떴다. 반색을 한 이엘리가 반가운 목소리로 외쳤다.

"자카리!"

"네가 여기는 웬일이야?"

"비도 오니까, 우리 남편 모시러 왔지."

이엘리는 생글생글 웃었다. 자카리는 그녀 손에서 우산을 빼앗아 들고 그녀 쪽으로 기울였다.

"자카리, 어깨가 다 젖는데."

"네가 젖는 것보다는 나아."

"그렇게 말하면 내가 데리러 온 의미가 없잖아."

이엘리는 입술을 삐죽거리며 우산을 다시 자카리 쪽으로 밀었다. 행정관들이 밖으로 나왔다.

"어서 오십시오, 공작 부인."

"다들 반가워요. 일은 잘 진행되고 있나요?"

자카리만 데리고 금방 돌아갈 생각이었기에, 이엘리는 우산 아래에서 행정관들에게 질문했다.

"예. 서면으로도 보고서를 올렸습니다."

"아, 그건 봤어요. 괜찮은 것 같긴 하더라고요. 그런데……."

눈을 가늘게 뜬 이엘리는 고개를 모로 꼬았다. 행정관들이 의아한 얼굴을 했다. 재차 묻는다.

"다른 건 다 괜찮은데, 굴 양식 사업에 관련하여 좀 궁금한 점이 있어서요."

"굴 양식 사업이요?"

"네."

이엘리의 곁에 서 있던 자카리가 고개를 갸웃거렸다. 이엘리는 낭랑한 목소리로 말을 이었다.

"행정관들이 보내 준 보고서들은 항상 잘 읽고 있어요. 그런데……."

"예, 공작 부인."

"지원 사업에 선정된 사람들을 좀 더 까다롭게 추려야 할 필요성이 있는 것 같아서요."

그리고 행정관들은 약간 긴장한 얼굴을 했다. 이엘리는 기본적으로 온화한 성격이었지만, 일에 있어서는 꼼꼼하고 가차 없는 성격이기도 했던 터다. 그녀는 단호한 어조로 말을 맺었다.

"이 사업은 북부의 어민들을 지원하기 위한 사업이니까요."

"명심하겠습니다."

"혹시 부정을 저질러 예산을 타 간다거나 하는 일은 없었으면 좋 겠어요. 알겠죠?"

이엘리는 다시 한 번 힘을 주어 말했다. 진지한 낯이 된 행정관들 은 고개를 끄덕이며 답했다.

"살펴보겠습니다, 공작 부인."

"고마워요."

인사를 남긴 이엘리가 돌아섰다. 자카리는 잽싸게 그녀의 머리 위로 우산을 드리우며 물었다.

"혹시 뭔가 마음에 걸리는 문제라도 있었어?"

"아니, 그랬던 건 아니지만."

그녀는 행정관들이 보내 왔던 서류를 머릿속으로 다시 떠올렸 다. 이엘리는 차분하게 말했다.

"왠지 귀족들 중에서도 어떻게든 부정정적으로 한번 발을 걸치 려는 사람이 있을 것 같아서."

"그래?"

"응. 솔직히 굴을 양식해서 판매하면 그 수익 자체는 무척 높을 거 아냐."

속이 뽀얀 생굴은 제국을 통틀어 고급 음식으로 통했다. 수요가 많음에도 수량이 모자라 판매가 어려운 제품이기 때문에 일부러 축 제를 기획하여 홍보하고, 예산까지 지원해 가면서 양식을 장려한 것이었다.

"만약 양식이 성공한다면 양식 사업에 뛰어든 사람들은 큰 이득을 얻겠지. 게다가……."

마차에 몸을 실은 이엘리는 자카리를 흘끗 바라보았다. 그녀가 냉정한 목소리로 말을 이었다.

"……공작가에서 일정 예산도 지원하니까, 만약 실패한다 한들 사업 당사자의 피해도 적어."

"듣고 보니 그러네."

"귀족들이 이 맛좋은 먹잇감을 그대로 두고 볼까?"

자카리는 그녀의 말을 납득했다. 분명 귀족들도 이번 사업이 큰 이득이 될 거라는 걸 알 터였다.

"뭐, 그래도 공작가의 눈이 무서워서라도 웬만하면 끼어들지 않으려 하겠지만……."

그녀는 말끝을 흐렸다. 상식이 있는 귀족 가문들은 그럴 것이다. 하지만 모든 사람들이 기본적인 상식을 지닌 사회라면, 진상이라는 단어는 애초에 존재하지 않았다.

"……그래도 주제를 모르는 가문은 어디든지 있는 법이니까."

예를 들면 로렌 백작가라거나. 반사적으로 튀어나오는 말이 있어, 그녀는 뒷말을 꿀꺽 삼켰다.

'어쨌거나 로렌 백작 가문은 자카리의 외가야.'

말조심하자, 예민하게 굴 필요는 없으니.

그럼에도 자카리는 냉소적인 얼굴로 그녀에게 말했다.

"로렌 백작 가문을 말하는 거야?"

"……."

"그렇게 말조심할 필요 없어, 나도 가장 먼저 떠오른 가문이 그쪽이었으니까."

자카리는 웃으며 그녀의 손등을 토닥거렸다. 그녀를 달래 준 이후, 자카리가 여상하게 물었다.

"그러고 보니 살롱 준비는 잘되어 가?"

"잘되어 가는 건지는 모르겠지만…… 어쨌든 조만간 열 계획이야."

"넌 뭐든지 잘하니까 이번에도 괜찮을 거야."

이엘리는 어색하게 미소 지었다. 음, 자카리는 가끔 날 너무 믿고 있는 것 같아. 웃으며 시선을 돌리던 이엘리는 문득 창밖을 내다보았다. 쏟아지는 빗줄기 사이로 자그만 동물이 보였다.

"……강아지?"

"응?"

"저기, 빨리 마차 좀 세워 봐."

깜짝 놀란 이엘리가 그의 어깨를 두드렸다. 마차가 멈추고, 그녀는 구르듯 밖으로 뛰어나갔다.

"이거 봐, 강아지야."

이엘리는 안타까운 얼굴이 되어 강아지를 내려다보았다. 임신이라도 했는지, 배가 남산만큼 부푼 강아지는 그 체구가 조그마했다.

이엘리는 그 강아지를 내려다보며 입술을 당겨 물었다.

'닮았어.'

온통 젖고 흙탕물이 튄 강아지의 털은 연한 갈색이었다. 자신의 전생에서 키웠던 강아지와 닮아서 유난히 마음이 갔다. 그 와중에 힘없이 꼬리를 흔들면서도 자신의 손을 핥는 것도 안쓰러웠다.

"얘, 데리고 갈래."

"……."

이엘리는 조심스럽게 강아지를 안아 들었다.

자카리는 미간을 좁힌 채, 그런 그녀를 말없이 바라보았다. 또다. 이런 위화감. 이엘리가 다른 세상으로 훌쩍 떠나 버릴 것 같은 막연한 두려움.

"이엔."

"응?"

강아지를 품에 안은 채 그녀가 자카리를 돌아보았다.

그는 지그시 입술을 깨물었다. 괜찮다. 그녀는 자신을 떠나지 않겠다고 약속했으니까. 잠시 머뭇거리던 자카리는 애써 미소를 지었다.

"아냐, 빨리 돌아가자."

이엘리는 고개를 끄덕였고, 곧 두 사람은 마차에 다시 올라탔다. 강아지를 소중하게 끌어안은 이엘리를 보며, 자카리는 자꾸만 자갈이 가슴속을 굴러다니는 것 같은 불편한 기분을 느꼈다.

＊　　　＊　　　＊

뜬금없이 강아지를 주워 온 안주인의 행동에 메리는 둥그렇게 눈을 떴고, 깜짝 놀라 묻는다.

"어머나, 웬 강아지인가요?"

"이 앞에서 데려왔어. 비를 맞고 있기에."

"우선 씻겨야겠어요. 세상에, 임신한 것 같은데 너무 말랐네요."

그렇게 말한 메리가 강아지를 받아 안았다. 귀찮을 텐데, 그래도 흔쾌히 강아지를 맡아 주니 다행이었다. 강아지가 작게 꼬리를 흔들었다. 강아지를 요모조모 살펴보던 메리가 입을 연다.

"밥을 제대로 못 먹어 꽤 마르긴 했지만, 딱히 아픈 곳은 없어 보여요."

"그래?"

"네. 대신 해산까지 얼마 안 남은 것 같아서…… 저희가 잘 살펴볼게요."

"고마워, 메리도 바쁠 텐데."

그녀는 진심을 담아 그렇게 말했다. 그녀의 말에, 메리가 생긋 눈웃음을 치며 고개를 저었다.

"아니에요. 저희보다는 마님께서 더 바쁘시잖아요."

"하지만……."

"마님께서 저희를 많이 생각해 주시는 거, 잘 알고 있어요."

다정한 말에 이엘리는 심장을 깃털로 문지르는 것처럼 간지러워졌다. 메리는 강아지를 추슬러 안았다.

"그러니 저희도 이 정도는 도와 드려야지요."

"메리."

"너무 걱정 마세요, 강아지는 씻기고 밥을 먹여서 다시 마님 방으로 올려 보낼게요."

이엘리는 고개를 끄덕였다. 공작 성 사람들이 그녀를 신뢰한다. 그 사실에 마음이 따스해졌다.

타닥타닥 불꽃이 장작을 집어삼키는 소리가 났다. 음식과 물을 배불리 먹고 깨끗해진 강아지는 보드라운 천에 감싸여 잠들어 있었다. 이엘리는 그 곁에 쪼그려 앉아 강아지를 살펴보았다.

"이엔."

"아, 자카리. 왔어?"

이엘리는 생긋 웃었다. 자카리는 고개를 숙여 강아지를 내려다보았다. 그의 미간이 구겨졌다.

'불편해.'

그는 저 강아지가 불편했다. 정확히는 그녀가 강아지에게 보이는 애정이 불편했다. 이성적이지 않다는 걸 알면서도, 그녀가 멀어질 것만 같은 기분. 자카리는 그녀에게 애써 태연한 척 물었다.

"강아지 이름은 뭐야?"

"강아지 이름?"

이엘리는 잠시 고민에 빠졌다. 갈색 털을 내려다보던 이엘리가 애정 어린 목소리로 속삭였다.

"토리."

"토리?"

"토리라고 부를래."

그건 전생에 이엘리가 키웠던 강아지의 이름이다. 자카리는 활짝 웃는 제 아내를 망연히 바라보았다. 어째서 이런 기분이 드는 것일까. 자카리는 저도 모르게 이엘리의 어깨를 움켜쥐었다.

"자카리?"

"……아, 아무것도 아니야."

의아한 얼굴로 저를 바라보는 이엘리를 향해 자카리는 어색하게 눈매를 접었다. 그는 자신이 느끼는 이 위화감을 설명할 방법을 알지 못했다. 그렇다면 어떻게든 침착한 척하는 수밖에.

"그건 그렇고, 요새 매번 얘만 보고 있는 것 같은데."

"그거야 토리가 해산하기까지 얼마 안 남았으니까 그렇지."

그녀가 두 눈을 가늘게 떴다. 의아한 목소리로 질문을 한다.

"자카리, 오늘 이상하게 예민해 보여. 괜찮아?"

"……아니, 아무것도 아니야."

자카리는 지그시 입술을 깨물었다. 이엘리에게 간파당할 정도면 제가 얼마나 초조하게 굴었는지 알 만하다. 시시때때로 그녀가 아주 먼 곳으로 떠나 영영 돌아오지 않을 것처럼 느껴진다.

'하지만 이런 불안감을 어떻게 그녀에게 설명하겠어.'

이미 한번 제 불안감을 이야기했고, 이엘리는 그를 떠나지 않는다고 약속해 주었다. 그렇다면 이엘리를 믿고 있으면 될 일이었기에 자카리는 술렁거리는 마음을 애써 꾹꾹 접어 넣었다.

*   *   *

이튿날. 오랜만의 늦잠에서 깬 이엘리는 반가운 소식을 들었다. 메리가 웃으며 입을 열었다.

"마님, 어제 새벽에 토리가 새끼를 낳았어요."

"정말?"

그녀의 표정이 확 밝아졌다. 이런 기쁜 소식을 접할 때마다 가장 먼저 생각나는 사람은······.

"얼른 자카리에게 말해 줘야겠다."

당연히 자카리였다. 메리는 이엘리의 반응을 이미 예상했다는 것처럼 생글생글 미소 지었다.

"그러세요. 주인님께서는 아마 기사단 건물에 계실 거예요."

"고마워, 메리. 그런데 오늘도 자카리가 훈련을 담당하는 날이었던가?"

"아뇨, 그러고 보니 그러네요."

메리도 두 눈을 동그랗게 떴다. 보통 기사들의 기초 체력 훈련은 기사단장이 따로 맡아서 진행하고, 자카리는 기사들과 직접 대련을 해 주는 형식으로 주 3회 정도 기사들을 훈련시킨다.

'하지만 오늘은 자카리가 대련하는 날이 아닌데.'

이엘리는 의아한 얼굴이 되어 기사단 건물을 찾아갔다. 자카리는 서류 더미에 파묻혀 있었다.

"자카리!"

"이엔."

자카리가 빙글 몸을 돌리며 그녀를 돌아보았다. 그녀는 어리둥절한 얼굴로 그에게 다가갔다.

"아침 일찍부터 일하는 거야?"

"살펴볼 서류가 좀 있어서."

"도와줄까?"

"아냐, 그럴 필요는 없어. 이엔 너도 일이 많잖아."

부드럽지만 어딘가 날이 서 있는 태도였다. 그녀는 멈칫했다. 왜지, 좀 피곤하기라도 한 건가.

"있잖아, 토리가 새끼를 낳았대."

"그래?"

"응. 그래서 함께 새끼들을 보러 가자고 하려고 했는데……."

이엘리는 말꼬리를 흐렸다. 이상하다. 고개를 갸웃거리던 이엘리는 조심스럽게 입술을 열었다.

"혹시 뭔가 좋지 못한 일이라도 있어?"

"아니, 그런 건 아니야."

"그런데 왜 그렇게 표정이 안 좋아?"

"내가?"

그렇게 묻던 자카리는 문득 손으로 얼굴을 쓸어내렸다. 설마 불편한 마음을 티 내고 만 건가.

"그런 거 아니야, 이엔."

손을 떼어 내자, 자카리의 얼굴 위론 평소와 같은 미소가 걸려 있었다. 그는 여상하게 말했다.

"가자."

"아, 응……."

가면처럼 미소를 덮어쓴 자카리를 보며 이엘리는 별달리 말을 걸지 못했다. 아닌데, 뭔가 정말로 심기가 불편한 것 같은데. 이엘리는 애매한 기분으로 자카리와 함께 건물을 빠져나왔다.

자카리가 다소 기분이 가라앉아 있었다는 건 아무래도 제 착각

이었나 보다. 지금의 그는 평소와 전혀 다를 바 없어 보였다. 이엘
리는 자카리의 손을 잡아끌며 개들이 있는 곳으로 향했다.

"이거 봐, 귀엽지?"

이엘리는 잔뜩 신이 나서 그에게 속삭였다. 자카리는 젖을 물리
는 어미 견과 꼬물거리는 강아지들을 가만히 내려다보았다. 갈색
어미 견의 품 아래로 작은 강아지들이 다섯 마리나 있었다.

"색깔이 다양하네."

점박이와 눈처럼 흰 강아지, 그리고 어미를 닮은 갈색 강아지들
이 뒤섞인 모습이었다. 해산한 지 얼마 안 되어 예민한 어미 견을
배려하기 위해 두 사람은 손은 대지 않고 지켜보기만 했다.

"그, 있지."

그러던 중 이엘리는 입술을 작게 달싹거렸다. 그대로 그녀가 자
카리의 손가락을 감아쥐었다.

"응?"

"우리도 언젠가……"

자카리는 고개를 갸웃했다. 그녀의 뺨이 발갛게 달아올라 있었
다. 그녀가 손가락을 꼬물거렸다.

"……아이도 가질 수 있겠지?"

"아, 아이?"

"그러니까, 공작가의 후계자 생산은 우리의 의무이기도 하니
까……!"

이엘리는 횡설수설 말을 이었다. 두 눈을 동그랗게 떴던 자카리
가 저도 모르게 미소 지었다.

"이엔."

"응?"

"고마워."

"······도대체 뭐가?"

뺨을 붉혔던 이엘리는 이제 아리송한 얼굴이 되었다. 자카리는 마주잡은 손안에 힘을 준다.

'아마 넌 모르겠지.'

그녀의 말을 듣자마자 지극한 안도감이 들었다는 건. 그녀가 아이를 먼저 얘기한다는 건, 그와 함께 미래를 설계하는 건. 그녀가 스스로 여기에 남아 있으려고 한다는 것처럼 느껴진다.

"그냥, 아무것도 아니야."

"너 정말 요새 이상해."

"미안. 좀 성인답지 못하게 행동했지."

자카리는 지극히 행복한 얼굴로 대답했다. 어리둥절해진 이엘리가 자카리를 빤히 바라보았다.

"고작 강아지들에게 질투나 하고."

"뭐?"

"그런 게 있어."

자카리는 싱긋 미소 짓고는 허리를 굽혔다. 그가 꼬물거리는 강아지들을 향해 다정하게 속삭인다.

"미안하다."

물론 개가 그의 말을 알아들을 수 있을 리가 없었다. 의아함은 개들이 아닌 이엘리의 몫이었다.

"뭐가 미안해?"

"그냥, 그런 게 있어."

그렇게 대답한 자카리가 가만히 눈매를 접었다. 뭐, 자카리의 기분이 좀 풀린 것 같아 다행이다. 이엘리는 대충 그렇게 생각하기로 했다. 강아지들만이 평화롭게 이불 위에서 꼬물거렸다.

＊　　＊　　＊

토리와 새끼 강아지들은 기사단원들이 맡아 기르기로 결정했다. 새끼 강아지들을 군견으로 키워 보겠다며 몇몇 기사들은 어깨에 힘을 주었지만, 사실 이엘리는 그건 불가능할 것 같았다.

"군견이라니. 저 작은 애들이 군견이 되는 게 가능해?"

"그럴 리가. 그냥 기사들이 개들을 키우고 싶은 것뿐이겠지, 핑계 대기는."

자카리는 냉정한 얼굴로 그렇게 평했다.

평화로운 시간이 흘렀다. 이엘리가 준비하던 사업들도 각자 궤도에 오르던 와중, 드디어 그날이 찾아왔다. 이엘리가 살롱을 오픈하는 날이었다.

이엘리는 스스로의 살롱을 상당히 공을 들여 준비했다. 북부의 귀부인들에게 모조리 초대장을 돌렸고, 공작 성의 별저도 새로이 열었다. 모조리 로렌 백작 부인의 살롱을 누르기 위해서였다.

"살롱의 본래 목적은 보통 이거지."

"뭔데?"

"주기적으로 귀족 가문의 객실을 개방하여 문화계의 명사들을 초대하는 거야."

결전의 그날, 아침 일찍 일어나 자카리와 식사를 하던 그녀는 결연한 얼굴로 그렇게 말했다.

"그리고 식사나 다과를 제공하면서, 작품에 대해 토론과 비평을 나누는 것."

"아, 그래?"

잘 익은 달걀프라이를 우물거리던 자카리가 고개를 갸웃 기울였다. 그녀는 고개를 끄덕였다.

"하지만 요새는 그 목적이 좀 변질되어서 귀부인들이 티타임을 하는 정도로 바뀌었어."

마치 적진의 장수를 찌르기라도 할 것처럼 그녀가 포크를 움켜쥐며 단호하게 말을 잇는다.

"난 그 목적을 다시 되살리고 싶어."

"목적을 다시 되살린다면……."

"그저 예술에 대해 대화를 나누고 티타임을 하는 건 이제 진부하잖아."

포크를 들어 소시지 하나를 쿡 찍은 그녀가 포크를 흔들어 댔다. 연녹색 눈동자가 반짝거렸다.

"그러니까 난, 여성들이 직접 원하는 예술품을 창작할 수 있는 곳을 만들고 싶어."

"예술품을 직접 만든다고?"

자카리는 조금 놀라 버렸다. 그런 종류의 것들은 보통 남성들의 영역으로 치부되곤 했다. 여성이 직접 예술계에 진출하는 건 흰 눈을 뜨고 바라보지 않나. 그녀는 당연하게 말을 이었다.

"응. 그림을 그리거나 글을 쓰거나, 노래를 하거나…… 방법은 많잖아?"

이엘리는 눈을 가늘게 뜨며 답했다. 자카리는 눈동자를 굴렸다. 확실히 신선하긴 할 것 같다.

"또한 능력 있는 여성 예술가들이 있다면, 그들을 초대하여 그들의 예술을 보고 싶어."

"하지만 여성 예술가 자체가 그리 많지 않을 텐데."

"그러니까 더 소중한 거지."

그녀의 대답에 자카리는 픽 웃음을 터뜨렸다. 이엘리와 함께 있으면, 대부분의 무거운 고민들도 가벼워지곤 한다. 이엘리는 접시를 깨끗하게 비우고 단호한 동작으로 포크를 내려놓았다.

"잘 먹었습니다. 역시 싸우러 가기 전에는 배부터 채워야지."

"저, 이엔. 싸운다니, 그게 무슨 말이야?"

자카리가 조금 당황하여 이엘리를 올려다보았다. 그런 그에게 이엘리는 생긋 눈웃음을 쳤다.

"어머, 몰라?"

"뭘?"

"이런 건 귀부인들의 싸움이야."

그녀가 두 눈을 빛내며 주먹을 불끈 쥐었다. 이엘리를 바라보던 자카리가 피식 미소 지었다.

"그래, 이왕 싸울 거면 승리하고 와."

"당연하지. 나만 믿어."

자신만만하게 대답한 이엘리는 몸을 돌렸다. 자카리는 그녀의 뒷모습을 흐뭇하게 지켜보았다.

*   *   *

결혼식 때는 귀빈들을 제한하여 받아들였으므로, 이번에는 일부러 북부의 귀부인들은 빠짐없이 초대했다. 이엘리가 발송했던 초대장에 불참 의사를 표했던 귀부인은 단 한 사람도 없었다.

"꽤 사람들이 많을 것 같네."

"그러게."

자카리는 이엘리를 빤히 바라보았다. 그녀는 전투적인 동작으로 거울을 들여다보는 중이었다.

"그렇게까지 신경 쓸 필요 있어?"

"레이디의 드레스와 장신구는, 기사의 갑옷이랑 검 같은 느낌이라고."

"그런 거야?"

"그런 거야. 오늘 치장의 목적은 '안 꾸민 것 같지만 머리부터 발끝까지 신경을 쓴 거'라고."

단호하게 말한 이엘리는 몸을 빙글 돌렸다. 양 허리에 손을 얹은 그녀가 남편에게 선언했다.

"나 오늘 어때?"

"엄청 예뻐."

자카리의 단호한 대답에 이엘리는 씩 웃었다. 아까 메리가 심혈을 기울여 꾸며 준 보람이 있었다. 그녀는 거울을 곁눈질했다. 연한 화장임에도 뺨이 복숭앗빛으로 물들어 생기발랄하다.

"그렇다면 다녀올게."

"이엔, 가기 전에 잠깐만."

자카리가 그녀의 손목을 가볍게 감아쥐었다. 이엘리의 어깨에 양손을 얹고는 고개를 가볍게 숙인다. 쪽, 소리와 함께 입술이 그녀 이마에 닿았다 떨어졌다. 그가 사르르 눈매를 접으며 말했다.

"그리고 내가 별저까지 에스코트해 주고 싶은데, 안 돼?"

"어, 음……."

이엘리가 속눈썹을 내리깔았다. 이상하게 뺨이 달아오른다. 약간 더듬거리면서 그녀가 말했다.

"조, 조금 유난 떤다고 생각하지 않을까?"

"그러면 어때."

자카리가 부드러운 목소리로 말했다. 그녀에게 손을 뻗은 자카리가 정중한 목소리로 말했다.

"가실까요, 레이디?"

그녀는 제게 내밀어진 손을 가만히 내려다보았다. 그리고 살짝 고개를 돌리며 손 위에 제 손을 포갰다.

"……좋아요, 신사님."

애써 새침한 얼굴을 한 그녀가 앞서 걸었다. 그는 웃음을 삼키며 이엘리를 에스코트해 주었다.

이엘리의 살롱으로 이용하기 위해, 공작 성의 별저를 통으로 개방했다. 물론 공작 성의 규모에 비해서는 작은 건물이긴 했지만, 보통의 살롱이 응접실 정도만 개방되는 것에 비하면 엄청난 규모였다.

미리 별저에 입장한 손님들은 아샤 꽃차와 다과를 대접받으며 휴식을 취했다.

"이 차, 황녀 전하께서도 호평하셨다지요?"

"그러게요. 사실 저도 굉장히 궁금했답니다."

귀부인들의 호기심을 가장 자극했던 건, 공작 부부의 결혼식 때 처음 선보였던 아샤 꽃차와 잼이었다. 맛도 있는 데다가 그 모양새가 무척 어여뻤기에 여러모로 활용도가 높았기 때문이다.

"그런데 이렇게 꽃잎이 활짝 피어나다니…… 어떻게 만든 걸까요?"

"맛도 훌륭하네요."

초대받은 귀부인들은 소곤소곤 대화를 나누었다. 조그만 대화 사이로 웃음이 간간이 섞인다.

"그러고 보니 이번에는 로렌 백작 부인도 참석하셨다죠?"

"하지만 로렌 백작 가문은, 지난번 공작 부부의 결혼식에는 초대받지 못하셨다고 들었는데요."

그렇게 이야기하던 귀부인들이 흘끗 시선을 돌렸다. 그 시선 끝에는 허리를 꼿꼿하게 세운 로렌 백작 부인이 홀로 앉아 있었다. 귀부인들의 입술 위로 희미한 미소가 서렸다. 비웃음이었다.

"저라면 자존심이 상해서라도 거절했을 텐데……."

"그래도 어떻게 빠지겠어요, 다른 곳도 아니고 공작 부인의 살롱인걸요."

제국 유일의 공작 부인이자 북부의 안주인. 공작 부인의 살롱에 출입하지 않는다는 건, 북부에서의 사교 활동은 아예 포기한다는 뜻과도 가까웠다. 아마 그래서 억지로 참석한 것일 터다.

"그래도 북부에서 사교 활동 자체를 하지 않으실 수는 없을 테니, 일부러 오신 거겠죠?"

"뭐, 그렇기는 할 테지만요. 그래도 조금…… 뻔뻔하기는 하네요."

"그러게요. 공작 부인은 물론이고, 공작 각하와도 꽤 좋지 못한 일이 많았다고 들었는데……."

소곤거리는 목소리에 섞인 비웃음들을 로렌 백작 부인은 예민하게 눈치챘다. 백작 부인은 주먹을 꽉 움켜쥐었다. 주먹 위로 뼈들이 새하얗게 도드라진다. 귀부인들은 나긋하게 말을 이었다.

"백작 영애는 결국 내려오지 않으셨나 보네요?"

"그야 백작 영애께서는 매번 제도에 계시곤 하잖아요."

"백작 영애께서도 명색에 북부의 귀족이신데, 어째 제도에 훨씬 더 오래 계시는 것 같아요?"

로렌 백작 부인의 입매가 파르르 떨렸다. 귀부인들은 한참을 더 떠들어 댄 이후에야 화제를 바꾸었다. 차와 다과가 맛있다는 둥, 별 저의 모습이 우아하다는 둥, 호의적인 대화가 이어졌다.

'어떻게 이럴 수가 있어!'

로렌 백작 부인만이 가시방석에 앉은 것처럼 초조한 얼굴이었다. 북부의 가장 이름 높은 살롱은 본디 제 것이다. 나중에 제 딸도 그 살롱을 통해 사교 활동을 시키리라, 그리 생각했는데.

'이대로라면 우리 살롱보다, 공작 부인의 살롱이 더 유명해지겠어.'

백작 부인은 꼴깍 마른침을 삼켰다. 오랫동안 북부 사교계의 중심에서 활동해 왔기에 잘 알고 있었다. 이엘리가 새로이 열고 있는 지금의 살롱은 흠 하나 잡을 곳 없이 완벽한 모습이었다.

'살롱의 꾸밈새도, 다과와 차도, 편안한 분위기까지…… 모두 완벽해.'

완벽하다는 것을 인정할 수밖에 없어서 더욱 분했다. 백작 부인은 저도 모르게 어금니를 꽉 앙다물었다. 눈과 코를 동시에 만족시키는 아샤 차라니. 바로 그때, 매끄러운 목소리가 들렸다.

"다들 편안한 시간 보내고 계신가요?"

목소리의 주인공은 바로 이엘리였다. 귀부인들이 분분히 자리에서 일어났다. 공작 부인을 맞이하려 함이다. 하지만 지금 이엘리의 곁에는 우아한 청년이 서 있었다.

"오늘 제 아내를 잘 부탁드립니다, 귀부인들."

그는 바로 헤센바이츠 공작이었다. 평소 가신들을 대할 때와는 다르게, 꽤나 다정한 목소리였다.

"어머나."

귀부인들의 눈동자가 커다랗게 뜨였다. 귀부인들은 놀란 기색을 애써 감추며 허리를 숙였다.

"공작 각하, 그리고 공작 부인을 뵙습니다."

"제가 조금 늦은 건 아닌지 모르겠네요."

이엘리는 부드럽게 웃었다. 그림 같은 조합이었다. 아샤 꽃처럼 아름다운 레이디와, 겨울을 형상화한 것처럼 칼 같은 인상의 미남이라니. 이엘리의 손을 놓아주며 자카리가 입을 열었다.

"제 아내가 여는 살롱이어서 그런 것도 있지만."

평소 과묵한 공작이 드물게 먼저 말을 거는 모습이라니, 놀랍다. 사람들은 귀를 쫑긋 세웠다.

"이번 살롱은 아마 귀부인들께도 상당히 신선하게 느껴지실 것이라고 생각합니다."

그렇게 말한 자카리는 싱긋 미소 지었다. 빙해처럼 차가운 새파란 눈동자는, 그의 아내가 곁에 있을 때만은 봄 하늘처럼 부드럽게 풀어진다. 자카리가 주변을 한 바퀴 둘러보며 말했다.

"그렇다면 좋은 시간 보내셨으면 좋겠군요."

그렇게 말한 자카리가 정중하게 묵례했다. 공작의 묵례에 귀부인들은 어쩔 줄을 몰랐다.

하지만 자카리의 행동은 아직 끝나지 않았다. 이엘리의 뺨에 짧게 키스한 그가 씩 눈웃음을 쳤다.

"이따 봐, 이엔."

"응, 알았어."

이 정도 키스는 이제 익숙하다는 것처럼, 여상한 얼굴이 된 이엘리는 작게 고개를 끄덕여 보였다. 귀부인들은 은밀히 시선을 교환했다. 공작 부부의 금슬이 좋다는 소문은 확실히 사실이 맞았다.

"공작 각하께서 직접 공작 부인을 에스코트해 주시다니……."

"얼마나 두 분의 사이가 좋으시면 저럴까요?"

"그러게 말이에요."

귀부인들은 눈을 굴렸다. 자카리는 그대로 살롱을 빠져나갔고, 귀부인들과 이엘리만이 남았다.

"다들 앉으세요."

이엘리는 나긋한 어조로 입을 열었다. 그 말에 귀부인들이 자리에 착석했다. 오늘의 공작 부인은 무척 아름다웠다. 화려하지는 않지만 우아한 선의 드레스는 가느다란 체구를 부각시킨다.

"다과와 차는 입맛에 맞으셨는지 모르겠어요."

아무렇지도 않은 척 이엘리는 입을 열었다. 귀부인들은 이구동성으로 이엘리의 말에 답했다.

"무척 맛있었답니다."

"맞아요, 다과와 차의 조합이 굉장히 훌륭하더라고요."

"게다가 꽃잎이 물에서 활짝 피어나는 모습이 아름다워요."

그래, 그래야지. 이엘리는 회심의 미소를 지었다. 연녹색 눈동자가 매끄럽게 움직여 로렌 백작 부인을 향했다. 애써 표정 관리를 하고 있긴 하지만, 속이 뒤집어진 그 모양새가 훤히 보인다.

"비록 모자라지만 귀부인들께서 이렇게 좋아해 주시니, 전 정말 기뻐요."

"아닙니다, 모자라다니요."

"이렇게 큰 규모의 살롱은 지금껏 접해 본 적도 없어요."

귀부인들의 말에 로렌 백작 부인은 어깨를 움찔했다. 이엘리는 만족스러운 얼굴로 찻잔을 들어올렸다. 달콤한 꽃향기가 코끝을 간지럽힌다. 차로 입술을 축인 이엘리는 나긋하게 속삭였다.

"다들 마음에 드신다니 정말 다행이에요."

"그러고 보니, 오늘 살롱의 주제는 무엇인가요?"

그때 로렌 백작 부인이 도전적인 표정으로 입을 열었다. 살롱의 가치는 손님들을 대접하는 수준, 그리고 살롱에서 행하는 갖가지 행사들로 결정된다. 백작 부인이 두 눈을 싸늘하게 빛냈다.

'저 남부 계집은 아직 살롱을 열어 본 경험이 적어. 그러니까…….'

어떻게든 빈틈만 보이면 이엘리를 깎아내릴 계획이었다. 하지만 그녀는 여유롭게 웃을 뿐이었다.

"아, 그러고 보니 제가 그것을 말씀드리지 않았네요."

싸해진 분위기 위로 낭랑한 목소리가 얹혔다. 우아하게 찻잔을 내려놓은 그녀가 말을 이었다.

"귀부인들께 제안하고 싶은 게 있는데요."

사람들의 호기심 어린 눈초리가 그녀를 향했다. 그녀는 차분한 어조로 귀부인들에게 물었다.

"다들 취미 생활은 있으신가요?"

"취미 생활이요?"

"네. 그림을 그린다든지, 글을 쓴다든지, 노래를 부른다든지……."

예상치 못한 발언에 귀부인들은 어리둥절한 얼굴을 했다. 이엘리는 여전히 상냥한 표정이었다.

"혹은 그게 아니라도 괜찮아요. 그저 좋아하는 일이 있는지 물어

보는 거예요."

취미 생활. 그 말에 귀부인들은 서로를 마주보았다. 물론 그들도 자수라든지 그림 같은 건 배운 적이 있었다. 하지만 그걸 '취미'의 영역으로 생각하는 건 별개의 문제였다. 왜냐하면…….

"……취미 생활은 보통 남자들이 하는 일 아닌가요?"

기가 차다는 얼굴로 백작 부인이 되물었다. 그랬다. 여성들은 안살림을 잘 맡아서 처리하는 것이 미덕인 시대였다. 여성이 자신의 취미나 생활에 집중하는 건 주제넘은 일이라고 여겨진다.

"공작 각하께서 공작 부인께 여러 권한을 주신 것은 알지만…… 그래도 취미 생활이라니요."

이엘리는 말없이 로렌 백작 부인을 바라보았다. 그 시선을 보며, 백작 부인은 이엘리가 할 말이 없어 저러는 거라고 멋대로 착각했다. 승기를 잡았다고 생각한 백작 부인이 목소리를 높였다.

"여자들은 집에서 안살림을 살펴야 해요. 그렇지 않나요?"

자신의 말에 동조해 달라는 것처럼 로렌 백작 부인은 주변을 돌아보았다. 움찔거리던 귀부인들이 분분히 시선을 피했다.

그러자 이엘리가 웃는 얼굴 그대로 백작 부인에게 싸늘하게 말했다.

"여전히 오만불손하시네요, 로렌 백작 부인."

백작 부인의 얼굴이 확 달아올랐다. 뭐지? 내가 원했던 건 이런 분위기가 아니었는데. 당연히 내 편을 들 거라고 생각했는데……! 연녹색 눈동자가 얼음처럼 차갑다. 백작 부인이 더듬거렸다.

"저, 저는 그게 아니오라……."

"여성이 취미를 즐기지 말고 안살림만 살펴야 한다고, 누가 그렇게 정해 뒀나요?"

이엘리는 입가를 우아하게 휜 그대로 말을 이었다. 그 시선이 백작 부인을 위아래로 훑어본다.

"제국 내 법전에 그런 규정이 정해져 있나요?"

"그런 것은 아니고……."

"여성이 취미 생활을 즐기면 처벌받기라도 하나요?"

비록 나긋한 목소리였지만 그 안쪽엔 새파랗게 날이 서 있었다. 그녀가 고개를 기울이며 말을 잇는다.

"어째서 그런 것을 당연하게 여기는 거죠?"

"여, 여자와 남자의 일은 엄연히 다르니까요! 그러니까……."

"세상에. 정말로 그렇게 생각하세요?"

이엘리는 굉장히 놀랐다는 것처럼 두 눈을 휘둥그렇게 치떴다. 이후 냉정하게 질문을 던진다.

"불공정한 것이 있다면 당연히 좋은 방향으로 바뀌어야 하는 것 아닌가요?"

"……!"

정말로 의아하다는 질문에 백작 부인은 말문이 막혔다. 백작 부인은 입술을 잘근잘근 깨물었다.

"게다가 제가 무리한 것을 요구한 것도 아니고, 그저 취미 생활을 하는 것뿐인데."

봄날 새싹처럼 연연한 연녹색 시선은 온기 한 점 없이 백작 부인을 응시했다. 그녀가 물었다.

"이 사소한 것까지 남자들에게 허락을 받고, 남들의 눈치를 보며 해야 한다는 말씀이신가요?"

지금 상황은 좋지 못하다. 백작 부인은 등골에 식은땀이 흐르는 걸 느꼈다. 자신의 말에 동조해 주는 사람은 하나도 없었다. 오히려 이엘리의 말에 고개를 끄덕이는 귀부인들이 많아진다.

"그러게요. 나쁜 짓을 하는 것도 아니고 고작 취미 생활일 뿐인데."

"백작 부인께서 너무 꽉 막힌 생각을 하시는 건 아닐까요?"

"굳이 이런 부분까지 남자들의 눈치를 보며 스스로를 졸라맬 필요는 없잖아요?"

소곤거리는 목소리였지만 두 사람의 귀에 들리기에는 충분했다. 이엘리는 눈을 가늘게 떴다.

"백작 부인. 부인 같은 분들이 계시기에 사회가 더 발전하지 못한다는 생각은 안 하시나요?"

"무, 무슨 이런 사소한 문제로 사회의 발전까지 논하시나요?"

"사소하니까 더욱 중요한 거죠."

그녀의 목소리는 비단처럼 부드러워 오히려 서늘했다. 백작 부인은 소름이 끼치는 걸 느꼈다.

"무릇 무언가를 바꾸려면, 사소한 것부터 바뀌어야 하는 거랍니다."

"……."

백작 부인은 주먹을 꽉 말아 쥐었다. 어깨를 으쓱인 이엘리는 주변을 한 바퀴 크게 둘러본다.

"어쨌거나 하던 이야기로 돌아가자면, 전 저희가 취미 생활을 즐겼으면 하고 바라요."

이건 진심이었다. 어째서 고작 취미 생활을 즐기는 것까지 남자의 눈치를 봐야 하는지, 이엘리는 예전부터 도무지 이해할 수 없었으니까. 의자에 느긋하게 몸을 기댄 그녀가 말을 이었다.

"기본적으로는 이 살롱의 시간이 참석하신 분들께 편안하셨으면 좋겠어요."

이엘리의 목소리는 여유로웠지만, 다른 귀부인들은 여유라고는 한 톨도 남아 있지 않았다.

"무언가를 창작하고 싶다면 그러서도 되고, 감상을 원하신다면 그러서도 돼요."

귀부인들은 이엘리의 말에 무섭게 집중하고 있었다. 그녀는 그런 시선을 느긋하게 마주봤다.

"그리고 다양한 분야에 여러 예술가들을 초빙할 생각이랍니다. 아, 또한……."

무언가가 생각났다는 것처럼 그녀는 살짝 눈매를 치켜떴다. 그러고는 부드럽게 미소 지었다.

"여성 예술가들이 있다면 그들을 전력으로 지원할 생각이기도 해요."

이엘리의 말이 조금 의외이긴 했나 보다. 결혼이나 집안을 위한 길이 아닌, 다른 길을 선택한 여성들은 보통 이 사회에서 배척받는 게 흔했으니까.

이엘리가 단호하게 말을 맺었다.

"혹시 재능이 있음에도 빛을 보지 못하시는 분이 계시다면, 언제든지 제게 말씀해 주세요."

귀부인들의 시선이 반짝였다. 이엘리는 제게 쏟아지는 질문을 받으며 백작 부인을 곁눈질했다.

'어쨌든 살롱의 첫날은 효과적인 것 같네.'

패배감에 짙게 물들어 어깨를 떠는 백작 부인의 모습은 꽤나 볼 만했다. 이엘리는 작은 악마처럼 생글생글 웃으면서 그렇게 생각했다.

* * *

이엘리가 연 살롱의 첫날은 성황리에 끝났다. 손님들을 배웅한 이엘리는 지친 얼굴로 비틀비틀 방 안에 들어갔다. 화장조차 지우지 않고 이불 위에 풀썩 눕자, 자카리가 다정하게 물었다.

"오늘 어땠어?"

"뭐, 괜찮긴 했는데……."

이불에 파묻힌 채 눈동자만을 굴리던 이엘리는 몸을 부르르 떨었다. 그녀가 작게 칭얼거렸다.

"으, 너무 힘들어……."

"피곤하겠네."

"응. 손가락 하나 까닥할 힘도 없어."

이엘리는 눈매를 가늘게 떴다. 침대로 걸어온 자카리가 그녀의 곁에 주저앉았다. 이엘리는 그 자리에 누운 그대로 눈동자만을 데굴데굴 굴렀다. 손을 뻗어 그의 손등을 어루만지며 말한다.

"참, 자카리. 네가 아까 나 에스코트해 줬잖아."

"그랬지. 그런데 그게 왜?"

"로렌 백작 부인이 두 눈을 휘둥그렇게 뜨면서 분해 하더라고."

일그러진 얼굴을 떠올리던 이엘리는 쿡쿡 소리를 내어 웃었다. 분해서 어쩔 줄 모르던 백작 부인의 얼굴은 다시 한 번 되새겨 보아도 좋았다. 그녀는 어깨를 으쓱이며 그를 올려다보았다.

"그 구겨진 표정이 얼마나 고소하던지."

"그랬어?"

"응. 역시 난 성격이 좋은 편은 아닌가 봐."

그렇게 말한 이엘리는 짓궂은 얼굴을 했다. 자카리는 손을 뻗어 이엘리의 흐트러진 머리카락을 정돈해 주었다. 긴 손가락이 머리를 스치는 감촉이 기분 좋아, 그녀는 스르륵 눈을 감았다.

"그거 말고는 다른 일은 없었어?"

"글쎄, 그냥 공작 부부의 사이가 무척 좋아 보인다…… 뭐 그런 말?"

그렇게 말하는 그녀의 얼굴이 약간 노곤해 보인다. 그런 그녀를 빤히 바라보던 자카리가 허리를 숙였다. 금세 가까워지는 제 남편의 아름다운 얼굴에, 이엘리는 두 눈을 동그랗게 치떴다.

"왜 그렇게 봐?"

"이엔."

자카리의 목소리가 낮게 가라앉아 있었다. 장난기 속에 애써 감추고 있는 욕망이 넘실거린다.

"난 공작 부부는 낮과 밤, 둘 다 사이가 좋다고 말하고 싶어."

"뭐?"

"그리고 그 말을 증명하기 위해서라도, 사이좋은 부부가 해야 할 일은……."

자카리는 말꼬리를 흐렸고, 이엘리는 그런 제 남편을 힐끔 곁눈질로 응시했다. 자카리는 느릿한 동작으로 그녀의 입술에 키스했다. 뒤섞인 호흡이 떨어지자, 그는 살짝 초조한 낯을 했다.

"그러니까 난……."

"정말, 내가 못 살아."

잠시 그를 노려보던 이엘리는 결국 까르르 웃어 버렸다. 이엘리는 자카리의 목을 끌어안았다.

* * *

이엘리의 살롱이 오픈한 이래로, 제국에서 아샤 꽃은 '공작 부인의 꽃'이라는 별칭으로 불렸다.

"아샤 차가 그렇게 향기롭다면서요?"

"저도 한 번쯤 살롱에 초대받고 싶네요."

"하지만 언제 북부까지 내려가 보겠어요."

어찌나 그 소문이 짜하게 퍼졌는지, 공작 부인의 살롱은 타 지역의 귀부인들마저 한 번쯤 방문하고 싶은 명소가 되었다. 공작 부인은 자신의 살롱에 사람들이 드나드는 것에는 꽤 관대했다.

"……그렇다고 하더라고요."

"재미있는 이야기네요."

오랜만에 만난 황녀와 황후는 함께 차를 마시고 있었다. 친밀한 친구 사이였던 두 사람이었지만, 황후가 황가의 사람이 된 후로 오히려 얼굴 보기가 어려워졌다. 황제의 견제 때문이었다.

"이게 그 유명한 아샤 차와 아샤 잼인가요?"

"맞아요. 맛이 어떠신가요?"

"무척 맛있네요. 예전부터 느꼈지만, 공작 부인은 여러모로 수완이 있는 것 같아요."

특히 소수의 사람만을 들이는 황녀의 살롱에서 친밀한 귀부인에게 아샤 차와 잼을 제공한다는 소문이 돌았다. 황녀와 공작 부인의 친분이 상당하다는 것을 우회적으로 돌려 표현한 것이다.

"그리고 보니, 공작가로 아샤 차와 잼을 상품화하는 건 어떤가 하는 제안이 들어갔다던데요."

황후는 차를 한 모금 마시며 입을 열었다. 따끈한 차가 식도를 타고 뱃속을 따스하게 데웠다.

"들었어요. 하지만 공작 부인은 그 제안은 거절했다더군요."

"어째서일까요? 상업적으로 꽤 가능성이 있어 보였는데요."

"사실 공작가는 더 이상의 부는 필요 없으니까요. 황가와 비견할 만큼 부유한걸요."

황녀가 희미하게 미소 지었다.

"그러니 선택한 거겠죠. 이 차로 가질 수 있는 상징성을요."

"상징성?"

"아샤 꽃이 요새 어떻게 불리는지 아시잖아요. '공작 부인의 꽃'

이라고들 하죠."

"'공작 부인의 꽃'이라……."

연한 분홍색 찻물 안쪽으로 꽃잎이 살랑거리는 모습을 바라보며 황후가 쓰게 웃었다. 자신은 황금으로 만든 새장 안에 갇혀 있는 기분인데, 공작 부인은 훨훨 날고 있었다. 황후가 말했다.

"저도 공작 부인의 결혼식에 참석했더라면 좋았을 텐데요. 괜히 미안해지네요."

"아니에요, 어쩔 수 없는 상황이었으니까요. 공작 부부도 이해하고 있을 거예요."

황녀가 손을 저었다. 황후는 가만히 찻물을 내려다보았다. 찻물에 초췌한 자신의 얼굴이 비쳤다.

"왜 하필이면 제가 황후라는 막중한 직책을 얻게 된 걸까요?"

그렇게 중얼거리는 황후의 얼굴은 굉장히 피곤해 보였다. 황녀는 안쓰러운 목소리로 말했다.

"황후 폐하."

"아시잖아요. 저는 원래 이런 자리에 어울리지 않는 사람이에요."

손을 든 황후가 얼굴을 폭 덮었다. 신음처럼 가늘게 떨리는 목소리가 입술 새로 흘러나왔다.

"사실 전 결혼 따위, 그다지 생각해 본 적도 없는데……."

론도 후작 영애였던 시절, 그녀는 그녀를 아껴 주는 아버지 아래에서 드물게 자유로운 삶을 살았다. 또한 그녀는 외동딸이었고, 작위를 이어야 할 몸이었기에 상대적으로 결혼 상대를 고르는 일에 자유로웠다.

하지만 느닷없이 황제의 청혼을 받는 순간 그녀의 삶은 산산조각 났다.

"……."

황후의 관은 그녀를 전혀 행복하게 해 주지 못했다. 황후의 어깨가 가늘게 떨렸다. 그녀를 무어라고 위로해야 할지를 몰라, 황녀는 손을 뻗다 말고 손을 늘어뜨렸다. 마음이 아려 왔다.

*　　　*　　　*

사실 이엘리의 예상대로, 귀부인들은 예술품을 감상하면서 대화만 나누는 데에는 이미 진력이 나 있었다. 그런 살롱은 제도에서부터 내려온 유행이었는데, 백작 부인이 북부에 그 유행을 들여온 이후로는 대부분의 살롱이 그런 유행을 따르고 있었으니 이제 슬슬 지겨워질 만도 했다.

"공작 부인의 살롱에서는 그저 감상이 아니라, 직접 무언가를 창작해도 괜찮대요."

"그런 건 남자들이 해야 할 일 아닌가요?"

"공작 부인께서는 그런 건 전혀 신경 쓰시지 않는다고 하세요."

"맞아요, 심지어 여성 예술가들을 지원해 주기도 하신다고 하더라고요."

나이가 많고 보수적인 귀부인들은 살짝 흰 눈을 뜨기도 했다. 하지만 대부분의 귀부인들은 이엘리의 살롱에 호의적이었고, 무엇보다도 젊은 귀부인들에게는 폭풍적인 인기를 끌었다.

"이번에는 여성 바이올리니스트를 초청한다면서요?"

"맞아요. 이름이 아마…… 안나라고 하던데요."

그렇게 말한 귀부인은 미간을 살짝 좁혔다. 다른 귀부인이 입을 가리며 눈을 동그랗게 뜬다.

"설마 평민인가요?"

"그렇다고 들었어요. 게다가 처음으로 돈을 받고 개인 바이올린 연주회를 열었다고……."

보수적인 귀족 사회에서 남성도 아닌 여성 평민 예술가를, 그것도 귀부인의 살롱에 들이다니.

"솔직히 지나치게 파격적인 행보 아닌가요?"

그때 로렌 백작 부인이 대화에 끼어들었다. 귀부인들은 움찔 어깨를 굳히며 백작 부인을 보았다.

"여성이 연주회장을 대관하여 사람들 앞에서 연주하는 것 자체가 천박한데."

"저, 로렌 백작 부인."

"감히 그런 천박한 짓에 돈까지 받으려 들어요? 정말 주제넘지, 평민인 주제에!"

백작 부인이 어깨를 부르르 떨었다. 저 정도로 화를 낼 일은 아닌 것 같은데. 귀부인들은 눈동자를 굴렸다. 하지만 분위기를 잡았다고 생각했는지, 로렌 백작 부인은 당당하게 입을 열었다.

"게다가 그런 천박한 여자를 무려 제국 유일의 공작 부인의 살롱에 들이다니요."

노골적인 언사에 오히려 귀부인들이 어쩔 줄 몰라 했다. 귀부인들은 주변을 살피며 대답했다.

"그······ 백작 부인, 말씀이 좀 심하세요."

"뭐가 심한가요? 전 사실만을 이야기하고 있는 거예요."

로렌 백작 부인은 득의양양한 얼굴을 했다. 바로 그때, 등 뒤에서 자박이는 발소리가 들렸다.

"백작 부인께서는 제 살롱에 항상 큰 불만을 갖고 계신 것 같군요."

이엘리였다. 백작 부인은 입술을 당겨 물었다. 고개를 비스듬히 기울인 이엘리가 쌩긋 웃었다.

"그런데 어째서 제 살롱에 매번 출석하시는 것인지, 그 이유를 도무지 모르겠지만."

"불만이 아니에요, 이건 정당한 비판입니다!"

"스스로에게 정당한 비판이라 한들, 남에게도 정당할 거라는 생각은 버리셔야지요."

이엘리는 눈썹 하나 까닥하지 않았다. 그녀는 오만하게 고개를 들어 올리며 백작 부인을 보았다.

"무엇보다도 여긴 제 살롱이랍니다, 백작 부인."

"······."

"마음에 들지 않으시면 당장 나가서도 괜찮아요. 저는 전혀 신경 쓰지 않는답니다."

백작 부인은 분한 얼굴을 했다. 이엘리의 살롱은 명실상부 북부 최고의 살롱이었다. 이 자리에서 퇴출되면 앞으로 사교 활동은 거의 포기해야 한다. 칼자루를 쥔 그녀가 느긋하게 말했다.

"그리고 백작 부인의 불만에 제가 직접 답변해드리자면⋯⋯."

이엘리의 말에 백작 부인이 어깨를 굳혔다. 백작 부인을 빤히 바라보던 이엘리는 말을 이었다.

"어째서 돈을 받고 연주회를 열었다는 사실이 천박하게 받아들여지는지 모르겠네요."

백작 부인은 입술을 당겨 물었다. 어찌나 세게 깨물었는지 피가 돌지 않아 희게 질릴 정도였다.

"이 사회는 백작 부인 같은 편견을 가진 사람들이 아주 흔하죠. 그녀는 그런 사람들을 설득하여 연주회를 열었고, 관객까지 끌어들였어요. 그런 편견을 딛고 연주회에 참석하는 관객이요."

이엘리는 고개를 갸웃 기울였다. 백작 부인은 어떻게든 항변을 해야겠다는 생각에 사로잡혔다.

"사회의 편견을 몸소 깨는 일인데, 이게 얼마나 대단한 일인지 모르시겠어요?"

"하지만 돈을 받고 연주하는 거잖아요, 품위 있는 여성은 그렇지 않아요!"

"백작 부인. 부인께서 도대체 어떤 권리를 갖고 계시기에 그런 판단을 내리시나요?"

정말로 이해가 가지 않는다는 것처럼 이엘리가 그렇게 되물었다. 그녀의 목소리는 차분했다.

"부인께서는 품위 있는 여성과 그렇지 않은 여성을 구분하는 기준이 참 단순하시네요."

"공작 부인, 단순한 게 아니에요. 보편적인 기준을 따르는 거죠!"

"제 눈에는 사회의 인습에 따르느냐 그러지 않느냐, 이것만이 그 기준이 되는 것 같은데요."

이엘리는 가볍게 어깨를 으쓱여 보였다. 긴 속눈썹을 깜빡이며 이엘리가 나긋하게 입을 연다.

"보편적인 기준을 무조건 옳다고 할 수는 없어요. 잘못된 것은 개선되어야 하고요."

"공작 부인, 부인께서 평민들을 오냐오냐하시며 지원하시니까 주제도 모르고 날뛰는 겁니다!"

"부인이야말로 뭘 모르시네요. 평민들이 없으면 이 제국은 존재할 수조차 없어요."

냉랭한 말이었다. 이엘리는 삐딱한 시선으로 백작 부인을 응시했다. 이엘리는 단호하게 말한다.

"백작 부인께서 다소 닫힌 사고방식을 갖고 계신다는 것은 알았지만, 이건 좀 심하지 않나요?"

닫힌 사고방식이라고 완곡하게 돌려 말하긴 했지만, 귀부인들의 우아한 대화를 고려해 보자면 충분히 공격적인 언사였다. 그 말을 들은 백작 부인의 얼굴이 파래졌다가 새빨갛게 붉어졌다.

"그리고 아까 돈을 받는다는 것에 대해 불만이 있으신 것 같아 말씀드립니다만."

하지만 이엘리는 말을 멈추지 않았다. 여전히 웃는 얼굴이었지만, 그 목소리는 서슬이 퍼렇다.

"돈을 받는 행위는 자신의 연주가 가치가 있다는 것을 금전으로 증명하는 거라고 봐요."

"여자가 사람들 앞에서 연주하는 것 자체가 문제인데, 어떻게 여자가 감히 돈을 받나요?"

"자신의 재능과 노력을 아무 대가 없이 보이라고 하는 것 자체가 이기적인 발상 아닌가요?"

두 눈을 가늘게 뜬 채 이엘리가 되물었다. 백작 부인을 말문이 막혔다. 이엘리는 다시 말했다.

"그것을 왜 나쁘게 생각하시는 건지 도무지 이해가 안 가네요."

"하, 하지만……!"

"뭐, 그렇다 한들 백작 부인께 저의 생각을 강요할 생각은 없습니다."

이건 진심이었다. 뭐 하러 입 아프게 저 꽉 막힌 백작 부인을 상대한단 말인가. 굳이 백작 부인을 설득하지 않아도 이엘리는 상관없었다. 솔직히 말하자면 없는 편이 이엘리에게는 나았다.

"그러니 제 생각에 동의하지 못하신다면……."

이엘리가 우아한 동작으로 부채를 들어올렸다. 방문을 가리킨 그녀가 눈을 접으며 선언했다.

"나가시면 됩니다."

깔끔하게 말을 맺은 이엘리는 상큼하게 웃어 보였다. 그리고 이 싸움에서 절대적인 우위를 차지한 사람은 백작 부인이 아닌 이엘리였다. 결국 백작 부인은 무겁게 고개를 떨어뜨려야 했다.

지금까지 여성은 감상하는 쪽이지, 직접 창작하는 쪽이 아니었다. 하지만 이엘리의 말을 듣고, 귀부인들은 신선한 충격을 느꼈다.

게다가 이엘리는 살롱에 출입하는 사람들에게 확실한 방패가 되어 주었다. 제국 유일의 공작 부인이 그녀들의 편이다. 귀부인들은 그것에 안도를 느꼈다.

"감히 누가 공작 부인에게 이의를 제기하겠어요."

"맞아요. 제국에서 가장 고귀한 여인 중 하나이신데요."

* * *

더불어 아샤 차는 이제 공작 부인과의 친분을 증명하는 상징물이 되었다. 공작 부인은 자신과 특별히 친밀한 가문들에 한해 아샤 차를 공급해 주곤 했다.

손님들을 대접하며 아샤 차를 내놓는 건 귀족가의 새 유행이 됐다. 귀부인들은 너도나도 아샤 차를 얻기 위해 눈에 불을 켰다.

"어머나, 이 차는……."

"아시는군요. 아샤 차랍니다. 공작 부인께서 직접 보내 주신 거예요."

귀족가에서 이런 대화들이 들려오는 건 흔한 일이었다. 여성 예술가에 대한 인식도 나아졌다.

"이번에 공작 부인께서 새로운 예술가를 찾아내어 후원하신다고 하던데요."

"아, 들었어요. 이번엔 조각가라고 하던가요?"

"맞아요. 이전에 후원하셨던 안나 양은 에폴리의 아카데미에 입학한다고 들었어요."

이엘리는 살롱을 중심으로 여성 예술가들을 후원하기 시작했다. 그 후원을 보며 흰 눈을 뜨고 바라보는 사람도 물론 있었다. 특히 남성 귀족들이 반발했는데, 그건 자카리가 알아서 막았다.

"내 아내가 진행하는 일이야."

"하지만, 각하!"

"이 일이 그대들에게 단 하나의 피해라도 줬나?"

새파란 눈동자가 싸늘하게 식은 채 사람들을 노려본다. 귀족들은 저도 모르게 움츠러들었다.

"그, 그것은 아니지만……."

"그렇다면 아무 문제도 없지 않나."

자카리는 단호하게 대답했다. 귀족들은 서로 눈치를 살폈다. 자카리가 비딱한 얼굴로 말했다.

"그런데 그대들이 내 아내에게 있어 뭐라고 참견하려 하는 거지?"

자카리의 서슬 퍼런 시선을 마주하며 귀족들이 꿀 먹은 벙어리가 되는 건 물론이었다. 자카리의 비호 아래 이엘리는 마음껏 원하는 바를 이루어 나갔다.

이엘리가 열정적으로 활동하는 것에 감화된 귀부인들 또한 하나둘 그녀를 따랐다.

그러던 중, 이엘리가 자카리를 찾아갔다.

"나, 능력 있는 여성 예술가들을 한정하여 지원할 수 있도록 기금을 만들고 싶은데."

"기금?"

"응, 교육을 받게 해 준다거나, 혹은 어려운 생활을 하고 있으면 도와준다거나……."

아무리 재능이 있어도 자금이 없으면 재능은 스러지고 만다. 그나마 남성 예술가들은 귀족들의 지원을 포함하여 여러 도움을 받을 수 있는 방법이 있지만, 여성 예술가들은 그게 어려웠다.

"여자라는 이유만으로 재능이 묻혀야 한다니, 그건 말도 안 된다고 생각해서."

그렇게 말하던 이엘리는 문득 멈칫했다. 공작가의 예산을 너무 많이 끌어다 쓰는 거 아니야?

"음, 내 내탕금을 사용할 테니까 그건 걱정하지 말고……."

"왜 너의 내탕금을 사용해야 하는데? 내탕금 외에, 공작가에서 안주인에게 사용하라고 따로 배정해 둔 예산도 있잖아."

"하지만 내가 운영하는 살롱은 개인적인 거잖아. 그런 것에 예산을 사용하는 건……."

"이엔."

자카리가 그녀의 귓바퀴에 쪽 키스했다. 그녀의 귓속으로 달콤한 목소리가 쏟아져 들어온다.

"넌 공작가의 안주인이고, 공작가의 예산은 모조리 네 거야."

"하지만……."

"네가 원하는 건 뭐든지 해도 돼."

자카리의 목소리는 단호했다. 그의 품에 안긴 채, 이엘리는 눈을 깜빡이며 그를 올려다보았다.

"음…… 하지만 개인적인 용도로 사용하는 거잖아?"

"헤센바이츠의 안주인이 사용하는 건데, 그게 어떻게 개인적인 용도야?"

오히려 의아하게 물어 온 자카리가 이를 세워 그녀의 목덜미를 가볍게 깨물었다. 이엘리는 진저리를 쳤다. 잘근잘근 닿는 이의 감촉에 기분 좋은 소름이 돋는다. 그는 나른하게 속삭였다.

"내 아내를 침대에서 독점하는 것 정도는 하게 해 주겠지?"

"……안 된다고 해도 할 거잖아?"

"역시 나의 이엔이야. 날 너무 잘 알아서 두려울 정도인데?"

그렇게 말한 자카리가 그녀를 부드럽게 침대에 눕혔다. 이엘리는 저도 모르게 미소를 지었다.

＊　　　＊　　　＊

늦은 새벽, 조도를 낮춰 둔 등이 옅은 주홍색 빛을 흩뿌렸다. 이엘리는 굴 양식 사업 관련 서류를 다시 한 번 살펴보고 있었다. 무언가 문제가 있는지, 하얀 미간을 살포시 찌푸린 채였다.

"……이엔, 자지 않고 뭐해?"

"아, 자카리."

잠긴 목소리가 들려왔다. 그녀는 남편을 돌아보았다. 자카리가 등 뒤에서 그녀를 끌어안았다.

"이런 늦은 시간에 일하고 있는 거야?"

"응, 살펴봐야 할 게 좀 있어서."

"뭘 보기에…… 아."

자카리가 이엘리의 어깨 너머로 서류를 슬쩍 살펴보았다. 잠시 후, 그의 눈동자가 가늘어졌다.

"굴 양식 사업이네?"

"응. 근데 지금 이 신청자…… 좀 이상하지 않아?"

이엘리는 이름 중 하나를 가리켰다. 자카리가 살짝 이마를 구겼다. 미세한 위화감이 느껴진다.

"갑자기 공작령에 전입 신고를 해서 지원을 받아 간다니, 너무 시기가 적절하잖아."

"그래…… 그래 보이네."

"그것만으로 의심하는 건 좀 그렇다고 생각해서, 내가 좀 더 조사해 봤는데."

그녀는 등 뒤에서 자신을 끌어안은 자카리의 품에 몸을 기댔다. 자카리를 올려다보며 말한다.

"의심스러운 부분을 더 발견하고 말았지 뭐야."

"뭔데?"

"그게, 지원을 받으면 어떤 식으로 사업에 사용할 건지 보고서를 올리라고 했거든."

이엘리는 펜 끝을 까닥거렸다. 자카리는 그녀를 끌어안은 팔에 힘을 주었다. 그가 그대로 질문한다.

"응, 그런데?"

"어민들은 글을 잘 모르니까 행정원들을 붙여 주겠다고 제안했고, 모두 받아들였어."

행정원들은 예산 집행이 투명하게 되는지 감시하는 한편, 어민들의 고충을 듣고 상부로 올려 보내는 위치를 가진다. 서로 상부상조하는 관계니, 어민이 행정원을 굳이 거절할 이유가 없었다.

"……이 사람은 행정원이 도와준다는 제안을 거절하고 혼자 보고서를 올렸어."

그 말은 뒤집어 말하자면, 행정원을 거절한다는 것 자체가 어딘가 외부에 드러나서는 안 되는 부분이 있다는 뜻이다. 이엘리가 미간을 좁혔다. 그녀는 펜으로 보고서를 톡톡 두드려 보였다.

"그래서 그 사람이 보낸 보고서를 읽어 봤거든?"

"그런데?"

"너무 깔끔해."

그게 이엘리가 느끼는 위화감의 이유였다. 너무 흠잡을 곳이 없다. 자카리가 고개를 갸웃했다.

"그게 무슨 말이야?"

"일개 어민이 썼다고 생각하기에는 너무 깔끔하다는 뜻이야."

이엘리는 미간을 좁히며 대답했다. 자카리의 눈에 의아함이 스쳤다. 이엘리는 말을 덧붙였다.

"마치…… 누군가가 대필이라도 해 준 것처럼."

자카리의 표정이 살짝 굳어졌다. 이엘리는 그의 몸에 툭 고개를 기댔다. 그대로 말을 잇는다.

"물론 이것만 보면 심증만 있을 뿐 확증은 없지. 그래서 따로 조사를 시켰는데……."

말꼬리를 흐리던 이엘리는 이윽고, 사납게 웃었다. 이엘리는 자카리를 향해 나긋하게 말했다.

"……글쎄, 로렌 백작가가 연관되어 있지 뭐야?"

자카리의 눈빛이 대번에 싸늘해졌다. 마치 맹수가 으르렁거리는 것 같은 목소리로 되묻는다.

"로렌 백작 가문이?"

"응. 위장 전입 신고를 한 거야. 당연히 저 양식 사업에서 한몫 챙겨 보려는 속셈이겠지."

"하아……."

어째서 내 외가는 항상 이딴 식인가. 그의 얼굴에 시름이 깊어졌다. 그녀는 냉정하게 말했다.

"아마 로렌 백작도 함께 가담했을 거라고 봐. 서류를 대신 꾸며 준다거나 하는 형식으로."

"그럴 확률이 높겠지. 백작 부인 혼자서 서류 자체를 꾸미는 건 어려웠을 테니까."

"뭐, 백작은 지금 제도에 있으니까 실질적인 일들은 백작 부인이 했겠지만."

이엘리는 곰곰이 생각에 빠진 얼굴이었다. 잠시 머리를 굴리던 이엘리가 다시 입술을 열었다.

"응, 그런 문제도 있거니와…… 게다가 사람도 구해야 하잖아?"

"전입 신고가 끝났을 때, 백작 가문을 대리하여 공작령에 들어올 사람을 말하는 거지?"

"응, 바로 그거야."

이엘리는 고개를 끄덕였다. 자카리는 이제 혐오스럽다는 표정을 짓고 있었다.

그러던 중 그녀는 아차 하는 표정을 했다. 로렌 백작 가문은 어쨌거나 자카리와 피가 이어졌지 않나.

"그런데 자카리, 괜찮아?"

"뭐가?"

"그래도 네 외가 친척들이잖아."

이엘리는 약간 걱정스러운 얼굴로 자카리에게 말했다. 하지만 자카리는 대번 고개를 저었다.

"난 괜찮아."

"정말?"

"물론이지, 어차피 내 가족은 너뿐이니까."

자카리는 부드럽게 웃었고, 이엘리는 말문이 막혔다. 자신을 향한 저 애정이 얼마나 크고 깊은지 알아서였다.

자카리는 그녀의 입술에 부드럽게 입을 맞췄다. 성적인 함의가 담긴 키스가 아니라, 그저 온기를 나누는 키스였다. 호흡과 호흡이 뒤섞이는 가운데 뭉그러진 음성이 들렸다.

"이엔. 난 너만 있으면 돼."

그 말이 진심임을 알아 이엘리는 가슴이 뭉클해졌다. 그녀는 자카리의 뺨을 살짝 어루만졌다.

* * *

북부의 사교계는 점차 분위기가 바뀌기 시작했다. 지금껏 예술이 남자 위주로 돌아갔던 것을 비판하고, 여성 예술가들을 주로 후원하게 된 것이다.

귀부인들은 '사회 전반에 나서는 건 남자가 하는 일이다'라는 편견에서 서서히 벗어나기 시작했다. 이엘리로서는 고무적인 일이었다.

"공작 부인께서 여성 작가들을 후원하신다고 하더라고요."

"그러게요. 여성 작가들이라니…… 독특하시네요."

"그래도 신선하지 않나요? 전 괜찮다고 생각해요."

이엘리가 여성 예술가들을 후원하는 것은, 후에 여성 예술가들이 예술계에 직접 발을 디딜 수 있는 발판이 되었다.

처음에는 북부에서 시작된 일이었지만, 이엘리의 기금을 받은 재능 있는 여성 작가들이 예술 도시 에폴리에 있는 아카데미에 입학하면서 점점 제도에도 소문이 퍼졌다.

"북부에서는 요새 새로운 살롱이 유행한다고 하던데요."

"공작 부인께서 직접 유행시켰다죠?"

"여성 예술가들을 직접 발굴하여 지원하고, 귀부인 스스로도 작품 활동을 한다던데요."

"신선하네요. 지금까지 리펜에서는 그런 살롱이 존재하지 않았잖아요?"

하지만 그것에 불만을 가지는 사람들도 분명 존재했다. 대표적인 인물이 로렌 백작 부인이었다.

"어떻게 이럴 수가 있어!"

백작 부인은 테이블에 쌓여 있는 서류를 밀어내며 잔뜩 신경질을 냈다. 와장창, 잉크병이 바닥으로 떨어져 산산조각 났다. 백작 부인은 눈에 불을 켠 채, 분에 차서 고래고래 소리를 질렀다.

"고작 남부의 촌뜨기 계집애가 공작 부인입네 행세하는 것도 분한데, 뭐?"

하녀들은 그저 오들오들 떨 뿐, 차마 잔뜩 성을 내는 안주인에게 가까이 다가가지도 못했다.

"그 계집애의 살롱에 내 살롱이 밀리다니!"

그사이 백작 부인 앞으로 온 편지가 한 통 있었다. 게다가 발신자도 백작 부인이 거절할 수 없는 거물이었다. 결국 하녀 중 한 명이, 없는 용기까지 쥐어짜 내어 백작 부인에게 말을 걸었다.

"저, 마님."

"무슨 일이야!"

백작 부인은 쌔근쌔근 숨을 몰아쉬며 하녀를 홱 돌아보았다. 목소리가 절로 날카롭게 나온다.

"편지가 도착했습니다만……."

"쓸데없는 편지는 다 태워 버려, 무슨……!"

"그게…… 헤센바이츠 공작 부인께서 보내오신 편지라서."

쭈뼛대던 하녀가 대답했다.

전혀 예상치 못한 상대에 부인은 두 눈동자를 커다랗게 치켜떴다.

"뭐라고?"

이건 도대체 뭐지? 뭔가 불길한 예감이 든다. 성큼성큼 걸어간

부인이 편지를 낚아채 펼쳤다.

'친애하는 로렌 백작 부인.'

친애하는? 두 사람은 좋은 말로도 '친애하는'이라는 수식어로 서로를 칭할 관계가 아니었다.

'백작 부인과 제가 따로 만나 대화해야 할 일이 생긴 것 같아, 이렇게 서신을 부칩니다.'

그 생각은 이엘리도 백작 부인과 동일한 듯했다.

'내일 당장 공작 성으로 오시겠어요?'

백작 부인은 두 눈을 부릅떴다. 비록 부드러운 말투로 쓰여 있지만 이건 명백한 협박이었다.

'참고로 빠른 시일 내에 공작 성에 오시지 않으면, 감당하기 어려운 일이 생기실지도 몰라요.'

설마……? 백작 부인은 뱃속이 뒤틀리는 기분을 느꼈다. 걸리는 일이 하나 있었던 것이다.

헤센바이츠에서 어민들을 지원하기 위해 진행한 굴 양식 사업.

보자마자 알았다. 그 사업이 얼마나 큰 이득을 얻을 수 있는지. 그런 먹음직스러운 사업에 어떻게든 끼어들지 않는 게 바보다.

'아니야, 그건 아닐 거야.'

백작 부인은 세차게 고개를 가로저었다. 위장으로 전입 신고를 하긴 했지만, 공사다망하신 공작 부인께서 고작 어민들 하나하나를 살필 리 없었다. 하지만 날카로운 불안감이 뱃속을 긁는다.

'그럼 최대한 빠른 방문 기다리겠습니다. 이엘리 헤센바이츠.'

우아한 글씨체로 쓰여 있는 '이엘리 헤센바이츠'라는 서명을 보며 백작 부인은 입술을 물었다.

이튿날. 백작 부인은 아침 일찍부터 공작 성에 방문했다. 이엘리는 백작 부인을 기다리고 있었다. 조용한 응접실 안, 두 여자는 나란히 마주 앉았다. 이엘리는 나긋한 어조로 입술을 열었다.

"이전에도 몇 번이나 예산 책정에 실수하는 모습을 보이셨죠."

"그, 그게 무슨 말씀이신지……."

"그때도 자신의 잘못이 아니라고 계속 우기시기에, 그저 실수라고 받아들여 드렸지만요."

이엘리는 여전히 차분했다. 백작 부인은 마른침을 삼켰다. 백작 부인의 시선이 테이블 위를 헤맸다. 다과와 차, 그리고 두꺼운 서류들이 놓여 있었다. 표지에 아무것도 적혀 있지 않은 서류 또한 보였다.

'저 서류는 도대체 뭐지?'

백작 부인은 뱃속부터 들끓어 오르는 불안감을 느꼈다. 뭔가 불길했다. 신경을 건드리는 느낌이 들었다.

"그런데……."

이엘리의 목소리가 깊게 가라앉았다. 이엘리는 고개를 갸웃 기울이며 백작 부인을 마주보았다.

"감히 헤센바이츠의 공작령 내에서도 이런 식으로 행동하실 줄은 전혀 예상치 못했네요."

실은 어떻게든 발을 걸칠 것은 예상하고 있었지만, 이렇게 쉽게 걸릴 정도로 허술하게 행동할 줄은 몰랐지.

이엘리는 쌩긋 눈웃음을 쳤다. 찻잔을 들어 입술을 축인 이엘리는 말을 이었다.

"굴 양식 사업의 지원은 소규모 어민들의 자립을 위해 지원하는 거죠."

"공작 부인, 그것이……."

"백작 부인께서도 잘 알고 계시리라 믿었는데요."

이엘리는 칼처럼 단호한 어조로 말을 맺었다. 꽃잎 같은 입술 위로 비뚜름한 미소가 걸렸다.

"양식 사업이 잘되는 것 같으니까 어떻게든 끼고 싶으셨나요?"

"저, 저는 그런 적 없습니다!"

백작 부인은 우선 발뺌을 해 보았다. 그런 그녀를 한심하게 바라보던 이엘리가 곧장 대답했다.

"설마 제가 증거 하나 없이 백작 부인을 이곳에 불렀으려고요."

"……네?"

백작 부인의 얼굴이 새하얗게 질렸다. 이엘리는 턱짓으로 테이블 위를 까닥 가리켰다. 이엘리가 가리킨 것은, 아까 전부터 자꾸만 신경을 건드리던 바로 그 서류들이었다. 그녀가 말했다.

"그렇지 않아도 아니라고 하실 것 같아서 증거부터 미리 모아 뒀지요."

거짓말! 백작 부인의 눈동자가 파르르 떨렸다. 하지만 이엘리는 도망칠 곳을 미리 차단해 뒀다.

"참고로, 백작가에서 위장 전입 신고를 해 둔 작자에게 증언도 이미 받아 뒀답니다."

"고, 공작 부인……!"

"아무리 부유함이 좋다지만, 이건 좀 심하지 않나요?"

이엘리의 차분한 목소리에는 온기라고는 하나도 없었다. 그녀가 한숨을 섞어서 말을 이었다.

"백작 부인께서 평민들을 그토록 무시하는 모습을 몇 번이나 봤는데."

이엘리는 생긋 눈웃음쳤다. 백작 부인이 살롱에서 제멋대로 떠들던 모습을 꼬집는 것이었다.

"평민 중의 평민인 어민들의 등골까지 빼먹으면서 부는 축적하고 싶으셨나요?"

로렌 백작 부인은 차마 제대로 말을 잇지 못했다. 그런 그녀를 이엘리는 말끄러미 바라보았다.

"로렌 백작 부인. 언제까지나 황가의 비호와 헤센바이츠의 외척이라는 이름이……."

이엘리가 찻잔을 내려놓는 동작이 지독하게 느리게 느껴졌다.

달칵. 찻잔과 찻잔 받침이 부딪치는 소리가 천둥처럼 백작 부인의 귀를 때렸다. 그녀는 침착하게 백작 부인에게 질문을 했다.

"……로렌 백작 가문을 보호해 줄 거라고 생각하셨나요?"

"공작 부인, 아닙니다! 저희가 그러려던 게 아니라……!"

"입으로는 어떤 말이든 할 수 있죠. 하지만 전 뭐든지 행동을 봐야 한다고 생각한답니다."

이엘리의 눈매가 가늘게 휘었다. 찻잔의 테두리를 손가락으로 톡톡 두드리던 그녀가 말했다.

"그래도 전대 공작 부인에 대한 예우가 있으니…… 공식적으로 문제를 크게 키우지는 않을게요."

그 말에 백작 부인이 번쩍 고개를 들어올렸다. 희망에 가득찬 얼굴이다.

'어떻게든 사죄하고 잘 보이려 노력하면 괜찮지 않을까?'

이미 지금까지 당했던 일이 무척 많았다. 차라리 지금이라도 꼬리를 내리고 공작 부인에게 잘못했노라 이야기하면, 용서해 줄지도 모른다. 하지만 이엘리의 말은 아직 끝나지 않았다.

"다만."

다만? 도대체 무슨 말을 하려고? 백작 부인의 낯이 미세하게 일그러졌다. 이엘리는 미소했다.

"이제부터 로렌 백작가의 사람들은 제 살롱에 출입할 수 없도록 막을 거예요."

"뭐, 뭐라고요!?"

백작 부인은 저도 몰래 언성을 높여 버렸다. 저 말은 곧, 로렌 백작 부인과 백작 영애가 아예 북부 사교계에 편입될 수 있는 길 자체를 막아버린다는 뜻이었으니까. 그녀는 입술을 깨물었다.

'안 돼, 난 그렇다 치더라도 내 딸은……!'

백작 영애는 아직 결혼도 하지 않았고, 약혼자도 없었다. 그런 세 딸이 좋은 혼처를 얻으려면 귀부인들과의 돈독한 관계를 유지해야 한다. 보통 귀족의 혼사란 그런 곳에서 이루어지니까.

"그리고 이번 일에 대해 배상하셔야 할 거예요."

"배, 배상이라고요?"

"물론이죠. 이대로 입을 닦고 넘어가실 생각이셨나요?"

하지만 이엘리는 냉엄하게 말했다. 온기 한 점 남아 있지 않은 연녹색 눈이 백작 부인을 본다.

"금액은 오백 르뎀으로 정했어요."

"오, 오백 르뎀이라니…… 금액이 너무 과합니다!"

"글쎄요. 겉으로나마 공작가의 외척 예우를 받는 대가로는 저렴하지 않나요?"

그렇게 말하니 백작 부인은 할 말이 없었다. 오백 르뎀은 분명 큰 돈이었지만, 공작가의 외척 예우보다는 확실히 적었다.

그럼에도 오백 르뎀이라니. 그 금액은 웬만한 귀족 가문이 감당하기 어려운 금액이었다. 평민 가정의 거의 10년 치 생활비라는 사실을 고려한다면 더더욱 그랬다.

"그리고 그런 식으로 뻗댈 수 없는 위치라는 것을 잘 아셔야 할 거예요."

고민하는 백작 부인을 앞에 둔 채 이엘리는 냉정하게 선을 그었다. 백작 부인은 몸을 움찔했다.

"저와 자카리가 백작가를 그대로 두는 건, 전대 공작 부인의 면을 봐서 그런 거니까요."

그 말에 백작 부인이 어깨를 굳혔다. 아름다운 아델라이데. 그녀는 이미 죽었음에도 여전히 그들의 삶에 영향을 끼친다. 죽은 그녀가 살아 있는 로렌 백작가 전체보다도 영향력이 강하다.

"저 배상금을 물고, 계속 자숙하는 모습을 보인다면……."

이엘리는 비스듬히 입꼬리를 올렸다. 명백한 비웃음이었다. 그녀가 낭랑한 목소리로 말했다.

"……뭐, 공작가의 공식 행사 정도에는 참석할 수 있게 해드리죠."

"고, 공작 부인……."

"전대 공작 부인께 감사하셔야 할 거예요, 전대 공작께서 그분을 얼마나 사랑하셨는지 잘 알고."

그녀는 로렌 백작 부인의 말을 탁 끊어 냈다. 허리를 곧게 펴고 앉은 자세로, 차분하게 말한다.

"또한 그분께서 제 남편의 어머니이시니, 그분이 계셨던 가문에 최소한의 예우를 지키려 하는 것뿐이니까요."

"저희는……."

"지금껏 오만하게 행동하신 것에 대한 대가는 치르셔야 한다고 봐요. 그렇죠?"

이엘리의 말에 도무지 반박할 수 있는 방법이 없었다. 백작 부인은 무겁게 고개를 떨어뜨렸다.

*　　*　　*

그날 저녁. 이엘리는 남편의 품에 안긴 채, 자신이 했던 일에 대해 깊은 고뇌에 빠져들었다.

"내가 너무 조였던 걸까?"

"아니, 오히려 관대한 처사였지."

그는 이엘리의 뺨에 짧게 키스하며 속삭였다. 그의 목소리 끝이 미세한 분노에 젖어 있었다.

"사실 난 아예 백작가를 파내 버려도 상관없었지만……."

"아니야, 이 정도로 하는 편이 나아."

하지만 이엘리는 고개를 가로저었다. 이엘리는 자카리의 품에 고개를 기대면서 말을 이었다.

"왜냐하면 백작가를 파내 버리면…… 황가가 새로이 북부의 다른 가문을 포섭하려 들 테니까."

그 말에는 자카리도 동의했다.

황가가 더 북부에 간섭하려 드는 모습을 보느니, 로렌 백작 가문을 적당히 견제하고 있는 편이 차라리 더 나았다. 잠시 머뭇거리던 그녀가 말을 덧붙였다.

"게다가 어쨌든, 네 어머니께서 태어나신 가문이잖아."

"……."

그 말에 자카리는 잠깐 침묵하며 그녀를 바라보았다. 잠시 후,

그가 가라앉은 어조로 말했다.

"이엔, 넌 너무 상냥해."

"나에게 그렇게 말하는 사람은 아마 너밖에 없을걸."

이엘리는 생긋 눈웃음을 쳤다. 자카리는 대답 대신, 제 소중한 아내를 힘을 주어 끌어안았다.

15
공작가의 여름

여름이 한창 무르익어 신록이 울창해지는 날씨. 기온이 서늘한 북부에서도 드물게 더운 기온을 만끽할 수 있는 때. 북부에 반갑지 못한 소식이 찾아들었다. 황제가 직접 보낸 소식이었다.

"뭐?"

정원에 화려하게 피어난 여름 장미를 감상하던 이엘리는 뜨악한 얼굴로 자카리를 돌아보았다.

"황제 폐하가 북부에 찾아오신다고?"

"……그렇다고 하더라."

자카리의 표정도 그다지 좋진 않았다. 그녀의 곁에 성큼성큼 다가온 그는 눈을 가늘게 떴다.

"북부 전체를 시찰하면서 헤센바이츠 영지에도 방문한다고 하던데."

"갑자기 웬 북부 시찰이래? 뜬금없이."

그 말을 들은 이엘리는 질색을 했다. 자카리는 명백히 불만스러운 어조로 이엘리에게 말했다.

"뭐, 말로는 우리의 결혼식 때 참석하지 못한 게 미안하다고 하던데."

"뭐라고?"

이엘리는 기가 막힌 표정이 되어 버렸다. 황제의 뻔뻔함이 어디까지 나아가는지 모를 일이다.

"새로이 자리 잡은 공작 부부를 축하하고, 북부와의 친목을 다지고 싶다고 하더라고."

공작 부부를 축하하고, 북부와의 친목을 다진다…… 라. 입술에 침은 바르면서 그런 말을 하나?

"예전에 좋지 못한 일이 있었지만 이 정도에서 정리하자고 하던데……."

"아니, 다른 사람도 아니고 황제 폐하께서 그런 말씀을 하셔?"

"내 말이 그 말이야."

자카리의 입가에 조소가 스쳤다. 자연스럽게 손을 뻗은 자카리가 그녀의 어깨를 끌어안았다.

"그리고 네게도 사과하고 싶다고 하시네."

이엘리는 잠시 멈칫했다. 자카리는 그런 그녀를 물끄러미 내려다보았다. 조심스럽게 질문한다.

"혹시 황제와 너 사이에 무슨 일이라도 있었어?"

새파란 덩굴 안쪽으로 붉은 장미가 무리 지어 피었다. 그 장미를 보던 이엘리는 황제가 건넸던 장미 꽃다발을 생각하며 미간을 좁혔다. 아샤 꽃가지 대신 황제가 줬던 화려한 장미 꽃다발.

"……."

그녀는 침묵했다. 자카리는 더 물어보지 않았다. 다만 이엘리를 끌어안은 팔에 힘이 들어갔다.

"괜찮아, 이엔."

"……자카리."

"네가 원하지 않으면 황제의 제안은 거절할 테니까."

그는 여상한 목소리로 그렇게 말했다.

하지만……. 그녀는 숨을 삼켰다. 황제가 화해하자며 먼저 손을 내밀었는데, 개인적인 감정으로 거절하는 건.

잠시 그를 바라보던 그녀가 고개를 저었다.

"아냐, 난 그 방문을 받아들이고 싶어."

"……이엔."

"나…… 너에게 돌아오기 전에."

그녀의 목소리가 낮게 가라앉았다. 잠시 머뭇거리던 그녀는 고개를 들어올렸다. 그를 빤히 바라보는 연녹색 시선. 새싹 같은 빛깔, 그 안쪽에 비치는 자카리의 얼굴이 잘게 떨리고 있었다.

"황제가 내게 자신의 여자가 되라고 한 적이 있었어."

"……."

그 말을 들은 자카리는 잠시 침묵했다. 이엘리는 입술을 깨물었다. 가라앉은 목소리가 들린다.

"물론 난 거절했지만…… 그럼에도 제도에서 나와 황제의 염문이 도는 건 어쩔 수 없었어."

"이엔."

"난 황제가 너무 싫어."

그녀는 내뱉듯 말을 이었다. 자카리는 그녀를 망연히 응시했다. 그녀의 목소리는 다소 거칠다.

"하지만…… 오히려 황제와의 염문을 없애기 위해서는 황제를 만나는 편이 좋을 거야."

황제를 생각할 때마다 온몸에 소름이 돋는다. 그녀를 훑듯이 바라보던 그 시선이 너무 싫다.

"내가 황제를 대하면서 당당하게 행동해야, 제도에 퍼진 염문이 가라앉을 테니까."

하지만 언제까지나 피하고 있을 수만은 없었다.

"그리고 황제가 북부를 방문한다면, 북부의 군주가 황제를 맞아들이는 게 당연해."

이엘리는 입술을 깨물었다. 그녀의 개인적인 감정으로 자카리의 발목을 잡는 것 또한 싫었다.

"그건 네 의무이자 권리이니까."

"……하지만, 이엔."

자카리는 안타까운 눈초리로 그녀를 바라본다. 그가 그녀의 입술을 손가락으로 어루만지며 말했다.

"내가 가진 모든 의무와 권리보다도 네가 훨씬 더 중요해."

"자카리."

"그러니까 난 네가 너 스스로를 가장 중요하게 여겼으면 좋겠어."

자카리의 목소리는 진지했다. 이엘리는 그런 그를 말끄러미 바라보았다. 자카리가 자신을 얼마나 소중하게 생각해 주는지 알 것 같다. 그리고 이엘리 또한 자카리를 소중하게 생각했다.

"고마워. 하지만 나, 정말로 괜찮으니까."

그러므로 이엘리는 약간 가벼워진 마음으로 그렇게 말했다. 자카리의 시선에 걱정이 서렸다.

"진심이야? 황제의 제안 따위 거절해도 되니까……."

"아냐, 정말이야."

이엘리는 생긋 눈웃음을 쳤다. 그녀는 자카리의 품에 고개를 기대면서 조그맣게 소곤거렸다.

"왜냐하면 네가 내 곁에 있어 줄 거잖아."

그 말에 담겨 있는 순수한 애정에 자카리는 말문이 막혔다. 이엘리는 나긋하게 말을 이었다.

"나쁜 기억은 좋은 기억으로 덮으면 돼."

"……이엔."

"네가 옆에 있으니까, 분명 그럴 수 있을 거야."

그녀의 말을 들은 자카리의 입술 위로 희미한 미소가 서렸다. 자카리가 장난스럽게 질문했다.

"지금까지 이엘리 네가, 나에게 그렇게 해 줬던 것처럼?"

그렇게 말한 자카리가 장미 꽃송이를 하나 꺾어, 이엘리의 손에 들려 주었다.

"이 장미꽃이 네게 좋은 기억이 되었으면 좋겠어."

"……고마워."

장미를 받아든 이엘리는 울어 버릴 것 같은 기분이 되어 버렸다.

자카리는 이엘리가 말하기 전, 황제와 그녀 사이에 번졌던 염문을 이미 알고 있었으리라. 그랬기에 이 장미를 주었겠지.

'아마 황제가 신년 무도회에서 나를 어떻게 대했는지 이미 알고 있을 거야…… 그래서.'

이엘리는 꽃을 들어 향기를 맡았다. 달콤한 장미 향기가 마음을 안정시켜 준다. 같은 장미임에도 이렇게 다른 기분이 드는 건, 역시 장미를 준 이가 그녀의 소중한 남편이기 때문일 터.

'황제가 장미 꽃다발을 주었을 때에는 당장 내던져 버리고 싶었는데.'

자카리는 그저 말없이 웃어 보일 뿐이다. 꽃잎을 어루만지던 그녀는 살포시 양 뺨을 붉혔다.

*   *   *

황제 일가가 방문하는 날짜는, 북부에서 가장 날씨가 온화하다 일컬어지는 8월로 정해졌다. 황제뿐 아니라 황녀와 황후도 함께 내려오기로 결정되었다. 그나마 듣던 중 기쁜 소식이었다.

"오랜만에 황녀 전하와 황후 폐하를 뵐 수 있겠네."

이엘리는 방긋 웃었다. 바쁜 와중에도 짬을 내어 아내를 보러 온 자카리가 걱정스레 물었다.

"요새 힘들지는 않고?"

"음, 별로? 왜?"

"계속 네가 바쁘게 움직여야 할 일이 생겨서 마음이 불편해서."

자카리의 진지한 대답을 들으며 이엘리는 까르르 웃어 버렸다. 하지만 자카리는 진심이었다.

'지금도 쥐면 꺼질까, 불면 날아갈까 싶은데⋯⋯.'

자신의 아내는 이 세상에서 가장 소중한 존재였다. 편안하고 안전한 곳에 앉혀 두고 세상 가장 귀한 것만 안겨 주고 싶은데, 자꾸 상황이 여의치 않게 돌아간다. 그는 미간을 잔뜩 구겼다.

"황제 자식, 쓸데없이 사람들 귀찮게나 하고."

"어쩔 수 없잖아. 그래도 오랜만에 황녀 전하와 황후 폐하, 두 분을 뵐 수 있는 건 좋아."

"그래도, 여러 가지 사업과 살롱만으로도 바쁘잖아."

이엘리는 공작가의 안주인이었고, 귀빈들을 대접할 의무가 있었다. 그러므로 그녀의 일이 늘어나는 건 당연한 수순이었다. 무려 황제 일가가 방문하니, 축연 정도는 준비해야 하는 것이다.

"괜찮아. 각자가 해야 할 일이 있는 거니까."

자카리의 마음을 아는지 모르는지 이엘리는 씩씩하게 대답했다. 자카리는 그녀의 그런 씩씩함이 보기 좋으면서도 좀 안타까웠다.

그때, 이엘리는 서류 한 장을 끌어다 그에게 보여 주었다.

"그것보다 축연에 참석할 귀족들을 선별하여 목록을 만들고 있는데."

"그래? 장인어른과 장모님도 모실 생각이지?"

"아니."

이엘리는 고개를 가로저었다. 자카리는 조금 의아한 얼굴이 되어 질문을 던졌다.

"왜? 북부의 귀족들은 대부분 부를 생각 아니었어?"

"그렇긴 한데, 우리 부모님은 예외야."

"어째서?"

이엘리는 미간을 좁혔다. 그녀의 손가락이 서류 위를 두드렸다. 고민하던 그녀가 말을 꺼냈다.

"이번에 영지를 받은 것만으로도 충분하다고, 이번 연회는 괜찮다고 하셨어."

자카리는 불만스러운 얼굴이 되었다. 아니, 그래도 그렇지. 하나 그녀의 말은 끝나지 않았다.

"이번 축연에 참석하시면, 부모님의 의도와는 다르게 헤센바이츠의 외척으로 보일 테니까."

"장인어른과 장모님이 그런 분들이 아니라는 건 내가 더 잘 알아."

"알아. 하지만 사람들의 눈이란 게 있잖아?"

자카리의 단호한 말에 이엘리는 어깨를 으쓱여 보였다. 그녀가 검지를 곧추세우고 살랑살랑 흔든다.

"이미 우리 부모님이 영지를 받은 것만 해도 불편해하는 가신들이 있을걸?"

그녀의 말에 자카리는 입을 꾹 다물었다. 솔직히 아니라고는 할 수 없었다. 이엘리가 워낙 안주인으로서 처신을 확실히 하고 있었고,

북부 전체에서 사랑받고 있었기에 다들 입을 다물고 있을 뿐이다.

게다가 자카리가 이엘리가 없으면 살지 못한다는 것도 그들의 침묵에 한몫했다.

"그것만으로도 혜센바이츠가 다시 외척을 끌어들이려 한다, 이런 인상을 남기기에는 충분해."

"하지만……."

"게다가 이미 로렌 백작 가문이라는 선례도 있으니까, 뭐."

이엘리는 입술을 동그랗게 말았다. 자카리는 이야기하던 것도 잊고 그녀의 입술을 응시했다.

"그냥 위험 부담을 좀 줄이고자 함이지. 이번에는 황가도 참석하니까."

"……그래?"

"그리고 부모님도 별로 참석하기를 바라지 않으셔. 사실 연회 같은 건 좀 번거로워하시거든."

그녀는 빙그레 웃었다. 간신히 정신을 차린 자카리는 한숨을 삼키며 그녀 이야기에 집중했다.

"참, 네게는 정말 고맙다고 전해 달라고 하셨어."

저렇게 네가 생글생글 눈웃음을 지을 때마다 내 가슴이 얼마나 떨리는지…… 넌 전혀 모르겠지?

"그보다 로렌 백작 가문도 참석시킬 생각이야."

하지만 달콤한 미소 뒤로는 현실적인 말이 뒤따랐다. 그녀의 말을 들은 자카리는 반사적으로 눈썹을 찡그리고 말았다. 고개를 내저은 자카리는 대뜸 질렸다는 목소리가 되어 대답을 했다.

"내 외척이라서 참석시키는 거라면, 차라리 불참시키는 편이 훨씬 더 낫다고 생각해."

"자카리."

"게다가 장인어른과 장모님도 불참하시는데, 왜 로렌 백작 가문은 참석해야 하는 건데?"

"물론 그 이유도 있지만, 그 이유 하나만은 아니야."

이엘리의 얼굴은 차분했다. 자신이 작성한 서류를 훑어보던 이엘리는 태연하게 말을 이었다.

"로렌 백작 가문을 아예 초대하지 않는다면, 황제도 결국 눈치를 챌 거 아냐."

"무엇을?"

"로렌 백작가가 이미 북부에서 모든 영향력이 잃어버린 지 오래라는 사실을."

그녀의 목소리는 서늘했다. 자카리는 이엘리를 빤히 바라보았다. 이엘리는 여상하게 되물었다.

"그렇다면 황제는 북부의 새로운 귀족을 포섭하려 들겠지. 그건 역시 싫지 않아?"

"맞는 말이긴 한데…… 그래도 정말 마음에 들지 않는단 말이지."

그렇게 대답한 자카리가 이마를 짚었다. 드리워진 손 그늘 아래, 푸른 눈동자가 차게 빛났다.

"지금은 그렇다 치더라도, 언젠가 기회를 봐서 정리하는 편이 좋다고 봐."

"그건 나도 동의해. 적당한 때가 있겠지."

이엘리는 고개를 끄덕였다. 이미 전대 공작 부인에 대한 예의는 차릴 만큼 차렸다. 아마, '로렌 백작가를 정리할 적당한 때'는 금방 오지 않을까. 서류를 내려놓은 그녀가 말머리를 돌렸다.

"어쨌거나 황가의 중요 인사가 북부에 모두 방문하니, 축연의 규모는 좀 크게 할 생각이야."

"힘들지 않겠어?"

"아냐, 바꿔 생각해 보면 좋은 기회야."

양 허리에 손을 얹은 이엘리는 야심만만하게 답했다. 그런 그녀가 너무 사랑스러워 자카리는 저도 모르게 웃고 말았다. 이엔, 이렇게까지 귀여울 필요는 없지 않나. 이엘리가 말을 이었다.

"황제 일가를 접대하는 것 자체가, 내가 북부의 안주인임을 증명하는 거나 마찬가지잖아?"

"황제 일가가 인정하든지 말든지 넌 북부의 안주인이야."

"알아. 하지만 난……."

이엘리는 미간을 살짝 좁혔다. 마음이 무거웠다. 한숨을 내쉰 그녀가 자카리에게 입을 열었다.

"……내가 너의 아내임을 황제가 그만 받아들였으면 좋겠어."

"이엔."

"더이상 황제 때문에 우리의 관계가 엉망이 되는 건 바라지 않아."

황제가 지금껏 그녀에게 보였던 관심을 생각해 보면, 이번 만남에서 황제가 어떤 식으로 나올지는 얼추 예상이 갔다. 분명 그녀의 마음과는 상관없이, 제 마음을 그녀에게 강요하려 할 터였다.

"하지만 뭐, 어쨌든 지금 황제가 어떻게 행동할지 걱정해 봤자 해결되는 건 없으니까."

분위기가 무거워진 걸 느꼈는지, 이엘리는 어깨를 으쓱이며 웃어 보였다. 그녀가 가볍게 말을 잇는다.

"당장 내가 해야 할 일은 흠잡을 데 없는 축연을 준비하는 거겠지."

자카리는 대답 대신 양팔을 뻗었다. 이엘리는 어느새 자카리의 품에 단단히 안겨 있는 스스로를 발견했다. 따뜻한 체온과 안정적인 느낌. 부드러운 목소리가 그녀의 귓가를 간지럽혔다.

"네가 원하는 대로 해. 하지만 뭐든지 무리하지는 마."

"……응."

이엘리는 뺨을 붉히며 대답했다. 황제 일가가 북부에 방문할 때까지 꼭 한 달이 남아 있었다.

*   *   *

황제 일가가 도착하기로 한 날은 아침부터 날씨가 화창했다. 햇빛은 맑았고, 바람 또한 살랑거렸다. 황제 일가를 맞이할 준비 또한 모두 완벽하게 끝났다. 그녀는 짧은 추억에 젖어 들었다.

'그러고 보면 자카리의 성인식 때도 이렇게 바쁘게 준비했었는데.'

황제는 황후, 그리고 황녀와 함께 공작 성을 방문했다. 백 명의 수행원, 그리고 고급 관리들을 동반한 상당한 규모의 일행이었다. 이엘리는 공작가의 안주인으로서 황제 일가를 맞아들였다.

"황제 폐하, 그리고 황후 폐하를 뵙습니다."

그리고 이엘리를 마주 보는 순간, 내내 찌푸리고 있던 황제의 얼굴이 활짝 펴졌다. 그때 두 눈에 날을 세운 자카리가 이엘리를 지키듯 바로 곁에 섰다. 자카리는 사나운 목소리로 말했다.

"세 분 황족을 모시게 되어 영광입니다."

명백히 예의상 말하는 말투였다. 황제의 표정이 다시 한 번 일그러졌다. 하지만 자카리가 황제를 대하는 태도 자체가 예법에 어긋난 부분은 없었기에, 황제는 마땅찮은 목소리로 답했다.

"공작가의 환대에 감사드리오."

"아닙니다. 얼른 안으로 드시지요."

자카리는 황제와 이엘리의 사이를 가로막듯이 움직였다. 이엘리는 내심 안도했다. 황제를 접대하는 건 역시 좀 부담스러웠던 터였다. 이엘리는 자카리의 등 뒤에서 황제 부부를 관찰했다.

'……어째, 황제 부부의 관계는 그리 좋아 보이지 않아 보이네.'

솔직히 말하자면 그리 좋아 보이지 않는다, 라는 완곡한 화법으로 말할 상태가 아니었다. 두 사람의 관계는 딱 보기에도 냉랭해 보였다. 황후는 반가운 얼굴로 이엘리에게 인사를 건넸다.

"오랜만에 보는 것 같네요, 헤센바이츠 공작 부인."

"예, 황후 폐하. 이렇게 폐하를 뵐 수 있어서 굉장히 기쁩니다."

이엘리의 대답을 들은 황후가 고개를 끄덕였다. 황후가 다정한 태도로 그녀의 손을 맞잡았다.

"결혼식 때 참석하지 못해서 내내 마음에 걸렸답니다."

"아닙니다. 배려해 주셔서 감사합니다."

두 여자는 살갑게 대화를 나눴다. 그때 황녀가 웃는 얼굴로 이엘리와 황녀 사이에 끼어든다.

"공작 부인, 잘 지냈나요?"

"네, 걱정해 주신 덕분에 잘 지냈답니다. 황녀 전하께서는 어떠하셨는지요?"

"저야 뭐 언제나 그럭저럭 지내죠."

황녀는 생긋 눈웃음을 쳤다. 아까 황제를 대할 때와는 다르게, 세 여자의 분위기는 훈훈했다.

"방을 마련해 두었답니다, 피로하실 텐데 연회 전까지 방에서 좀 쉬시지요."

"고마워요."

"두 분은 방까지 제가 직접 안내해 드릴게요."

이엘리는 한 걸음 앞서 나갔다. 보통은 귀빈들은 집사가 방을 안내해 주곤 하지만, 두 여인과는 친분이 있어서 특별 대우를 한 거였다. 세 여자는 도란도란 대화를 나누며 복도를 걸었다.

"오늘 저녁 연회가 기대되네요."

"부족하지만 열심히 준비했답니다."

황녀의 말에 이엘리는 쌕 눈웃음을 쳤다. 열심히 준비했다는 말은 진심이었다. 황녀와 황후는 그러지 않을 테지만, 황제와 제도의 귀족들은 은근히 북부를 아래로 보는 것이 느껴졌으니까.

"그러고 보니, 공작 부인의 살롱이 그렇게 특별하다는 소문이 있던데요."

그때 황후가 살가운 어조로 대화에 끼어들었다. 이엘리는 황후를 마주 보았다.

"여성 예술가들을 후원하고, 직접 예술품들을 창작한다지요?"

"그저 취미 활동을 하는 것뿐인걸요."

"아니에요, 지금까지 그런 영역은 남성들만 하는 것으로 암묵적으로 정해져 있었잖아요."

자박자박 걸음을 옮기는 황후의 어깨에는 왠지 힘이 없어 보였다.

"편견을 깬다는 게 얼마나 어려운 일인지 잘 아니까요."

황후가 흘끗 이엘리를 돌아보았다. 묘하게 지친 목소리. 이엘리는 황후를 가만히 마주보았다.

"저도 그런 생각을 할 수 있었다면 좋을 텐데. 아니, 하지만……."

황후는 잠시 생각에 잠겼다. 잠시 후, 고개를 갸웃 기울인 황후가 희미한 미소를 지어 보였다.

"……어차피 제가 그런 생각을 한들 이룰 수 없었을 테니 큰 의미는 없었겠지요."

그렇게 말하는 황후의 얼굴은 쓸쓸했다. 헤센바이츠 공작은 자신의 아내가 하는 일에 여러모로 지원하며 지지한다고 들었다. 하지만 황제는…… 답답하다. 황후는 애써 생각을 털어 냈다.

"아샤 꽃차는 잘 마셨어요. 정말 맛있었어요."

"감사합니다, 황후 폐하."

"꽃으로 잼을 만든 것도 신선한 생각이더군요. 굉장히 놀라웠답니다."

분위기는 다시 화기애애해졌다. 하지만 그녀는 황후의 서글픈 낯이 눈에서 지워지지 않았다.

　　　　　*　　　　*　　　　*

　　그날 저녁, 황제 일가의 방문을 축하하는 연회가 열렸다. 황제의
방문을 기념하기 위해 북부의 모든 귀족들이 초대되었고, 로렌 백
작 가문 또한 참석했다.

　　주로 제도에 머물러 있었던 로렌 백작가였기에, 북부 귀족들은
백작가를 좀 불편해했다. 결국, 백작가는 연회에서 겉돌고 말았다.

　　"훌륭한 연회로군요."

　　"그러게요, 공작 부인께서 많이 신경을 쓰셨나 봐요."

　　황제 일가를 보필하기 위해 제도에서 내려온 몇몇 귀족들은 두
눈을 둥그렇게 치켜떴다. 고상한 취향으로 꾸며진 연회장의 모습
은 우아하면서도 화려했다. 황궁과 비교해도 손색이 없다.

　　"제도를 제외하면 제국에서 가장 큰 도시답네요."

　　"아마 규모 자체로는 북부가 가장 크지 않나요?"

　　제도 귀족들의 선민사상을 깨부수는 광경을 보며, 귀족들은 미
묘한 기분을 느꼈다. 내심 북부가 시골이라며 무시하던 귀족들의
허를 찔린 것이다. 이엘리는 그 모습을 만족스럽게 보았다.

　　"오늘 연회에 참석해 주신 귀빈 여러분들께 감사의 인사를 올립
니다."

　　이엘리가 한 걸음 앞으로 나서며 귀족들에게 인사를 남겼다. 사
람들의 이목이 그녀에게 쏠렸다. 우아한 진녹색 드레스를 차려입은
그녀는 공작가의 안주인으로 손색이 없는 모습이었다.

　　"부디 이 연회가 여러분들께 즐거운 추억으로 자리 잡기를 빕니다."

낭랑한 목소리로 말한 이엘리는 환하게 미소를 지어 보였다. 공작 부부는 귀빈들에게 허리를 숙여 인사를 하고는, 각자 귀빈들을 만나러 갔다.

보통 안주인은 여성 손님들을, 가주는 남성 손님들을 맞이하는 게 보통이었다. 하지만 황제는 여전히 그 자리에 붙박인 듯 남아 있었다.

"……."

황제의 표정이 미세하게 굳어졌다. 황제의 시선은 이엘리를, 정확히는 그녀의 손목을 바라보고 있었다. 새하얀 팔목에는 아무것도 걸려 있지 않았다. 황제는 저도 모르게 눈살을 찌푸렸다.

'귀여운 짓을 하시는군.'

무려 황제가 하사한 선물이었다. 게다가 황제가 북부에 내려왔으니, 예의상 한 번쯤 착용해도 되는데 그러지 않는다. 그 뜻은 명백했다. 더 이상 자신에게 가까이 다가오지 말라는 뜻이었다.

'하지만 이 정도로 넘어갈 거라면, 북부에 내려오지도 않았지.'

황제가 사납게 미소 지었다. 마침 이엘리는 혼자 있었다. 황제가 이엘리에게 가까이 다가섰다.

"공작 부인. 제가 결혼 선물로 보내드렸던 팔찌는 착용하지 않으셨군요."

"전 이미 남편이 있는 몸입니다. 다른 이의 선물을 착용하는 건 적절치 못한 처신이지요."

그녀는 매끄럽게 웃어 보였다. 하지만 황제는 물러날 생각을 전혀 하지 않는다. 황제가 말했다.

"제도로 돌아가기 전, 공작 부인께서 그 팔찌를 착용하신 모습을 한 번쯤 봤으면 싶습니다."

"죄송합니다, 전 제 남편에게 충실한 아내이고 싶답니다."

이엘리는 눈썹 하나 까닥하지 않고 대답했다. 하지만 황제는 여전히 이엘리에게 질척거렸다.

"그 팔찌의 보석, 공작 부인의 눈동자 색깔과 꼭 닮아서 일부러 골라서 보낸 선물입니다만."

"신경 써 주셔서 감사합니다만 제게 그런 배려는 필요 없습니다."

이엘리는 황제의 말을 딱 끊어 냈다. 두 사람 사이에 어색한 분위기가 흘렀다. 하지만 상대에게 호의를 갖고 싶은 쪽이 먼저 굽히는 법이다. 황제가 유들유들한 목소리로 입술을 열었다.

"공작 부인, 왜 그러십니까. 그렇게 딱딱하게 구실 필요는 없지 않습니까."

"딱딱한 게 아니라 각자의 배우자에 대한 예의를 지키자는 뜻입니다."

"연회이지 않습니까. 약간의 일탈은 허용되는 자리입니다."

그 말을 들은 이엘리는 기가 막혔다. 저게 법과 질서를 수호한다 주장하는 황제가 할 말인가.

"비록 이전 신년 무도회에서 공작 부인과 저 사이에 좋지 못한 일이 있었지만……."

그 말을 듣던 이엘리는 눈썹을 구겼다. 은근슬쩍 두 사람의 공통 잘못으로 밀고 나가는 황제의 언사가 마음에 들지 않았다. 하지만 황제는 진지한 얼굴이었다. 황제가 이엘리를 향해 웃어 보였다.

"……그래서 제가 일부러 북부까지 방문했으니, 서로 좋게 끝났으면 합니다. 어떻습니까?"

마치 북부에서 황제에게 요청하여 내려오기라도 한 것처럼 황제는 거들먹거렸다. 그리고 이엘리는 이쯤에서 황제에게 선을 그어야 한다고 생각했다. 예의는 지키되, 할 말은 해야만 한다.

"죄송하지만 하나 말씀드릴 것이 있습니다."

황제에게 몸을 돌린 그녀가 그의 눈동자를 똑바로 바라보았다. 그리고 단정한 표정으로 말을 잇는다.

"신년 무도회에서 있었던 일은, 단순히 그런 식으로 치부할 문제가 아니라고 생각합니다."

"……공작 부인?"

"이미 지난 일이니 잘잘못을 따져 무엇 하겠습니까. 하지만……."

그녀의 목소리는 차분했다. 목소리와 태도는 정중했으나 내용은 문제의 핵심을 찌르고 있었다.

"폐하께서 제게 억지로 폐하의 감정을 강요하셨다는 사실을 지우지는 말아 주셨으면 해요."

그렇게 말하는 이엘리의 얼굴은 담담했다.

황제는 얼굴을 찌푸렸으나, 그 말에 딱히 반박하지는 않았다. 작은 자작가의 여식과 제국 유일의 공작 부인이란 대하는 태도가 달라지는 법이다.

"뭐…… 그때의 일, 공작 부인께서 불쾌하셨다면 미안합니다."

황제는 관대한 척 한 걸음 뒤로 물러나 주었다. 그러면서도 자신이 이엘리를 대하는 태도를 내심 자랑스러워했다.

이엘리는 조금 놀란 얼굴을 했다. 황제가 웬일로 제 잘못을 인정하지?

"어쨌거나 공작 부인께서는 예전보다도 훨씬 더 아름다워지셨군요."

그 말만큼은 진심이었다. 만나지 못했던 시간 동안, 이엘리의 아름다움은 꽃가지에 물이 오른 것처럼 무르익어 있었다. 황제는 마른 입술을 혀로 핥았다. 이엘리는 담백한 어조로 대답했다.

"감사합니다."

"공작 부인. 전 당신을 만나 뵈려고 이 북부까지 내려온 것이나 마찬가지입니다."

"감사한 말씀입니다만, 전 폐하를 한 번도 청한 적 없단 사실을 잊지 말아 주셨으면 합니다."

이엘리는 여전히 견고한 벽을 두른 것처럼 단호한 얼굴이었다. 황제는 가만히 입맛을 다셨다.

"매몰차시군요. 남부의 여인들은 다소곳한 맛이 있습니다만."

다소곳한 맛이라. 당연하게 여성을 남성 아래로 두는 말투가 거슬렸다. 이엘리는 차게 답했다.

"이제 전 북부의 여인이니 당연하지요."

"그래도 아쉽군요. 약간은 남부 여인의 미덕을 가지시는 편도 좋을 것 같습니다."

황제는 농담인 척 무례한 말을 지껄여 댔다. 이엘리가 미간을 좁혔으나, 황제가 먼저 손을 내미는 것이 빨랐다. 정중하게 허리를 굽힌 황제가 이엘리에게 느른한 목소리로 속삭였다.

"예전에도 공작 부인께 춤을 신청한 적이 있었죠."

"……."

"북부에 오랜만에 방문한 기념으로, 오늘은 부인의 첫 춤을 받고 싶습니다만."

하지만 이엘리는 황제와 얽히는 건 역시 사양이었다. 그녀는 무표정한 얼굴로 황제를 보았다.

"저와 폐하, 모두 혼인한 몸이지요."

"……공작 부인?"

"그리고 결혼한 사람은 각자 첫 번째 춤을 함께 추어야 할 사람이 있지 않겠습니까."

이엘리의 냉랭한 태도에 황제는 살짝 기분이 가라앉는 것을 느꼈다. 이엘리는 차분한 낯으로 말을 이었다.

"저는 제 남편, 헤센바이츠 공작과 첫 춤을 출 생각입니다."

"제가 북부까지 내려왔는데도 이렇게 매정하게 구시는 겁니까?"

그렇게 말한 황제가 이엘리의 뺨을 어루만지려 했다. 하지만 이엘리의 동작이 좀 더 빨랐다.

"그리고 제게 이렇게 함부로 손을 대는 것도 자제해 주십시오."

황제는 저도 모르게 허망한 표정을 지었다. 한 걸음 뒤로 물러난 그녀가 단호하게 대답했다.

"폐하의 첫 춤은 마땅히 황후께서 차지하셔야 합니다."

"공작 부인."

"적절치 못한 염문에 휩싸이기에는…… 이제 저희가 각자 머무르는 위치가 있지 않습니까."

이엘리는 칼처럼 선을 긋는 목소리와 태도로 황제에게 답했다. 그는 주먹을 꽉 말아 쥐었다.

"그렇다면 즐거운 시간이 되셨으면 좋겠습니다, 황제 폐하."

정중하지만 단호한 태도로 이엘리는 황제에게 고개를 숙여 보였다. 황제가 붙잡을 틈도 주지 않은 채 총총 사라지는 그 뒷모습은 성벽처럼 견고했다. 그 뒷모습을 황제는 빤히 응시했다.

"이런, 여전히 앙칼진 고양이 같군."

잠시 후, 뒤에 남겨진 황제는 희미한 미소를 지었다. 고개를 갸웃 기울이며 작게 중얼거린다.

"괜찮아. 어차피 오늘의 연회는 길 테니까……."

그 목소리에는 열기가 서려 있었다. 너무나도 갖고 싶은 누군가를 향한 진득한 소유욕이었다.

* * *

이엘리에게 연회의 첫 번째 춤곡은 당연히 자카리와 추기로 되어 있었다. 그녀는 남편과 손을 맞잡았다.

"자카리."

"응?"

"오늘 다른 여자와는 춤추지 마, 알았지?"

이엘리는 두 눈을 가늘게 휜 채 자카리에게 소곤거렸다. 두 눈을 동그랗게 뜨던 자카리가 이내 그녀를 향해 웃어 버렸다. 거리가 가까워진다. 그는 아내의 귀에 입술을 대고 작게 답했다.

"당연하지, 난 너밖에 없는걸."

그렇게 말한 자카리와 이엘리는 두 발짝씩 뒤로 물러났다. 자카리가 의아한 낯으로 질문했다.

"그런데 왜 그런 말을 하는 거야?"

"로렌 백작 영애가 참석했잖아."

이제 이엘리는 다른 여자를 경계하는 모습을 감추지도 않았다. 입술을 삐죽이는 그녀가 너무 사랑스러워서, 자카리는 심장이 꽉 죄이는 기분을 느꼈다. 자카리는 느릿하게 눈을 깜빡였다.

'지금 이 순간이⋯⋯ 마치 꿈같아.'

여름과 잘 어울리는 경쾌한 왈츠. 왈츠에 어울리는 가벼운 동작으로 춤추는 요정 같은 아내.

'내 아내.'

녹색 치맛자락이 동그랗게 부풀어 오른다. 분홍색 머리카락이 살랑거린다. 자카리는 숨을 삼켰다. 마주잡은 손을 놓고 싶지 않았다. 영영 이대로 그녀와 함께, 둘만의 세계에 있고 싶었다.

"이엔."

자카리는 그녀를 바라보았다. 장밋빛으로 달아오른 뺨, 반짝이는 연녹색 시선. 그녀는 언제나 그를 똑바로 응시한다. 하지만 꿈결 같던 음악은 끝나고 두 사람은 해야 할 일을 해야 한다.

"그거 알아?"

"뭘?"

"이 연회장에서 네가 제일 예뻐."

아쉬운 얼굴로 이엘리의 손을 놓기 전, 자카리는 달콤한 목소리로 그렇게 속삭였다. 이엘리는 기쁜 얼굴로 미소했다. 황제가 '아름답다'라는 칭찬을 할 때는 그저 혐오스러웠을 뿐이었는데.

"자카리."

"응?"

내 남편이 날 아름답다 말해 주는 건 어찌나 기쁜지. 이엘리는 나긋한 목소리로 말을 이었다.

"비밀 하나 알려 줄까?"

"뭔데?"

"오늘 내가 이렇게 치장한 건, 오직 너에게 예쁘게 보이기 위해서였어."

자카리의 눈이 동그랗게 뜨였다. 이엘리는 레이스 장갑을 낀 손끝을 살랑살랑 흔들어 보였다.

"오늘 힘내자, 알았지?"

"……그래."

자카리는 고개를 끄덕였다. 마지막으로 눈웃음을 친 그녀가 총총걸음으로 사라졌다. 그 뒷모습을 바라보던 그는 손을 들어 입술을 가렸다. 달아오른 얼굴을 조금이나마 가리기 위해서였다.

'어떻게 저렇게 사랑스러울 수가 있지.'

이엘리를 마주 볼 때마다 시시각각 사랑에 빠지는 기분이었다. 심장이 제멋대로 쿵쿵 뛰었다.

*　　*　　*

"오랜만이에요, 툴란 남작 부인."

"어머나, 공작 부인."

이엘리는 오랜만에 툴란 남작 부인을 만나 대화를 나누었다.

"저번에 주최하셨던 살롱, 무척 멋졌답니다."

"툴란 남작 부인처럼 고매하신 귀부인들께서 참석해 주신 탓이지요. 여러분 덕택에 제 부족한 살롱이 나날이 발전하고 있답니다."

이엘리는 그렇게 말하며, 은근슬쩍 분위기를 살폈다. 이엘리 쪽으로 걸어오던 황제가 그 자리에 멈칫하는 것이 보였다.

'왜 자꾸 날 쫓아다니는 거야, 귀찮게.'

이엘리는 입 안의 보드라운 살을 지그시 깨물었다. 황제는 명백히 이엘리와 함께 시간을 보내고 싶어하고 있었다. 그래서 자꾸만 이엘리의 뒤를 쫓기에, 일부러 툴란 남작 부인과 대화를 시작한 것이다.

'날 쫓아다닐 시간에 차라리 황후 폐하와 함께 시간을 보내지, 좀.'

이엘리는 미간을 좁혔다. 황제와 황후는 같은 자리에 있으려 하지도 않았다. 황제는 내내 황후의 곁을 비웠다. 황후도 그에 크게 개의치 않아 했다. 다만 마음에 걸리는 건 황후의 눈빛이었다.

'……황후 폐하의 표정이 내내 좋지 못하시네.'

홀로 서 있는 황후는 거의 환멸에 가득찬 얼굴을 하고 있었다. 다른 귀족들과의 교류조차 거의 없이, 지금 상황에 한껏 지친 것만 같은 얼굴. 이엘리는 그런 황후가 계속 마음에 걸렸다.

"잠시 실례할게요, 툴란 남작 부인."

황후가 내내 혼자 있는 그 모습이 마음에 걸렸던 이엘리는, 툴란 남작 부인에게 양해를 구하고 황후에게 다가섰다.

"저, 황후 폐……."

"헤센바이츠 공작 부인."

이엘리는 황후에게 말을 걸려 했지만, 때마침 계속 이엘리의 곁을 맴돌고 있던 황제가 말을 걸었다. 아무래도 자카리가 다른 귀족들과 인사를 나누는 지금 기회를 노려 말을 건 듯하다.

"……예, 폐하."

이 인간 또 이러네. 이엘리는 터져 나오려는 한숨을 삼키며 황제를 돌아보았다. 황후는 황제가 곁에 오는 것조차 불편하다는 것처럼 자리를 피해 버렸다. 황제가 이엘리에게 말을 붙인다.

"공작 부인과 대화를 나누고 싶어 찾아왔습니다."

"아, 예……."

"아까 공작과 춤을 추는 모습을 보았습니다. 마치 한 마리 나비처럼 보였어요."

"감사합니다."

어째서 제 부인은 챙기지 않고 내 곁에 붙어 있는 거지. 이엘리는 피곤한 얼굴이 되어 버렸다.

"그런데 폐하. 그보다 황후 폐하와 함께 계셔야 하지 않습니까?"

보다 못한 이엘리가 그렇게 말했다. 하지만 황제는 뻔뻔한 얼굴로 미소 지을 뿐이다.

"제 속도 모르는 말씀을 하시는군요."

"······예?"

"그도 그럴 것이, 황후는 매번 얼굴을 보지 않습니까."

도대체 무슨 말을 하려고 저렇게 능글거리는 건가. 이엘리는 등 골에 소름이 돋는 걸 느꼈다.

"그에 반해, 공작 부인은 이렇게 기회가 닿지 않으면 얼굴을 보지 못하니까요."

"폐하?"

"게다가 황후와 같이 있으면, 공작 부인과 대화를 나눌 때 방해 가 되지 않겠습니까."

저게 아내가 있는 사람이 할 말인가. 이엘리의 눈에 경멸이 서리 며 그녀가 냉랭하게 답했다.

"폐하, 폐하께서 중요하게 여겨야 할 사람은 제가 아니라 황후이 십니다."

황제는 이엘리의 눈동자를 빤히 응시했다. 연녹색 눈동자는 온 기라곤 없이 가라앉아 있었다.

"혼인으로 맺어진 사람은 그 누구보다도 가까운 사람이지 않습 니까."

"공작 부인."

"마땅히 자신의 반려를 챙겨야요."

칼 같은 목소리는 황제와 이엘리 사이의 선을 확고히 긋고 있었 다. 황제는 미간을 찌푸렸다.

"그런 뜻이 아닌 것을 아시지 않습니까, 다만 전 공작 부인과의 시간을 소중히 여기는······."

"그렇다면 폐하께서는 폐하의 반려보다도 다른 여인을 훨씬 더 중시하신다는 말씀이십니까?"

이엘리는 냉정하게 되물었다. 황제는 말문이 막혔는지 입술을 꾹 다물었다. 이엘리가 말했다.

"이런 말씀을 드리게 되어 죄송합니다. 하지만······."

이엘리가 보란 듯이 기나긴 한숨을 내쉬었다. 이게 아닌데? 황제는 그녀를 망연히 응시했다.

"······조금 실망스러운 건 어쩔 수가 없군요."

"공작 부인!"

"폐하, 전 제 남편을 열렬히 사랑한답니다."

애정이 가득한 목소리. 꿀처럼 달콤한 그 음성. 그 목소리를 듣는 순간 황제는 참을 수 없이 화가 났다. 그녀는 단 한 번도 황제인 자신에게 그런 목소리를 들려준 적이 없었다.

"그리고 제국에서 가장 큰 가치를 두는 덕목 중 하나는, 화목한 가정과 서로를 존중하는 부부 아닙니까."

"알고 있습니다. 다만 전······!"

"폐하께서도 당연히 그런 덕목을 존중하실 거라 여겼는데,"

분홍색 긴 속눈썹이 파르르 떨렸다. 이엘리는 고개를 기울이며 황제를 곁눈질로 올려다보았다.

"그럼 저는 황후 폐하를 찾아뵈러, 이만 물러나도록 하겠습니다."

"공작 부인, 잠시만······."

"연회의 주최자로서 의무를 행하려 함이니, 먼저 자리를 비우는 것을 용서하세요."

그렇게 말을 맺은 이엘리는 곧바로 몸을 돌렸다. 그녀를 붙들려던 황제는 입술을 깨물며 손을 내렸다.

묘한 예감이 들었다. 아무리 자신이 노력해도 그녀는 저를 돌아보지 않을 거란 느낌.

"……젠장."

황제는 주먹을 꽉 말아 쥐었다. 손톱이 손바닥을 아프게 찌른다. 아까 전에는 어떻게든 그녀를 제 것으로 할 수 있으리란 자신감이 넘쳤는데, 지금은 그 자신감이 말끔히 사라져 버렸다.

돌아선 그녀는 황제를 남겨 두고 성큼성큼 걸음을 옮겼다. 황후를 생각하니 마음이 복잡했다.

'황후 폐하, 지금 어디에 계실까.'

이엘리는 주변을 한 바퀴 돌아보았다. 인적이 드문 테라스 쪽으로 나오던 그녀는 문득 그 자리에 멈칫했다. 까만 밤하늘, 별이 총총하게 뜬 그 아래로 가녀린 뒷모습이 서 있었던 것이다.

"화, 황후 폐하."

이엘리는 저도 모르게 황후를 불렀다. 황후는 느릿한 동작으로 뒤를 돌아보았다. 다행히도 황후의 시선에는 이엘리를 향한 원망은 없었다. 다만 황제에 대한 지긋지긋함이 가득할 뿐이었다.

"괜찮으신지요?"

"물론이죠. 전 괜찮아요."

"하지만……"

이엘리는 저도 모르게 말꼬리를 흐렸다. 아무리 이엘리가 피해

자라 한들, 황후의 입장은 그런 게 아니니까. 다른 여인은 상냥하게 대하며, 저를 외면하는 남편을 보는 심정은 과연 어떨까.

"그렇게 안쓰럽게 바라볼 필요 없어요. 오히려 전 공작 부인이 더 가엾으니까요."

황후가 어깨를 으쓱이며 픽 웃었다. 실제로도 황후는 이엘리에게 질투 같은 건 나지 않았고, 오히려 황제가 한심했다. 그는 제국의 아비란 위치를 가진 주제에 자신의 욕심만을 챙기려 했다.

"저런 남자의 애정을 한몸에 받는 건 역시 달갑지 않은 일이죠."

이엘리는 난처한 얼굴로 눈동자만을 굴렸다. 황후의 말에 공감하지 못하는 바는 아니었지만, 저렇게 노골적으로 말해도 되나 싶어서였다. 하지만 황후의 얼굴엔 비웃음만이 서려 있었다.

"그냥 제 처지가 좀 답답할 뿐이에요."

"저, 그것이……."

"억지로 저런 남자의 부인이 되어서, 황후라는 무거운 자리를 짊어지게 됐다는 것이요."

황후는 손에 들고 있는 술잔을 가볍게 굴렸다. 달콤한 주향이 공기 중에 천천히 번져 나갔다.

"그리고 저런 남자가 이 제국의 아버지라는 것도요."

황후가 살짝 시선을 들어올렸다. 가만히 별을 바라보는 황후의 시선이 잘게 흔들리고 있었다.

"……황후 폐하."

이엘리는 조심스러운 걸음으로 황후의 곁에 다가섰다. 황후는 이엘리를 나른하게 돌아보았다.

"제가 무어라 말씀을 드려야 할지."

"아니요, 아무런 말도 하지 않아도 좋아요."

황후가 술잔을 들어 입술을 축였다. 난간에 팔을 기댄 채, 황후가 눈매를 접어 미소 지었다.

"피해자끼리 서로 물어뜯으며, 가해자는 공격조차 하지 못하는 모습은 꼴불견이잖아요?"

"그래도……."

"공작 부인의 잘못이 전혀 없다는 건 잘 알고 있으니까요."

황후의 목소리는 단호했다. 술잔을 난간 위에 올려놓은 황후가 양팔 사이로 고개를 파묻었다.

"다만 가끔씩 가정해 보게 되는 것은."

그 끝이 뭉그러진 목소리가 들렸다. 복잡한 기분이 가득차 있는 목소리가 마음을 짓누른다.

"제가 이 결혼을 하지 않았더라면 어땠을까…… 그런 생각이 들어서."

"……."

이엘리는 침묵했다. 도저히 황후의 마음을 어떻게 헤아려야 할지 알 수가 없었다. 잠시 말을 삼키던 황후는 이윽고 고개를 들어 올렸다. 이엘리에게 웃어 보이는 그 얼굴이 처연해 보였다.

"미안해요. 쓸데없는 이야기를 했네요."

"아닙니다, 황후 폐하."

이엘리는 고개를 가로저었다. 머뭇거리던 이엘리가 황후를 마주 보며 조심스럽게 입을 연다.

"우선 연회장으로 돌아가시겠어요?"

"먼저 들어가세요, 전 조금만 더 바람을 쐬다 갈 테니까요."

"그, 하지만⋯⋯."

이엘리는 황후를 불렀으나, 황후는 쓰게 미소 지을 뿐이었다. 손을 흔들어 보인 황후가 몸을 돌렸다. 난간에 기댄 황후의 뒷모습이 무척 가녀려 보였다. 이엘리는 결국 홀로 몸을 돌렸다.

*　　*　　*

황제 일가와 함께 북부로 내려온 두 사람에게 지금 이 연회는 그자체로 가시방석이었다. 로렌 백작은 예민한 표정이 되어 웃고 있는 이엘리를 흘끗 쏘아보았다.

'⋯⋯고작 남부의 자작 영애였던 주제에, 감히 우리 가문에게 이런 모욕을 줘?'

로렌 백작 가문과 이엘리는 상당한 악연이 쌓여 있었다. 자카리에게 관심을 보였던 백작 영애도 그렇고, 백작 부인은 물론이거니와, 최근에는 굴 양식 사업에 끼어든 것까지 덜미를 잡혔다.

'전대 공작 부인이 내 여동생이었는데!'

하지만 로렌 백작은 여전히 불만을 가득 쌓아 둔 상태였다. 세상엔 스스로의 잘못을 인정하는 사람들보다는 남 탓으로 돌리는 사람이 훨씬 많았으니, 로렌 백작도 그러했다.

'공작가의 외척에 대해 존중하는 모습 따위는 없고 저런 오만방자한 모습이라니!'

예전 자카리에게 경고를 받았던 건 까맣게 잊어버린 채, 로렌 백작은 부글부글 끓는 속을 다스리기 위해 애썼다. 어떻게든 이엘리를 깎아내리지 않으면 이 분함이 삭히지 않을 것 같았다.

'말이야 바른 말이지, 감히 자작 가문 출신이 헤센바이츠의 안주인 자리를 꿰어차?'

자신 또한 제 여동생을 전대 공작에게 팔아넘기듯 시집을 보냄으로써 신분 상승을 했던 주제에, 백작은 그렇게 생각했다. 그러던 중 백작의 눈동자가 예리하게 빛났다. 좋은 생각이 난 모양이었다.

'공작 부인은 황제 폐하와 그리 관계가 원만하지 못하시지. 그렇다면……'

황제가 공작 부인에게 마음을 품었으나, 공작 부인이 냉정하게 거절한 건 제도에서도 유명한 일화였다.

백작이 생각해 낸 방법은, 황제의 앞에서 황제의 기분도 띄워 줄 수 있고, 공작 부인에 대한 앙심도 일부 풀 수 있는 방법이었다. 돌 하나로 새 두 마리를 잡는 격이라고 할까.

"공작 부인을 뵙습니다."

"……로렌 백작?"

로렌 백작이 이엘리에게 한 걸음 성큼 나섰다. 이엘리는 미심쩍은 얼굴로 백작을 돌아보았다.

"결혼식을 올리셨다지요. 정말 축하드립니다."

"아, 감사합니다."

이엘리가 고개를 끄덕였다. 결혼을 축하한다 인사하는데 딱히 날을 세울 필요는 없었다. 그때였다.

"축하의 의미로 시 한 수를 바치고자 합니다."

"……네?"

시라니, 이 무슨 뜬금없는 제안이지? 다른 사람이 말하는 거라면 호의로 받아들일 수도 있을 텐데, 그 말을 한 사람이 백작이라 기분이 묘했다. 그녀는 떨떠름하게 그 제안을 받아들였다.

"그래요."

"흠흠."

두어 번 헛기침을 하며 목을 가다듬은 백작이 입을 열었다. 그녀는 백작을 빤히 바라보았다.

절벽 위에 핀 꽃 한 송이, 한들거리네.
얼른 자신을 꺾어 달라는 것처럼.

만인을 지키던 용사는 꽃의 아름다움에 취했다네.
검을 내려놓은 용사가 절벽에 기어올랐지.
용사는 마침내 꽃을 손에 넣었네.

아름다운 꽃 한 송이, 용사의 손에서 검을 빼앗았네.
검을 놓은 용사는 더이상 용사가 아니었지.

행복한 청년과 아름다운 꽃이 남았네.
그들은 영원히 행복했다네.

그 시를 듣던 이엘리는 미간을 좁혔다. 백작이 읊은 시는 이엘리를 우회적으로 돌려 조롱하는 내용이었던 것이다.

그 의도를 제대로 짚어 내려면, 저 시의 탄생 배경 자체를 알아야만 한다.

'노스만의 풍자시였던가.'

리펜베르크 황가의 역대 황제들 중, 알렉산드로 황제와 관련한 시였다. 알렉산드로 황제는 황후를 폐하고 집시 출신의 아름다운 여인인 리엘라를 황후로 올렸는데, 미인에 눈이 멀어 정무를 제대로 살피지 못한 암군으로 유명했다. 저 시에서 용사는 황제, 꽃은 리엘라로 치환된다.

'사실 집시 출신의 힘없는 여인이 무려 황제의 제안을 어떻게 거절하겠어.'

이엘리는 냉소적으로 생각했다. 힘없는 여인을 악녀 취급하는 것 자체가 마음에 들지 않는다.

'그건 그렇고 어떻게든 날 깎아내리려는 의도가 이렇게 투명할 줄이야.'

이엘리는 냉정한 눈동자로 백작을 바라보았다. 용사를 자카리, 꽃을 이엘리로 대입하는 것이 백작이 원하는 해석일 터였다. 그녀가 백작의 뜻을 알아채지 못할 거라 생각해 저러는 거겠지.

"흥미로운 시로군요."

그리하여 그녀는 입술 끝을 비뚜름하게 올린 채 입을 열었다. 백작이 반색하며 그녀를 보았다.

"아, 공작 부인의 마음에 드신다니 정말 다행입니다!"

그녀가 자신의 비꼬는 의도를 눈치채지 못했다고 여겼는지, 백작은 활짝 웃는 얼굴을 했다.

"좋은 시를 들려주셨으니, 저 또한 백작님께 동화를 들려드리는 걸로 답례를 하겠습니다."

"공작 부인께서 들려주시는 동화라니 무척 기대됩니다."

백작은 즐거운 표정이 되어 이엘리를 마주보았다. 이엘리는 온화한 목소리로 말문을 열었다.

"옛날 옛적, 장인 한 명이 살고 있었답니다."

뜬금없는 이야기 시작에 백작은 조금 어리둥절해졌다. 그러거나 말거나 그녀는 말을 이었다.

"어느 날 왕이 장인을 불렀어요. 세계에서 가장 멋진 왕관을 만들라는 명령을 내렸죠."

"……."

그 목소리를 들으며 백작은 등골이 서늘해지는 것을 느꼈다. 이상했다. 이엘리의 목소리는 평온하고, 붉은 입술 위로는 옅은 미소를 짓고 있었는데도 묘한 불안감이 심장을 긁었다.

"그러면서 왕은 장인에게 왕관을 장식할 열 개의 루비를 내렸어요. 하지만 장인은 그 루비를 보며 해서는 안 될 욕심을 부리고 말았답니다. 결국 장인은 아홉 개의 루비를 훔쳐냈어요."

사위는 어느새 고요해져 있었다. 이엘리의 목소리만이 조용한 연회장 안을 낭랑하게 울렸다.

"장인은 솜씨가 무척 좋았기에, 붉은색 유리를 가져다 잘 가공하여 루비를 대체했답니다."

"……."

"왕관의 중앙에만 왕이 내린 루비를 박고, 다른 곳은 색유리로 장식했어요. 하지만 완성된 왕관은 무척 아름다웠고, 루비와 색유리는 아무리 살펴보아도 똑같은 색깔로 빛났답니다."

그렇게 말하던 이엘리가 살짝 시선을 들어올렸다. 연녹색 눈동자가 서늘하게 가라앉아 있었다.

"장인은 왕을 속여 넘길 수 있을 거라고 속으로 기뻐했어요. 장인은 무릎을 꿇고 왕에게 왕관을 바쳤죠. 하지만 그 순간 장인의 손이 떨렸고, 왕관은 바닥으로 굴러떨어지고 말았답니다."

이엘리는 백작을 가만히 바라보았다. 잠시 후, 이엘리는 나른한 목소리로 백작에게 되물었다.

"그 왕관은 어떻게 되었을까요?"

"……."

백작은 침묵했다. 백작의 대답을 기다리던 이엘리는 가볍게 어깨를 으쓱이더니 곧 말을 잇는다.

"루비는 무사했지만, 색유리는 모조리 깨져 버렸답니다."

"고, 공작 부인."

"색유리와 루비는 비록 색깔은 같을지라도, 그 고귀함과 강도는 다른 법이지요."

로렌 백작이 자신을 모욕했던 방법을 똑같이 빌려 와서, 이엘리는 명백하게 빈정대고 있었다.

"로렌 백작께서는 헤센바이츠 공작가의 외척이시자, 황제 폐하께서 총애하시는 가문의 주인이라는 것, 저도 잘 압니다."

"……예?"

"하지만 아무리 혜센바이츠의 '외척'이고, 황제 폐하의 '총애'를 받는다고 한들…… 로렌 백작가가 공작 가문, 혹은 황가와 동급이 되는 건 아니에요."

그 말에 로렌 백작의 얼굴이 딱딱하게 굳었다. 하지만 이엘리는 여전히 매끄러운 미소를 지은 채 백작을 마주볼 뿐이었다.

"그런 당신이 감히 공작가의 안주인을 능멸하려 들다니."

"아닙니다, 그건……!"

"이건 마치 '색유리'가 '루비'를 모욕하는 것이나 다름없지 않나요?"

우아하게 내려앉은 목소리 하나에, 사위가 고요해졌다.

"바닥에 떨어져 깨지고 나서야 상대방과 자신의 차이를 깨닫고 싶으신가요?"

비록 같은 귀족일지라도 그 위치는 다르다. 아무리 그 빛깔이 똑같다 한들, 색유리가 루비를 범접할 수는 없는 법이다. 창백한 얼굴의 백작을 보며, 그녀는 여상한 목소리로 말을 이었다.

"또한 왕이 선택한 건 색유리가 아니라 루비랍니다."

"저는……."

"제 말뜻을 잘 아시겠지요?"

이엘리는 생긋 눈웃음을 쳤다. 아무리 로렌 백작이 발악한다고 한들, 자카리가 선택한 사람은 이엘리였다. 백작가는 그에게 선택받을 수 없을 것이다. 그와 동시에 싸늘한 목소리가 들렸다.

"로렌 백작."

"······고, 공작 각하!"

뒤를 돌아본 백작의 얼굴이 하얗게 질렸다. 어느새 이쪽으로 걸어온 자카리가 차게 묻는다.

"아직도 그 무례함은 버리지 못했습니까?"

자카리는 큰 목소리로 화를 내지 않았다. 한계까지 가라앉은 싸늘한 목소리가 목을 졸라 온다.

"제, 제 몸무게만큼의 황금을 바치겠습니다. 제발 용서를······!"

"감히 헤센바이츠의 안주인을 농락하려 한 주제에, 고작 황금으로 용서받으려 하다니."

자카리가 비스듬히 시선을 기울였다. 새파란 눈동자가 백작을 제 안에 담은 채로 가늘어졌다.

"백작. 제국 유일의 공작 부인이 그렇게 쉬운 상대인 줄 아십니까?"

"공작 각하!"

"감히 그 세 치 혀로 북부의 안주인을 희롱하려 하다니······."

자카리는 냉정한 얼굴로 백작을 질책했다. 그때 이엘리가 자카리의 팔을 끌어안으며 말했다.

"이만하면 됐어, 자카리."

"이엔. 하지만······."

"황제 폐하와 황후 폐하, 그리고 황녀 전하까지 모신 좋은 날이잖아. 얼굴은 붉히지 말자."

그렇게 말한 이엘리는 생글생글 웃었다. 로렌 백작은 당황한 얼굴이 되었다. 다른 사람도 아니고 공작 부인이 자신을 도와줄 것은 예상하지 못했던 것이다. 그때 이엘리가 말을 이었다.

"마침 귀빈들을 위해 주방에서 정성스럽게 준비한 요리도 모두 완성되었답니다."

그렇게 말한 이엘리는 두어 번 박수를 쳤다. 그와 동시에 요리 하나가 연회장에 날라져 왔다.

"어머나, 저것 좀 보세요!"

사람들이 두 눈을 휘둥그렇게 떴다. 이엘리는 자카리의 곁에 바짝 붙은 채 나긋하게 말했다.

"비록 부족하지만 귀빈들을 접대하기 위해, 희귀한 요리를 하나 마련해 보았답니다."

사람들의 눈을 사로잡은 건 커다란 백조 요리였다. 금으로 만든 접시 위, 갖가지 허브와 채소와 과일로 장식한 백조 요리. 그것은 마치 살아 있는 것처럼 날개까지 활짝 편 채 자리하고 있었다.

"세상에, 저렇게 호화스러운 요리가 있다니요!"

"어떻게 저런 요리를 만들 생각을 했죠? 요리라기보다는 예술품 같네요."

마치 예술품 같은 백조 요리를 보며 귀족들이 작게 소곤거렸다. 하지만 즐거워하는 귀족들 뒤로 로렌 백작은 주먹을 콱 움켜쥐었다.

왜냐하면 저 요리가 어떤 의미를 가졌는지, 공작가가 왜 저 요리를 이 연회에 내놓았는지 알아보았기 때문이다. 로렌 백작 가문의 상징은 백조였다.

'더이상 함부로 행동하지 마라.'

비록 그들의 의도를 표현한 방식은 고상했지만, 그 뜻은 명백했다. 더 이상 신경을 건드리지 말라는 경고. 저 백조 요리처럼 언제든지 로렌 백작가를 손볼 수 있다는 걸 뜻하고 있었다.

이엘리는 만족스러운 표정으로 로렌 백작의 창백한 얼굴을 지켜보았다. 이 정도면 그녀의 뜻도 그에게 잘 전달된 것 같다.

'그리고……'

이엘리는 서늘한 얼굴로 황제를 돌아보았다. 마침 황제도 이엘리를 돌아보고 있었다. 짙은 회색 눈동자와, 새싹 같은 연녹색 눈동자가 서로를 쏘아보았다. 이윽고 그녀가 화사하게 웃었다.

'……더이상 북부에서 함부로 날뛸 생각은 마시지요.'

그녀는 턱을 치켜들었다. 로렌 백작 가문은 황가가 북부에 심어놓은 끄나풀에 가깝다. 그런 가문의 상징을 고급 요리로 만들어 대접한다는 것 자체가, 황가에게도 경고를 남기는 거였다.

'대놓고 경고할 수는 없지만 이 정도로도 충분히 알아들었겠지.'

게다가 이엘리는 '귀빈들을 위해 정성스레 준비한' 요리라고 이미 말하지 않았던가. 백조 요리 자체는 단순한 요리일 뿐이었으므로 황가나 로렌 백작가가 트집을 잡을 만한 여지도 없었다.

'……깜찍한 짓을 하시는군.'

황제는 애써 표정 관리를 했지만, 분한 기분을 감출 수는 없었다. 하지만 여기서 분한 심정을 드러낸다면 공작가에게 놀아나는 것이나 마찬가지다. 황제는 애써 웃으며 이엘리에게 말했다.

"공작 부인, 로렌 백작의 무례한 행동은 제가 처벌하겠습니다. 마음 푸시지요."

"……"

이엘리는 황제를 무표정한 얼굴로 바라보았다. 당신이 무엇이기에 공작가가 처벌해야 할 문제를 대신 처벌해 준다 말하지? 하는 의문이 들었다. 그리고 이엘리는 제 의문을 참지 않았다.

"제가 당한 무례함은, 공작가에서 로렌 백작가에게 처분을 내릴 문제입니다."

"그저 공작 부인의 마음을 풀어 주기 위함입니다."

자신의 제안에도 이엘리가 전혀 기뻐하는 모습을 보이지 않자, 황제는 눈썹을 살짝 찡그렸다.

"물론 폐하께서 저를 생각해 주시는 마음은 기쁘지만……."

이엘리는 희미하게 미소 지었다. 하지만 호의적인 뜻이 담긴 미소는 아니었다. 그녀가 말했다.

"……방법이 적절하지 못하다면, 행동의 의미 또한 퇴색되지 않겠습니까."

"무슨 의미로 말씀하시는 겁니까?"

"폐하께서 더 잘 알고 계실 텐데요."

그녀는 미소 지었다. 그 말은 황제가 계속해서 이엘리에게, 부적절하며 불유쾌한 관심을 기울이는 것을 꼬집는 것이었다.

동시에 자카리가 그녀의 어깨를 감싸 안았다. 자카리가 고개를 기울인다.

"폐하, 대화 중에 죄송합니다만 제 아내를 잠시 데려가도 되겠습니까?"

비록 말 자체는 질문의 형식을 띠고 있되, 형형한 눈빛은 그렇지 않았다. 황제는 찔끔했다.

"그러십시오."

"감사합니다."

전혀 감사하지 않은 얼굴로 인사한 자카리가 보란듯이 이엘리를 에스코트했다. 이엘리는 그에게 환하게 미소했다.

황제는 함께 사라지는 두 사람의 뒷모습을 싸늘한 얼굴로 바라보았다.

* * *

빨간 여름 장미가 가득 피어난 정원이 내다보이는, 인적이 드문 건물의 그늘 아래. 남청색 어둠이 벨벳처럼 드리워진 장소에 이엘리와 자카리는 나란히 멈춰 섰다.

연회장 안쪽에서 연주되는 음악이 아련히 들려오고, 그 사이로 바람이 잘게 쪼개져 흩어지는 여름의 감파란 정원이 있었다.

"자카리, 여긴 왜 온 거야?"

이엘리가 자카리를 빤히 올려다보았다. 그런 그녀를 가만히 내려다보던 그가 양팔을 뻗었다. 그대로 그녀를 와락 끌어안는다. 조그만 몸이 품 안에 가득 안기자, 그제야 안도감이 들었다.

"……자카리?"

"하아."

그대로 자카리는 긴 한숨을 내쉬었다. 품 안에 갇힌 자그마한 몸이 옴찔거리는 게 느껴진다.

"자카리?"

"오늘 하루 종일 너와 단둘이 보내는 시간이 너무 부족했어."

그렇게 말한 자카리가 비스듬히 시선을 내렸다. 새파란 눈동자가 어둠 속에서 차갑게 빛난다.

"로렌 백작, 그 작자는 주제도 모르고 네게 그따위로 행동하기나 하고……."

"대신 내가 그만큼 갚아 줬잖아."

이엘리는 나지막이 웃었다. 자카리는 마치 어린 소년처럼 이엘리의 품을 파고들었다. 그 옛날처럼, 그들이 처음 만나 서로를 의지했던 그 시절처럼. 이엘리는 손을 들어 그 등을 토닥였다.

"다 자란 줄 알았는데, 이럴 때는 어리광쟁이라니까."

"그래도."

네가 너무 좋은 걸 어떡해. 자카리는 그 말은 입 안으로 삼켰고, 그녀를 가만히 보았다.

"키스해도 돼?"

"으음……."

"안 돼?"

보채듯 묻는 질문에 흰 뺨이 살짝 붉어졌다. 꼬박꼬박 키스해도 되느냐 물어보는 자카리가 귀엽다. 터져 나오려는 웃음을 삼키면서 그녀는 고개를 끄덕였고, 곧바로 그의 목을 끌어안는다.

"왜 안 되겠어."

"……이엔."

"넌 내게 허락을 구하지 않고, 마음대로 키스해도 되는 유일한 사람인걸."

웃음 섞인 나직한 목소리가 꽃잎처럼 내려앉았다. 어둠 속에서도 새파란 눈동자가 달빛을 머금어 빛난다. 이엘리는 두 눈을 내리감았다. 부드러운 키스가 입술에 닿았다. 호흡이 섞인다.

"……읏……."

이엘리가 달콤한 신음을 흘렸다. 지금의 키스는 평소에 나누는 농밀한 것이라기보단, 다정하게 닿아 오는 키스였다. 그럼에도 입술이 닿는 감촉이 유난히 달다. 그녀는 속눈썹을 떨었다.

"자카리……."

이엘리가 가느다란 목소리로 자카리를 불렀다. 자카리는 그녀의 입술을 다시 한 번 깨물며 삼켰다. 자신의 목을 감아 안은 그녀의 팔에 힘이 들어가는 게 느껴진다. 자카리는 숨을 삼켰다.

'도대체 황제 따위가 뭐라고. 그깟 축연이 무엇이기에…….'

자카리는 그대로 그녀를 안아 들고 공작 성 안으로 들어가 버리고 싶은 충동에 사로잡혔다. 황제며, 황가 일가 따위 전혀 중요하지 않은데. 오직 중요한 건 이엘리뿐인데.

그런데 바로 그때. 바스락, 소리가 났다. 자카리는 반사적으로 이엘리를 품 안에 숨기며 날카롭게 뒤를 돌아본다.

"누구냐."

"……자카리?"

깜짝 놀란 이엘리가 얕게 잠긴 목소리로 자카리를 불렀다. 사위는 고요했고, 그들 앞의 정원은 여전히 여름이 무르익어 있을 따름이었다. 하지만 자카리는 여전히 신경을 곤두세운 채다.

"당장 나오지 않으면……."

그때 정원의 나무 그늘 아래에서 가녀린 인영이 하나 빠져나왔다. 어둠 속에서도 반짝이는 금발과 난처한 기색을 가득 담은 연회색 눈동자. 이엘리는 저도 모르게 멍하니 상대를 불렀다.

"……황녀 전하?"

"아, 미안해요. 일부러 보려 한 것은 아니고……."

황녀는 뺨을 붉히며 횡설수설했다. 설마, 그러면 우리가 키스하는 장면을 모두 보셨다는 소린가? 이엘리의 얼굴이 잘 익은 사과처럼 달아올랐다.

하지만 자카리는 아무렇지도 않아 했다.

"황녀 전하께서 여기엔 무슨 일이십니까?"

"계속 연회장에 있었더니 답답해서, 산책을 조금 하고 싶었거든요."

"그러셨군요."

자카리는 눈썹 하나 까닥하지 않고 대답했다. 그리고 이엘리는 황녀의 심정을 이해했다. 그럴 만했다. 황후와 황녀 모두, 황제 때문에 연회에 반쯤 억지로 참석한 것이나 다름없지 않은가.

"있잖아, 자카리. 먼저 들어가 있을래?"

이엘리는 자카리의 등을 손으로 살짝 밀었다. 금세 불만스러운 표정을 지은 자카리가 말했다.

"이엔 넌?"

"난 황녀 전하와 조금 시간을 보내려고."

"하지만……."

자카리는 무어라 불평을 말하려 했지만, 이엘리는 고개를 가로저은 후 빙긋 웃었다.

"연회를 주최한 안주인 노릇도 좀 해야지. 그렇지 않아?"

쌕 눈웃음을 치며 그렇게 말하자, 자카리는 뚱한 얼굴로 한 걸음 뒤로 물러났다. 얼마나 노력해서 얻게 된 그녀와의 시간인데 이렇게 빼앗기고 마는지. 깜짝 놀란 황녀가 손을 내저었다.

"전 괜찮아요! 두 분께서 시간을 보내시는 편이……."

"아니에요. 그렇지 않아도 황녀 전하를 계속 뵙지 못한 게 마음에 걸렸는걸요."

이엘리는 여상한 낯이지만, 자카리는 조금 심술이 난 것처럼 보였다. 황녀가 어색하게 웃었다.

"죄송해요, 헤센바이츠 공작."

"아닙니다. 차후에도 이엘리를 독점할 수 있으니까요."

음, 그 말은 어쩐지 황녀에게 말하는 게 아닌 것 같았다. 마치 스스로를 달래려고 하는 것 같은 그 말투. 황녀는 양심이 콕콕 찔리는 것을 느꼈다. 하지만 이엘리는 어깨를 으쓱일 뿐이었다.

"그럼 이따 다시 연회장에서 봐, 자카리."

어깨를 톡톡 두드려 준 이엘리는 황녀와 함께 몸을 돌렸다. 황녀는 미안한 얼굴로 고개를 까닥 숙여 보였다. 자카리는 아쉬움을 차마 감출 수 없는 표정으로 두 사람을 빤히 바라보았다.

*　　*　　*

로렌 백작 영애는 연회장 구석에서 가쁘게 숨을 몰아쉬고 있었다.

'어떻게 우리 가문에게 이런 모욕을 줄 수가 있어?'

어찌나 주먹을 세게 움켜쥔 건지, 파르르 주먹이 떨리며 손등 위로 하얗게 뼈가 도드라졌다.

'좋은 뜻으로 시를 바쳤을 뿐인데, 어떻게 그렇게 무례하게 받아칠 수가 있어!'

그녀는 입술을 앙다물었다. 제 아버지가 먼저 그 시를 통해, 무려 북부의 공작 부인에게 시비를 걸었다는 사실은 이미 까맣게 잊은 지 오래였다. 루비와 색유리라니, 그런 무례한 비유를!

'거기다 그 요리는 도대체 뭐야?!'

로렌 백작가의 상징인 백조를 이용한 희귀한 요리. 마치 하나의 예술품처럼 섬세하게 장식을 올린 그 요리가 상징하는 의미는 명백했다. 더이상 헤센바이츠 공작가에게 함부로 행동하지 말라는 뜻이다. 하지만 백작 영애는 그런 깊은 뜻을 알아보기보다는 당장 분노에 집중했다.

'우리 부모님께서 고개를 숙이셨어…… 남부의 그 촌뜨기 계집아이 때문에!'

로렌 백작 영애는 그걸 참을 수가 없었다. 이엘리 때문에 제 부모님이 모욕을 당했다.

"레이디, 혹시 무언가 필요하신 것이라도 있으십니까?"

그때 하녀가 별생각 없이 백작 영애에게 말을 붙였다. 이건 전적으로 그녀의 잘못이었다.

보통 귀족 영애들은 생리 현상 등, 조심스러운 용건으로 하녀를 부를 때면 손수건을 내어 흔들고는 한다. 생각에 잠겨 있던 그녀가 버릇처럼 손수건을 쥐고 있어서 하녀가 착각한 것이었다.

"감히 하녀 주제에 귀족에게 먼저 말을 붙여?!"

하지만 그녀에게는 자신의 실수 따위는 중요하지 않았다. 부글부글 끓는 속을 간신히 억누르고 있던 백작 영애는 와락 언성을 높였다. 기분이 나쁜 차에 오히려 잘 걸렸다 생각이 들었다.

"죄, 죄송합니다! 저는 다만 레이디께서 손수건을 들고 계셔서……"

"뭐라고? 제 잘못은 모르고 감히 귀족의 탓을 해?"

백작 영애는 두 눈을 새파랗게 치켜떴다. 하녀는 어깨를 잔뜩 움츠렸다. 사실 그건 단순한 화풀이였다. 공작 부인에게 제 분풀이를 할 수는 없으니 말이다.

"절대로 영애를 불쾌하게 할 뜻은 아니었습니다, 한 번만 용서해 주세요."

하녀는 거의 납작 엎드리다시피 고개를 숙였다. 하녀는 온몸을 바들바들 떨고 있었다.

하녀의 신분으로, 무려 헤센바이츠 공작의 외척인 귀족 영애와 문제를 일으키는 게 달가울 리 없었다. 게다가 연회장 속 수많은 귀빈들 앞이라고 생각하자 그녀의 눈앞이 캄캄해졌다.

"용서? 용서라니!"

한편 백작 영애의 목소리는 점차 높아지기 시작했다. 사실은 건수를 잡았다, 이런 느낌이 더 컸다. 공작 부인에게는 지금 기분을 쏟아 낼 수 없지만, 힘없는 하녀에게는 쏟아 낼 수 있으니까.

"지금 제 잘못을 감히 귀족에게 전가해 놓고, 주제도 모르고 용서를 구해?!"

날카로운 목소리가 짜랑짜랑 울렸다. 평화로웠던 연회장의 분위기가 온통 엉망이 되는 건 한순간이었다. 사람들의 이목이 이쪽으로 쏠리는 것을 보며 백작 영애는 약간 고소함을 느꼈다.

'잘만 하면 연회의 분위기를 망쳐 버릴 수도 있겠어.'

이쨌든 상대는 고작 하녀 한 명이었다. 그리고 자신은 무려 황제의 총애를 받는 로렌 백작가의 외동딸이다.

게다가 로렌 백작가는 헤센바이츠 공작가의 외척이 아닌가. 하녀를 심하게 꾸짖는 것쯤, 누구도 자신에게 뭐라 할 수 없을 것이리라. 백작 영애는 멋대로 그렇게 생각했다.

'공작 부인의 그 우아하신 얼굴이 일그러지는 것을 보고 싶네.'

그리하여 백작 영애는 해서는 안 되는 짓을 저질렀다. 눈에 불을 켠 후 크게 손을 휘둘렀다.

찰싹! 날카로운 파공음이 울렸다. 뺨을 움켜쥔 하녀는 비명도 못 지른 채로 주저앉았다.

"공작가의 하녀라서 이 정도로 끝나는 줄 알아!"

주변은 금세 찬물을 끼얹은 것처럼 고요해졌다. 의기양양해진 백작 영애는 오만하게 손을 털었다. 기겁한 사람들이 멍하니 그 광경을 지켜보았다. 그들이 나지막한 목소리로 서로에게 소곤댄다.

"세상에."

"지금 연회장에서 공작가의 하녀를 폭행한 건가요?"

하녀가 아무리 큰 잘못을 저질렀다 한들 저 행동은 도를 넘어섰다. 하녀는 엄연히 공작가에서 고용한 사람이었고, 잘못이 있다면 안주인에게 알려 안주인이 처벌하는 것이 관례였다.

그런데 이런 대규모 연회에서 다짜고짜 손찌검부터 한다니. 이건 안주인을 모욕하는 것과 같았다.

"도대체 뒷감당을 어떻게 하려고……."

"그래도 폐하께서 어떻게든 해 주시지 않을까요?"

"폐하께서는 로렌 백작가를 꽤나 신뢰하시니까요."

사람들의 소곤거림을 듣던 황제는 금세 눈살을 찌푸렸다. 로렌 백작가는 요새 쓸모도 없는 주제에 자꾸 자신을 귀찮게 군다. 이렇게 엮여 나오는 건 사양인데. 그가 그렇게 생각하던 바로 그때.

"이게 무슨 일인가?"

싸늘한 목소리가 들려왔다. 흠칫 놀란 로렌 백작 영애가 고개를 들어 올렸다. 그녀의 시선이 멈춘 자리에는 헤센바이츠 공작이 서 있었다. 얼음장처럼 차디찬 얼굴을 한 그가 입을 열었다.

"설마, 로렌 백작 영애."

그 말에 로렌 백작 영애는 어깨를 바짝 굳혔다. 왜냐하면 자카리의 목소리에는 호의라고는 한 조각도 남아 있지 않았으므로.

자카리는 두 눈을 가늘게 뜨며 하녀와 영애를 번갈아 보았다.

"영애가 지금 공작가의 하녀에게 폭력을 행사한 것으로 보이는데. 맞나?"

"저 하녀가 제게 무례한 짓을 저질렀기에 벌을 주었을 뿐입니다."

"무례한 짓?"

백작 영애의 항변에 자카리는 묘한 표정을 지었다. 자카리는 바닥에 주저앉은 하녀를 보았다.

"에밀리."

"예, 예?"

공작이 한낱 하녀의 이름을 기억하고 있을 줄은 몰랐기에, 하녀는 두 눈을 휘둥그렇게 떴다.

"무슨 일이 있었지?"

"그, 그게……."

"에밀리, 네 주인이 누구지?"

그 말을 들은 하녀는 조금 놀란 얼굴을 했다. 사카리는 아무렇지도 않은 낯으로 말을 이었다.

"백작 영애의 눈치를 보느라, 하고 싶은 말을 하지 못할 필요는 없다는 말이야."

지극히 오만한 발언이었으나, 차마 로렌 백작 영애는 그 말에 반박하지는 못했다. 다만 분한 얼굴로 하녀를 노려볼 뿐이었다. 공작을 원망할 수는 없으니 하녀를 원망하는 그 치졸함이란.

"제, 제가 백작 영애께 실수를 저질렀습니다."

"실수?"

"예. 영애께서 손수건을 꺼내 드셨기에, 혹시 무언가 필요한 게 있으신지 여쭈었습니다."

더듬거리는 그 말을 듣던 사카리는 싱긋 눈웃음을 쳤다. 온기라곤 없이 싸늘하게 식은 미소였다.

"그게 어째서 실수지?"

"……실은 영애께서 저를 찾으신 게 아니라고 하셔서……."

"손수건을 꺼내 들었다면서?"

"그, 그건."

하녀는 어쩔 줄 몰라 고개를 툭 떨어뜨렸다. 그 모습을 가만히 지켜보던 그는 슬쩍 고개를 들어올렸다. 차가운 시선이 백작 영애를 똑바로 응시한다. 그녀의 얼굴은 창백하게 질려 있었다.

"백작 영애는 그 부모를 무척 닮았군."

"······예?"

"자신의 주제도 모르고 행동하는 것."

자카리의 고개가 비스듬히 꺾였다. 우아한 입술 위에 얹혀 있는 미소는 명백한 비웃음이었다.

"제 잘못은 인정조차 하지 않고 오만방자하게 구는 것."

"고, 공작 각하."

"게다가 제국 유일의 공작 부인이자, 북부의 안주인이 내 아내를 언제나 무시하려 드는 것."

그 말에 백작 영애는 입술을 피가 나도록 물었다. 하지만 자카리의 말은 아직 끝나지 않았다.

"자신들의 잘못을 까맣게 잊어버리는 것까지."

"아닙니다, 저는······!"

"모두 로렌 백작과 백작 부인이 평소에 잘하는 짓이 아닌가."

그 말에 백작 영애는 그 자리에 얼어붙은 듯 섰다. 사람들은 나지막이 공작의 말에 동조했다.

"이번에 영애께서 좀 심하게 행동하시기는 했어요."

"맞아요. 연회를 주최하신 공작 부인께 이게 무슨 무례인가요."

"아랫것이 잘못을 했으면 마땅히 안주인께 그 처분을 맡겨야 하지 않나요."

그랬다. 이곳은 북부였다. 엄연히 헤센바이츠 공작가가 지배하는 땅. 오랫동안 이 땅의 사람들은 공작가에게 충성을 바쳤다. 제도로 거의 이주하다시피 한 로렌 백작가를 옹호할 이는 없었다.

"게다가…… 하녀가 잘못한 게 맞기는 한 건가요?"

"손수건을 꺼내 든 건 백작 영애라면서요."

"하녀가 착각하기에 충분한 상황이었던 것 같은데요."

게다가 사실이 밝혀지자, 그 사실이 백작 영애에게 불리하게 작용되는 건 어쩔 수 없는 일이었다. 처음부터 이 일은 백작 영애의 잘못이나 마찬가지였기 때문이었다. 자카리가 입을 열었다.

"로렌 백작 영애."

"예, 예? 가, 각하?"

싸늘한 눈빛에 피부가 따끔거리는 느낌이 들었다. 저도 모르게 백작 영애는 말을 더듬거렸다.

"내가 영애에게 어떤 처분을 내려야 할까?"

자카리는 고개를 갸웃 기울였다. 백작 영애는 눈앞이 아득해지는 것을 느꼈다. 고작 하녀와의 문제일 뿐이었다. 그런데 겨우 이정도 일에 '처분'이라는 단어를 입에 담는다니.

하지만 눈앞의 공작은, 자신이 말한 일은 무조건 이루는 사람이었다. 영애는 당황하여 애원하기 시작했다.

"하, 한 번만 용서를……!"

"로렌 백작가는 언제나 용서를 빌지."

자카리는 무표정한 얼굴이 되어 뻐딱하게 섰다. 그의 목소리는 명백하게 빈정거리고 있었다.

"난 솔직히, 백작가가 용서를 구하는 것을 너무 많이 들었어."

"공작 각하!"

"그래서 그런지, 용서를 빌 때마다 조금 지겨워진다네."

그 말에 백작 영애의 온몸에서 핏기가 가셨다. 어떡하지? 난 약간 분풀이를 하고, 이번 연회에 조그마한 흠집을 내려 한 것뿐이었는데. 고작 하녀 때문에 일이 이렇게 커지다니!

백작 영애의 눈앞이 핑글핑글 돌았다. 자카리는 그런 영애를 한심하게 바라보고는 툭 말을 내뱉었다.

"내 아내가 정성 들여 주최한 연회이니, 이번 단 한 번만 용서하겠어."

"감사합니다……!"

백작 영애는 화색이 되어 안도의 한숨을 내쉬었다. 하지만 자카리의 말은 아직 끝나지 않았다.

"다만."

다만? 약간 마음을 놓은 것 같던 백작 영애는 대번 불안한 표정을 지었다. 공작은 씩 웃었다.

"에밀리에게 사과하게."

백작 영애의 얼굴이 딱딱하게 굳었다. 그 말에 사람들이 얕게 술렁거렸다. 아무리 그래도 귀족 영애에게, 평민 하녀를 향해 사과하라는 명령을 내리다니. 자카리는 곧바로 말을 덧붙였다.

"에밀리는 공작가에서 거둔 공작가의 고용인이지."

어떻게 하녀에게 사과를 하라는 말씀을 하시나요! 그런 의미를 담아 백작 영애는 자카리를 간절하게 바라보았다. 그러나 자카리는 그 눈빛은 대번 무시한 채, 삐딱한 얼굴로 입을 열었다.

"그런 고용인에게 말도 안 되는 잘못을 뒤집어씌우려 한 건 백작 영애가 아닌가."

백작 영애는 입술을 당겨 물었다. 공작이 하는 말은 모조리 사실이라 반박할 말조차 없었다.

"그리고, 진심으로 사과하는 편이 좋을 거야."

"가, 각하!"

"내가 지켜봤을 때, 진심이 느껴지지 않는다면."

공작은 눈썹 하나 까닥하지 않은 채 말을 이었다. 말을 잇는 공작의 목소리는 무척 가벼웠다.

"아까 내 아내에게 저지른 무례까지 모두 합산하여 백작가에게 그 대가를 치르게 할 테니까."

자카리의 아름다운 얼굴은 여전히 냉랭하기만 했다. 그 냉랭함에 주변 사람들마저 찔끔할 정도였다. 평소 얼음처럼 침착한 공작이 이렇게 노골적으로 화를 내는 건 굉장히 드문 일이었다.

"……아마도 공작 부인께 무례를 저질러서 그런 거겠지요."

"공작 각하께서 저렇게 감정을 드러내시는 때는 거의 없으니까요."

"정확히 말하자면 공작 부인과 관련된 일에만 저렇게 화를 내시지요."

사실 북부 사람들에게는 이미 익숙한 일이었다. 공작 부인은 공작의 역린이고, 절대로 건드려서는 안 되는 성역이었다. 그런 공작 부인을 어떻게든 흠집 내려 한 백작 영애가 바보 같았다.

"……미안해."

뻣뻣하게 고개를 세운 채 백작 영애가 입을 열었다. 하녀는 어쩔 줄 몰라 앞치마 자락을 비틀었다. 비록 성의 없는 사과였지만, 살다 살다 귀족에게 사과를 듣게 될 줄은 전혀 몰라서였다.

"로렌 백작 영애."

하지만 자카리는 서늘한 목소리로 입을 열었다. 입으로는 미안 하다고 말하고 있지만 아쉽게도 그 표정은 전혀 미안해 보이지 않 았으니까. 자카리의 눈썹이 꿈틀 움직이더니, 차게 말한다.

"영애는 진심 어린 사과를 그런 식으로 하나?"

"공작 각하, 그러면……."

"고개를 숙여야지."

아무렇지도 않게 튀어나오는 그 말을 들은 귀족들이 헉, 숨을 몰 아쉬었다. 아무리 그래도 귀족이 평민에게 고개를 숙이라니? 하지 만 자카리는 진심이었다. 그가 눈썹을 까닥이며 말했다.

"안 하나?"

"……각하!"

"만약 이게 싫다면, 백작가는 공작가에서 정식으로 보내는 항의 서를 받아야 할 걸세."

그 말을 들은 백작 영애는 심장이 바짝바짝 조여 오는 기분을 느 꼈다. 항의서를 받는다는 것은 정말로 가문과 가문 사이의 분쟁으 로 확대될 수 있다는 뜻이다.

결국 그녀는 고개를 숙였다.

"정말 미안해…… 날 용서해 주겠니?"

잔뜩 당황한 하녀는 고개부터 끄덕이려 했다. 하지만 손을 내저은 자카리가 영애를 채근했다.

"사과를 하려면 자신의 잘못부터 명확히 설명해야 하지 않겠나."

"……."

백작 영애의 입술이 파르르 떨렸다. 분한 마음에 눈물이 가득 차오른다. 하지만 자카리는 냉정한 얼굴로 영애와 하녀를 번갈아 바라보고 있을 뿐이었다. 영애는 떨리는 목소리로 말했다.

"내가 실수한 것을 네게 뒤집어씌워서 정말 미안해. 앞으로는 이런 일, 없도록 할게."

"레, 레이디."

"그러니 이번 한 번만 나를 용서해 주렴."

그 말에 하녀의 눈동자가 가늘게 흔들렸다. 자카리는 차분한 목소리로 하녀를 다독여 주었다.

"네가 원하지 않는다면 받아들이지 않아도 괜찮다."

"……각하."

"너무 마음 쓰지 말거라. 난 네가 납득할 때까지, 백작 영애에게 사과를 받아 낼 테니까."

자카리의 단호한 대답에 하녀는 가슴이 벅차오르는 것을 느꼈다. 지금 공작은 자신의 외척이기도 한 백작 영애를 내치고, 힘없는 하녀의 편을 들어 주는 것이다. 하녀는 고개를 끄덕였다.

"예…… 이제 괜찮습니다."

"그런가."

하녀의 말을 들은 자카리는 두 눈을 가늘게 떴다. 자카리는 뚱한 표정을 짓고는 말을 이었다.

"비록 만족스러운 사과는 아니지만…… 그래도 당사자인 에밀리가 괜찮다고 말하니."

"……."

"이 정도로 넘어가도록 하지."

그제야 백작 영애는 숙인 고개를 들 수 있었다. 사람들이 시선들은 이쪽으로 모두 쏠려 있었다. 그러게 주제 파악을 좀 하지. 명백히 그런 뜻이 담긴 시선에, 영애의 얼굴이 새빨개졌다.

"윽……!"

창피해서 견딜 수가 없었다. 자존심이 상한 영애는 홱 몸을 돌려 연회장 밖으로 뛰쳐나갔다.

'정말…… 로렌 백작가는 쓸모라고는 전혀 없군.'

그 모습을 지켜보던 황제는 지겨운 표정으로 몸을 돌렸다. 북부에 영향력을 발휘하기 위해 지원했더니, 저런 한심한 꼬락서니라니. 아무래도 백작가를 슬슬 내칠 준비를 해야 할 것 같다.

*   *   *

이엘리와 황녀는 정원에 마련된 벤치에 나란히 주저앉았다. 머리 위로는 감청색 어둠, 사금파리처럼 반짝이는 별들. 황녀는 벤치 등받이에 가만히 등을 기대고 있었다. 이엘리가 질문했다.

"오늘 연회는 어떠셨나요?"

"즐거웠어요."

"황녀 전하, 즐거우신 분은 그런 표정을 짓지 않아요."

이엘리는 단호하게 대답했다. 황녀는 허를 찔린 얼굴을 했다. 사실 그랬다. 황녀는 오늘의 연회가 전혀 즐겁지 않았으니까. 제국의 아버지라 일컬어지는 제 오빠는 전혀 황제답지 못하다.

'내가.'

내가 만약 황제의 지위를 가질 수만 있다면, 오라버니보다는 훨씬 더 잘할 수 있을 텐데. 괴로운 사람들을 아껴 주고, 도와줄 텐데. 나처럼 차별받는 사람이 없도록…… 정말 노력할 텐데.

"그냥……."

잠시 머뭇거리던 황녀가 입술을 깨물었다. 그 누구에게도 말할 수 없는 마음. 황녀가 웃었다.

"그냥요."

"……황녀 전하."

"황제 폐하와 황후 폐하의 관계가 좀 걱정스러워서 그래요."

이엘리는 작게 고개를 끄덕였다. 꼭 그것만은 아닌 것 같긴 했지만, 황녀가 저렇게까지 말하는데 이엘리가 따로 말을 덧붙일 수도 없었다. 황녀는 복잡한 얼굴이 되어, 나직하게 말했다.

"두 분께서는 제국을 떠받치시는 반석이신데, 서로 사이가 좋지 못하시죠."

"아…… 무슨 말씀을 하시는지 알 것 같아요."

"공작 부인께도 보일 정도라니, 답도 없는 문제네요."

황녀는 무거운 얼굴로 시선을 떨어뜨렸다. 숙인 고개 아래로 가늘게 떨리는 목소리가 들렸다.

"실은, 실은 말이에요. 아주 가끔씩은…… 미안해져요."

"무엇을 말씀하시는 건가요?"

"……황후 폐하를 황제 폐하의 곁에 묶어 두는 것이요."

그 말에 이엘리는 침묵했다. 황녀가 무슨 말을 하는지 너무 잘 알아서, 이엘리 자신도 답답해졌다.

황후는 황제 곁에서 행복해질 수 없다. 자유롭게 살고자 하는 황후를, 제국의 어머니라는 자리에 억지로 가둬 둔 것이나 마찬가지였다. 단순히 황제와 어울리는 신분이라는 이유로.

"그건…… 황녀 전하의 잘못이 아니에요."

하지만 이엘리가 해 줄 수 있는 말은 고작 이런 거였다. 또한 그말은 사실이기도 했다. 황녀가 무슨 힘이 있어 황후를 자유롭게 해줄 수 있단 말인가. 하나 황녀는 힘없이 웃어 보였다.

"그래도요."

"황녀 전하."

"어쩔 수 없이 저도 황족의 일원이니까요."

그렇게 말하는 황녀의 회색 눈동자가 파르르 떨렸다. 잠시 후, 황후가 시선을 꺾으며 말했다.

"저라도 죄스러워하지 않으면…… 누가 황후 폐하께 사죄할까요."

그 목소리에는 결혼에 의해 날개가 꺾여 버린 한 여자에 대한 인간적인 애정이 스며들어 있었다. 또한 소중한 친구를 지켜 주지 못한 것에 대한 죄의식도 함께였다. 이엘리는 입을 다물었다.

'이럴 땐 무슨 말을 해야 하지.'

평소 나름대로 매끄러운 혀를 가졌다 자신하는 이엘리였지만, 이런 슬픔에 파묻힌 사람을 어떻게 대해야 하는지는 전혀 몰랐다. 그녀는 그저 묵묵히 황녀의 곁을 지켜 주기로 했다. 그런데 그때.

"안네로제?"

그 순간 이엘리는 보고야 말았다. 어깨를 굳힌 황녀가 반사적으로 고개를 들어올리는 것을.

"폐, 폐하."

그 목소리의 주인은 바로 황제였다. 어둠을 삼켜 짙게 가라앉은 회색 눈동자가 바짝 얼어붙는다. 두려움에 가득찬 얼굴.

이엘리는 아연해졌다. 저게 오라비를 대하는 여동생의 태도인가.

"쓸모없는 계집, 네가 도대체 여기에서 무엇을……."

바짝 날이 섰던 황제의 목소리가 순식간에 누그러진다. 황제는 비스듬히 서 이엘리를 불렀다.

"헤센바이츠 공작 부인."

"……예, 폐하."

"또 뵙는군요. 이번에는 운이 좋다고 해야 할까요."

그렇게 말한 황제가 입술 끝을 올리며 웃었다. 이엘리는 차마 그 미소에 따라 웃을 수가 없었다. 도대체 오늘 몇 번이나 황제를 계속 마주치는 건지. 차라리 만나지 않는 게 훨씬 좋은데.

"오늘 연회, 공작 부인과 함께 시간을 보낼 수 있어 무척 즐겁습니다."

"……."

"하지만 공작 부인께서 제게 웃어 주신다면 훨씬 더 즐거울 텐데 요."

매끄럽게 말한 황제가 이엘리를 향해 씩 눈웃음을 쳤다. 제도의 레이디들을 수없이 쓰러뜨린 아름다운 미소였으나, 그녀에게는 뱀 의 미소보다 소름 끼치게 느껴졌다. 그녀는 미간을 좁혔다.

"폐하. 폐하께서 제가 웃을 수 있게 행동해 주시면 저도 기쁠 것 같습니다."

"……그게 무슨 말씀이십니까?"

"말 그대로의 의미입니다."

이엘리는 눈매를 좁히며 웃었다. 꽃처럼 화사한 미소였으되, 호 의가 섞인 미소가 아니라는 것은 황제와 황녀 두 사람 다 알았다. 입술을 잘근잘근 깨물던 황녀가 조심스럽게 입을 열었다.

"폐하."

"뭐냐, 안네로제."

황제가 날카롭게 대답했다. 평소 사람들 앞에서는 그래도 유한 황제인 척했던 모습은, 황녀를 대할 때는 모조리 사라진 지 오래였 다. 하나 황녀는 애써 살가운 미소를 유지하며 말했다.

"헤센바이츠 공작 부인은 이미 남편이 있는 몸이시지 않습니까."

"그래서?"

"폐하께서는 황후 폐하의 곁에 계셔 주시는 편이 옳은 처신이라 생각합니다."

황제의 눈빛에 바짝 날이 섰다. 비스듬히 고개를 내린 황제가 제 여동생을 그대로 노려본다.

"감히 네가 날 가르칠 수 있는 위치라고 생각하는 게냐?"

"그런 뜻이 아닙니다, 저는……."

"미천한 서녀인 주제에 자꾸 끼어들지 말거라."

얼음으로 빚은 양 싸늘한 목소리였다. 황녀는 주먹을 꽉 말아 쥐었다. 미천한 서녀. 언제나 듣던 모욕이고, 그것이 사실이었음에도. 모욕은 언제나 아프다. 황녀의 목소리가 가늘게 떨렸다.

"폐하."

"공작 부인이 너와 친밀하게 지내 주니, 네가 나와 견줄 수 있는 황족이라도 된 성싶으냐?"

황제가 노골적으로 빈정거렸다. 오만한 그의 생각으로는 제 질책은 오히려 당연했다. 자신은 황제위를 얻은 적통 황족 아닌가. 감히 서녀인 주제에 자신에게 참견하는 것이 무례했다.

"폐하, 공작 부인이 보고 있지 않습니까. 부디 고정하세요."

"고정? 네가 언제부터 내 감정에 참견할 수 있는 위치가 되었느냐?"

똑같은 상처를 백 번 헤집으면, 백 번의 고통이 돌아오는 것은 똑같았다. 황녀는 숨을 삼켰다.

"그런 것이 아닙니다. 저는 단지……."

"그 입 닥쳐라!"

발끈한 황제가 손을 들어올렸다. 이엘리는 두 눈을 커다랗게 떴다. 설마 지금 황녀 전하에게 폭력을 휘두르려 하는 거야?

그녀가 벌떡 자리에서 일어났다. 짝! 거친 손속이 날아들었다.

"윽!"

"……고, 공작 부인?!"

황제가 저도 모르게 외쳤다. 중간에 끼어든 이엘리가 황녀 대신 뺨을 맞은 것이다. 바닥에 나뒹굴던 이엘리가 천천히 고개를 흔들었다. 느닷없이 충격을 받은 머리가 뗑하니 어지러웠다.

"......."

잠시 후, 이엘리는 느릿하게 시선을 들어올렸다. 황제가 어찌나 세게 후려친 것인지 하얀 뺨 위로 새빨간 흔적이 남아 있었다. 황녀를 대할 때와는 다르게 황제는 정말로 당혹한 낯이었다.

"공작 부인. 이게 무슨……."

"폐하."

입 안이 터졌는지, 혀끝에서 비릿한 피 맛이 돌았다. 이엘리는 도전적인 눈동자를 들어올렸다.

"황녀 전하께서는 제 가장 친한 친우입니다."

가장 친한 친우. 그 말을 듣는 황녀의 눈동자에 갖가지 감정이 일렁거렸다. 단 한 번도 들어 본 적 없는 말, 그리고 본 적 없는 행동이었다. 처음이었다. 누군가가 자신을 보호해 주는 건.

"그리고 전 황녀 전하께서 이런 대우를 받는 건 참을 수가 없습니다."

바닥에 주저앉은 채 이엘리는 황제에게 말을 내뱉었다. 황제는 어쩔 줄 몰라 하며 이엘리에게 손을 뻗었지만, 그녀는 그 손을 탁 쳐 버렸다. 자존심이 상했는지 황제의 얼굴이 일그러졌다.

"폐하께 정말 실망했습니다."

비틀거리며 자리에서 일어난 이엘리는 매몰찬 어조로 입을 열었다. 그녀가 황제를 쏘아본다.

"어째서 옳은 말을 했다는 이유로, 이렇게 황녀 전하께 손을 드시는 겁니까?"

"옳은 말이라니요. 어찌 감히 아랫사람이 윗사람에게 대든단 말입니까?"

황제는 정말로 억울한 얼굴이 되어 이엘리에게 항변을 했다. 이엘리는 가슴속이 답답해졌다.

"이건 대드는 게 아니지요. 옳은 행동에 대해 말씀을 드리는 것이잖습니까."

"무릇 여자는 남자에게 순종해야 하는 법입니다."

황제의 대답에 이엘리는 말문이 탁 막히는 것을 느꼈다. 어떻게 사람이 저럴 수가 있는 건지.

"심지어 서녀인 저 아이가 저렇게 행동하는 것이 가당키나 한 행동입니까?"

하지만 황제는 뻔뻔한 목소리로 이엘리에게 말을 덧붙였다. 이엘리의 눈에 확 불길이 일었다.

"이런 충동적인 행동은 폐하의 명예에도 모욕이 될 거라 믿어 의심치 않습니다."

"오라비가 여동생을 훈계하는데 어째서 공작 부인께서 그러십니까, 가족 간의 일입니다!"

가족 간의 일이라. 가족이라는 이유만으로 도대체 어디까지 자율에 맡겨야 하는지. 상대방에게 짓눌려 시드는 걸 감내하란 뜻인가? 혹은 조용히 폭력에 시달리다 목숨을 잃으란 뜻인가?

"공작 부인께서 끼어드시지만 않았어도 아무런 일도 없었을 겁니다!"

그때 발끈한 황제가 목소리를 높였다. 이엘리는 기가 찼다. 한 제국의 지배자라고 보기에 그 태도가 유치한 건 둘째 치고라도, 사람을 이렇게 함부로 대하다니. 이엘리는 입술을 짓씹었다.

'게다가 가족이라는 이름으로 저 폭력을 용인해야 한다니, 말도 안 돼.'

무엇보다도 가장 화가 나는 건 황제의 뻔뻔한 태도였다. 잘못을 인정하지 않는 건 물론이고, 자신의 잘못이 무엇인지조차 인지하지 못하는 저 태도. 반면에 황녀는 잔뜩 움츠러들었다.

'어째서 피해자가 저렇게 움츠러들어야 해?'

잔뜩 얼어붙어 있는 황녀의 모습 자체가 폭력에 익숙하다는 증 거였다. 이엘리는 숨을 삼켰다.

"황녀 전하께서 폭력을 당하시는 게 어째서 아무런 일도 없는 겁 니까?"

이엘리는 싸늘하게 쏘아붙였다. 솔직히 이엘리는 정말 화가 났 다. 누구든 사람을 저렇게 함부로 대해서는 안 된다. 그런 데다가 자신의 권력과 지위를 이용해 상대를 겁박하다니, 최악이다.

"이건 가족 간의 문제입니다!"

"가족 간의 문제일수록 폭력이 아닌 대화로 해결해야지요."

냉정하게 말한 그녀가 황제를 노려보았다. 눈썹 하나 까닥하지 않는 얼굴엔 경멸이 가득하다.

"이런 말씀은 드리려 하지 않으려 했습니다만."

이엘리의 차분한 목소리를 들으며 황제는 얼굴을 잔뜩 일그러뜨렸다. 이엘리는 말을 이었다.

"폐하께서는 언제나 모든 일을 폭력에 의존하여 해결하려 하시더군요."

"공작 부인, 그게 무슨 무례입니까?"

"아니요, 저는 사실만을 말씀드리는 겁니다. 폐하께서 무례하게 들으시는 것뿐이지요."

그녀는 고요한 시선으로 황제를 마주보았다. 황제는 그녀를 어떻게든 설득하려 들었다.

"공작 부인, 진정하십시오. 전 당신과 엇갈리기를 바라지 않았습니다."

"말도 안 되는 말씀을 하십니다, 폐하."

이엘리는 비뚜름히 웃었다. 차가운 비웃음이었다. 그녀는 침착한 목소리로 황제에게 말했다.

"이미 폐하와 전 수많은 악연들을 쌓지 않았습니까? 하지만……."

누구에게나 따스한 빛깔로 빛나는 연녹색 눈동자는, 황제를 바라볼 때만큼은 차갑게 식는다.

"상대방에게 최소한의 예의만 지켜도 저와 폐하가 엇갈릴 일은 없었을 거라고 생각합니다."

"……공작 부인. 당신이 이런 선택을 하지 않기를 바랐습니다."

"마찬가지입니다. 하지만 제가 이런 선택을 하게 된 건 모두 폐하 때문이지요."

이엘리는 바늘 하나 들어가지 않을 것처럼 냉랭한 얼굴을 했다. 꽃잎 같은 입술이 움직인다.

"아직 전 폐하께서 아샤 꽃이 핀 정원에서 제게 하셨던 짓을 기억하고 있으니까요."

"……"

황제는 입술을 당겨 물었다. 미간을 좁힌 황제가 이엘리를 빤히 응시했다. 또다. 이엘리는 어깨를 굳혔다.

자카리와 이혼하게 되었던 그 계기, 그녀를 겁박하며 황제가 중얼거렸던 그 말.

'그런데 당신, 어째서 이렇게 멀쩡합니까?'

그때의 황제와 지금의 황제는 표정이 비슷했다. 일이 제대로 풀리지 않을 때의 그 초조한 낯.

"폐하, 그만 좀 하십시오!"

그때 악을 지른 황녀가 두 사람 사이에 끼어들었다. 황제가 차갑게 제 여동생을 노려보았다.

"폐하께서 가지신 힘은 함부로 남용하기 위해 주어진 힘이 아닙니다!"

황제가 움찔했다. 이엘리는 느슨하게 고개를 꺾었다. 황제를 노려보던 이엘리가 차게 물었다.

"……이번에도 제게 '아샤의 축복'을 사용하려 하셨습니까?"

황제가 입을 다물었고, 이엘리는 주먹을 말아 쥐었다. 세 사람 사이로 싸늘한 침묵이 흘렀다.

백작 영애가 낯을 붉히며 연회장을 뛰쳐나간 이후로, 자카리는 완벽한 연회의 주최자가 되었다. 연회의 진행을 살피는 그에게는 백작 영애에 대한 약간의 관심조차 남아 있지 않았다.

"로렌 백작 영애께서는 무슨 생각으로 그렇게 행동하신 건지, 도무지 속내를 모르겠네요."

"설마 자신이 아직도 공작가의 외척이라는 생각으로 그러신 걸까요?"

"만약 그런 거라면 철이 덜 들었다고 할 수밖에요."

사람들은 낮게 수군거렸다. 어쨌거나 자카리의 노력은 성과를 거두어서, 연회장의 분위기는 상당히 부드러워졌다. 사람들과 대화를 나누던 중 자카리는 문득 창밖을 곁눈질로 응시했다.

'가만, 그러고 보니.'

자카리의 표정이 조금 의아해졌다. 아까 전부터 계속 허전하다 했더니, 허전한 이유가 있었다.

'아직도 이엔이 돌아오지 않았네.'

자카리가 아까 나갔다 돌아온 지도 꽤 시간이 흘렀다. 그러니 슬슬 황녀와 이엘리, 두 사람이 돌아올 때도 되었다. 하지만 두 사람은 여전히 소식이 없다. 참다못한 자카리가 몸을 돌렸다.

"공작 각하, 어딜 가십니까?"

"잠시 볼일이 생겨서 말입니다."

사람들은 어리둥절한 낯을 했다. 그런 사람들을 향해 자카리는 의례적인 미소를 지어 보였다.

"금방 다녀올 테니, 다들 연회를 즐기시지요."

비록 예의 바른 행동과 어조였지만 그 태도는 단호했다. 자카리는 곧장 연회장을 빠져나갔다. 우선 이엘리와 헤어졌던 그 장소로 가 볼 생각이었다.

그러던 중, 자카리는 멈칫 섰다. 어디선가 대화가 들렸다. 말다툼을 하는 것처럼 격한 목소리였다. 그는 미간을 좁혔다.

'뭐지?'

자카리의 걸음이 조금 더 빨라졌다. 멀리서 듣느라 제대로 귀에 들어오지 않던 목소리가 점차 또렷하게 들렸다. 그러던 중 자카리의 얼굴이 딱딱하게 굳었다. 가녀린 뒷모습이 눈에 익었다.

'지금 상황은 도대체…….'

저 앞에는 세 사람이 모여 있었다. 하나는 황제, 다른 하나는 황녀, 마지막으로 이엘리. 그런데 뭔가 좀 이상했다. 그들이 언성을 높일 일이 뭐가 있단 말인가. 그렇게 생각하던 그가 화들짝 놀랐다.

"그 입 닥쳐라!"

고함을 지른 황제가 손을 크게 휘둘렀다. 명백히 황녀에게 가하는 폭력이었다.

짝! 그 순간 황녀를 밀쳐 낸 이엘리가 바닥에 나뒹굴었다. 황제는 당황했고, 황녀의 낯은 창백하게 질렸다.

"고, 공작 부인!"

당황한 황제가 언성을 높였다. 이엘리의 사과 같던 뺨이 새빨갛게 부어올라 있었다. 순간 눈앞이 분노로 하얗게 흐려졌다. 이성이 툭 끊어지는 느낌이 들었다. 자카리는 달리기 시작했다.

"참으로 이상해. 어째서 당신에게는 '아샤의 축복'이 통하지 않는 거지?"

황제는 정말로 이해할 수 없다는 얼굴이 되어, 황망한 어조로 중얼거렸다. 그런데 바로 그때.

"……이게 도대체 어떻게 된 일입니까?"

얼음 칼날처럼 예리하게 날을 세운 목소리가 들려왔다. 깜짝 놀란 이엘리가 뒤를 돌아보았다.

"자카리?"

그녀의 등 뒤로 어느새 자카리가 서 있었다. 자카리는 성큼 걸음을 옮겨 거리를 좁혔다. 이엘리의 어깨를 가볍게 끌어안아 제 등 뒤로 밀어낸 자카리는, 서늘한 목소리로 다시 물었다.

"지금 폐하께서는 제 아내에게 폭력을 휘두르셨습니다. 맞습니까?"

"아닙니다, 공작. 이건 예상치 못한 사고였습니다. 그러니까……!"

"변명은 들을 필요 없습니다."

얼음 속에 갇힌 불길이 저러할까. 모든 것을 태워 버릴 것처럼 새파랗게 타오르는 눈동자였다.

"정말 슬픕니다."

"예?"

"제가 황제를 시해한 첫 번째 공작이 될지도 모른다는 사실이요."

"고, 공작!"

황제가 다급하게 자카리를 외쳐 불렀으나, 지금 자카리는 지금 반쯤 이성을 잃고 있었다.

스르릉, 칼날과 검집이 스치는 소리가 들렸다. 순식간에 튀어나온 검날이 황제를 곧게 겨누었다.

"……역시 차가운 피의 헤센바이츠. 황제에게도 가차없군요."

황제가 입술을 깨물며 자카리에게 말했다. 실제로 자카리는 자신을 공격하지 못할 것이다. 공작가의 영토에서 황제가 시해된다. 내전이 발발하기에도 모자람 없는 조건 아닌가. 게다가 화친을 위해 황제가 직접 북부에 방문한 상황이었다.

하지만 자카리의 검날은 흔들리지 않았다.

'설마, 정말로 검을 휘두르려고?'

그렇게 생각하자 황제의 등 뒤로 식은땀이 흘렀다. 겉으로는 빙해처럼 차가워 보이는 공작이었지만, 공작 부인에 한해서는 언제든지 이성을 잃을 수 있다는 것을 알았기 때문이었다. 그때.

"자카리."

등 뒤에 서 있던 이엘리가 자카리의 손을 가만히 어루만졌다. 자카리는 흠칫 어깨를 굳혔다.

"그래서는 안 된다는 것을 알잖아."

"하지만……!"

"난 괜찮으니까."

그녀의 담담한 목소리를 듣고 나서야 자카리는 희미하게나마 이성을 되찾았다. 자카리를 진정시킬 수 있는 사람은 이엘리가 유일했다. 감히 나의 그녀에게. 자카리는 짓씹듯 말을 뱉었다.

"아무리 아샤의 축복을 타고났다 한들⋯⋯."

"고, 공작."

"⋯⋯모든 사람들이 전하를 좋아할 거라 생각하지 마십시오."

그렇게 말한 자카리가 황제를 쏘아보았다. 금방이라도 상대를 죽일 것처럼 살벌한 눈초리였다.

"당장."

자카리가 힘을 주어 입술을 열었다. 새파란 눈동자는 마치 고온의 불길처럼 타오르고 있었다.

"제 눈앞에서 사라져 주셨으면 좋겠습니다, 폐하."

얼음을 갈아 만든 것 같은 나직한 목소리였다. 황제를 대하는 태도로는 지나치게 오만불손했으나, 그럼에도 황제는 더 말을 붙이지 않았다. 자신이 잘못한 건 알고 있었으니까.

'⋯⋯정말로 내게 검을 휘두를 기세로군.'

황제는 두려움을 삼키며 황급히 몸을 돌렸다. 저멀리 사라지는 황제의 뒷모습을 바라보던 자카리가 이윽고, 기나긴 한숨을 내쉬었다. 황녀는 어쩔 줄 모르고 눈앞의 상황을 지켜보고 있었다.

"⋯⋯후우."

자카리는 제 얼굴을 마구 쓸어내렸고, 그의 곁으로 다가간 이엘리가 걱정스럽게 묻는다.

"자카리, 괜찮⋯⋯"

"네가 왜 그런 걸 물어보는 거야?"

자카리는 날카롭게 되물었다. 이엘리는 순간 말문이 턱 막혔다. 자카리가 이엘리를 마주본다.

"이엔, 너야말로 괜찮아?"

"응, 괜찮아."

"이럴 땐 괜찮으면 안 돼, 이엔."

자카리는 간절한 목소리로 중얼거렸다. 자카리의 손이 이엘리의 뺨을 조심스럽게 쓸어내린다.

"아프지 않아?"

"괜찮, 아니."

반사적으로 괜찮다고 말하려던 이엘리는 입술을 꾹 다물었다. 그리고 솔직하게 입을 열었다.

"아프긴 하지만 이 정도는 참을 수 있어."

자카리는 입술을 꽉 깨물었다. 이건 모두 그 자신의 잘못이었다. 이엘리를 혼자 두어서는 안 됐다. 그녀가 연회를 주최하는 것에 대한 책임감이 투철한 것을 이용하여, 황제가 이엘리에게 접근할지도 모른다는 사실을 예상했어야 했는데.

그의 손가락이 다시 그녀의 뺨을 건드렸다.

"……."

짧은 통증이 일어, 이엘리는 살짝 눈썹을 찡그렸다. 순간 자카리는 울 것 같은 얼굴이 되어 버렸다.

"가자."

"응?"

"돌아가자고. 너, 뺨 치료해야 해."

그 말과 동시에 자카리가 그녀의 손을 꼭 붙들었다. 하지만 이엘리는 제 고개를 가로저었다.

"잠시만, 자카리."

"왜? 아니, 치료부터 하고 이야기해."

자카리는 대번 불만스러운 얼굴을 했다. 하지만 이엘리는 단호한 낯으로 자카리를 마주보았다.

"황녀 전하께 여쭤볼 것이 있어."

그 말에 화들짝 놀란 황녀가 어깨를 굳혔다. 그런 황녀를 바라보며 그녀는 어색하게 웃었다.

"전하, 전 전하를 잡아먹지 않아요."

"……미안해요."

황녀는 차마 그녀를 바라보지도 못했다. 공작 부인의 부어오른 뺨을 보자 죄책감이 가슴을 조인다. 그녀가 그렇게 다친 원인은 명백히 자신 때문이었다. 저를 보호하기 위해 다치고 말았다.

"아뇨, 전하께서 사과하실 일이 아니에요."

하지만 이엘리는 명쾌한 목소리로 대답했다. 그 목소리에 황녀는 입술을 잘근잘근 깨물었다.

"그보다도 황녀 전하께서는 계속 폐께 이런 일들을 당해 오셨던 건가요?"

이엘리가 황녀에게 질문했다. 이엘리를 바라보던 황녀는 이윽고, 조심스럽게 고개를 끄덕였다.

"그렇다면 설마 황후 폐하께서도……."

"아마 황후 폐하는 그 정도는 아닐 거예요."

황녀가 고개를 가로저었다. 그녀는 약간 안도했고, 그와 동시에 황녀에게 안쓰러움을 느꼈다.

"황후 폐하께는 론도 후작가 있으니까요. 론도 후작가는 중앙 정계에서 꽤 영향력이 있죠."

그렇게 설명하던 황녀의 눈동자가 복잡한 빛을 품었다. 긴 한숨을 내쉰 황녀가 말을 이었다.

"하지만 폐하의 그런 이성도 언제까지 유지될지…… 그건 잘 모르겠네요."

"그게 무슨 말씀이시죠?"

이엘리는 눈동자가 가늘어졌다. 이 이야기를 해도 될는지. 황녀의 시선이 불안하게 떨렸다. 하지만 황녀 또한 이야기를 터놓고 상담할 대상이 필요한 건 사실이었다. 황녀가 숨을 삼켰다.

"요새 폐하께서 조금…… 이상해지신 것 같아요."

머뭇거리던 황녀는 잠시 후, 두 사람에게 말을 꺼냈다. 황녀의 목소리는 깊게 가라앉아 있었다.

"물론 예전에도 유하신 분은 아니었지만, 그래도 최소한의 상식은 있으셨거든요."

"……지금은 그렇지 않다는 말씀이신가요?"

"맞아요. 예전의 폐하가 보여 주시던 이성적인 모습은 모조리 사라졌어요."

황녀는 미간을 좁히며 말을 이었다. 무언가를 고민하는 것 같던 황녀가 조심스럽게 설명했다.

"예전보다 더 편집증적인 모습이 굉장히 심해지셨거든요."

"편집증적인 모습이 심해졌다, 라……."

그러고 보면 그런 것도 같다. 이엘리는 오늘 본 황제의 모습을 떠올렸다. 그래도 결혼 동맹이라는 황녀의 이용 가치를 인지하고 있어서인지, 남 앞에서는 상식적인 모습을 보이던 그였다.

'하지만 이번에는 그러지 않았어.'

이엘리 앞에서 황녀에게 폭력을 사용한다는 것을 아무렇지도 않게 보여 주지 않았나. 게다가 노골적으로 황후를 무시하는 모습까지 만인의 앞에 드러내 놓았다. 황녀가 차근차근 입을 연다.

"네. 그리고 가장 이상한 건……."

"이상한 건?"

"……공작 부인께서 공작가로 돌아간 이후부터 그렇게 변했다는 거예요."

잠시 입을 다물고 있던 황녀가 이윽고 말을 이었다. 황녀의 눈동자가 깊게 가라앉아 있었다.

"무엇이 폐하를 그렇게 변하게 한 건지, 어떤 한 가지를 짚어 원인을 찾는 건 어렵지만요."

황녀의 말을 듣고 보니, 황제의 예민함이 새삼스럽게 더욱 피부에 와닿았다. 이엘리와 자카리는 침묵했다.

"게다가 황제 부부께서는 사이도 무척 안 좋으시거든요."

"뭐, 그렇게 보이기는 했습니다만……."

자카리가 두 눈을 가늘게 뜨며 대답했다. 황녀는 진지한 얼굴로 두 사람에게 말을 덧붙였다.

"국혼 이후로도 두 분은 단 한 번도 합방을 하신 적이 없으세요."

"……그게 가능한가요?"

이엘리가 조금 놀란 얼굴을 했다. 공작가의 주인인 자카리와 이엘리도, 공작가를 이어 갈 후계를 낳을 의무가 있다. 그들도 그러할진대, 리펜베르크 제국의 주인인 황제 부부는 어떻겠는가.

"그도 그럴 것이, 황제 폐하와 황후 폐하 모두…… 상대방을 거의 찾지도 않으시니까요."

그렇게 말하던 황녀가 문득 말을 멈췄다. 황녀의 얼굴 위로 죄책감이 스쳤다.

"하지만 어떤 이유를 갖다 댄다고 한들, 오늘 공작 부인이 당한 일을 정당화할 수는 없죠."

그렇게 말한 황녀가 깊숙하게 고개를 숙여 보였다. 두 눈을 질끈 감은 채 또 한 번 사죄한다.

"다시 한 번 정말로 죄송해요, 두 분."

"너무 걱정하지 마세요, 이건 황녀 전하의 잘못이 아니에요."

고개를 가로저은 이엘리가 입을 열었다. 아까 뭉뚱그렸던 그 질문을 다시 해야 할 시간이다.

"그보다, 황녀 전하."

"네?"

"혹시 폐하께서 황녀 전하께…… 평소에도 그렇게 폭력을 휘두르시나요?"

한참을 머뭇거리던 이엘리는 조심스럽게 물었다. 황녀는 대답 대신 희미한 눈웃음을 지을 따름이었다. 그리고 그 미소로 이엘리는 황녀의 대답을 알아들을 수 있었다. 그녀가 입술을 당겨 물었다.

"어째서 그런 폭력을 참고 계셨던 건가요?"

"황녀의 지위마저 남아 있지 않은 저는…… 살아남을 수 있는 방법이 전혀 없으니까요."

황녀는 담담한 얼굴로 그렇게 말했다. 그 담담함이 서글펐다. 이엘리는 물론이고 자카리마저도 더이상 황녀에게 질문을 하지 못했다. 이윽고 그들은 인사를 나눈 후, 각자 자신의 자리로 돌아갔다.

*　　　*　　　*

로렌 백작 영애는 입술을 사리물며 연회장 구석에 숨어 있었다. 마음 같아서는 당장 빠져나가고 싶었지만, 이런 일을 겪고 연회 중간에 빠져나가는 건 제 자존심이 허락하지 않았다.

'이런 수치를 겪다니, 너무 분해.'

백작 영애는 이를 갈았다. 아무리 그래도 자신은 공작의 하나뿐인 사촌 여동생이었다. 이런 대접을 받을 만한 위치가 아니라고 영애는 굳게 믿고 있었다. 정말이지 그 행동은 부당하고 오만했다. 게다가.

'방금 전, 다른 영애들…… 분명히 날 무시하고 있었어.'

백작 영애는 조금 아까 있었던 일을 다시 되새겼다. 그녀는 황가의 총애를 받는 백작가의 영애이자 공작가의 외척이었다.

그런 후광 때문에 평소에는 다른 귀족 영애들도 그녀에게 잘 보이려 애를 썼는데.

'백작 영애께서도 이제 좀 철이 드셔야 할 텐데요.'

'언제쯤 정신을 차리려고 저러시는지.'

부채 뒤로 소곤소곤 귀엣말을 하던 귀족 영애들이 까르르 웃음을 터뜨렸다. 연회가 시작됐을 무렵에는 어떻게든 자신에게 말을 걸어 보려던 그녀들은, 백작 영애를 완벽하게 무시하며 지나가 버렸다.

'평소라면 나에게 말 한 마디 걸려고 눈에 불을 켜던 것들이!'

백작 영애가 쌕쌕거리며 숨을 몰아쉬었다.

'공작 각하께서도 정말 너무하셔서, 어떻게 내게 이럴 수가 있어?'

백작 영애는 수치심에 돌아 버릴 것 같았다. 아무리 그래도 약간의 예의는 지켜 줘야 하잖아!

'귀빈들 앞에서, 고작 하녀에게 사과를 하라고 명령하시다니!'

심지어는 하녀에게 고개까지 숙였다. 그때의 일을 다시 되새기던 영애는 입술을 잘근거렸다.

'그따위 남부 촌뜨기보다 내가 더 가까운 위치 아냐?'

그녀는 씩씩 숨을 몰아쉬었다. 외가 쪽 사촌 여동생인 그녀는 자카리와도 일부 피가 섞여 있었다. 하지만 그와 이엘리는 그저 결혼으로 엮인 사이일 뿐, 저번처럼 이혼하면 다시 남남이 될 것 아닌가.

'정말로…… 가족이 얼마나 소중한지도 모르시고!'

백작 영애는 눈물 고인 눈가를 손으로 거칠게 닦아 내면서 속으로 원망을 퍼부었다.

이게 다 남부 계집에게 눈이 홱 돌아간 탓이다. 두고 보자지, 이번 일은 이대로 넘어가지 않을 테니까! 하지만 내심 그렇게 생각하고 있으면서도, 그녀는 쉬이 연회장 구석에서 빠져나오지 못했다.

＊　　＊　　＊

연회도 이제 끝물이었다. 공작가의 연회를 한껏 즐기는 사람들 사이에서, 황제는 홀로 기분이 나쁜 얼굴을 하고 있었다. 그는 치받는 욕설을 꾹꾹 눌러 삼켰다.

'젠장.'

어째서 공작 부인에 관련한 일은 제대로 끝난 적이 없단 말인가. 눈엣가시인 공작은 물론이고 여동생인 안네로제마저 사람을 불쾌하게 만든다. 그러던 중, 황제는 문득 고개를 들어올렸다.

"망할 계집애, 고작 남부에서 온 시골뜨기였던 주제에!"

거친 목소리로 분노를 토해 내는 아가씨가 한 명 있었다. 사람들의 눈이 잘 닿지 않는 기둥 뒤에 숨어 화를 내고 있었기에, 제 모습을 남이 보고 있을 거라고는 생각하지 못한 것 같았다.

"……영애는?"

황제의 목소리에 화들짝 놀란 아가씨가 뒤를 돌아보았다. 황제는 두 눈을 가늘게 떴다. 제 앞에서 얼어붙어 있는 조그마한 소녀는 아마, 로렌 백작 영애라고 했던가. 그러고 보니 예전에 포르투나 오페라하우스에서 한번 만났던 것 같기도 하고.

"폐, 폐하를 뵙습니다."

로렌 백작 영애는 황급히 고개를 숙여 보였다. 그런 그녀를 보던 황제는 순간, 아주 재미있는 생각을 해냈다. 황제가 씩 웃었다.

"고개를 들게."

"……예?"

"얼른."

나긋한 목소리에 백작 영애는 조심스럽게 시선을 들어올렸다. 황제는 영애를 똑바로 응시했다.

"……."

그 순간 백작 영애의 눈동자가 나른하게 풀렸다. 황족 중 일부가 물려받는 '아샤의 축복', 다른 이름으로는 '매혹의 마안'. 그 힘이 발휘된 것이다. 황제는 만족스러운 목소리로 입을 열었다.

"영애."

"……네, 폐하."

느릿한 대답이 들려왔다. 황제는 흥미로운 얼굴이 되어 백작 영애를 바라보며 물었다.

"영애는 공작 부인을 어떻게 생각하지?"

"……미운 여자입니다."

백작 영애의 눈동자에 한쪽으로 치우친 감정이 서리기 시작했다. 백작 영애가 날카롭게 말했다.

"그런 여자를 어떻게든 해 버렸으면 좋겠어요."

"짐 또한 그렇다네."

"폐하께서도 그렇게 생각하신다는 말씀이신가요?"

백작 영애가 두 눈을 동그랗게 떴다. 황제의 입술에 걸린 미소가 좀 더 짙어졌다. 그가 느른한 목소리로 말을 잇는다.

"그렇다네. 그래서 짐에게 재미있는 생각이 하나 있는데."

"예, 폐하."

"문제는 영애의 도움이 필요하다는 걸세. 그러니 짐을 좀 도와주겠나?"

"물론이지요."

백작 영애는 크게 고개를 끄덕였다. 황제가 만족스러운 얼굴로 그녀의 어깨를 두드려 주었다.

"공작 부인과는 다르게 착한 아가씨로군."

"아, 감사합니다."

몽롱한 표정으로 그녀가 대답했다. 고개를 숙인 황제가 백작 영애의 귀에 입술을 가져다 댔다.

"그 재미있는 생각이 무엇이냐면……."

잠시 후, 백작 영애의 귓가에서 입술을 떼어 낸 황제가 백작 영애와 시선을 맞췄다.

"잘 알아들었지?"

"네, 폐하."

"또한, 오늘 있었던 일은 모두 잊는 거야."

황제의 손이 백작 영애의 어깨를 가볍게 두드렸다. 짙은 회색 눈동자가 그녀를 똑바로 보았다.

"이건 누군가가 시켜서 저지르는 일이 아니라, 영애 스스로의 생각일세."

그 말에 백작 영애는 희미한 위화감을 느꼈다. 하지만 그는 마지막으로 그녀에게 못을 박았다.

"알겠나?"

그렇게 말하는 목소리가 악마처럼 달콤했다. 백작 영애는 또 한 번 홀린 양 고개를 끄덕였다.

* * *

이엘리는 몸이 좋지 않다는 핑계를 대고 먼저 귀가했다. 이런 얼굴 상태로는 도저히 연회장에 돌아갈 수 없었기 때문이었다. 어차피 연회도 끝물이었기에, 남은 귀빈들은 집사가 감당할 수 있을 터였다.

"아야야……."

"가만히 있어."

자카리가 인상을 쓰며 이엘리의 뺨에 연고를 발라 주었다. 그녀는 데굴데굴 눈동자를 굴렸다.

"자카리, 넌 연회장에 돌아가는 편이 좋을 것 같은데."

"네가 이렇게 다쳤는데 내가 어떻게 돌아가?"

자카리는 정색을 했다. 의자에 앉아서 다리를 달랑달랑 흔들던 이엘리가 문득 입술을 열었다.

"우리, 입장이 좀 바뀐 것 같지 않아?"

"뭐가?"

이엘리는 인상을 찡그린 그대로 자카리에게 웃어 보인다. 그러고는 장난스럽게 입을 열었다.

"예전에는 내가 널 치료해 주곤 했잖아."

"그게 뭐? 이엔, 넌 그보다 이런 상황에서 웃음이 나와?"

기가 막힌 자카리가 이엘리에게 말했다. 하지만 이엘리는 여전히 배실배실 미소를 짓고 있었다.

"잔소리를 하는 것도 보통은 내 쪽이었는데."

"이엔, 너 정말."

"이런 날도 오는구나."

이엘리는 눈매를 곱게 접어 보였다. 자카리는 뚱한 표정을 지었다. 그녀의 웃는 얼굴을 보자 화를 내려던 마음까지 쏙 들어가 버린다. 길게 한숨을 쉰 자카리가 그녀의 이마에 키스했다.

*　　　*　　　*

공작 성의 대집사는 안주인께서 갑자기 몸이 좋지 않으셔서 공작 부부가 먼저 들어갔노라 전언을 남겼다.

사람들은 약간 수군거리긴 했지만 대충 납득하는 분위기였다. 대집사를 중심으로, 공작가의 사용인들은 능숙하게 손님들을 배웅했다. 두 주최자가 사라진 연회는 그렇게 종료되었다.

*　　　*　　　*

황제 부부는 다시 제도로 귀환했다. 하지만 안네로제 황녀는 북부에 남았다. 황녀는 매번 황제의 등쌀에 시달리면서 살았다. 그런 황녀가 안타까웠던 황후가 호의를 베풀어 준 것이었다.

"북부에서 조금 쉬다 오세요."

"그러세요, 황녀 전하."

공작 부부도 환영의 뜻을 표했다. 여기서 가장 의외인 건 황제의 반응이었다. 평소라면 공작가와 접점이 있는 걸 굉장히 싫어했을 황제였으나, 이번엔 이상하게 순순히 고개를 끄덕였다.

"좋다. 푹 쉬고 오너라."

"……감사합니다, 폐하."

황녀는 미심쩍은 얼굴로 고개를 끄덕였다. 공작 부부는 황제의 선선한 허락을 바라보며 조금 의심스러운 얼굴을 했으나, 말끔한 표정을 하고 있는 황제의 속내를 알 길은 없었다. 그렇게 공작가의 여름이 지나고 있었다.

16
경계에 서서 1

어느새 가을의 초입이었다. 하늘은 점차 높아졌고, 푸르렀던 나무들도 슬슬 붉고 노란 옷을 갈아입고 있었다. 정원에 티 테이블을 내놓고 앉은 이엘리는 오랜만에 여유로운 시간을 보냈다.

"북부는 단풍이 좀 더 빨리 드네요."

"그렇죠, 아직 남부는 나무들도 파릇파릇하겠죠?"

"그러게요. 아직 남부는 좀 덥다 싶을 텐데요."

북부의 날씨는 어느새 서늘해진 상태였다. 피부에 닿는 공기가 상쾌하여 기분이 좋다. 황녀는 어깨에 걸친 숄을 추슬러 올렸다. 황녀 또한 제도에 있을 때보다 훨씬 더 편안한 모습이었다.

"그건 그렇고, 이번에 헤센바이츠 공작께서 마수 퇴치를 나선다면서요."

"네. 보통 가을부터 마수 퇴치를 시작하곤 하죠."

이엘리는 고개를 끄덕였다. 가을과 겨울에 걸쳐 공작가의 기사들은 마수들을 정기적으로 토벌하곤 했다. 그렇지 않으면 겨울에 골치 아파지기 때문이다. 자카리 또한 그 토벌에 참가했다.

"아무래도 공작께서 걸음이 떨어지지 않으시겠어요."

"네? 그게 무슨 말씀이신지……."

"그거야."

황녀가 이엘리를 보며 장난스럽게 웃었다. 황녀는 이엘리에게 나긋한 목소리로 농을 던졌다.

"이렇게 예쁜 아내가 있다면 저라도 마수 토벌을 나가고 싶지 않을 것 같아서요."

"농담하지 마세요, 황녀 전하."

이엘리는 눈썹을 찡그리며 수줍게 웃었다. 황녀는 그런 이엘리를 다정한 눈으로 바라보았다.

"어머나, 농담이 아니에요. 진심인걸요."

황녀가 쿡쿡 웃었다. 새삼스럽게 이엘리는 황녀의 표정이 훨씬 더 밝아졌다는 것을 인지했다.

'황녀 전하께서도 저렇게 웃으실 수 있구나.'

얼굴에 드리워져 있던 그림자는 모두 사라진 지 오래였다. 황제가 곁에 있지 않다는 것만으로도 저렇게 표정이 환해질 수 있다니. 이엘리는 그런 황녀가 보기 좋은 한편, 좀 안쓰러워졌다.

"그러고 보면 공작께서는 며칠이나 공작 성을 비우시나요?"

"글쎄요. 보통은 짧으면 5일, 길면 일주일 정도 걸렸던 것 같아요."

"세상에, 헤센바이츠의 기사들은 무척 강한가 보군요."

황녀가 두 눈을 동그랗게 떴다.

이엘리는 어색하게 웃어 보였다. 기사들이 강하다기보다는, 자카리의 겨울의 힘이 강력해서 그런 거라고는 말할 수 없었기 때문이었으므로.

황녀가 말했다.

"공작께서도 정말 대단하신 분이세요."

"자카리가요?"

"그럼요. 실제로 한 가문의 가주가 전투에 직접 나서는 일은 드물잖아요."

황녀가 고개를 갸웃 기울이며 말했다. 이엘리는 눈을 깜빡였다. 하긴, 그도 그랬다. 대부분의 귀족들은 기사단장에게 대리권을 주어 출전시키지, 가주가 직접 출정하는 일은 거의 없었다.

"아무래도 자카리는 북부 최고의 기사이기도 하니까요."

곰곰이 생각하던 이엘리는 이윽고 애정 가득한 목소리로 말했다. 그녀의 목소리에 남편에 대한 애정이 가득 차 있어서, 황녀는 장난스럽게 웃었다.

잠시 후, 황녀가 농담처럼 입을 연다.

"공작 부인께서는 공작님을 무척 사랑하시는 것 같아요."

"아……."

순간 이엘리는 말문이 막혔다. 가만히 이엘리를 바라보던 황녀가 나긋한 어조로 말을 이었다.

"그리고 공작님께서도 공작 부인을 마음 깊이 사랑하시고요."

"그, 그건……."

"공작 부인께서 그런 표정을 지으실 땐, 공작님 이야기를 할 때 외에는 없는걸요."

이엘리는 저도 모르게 손을 들어 양 뺨을 더듬었다. 이엘리는 조심스럽게 황녀를 마주보았다.

"……그런 표정이요?"

"지금 같은 표정이요. 수줍어서 어쩔 줄 모르는 그런 얼굴."

"그 정도는 아니에요!"

"그런가요? 제 눈에는 그렇게 보이는데요."

황녀는 찻물로 입술을 축이며 나지막한 웃음소리를 흘렸다.

그녀는 얼굴을 붉혔다. 그렇게 티가 나나. 솔직히 요새 자카리의 행동 하나하나에 심장이 덜컹 내려앉는 경험을 하긴 하지만.

'그래도 그 정도는 아닐 거라고 생각하는데.'

설마 자카리에게도 내 표정이 훤히 들여다보이는 건 아니겠지. 이엘리는 입술을 당겨 물었다.

"하지만 나쁘지 않잖아요? 서로를 사랑하고 존중하는 부부라니요."

"황후 전하."

"전 사실 결혼에 대해서 회의적이에요."

그렇게 말하는 황녀의 낯에 옅은 그림자가 드리워졌다. 황녀에게 있어 결혼은 항상 끔찍한 존재였다. 결혼 동맹의 도구가 아니면, 황제 부부처럼 서로를 증오하는 관계.

그나마도 어머니는 하잘것없는 신분이었기에, 황녀의 아버지인

선대 황제에게 물건 고르듯이 간택당하지 않았나.

"하지만 공작 부부를 볼 때에는 예외예요."

찻잔을 내려놓은 황녀가 어깨를 으쓱거렸다. 그녀를 똑바로 바라보는 회색 시선이 투명하다.

"두 분을 볼 때면 결혼도 나쁘지는 않구나, 그런 생각이 들거든요."

이엘리는 드물게 어쩔 줄 몰라 찻잔 위로 시선을 떨어뜨렸다. 그럼에도 자카리가 자신을 마음 깊이 사랑하는 것 같다는 말을 듣는 건 굉장히 기뻤다. 그때 잔디를 밟는 발소리가 들려왔다.

"이엔."

"자카리?"

분홍색 속눈썹을 팔랑거리며 이엘리는 자카리를 돌아보았다. 자카리가 그림처럼 웃고 있었다.

"아, 황녀 전하도 계셨군요."

"마침 공작님의 이야기를 하고 있었답니다."

황녀가 자카리를 향해 상냥하게 말했다. 자카리는 조금 의아한 얼굴로 황녀와 이엘리를 보았다.

"제 이야기라니요?"

"그게, 이번에 마수 토벌에 직접 출정하신다고 들었거든요."

황녀는 살가운 목소리로 대답했다. 자카리는 그저 제 고개를 가볍게 끄덕여 보일 따름이었다.

"계속 마수 토벌에 출정하시는 건가요?"

"예. 소년 시절부터 나갔습니다."

"대단하세요…… 공작 부인께서 걱정이 많으시겠는걸요."

그 말에 이엘리는 허를 찔린 얼굴을 했다. 자카리가 언제나 무사히 돌아온다는 것은 알고 있지만, 그럼에도 내심 그를 걱정하며 밤을 새우는 건 사실이었으니까.

'이런, 정곡을 찔렀네.'

머쓱해진 이엘리는 힐끔 자카리를 돌아보았다. 그녀와 시선이 마주친 자카리가 말갛게 웃어 보였다.

넌 모르겠지, 돌아온 네 몸에 자잘한 상처가 남아 있을 때마다 내 마음이 베인 양 욱신거리는 것도.

"그것보다 날씨가 차가운데 두 분 모두 왜 안에 계시지 않고."

"괜찮아요. 북부의 가을은 굉장히 운치가 있네요."

황녀가 고개를 갸웃 기울였다. 가을의 정원을 바라보는 황녀의 표정은 무척 평화로워 보였다.

"황녀 전하, 이엔을 잠시 데려가도 될까요?"

그때 자카리가 이엘리에게 물었다. 황제를 대할 때와는 다르게 정중한 목소리였다.

살짝 속눈썹을 들어올린 황녀는 곧 고개를 끄덕였다. 금슬 좋은 부부를 바라보는 건 언제나 흐뭇하다.

"그럼요. 오히려 두 분의 오붓한 시간에 제가 방해된 것은 아닌지 걱정스러운걸요."

"그런 건 아니에요. 황녀 전하께서 북부에 머물러 주셔서 정말 기쁩니다."

다정하게 말한 이엘리가 몸을 일으켰다. 자카리와 손을 맞잡은 그녀가 상냥하게 말을 잇는다.

"그럼 잠시만 다녀올게요."

"잠시가 아니라 하루 종일 다녀오셔도 괜찮답니다."

황녀는 농담처럼 대답했다. 둘은 나란히 얼굴을 붉혔다.

"그럼 이따 다시 뵈어요."

"그래요."

두 부부가 총총걸음으로 정원을 가로질러 사라진다. 그 뒷모습을 보던 황녀가 한숨을 쉬었다.

"후우."

제 오라비를 보지 않는 것만으로도 이렇게 마음이 편해질 줄은 몰랐다. 언제 오라비에게 폭력이나 모욕을 당할지 경계하지 않아도 되는 삶. 황녀는 희미하게 웃었다. 평화로운 가을이었다.

*　　*　　*

이엘리와 자카리는 나란히 손을 잡은 채 자박자박 정원을 걸었다. 가을이 내려앉은 정원의 색채는 화려했다. 마주잡은 손끝의 온기가 따사로웠다. 이엘리는 자카리를 살며시 올려다보았다.

"무슨 일이기에 여기까지 찾아왔어?"

"뭐야, 무슨 용건이 있어야 널 찾아올 수 있는 거야?"

자카리의 뻔뻔한 얼굴에 이엘리는 어리둥절한 얼굴을 했다. 그가 냉큼 대답을 한다.

"보고 싶어서 찾아간 거야."

이엘리는 할 말을 잃어버렸다. 아니, 황녀 전하까지 두고 올 거라면 뭔가 중요한 용건 아니었어? 게다가 우리는 밤낮으로 매번 얼굴을 본다고! 그때 자카리가 씩 웃으면서 말을 덧붙였다.

"……라는 가벼운 용건이라면 물론 나도 좋겠지만."

그렇게 말한 그가 분홍색 정수리를 가만히 쓰다듬었다. 새파란 시선이 그녀를 물끄러미 본다.

"마수 퇴치를 하는 동안에는 혼자 성에 있어야 하는 게 마음에 걸려서."

"마수 퇴치를 나간 게 한두 번도 아니고, 뭐 어때. 난 괜찮아."

"하지만 그때는 아버지가 항상 네 곁에 계셨지."

자카리는 차분하게 대답했다. 그 말에 이엘리는 잠시 침묵했다. 그 이름은 정말 오랜만에 듣는 기분이었다.

테론 헤센바이츠. 자카리의 아버지이자 그녀의 시아버지. 매몰 참 아래에 다정함을 숨겼던, 제 아들을 제대로 사랑하는 법을 몰랐던 사람. 그럼에도 아들을 사랑했던 사람.

"너를 혼자 공작 성에 두는 건 처음이잖아."

그가 쓰게 웃었다. 따스한 손이 그녀의 뺨을 어루만졌다. 자카리가 나직하게 말을 이었다.

"솔직히 아버지가 계셨을 땐, 내가 네 곁을 비워도 그나마 마음이 놓였었는데."

"……자카리."

"아버지도 없는 성에 널 혼자 두는 건…… 역시 좀 불편하네."

그렇게 말한 자카리가 그녀를 애정 어린 눈으로 바라보았다. 그가 침착한 목소리로 말을 덧붙인다.

"게다가 이번에는 황녀 전하도 공작 성에 계시니까."

"아냐, 너무 마음 쓰지 마. 황녀 전하는 내가 잘 챙기고 있을 테니까."

"황녀 전하가 아니라 네가 신경 쓰이는 거야."

자카리는 고개를 가로저었다. 이엘리는 생긋 눈웃음을 지은 후 자카리에게 힘을 주어 말한다.

"그것만큼 쓸데없는 걱정도 없어, 난 괜찮은걸."

"네 말에는 신뢰도가 부족해, 이엔."

그렇게 말하는 자카리의 표정은 조금 뚱해 보였다. 그가 심술궂은 소년처럼 입술을 모으며 말한다.

"게다가 이번 출정은 조금 길어질지도 모른단 말이야."

"얼마나 길어지는데?"

"한 일주일 정도?"

그 말에 이엘리는 두 눈을 가늘게 떴다. 사실 예전 출정은 한 달을 꼬박 채우곤 했었다. 하지만 자카리가 소공작으로서 공작가의 기사들을 지휘한 이후 그 일정이 상당히 줄어든 것이다.

"하지만 자카리, 보통 출정은 5일에서 일주일 정도 나가잖아?"

이엘리는 뚱한 목소리로 자카리에게 되물었다. 출정이 얼마나 길어지기에 저렇게 말하나 생각했는데, 고작 평소의 일정을 꽉 채우는 것뿐이라니. 어린아이를 걱정하는 것도 아니고, 정말.

"지금 말하는 일주일도, 예전에 비하면 상당히 기간을 축소한 거 아니야?"

"그럴 리가. 일주일을 꽉 채워서 나가다니, 안 될 말이야."

그러나 자카리는 단호했다. 가을 하늘을 꼭 닮은 푸른 눈동자가
이엘리를 걱정스레 바라본다.

"게다가 넌 매번 괜찮다고 하잖아."

"하지만 정말로 괜찮은걸. 네가 너무 걱정이 많은 거니까, 그런
걱정은 말고……."

이엘리는 힐끗 자카리를 올려다보았다. 그늘진 얼굴을 바라보던
이엘리가 충동적으로 물었다.

"그보다, 자카리."

"응?"

"넌 이제 괜찮은 거야?"

"나?"

자카리가 눈을 깜빡였다. 자카리의 손가락을 감아쥔 이엘리가
조심스러운 어조로 말했다.

"전대 공작님."

자카리는 말문이 막히는 것을 느꼈다. 이엘리의 연녹색 눈동자
가 자카리를 똑바로 응시했다.

"보고 싶다거나…… 그립지는 않아?"

"……."

"저기, 별로 말하고 싶지 않은 거라면 미안해."

이엘리는 황급히 말을 덧붙였다. 자카리는 지그시 입술을 깨물
었다. 그녀가 조심스레 말했다.

"하지만 아들이 아버지를 그리워하는 건 당연한 감정이라고 생
각해."

정곡을 찔렀다. 자카리는 숨을 삼켰다. 그녀는 잠시 머뭇거렸지만 차분한 어조로 말을 이었다.

"전대 공작님에 대한 감정을 강요하는 건 아니야, 그래도……."

태연한 척하던 얼굴 위로 실금이 갔다. 이엘리는 그런 남편을 안타까운 눈빛으로 바라보았다.

"가끔씩 너, 집무실에서…… 전대 공작님께서 쓰시던 물건들을 멍하니 들여다보고 있잖아."

자카리의 눈동자가 짧게 흔들렸다. 설마 그런 것까지 알고 있었나.

"……만약 네가 그런 마음을 가지고 있다면, 어떻게든 그 속내를 털어놓는 게 네 마음이 좀 더 편해질 것 같다는 생각이 들어서."

자카리는 입술을 깨물었다. 이엘리가 말하는 모든 것들이, 너무 자신의 마음을 들여다보고 있는 것 같다. 이런 복잡한 마음을 어떻게 설명해야 할까. 자카리는 무겁게 고개를 떨어뜨렸다.

"이엔."

"응."

"참 이상해. 아버지가 그렇게 미웠었는데."

처음으로 아버지에 대한 제 속마음을 솔직하게 이야기하는 것 같다. 입 안이 바짝 마른다. 자카리는 주먹을 꽉 말아 쥐었다. 자신의 깊은 속내를 이야기하는 것은, 스스로의 약점을 다른 사람에게 내보이는 것과 같다고 여겼다. 그런데도 그녀만큼은 괜찮다.

"차라리 죽었으면 하고 바랐던 사람인데도…… 이렇게 그리워한다는 게 너무 이상해."

자카리의 목소리가 가늘게 떨렸다. 이엘리는 말없이 고개를 끄덕여 주었다. 그런 그녀를 보며 자카리는 묘한 안도감을 느꼈다. 그녀에게는 모든 비밀을 꺼내 놓아도 괜찮을 것 같은 기분이 든다.

"당연하지, 아버지인걸."

모든 사람들이 자신을 이상하다고 매도하는 세상에서, 이엘리만큼은 그가 이상하다고 말하지 않는다.

장례식장에서 그의 냉정함을 이야기하던 그 모습이 문득 떠오른다. 그가 중얼거렸다.

"새삼스럽게 내가 아버지에게 얼마나 많이 의지하고 있었는지 알 것 같아."

"자카리."

"……나 참 우습지?"

자카리의 미소는 여전히 서글펐다. 아버지를 그토록 증오했던 주제에, 이런 식으로 아버지를 추억하며 그리워하는 자신의 위선이 한심했다. 그러나 이엘리는 또랑또랑한 목소리로 답했다.

"전혀 우습지 않아."

"하지만……."

"아버지와 아들이 서로에게 의지하는 게 뭐가 우스워?"

이엘리는 양 허리에 손을 얹고 턱을 치켜세웠다. 이엘리의 차분한 목소리가 자카리를 향했다.

"공작님께서도 너에게 헤센바이츠 공작가를 맡기고 떠나셨잖아."

"이엔, 그건."

"공작님께서 이 가문에 얼마나 큰 책임감을 가지고 계셨는지는 내가 더 잘 알아."

이엘리는 전대 공작의 모습을 눈앞에 선연히 떠올릴 수 있었다. 공작가에 대한 책임감, 그리고 아내와 아들에 대한 일그러진 사랑. 공작을 구성하는 감정은 오로지 그 두 가지뿐이었다.

"그리고 넌 그런 막중한 책임감을 짊어지게 된 거라고."

자카리가 넘겨받은 건, 공작이 평생을 짊어지고 있던 책임감이었다. 그녀가 그에게 되물었다.

"공작님도 그렇게 네게 의지하시는데, 왜 네가 의지하는 걸 우습다고 생각해?"

"……."

그녀의 명쾌한 말에 그는 입을 꾹 다물었다. 그런 남편의 어깨를 두드리며 이엘리는 웃었다.

"그러니까 나도, 너와 전대 공작님께서 소중하게 여기시는 이 공작 성을 어떻게든 잘 보살필 생각이야."

"……그건."

"그러니까 공작 성은 나에게 맡기고, 걱정 말고 다녀오도록 해. 알았지?"

"하지만 네게 너무 큰 부담을 주는 것 같아서……."

자카리가 말꼬리를 흐렸다. 아버지도 없는 공작 성에 이엘리를 혼자 두고 간다는 게, 마음 한구석에 계속 찜찜하게 남아 있었다.

그런 그를 빤히 바라보던 이엘리가 양팔을 들어 남편의 목을 끌어안았다.

"나, 네 아내야. 제국 유일의 공작 부인이자 북부의 안주인이라고."

따스한 체온과 망설임 없이 자신에게 기대 오는 가벼운 무게. 아샤 꽃향기를 닮은 달콤한 체향이 코끝을 간지럽힌다. 자카리는 그녀를 품에 가둬 넣곤 깊게 호흡했다. 마음이 편안해졌다.

"나도 내 책임은 다하고 싶으니까, 공작 각하께서는 바깥일에 집중하세요. 알았지?"

"……그래, 알았어."

자카리가 희미하게 웃었다. 힘을 내라는 의미로, 이엘리는 자카리를 끌어안은 팔에 힘을 주었다.

그리고 며칠 후. 공작을 위시한 공작가의 기사단은 마수 토벌을 위하여 북부로 출정했다.

* * *

자카리가 떠났다. 이엘리는 웃는 얼굴로 그를 배웅했다. 하지만 그를 보낸 후 마음이 허전한 건 어쩔 수 없었다. 그가 출정해야 한다는 것은 물론 잘 알고 있지만, 공작 성이 텅 빈 것 같았다.

'기분 전환 겸 산책이나 나갈까.'

한창 서류를 살펴보던 그녀는 한숨을 내쉬며 서류를 탁탁 쌓아 올렸다. 자카리가 없으니 이상하게 일에도 집중하기 어려운 기분이었다. 방을 나선 그녀는 곧장 공작 성의 정원으로 향했다.

"오늘도 날씨는 맑구나."

밖에 선 그녀가 하늘을 보며 희미하게 웃었다. 햇볕이 맑게 내리쬐는 오후였다. 살랑살랑 불어오는 가을바람이 뺨을 간지럽힌다. 따스한 햇볕을 쬐던 그녀는 역시나 자카리를 생각했다.

"지금쯤 자카리는 무엇을 하고 있을까……."

북쪽으로 진격하고 있겠지. 힘들지는 않을까. 물론 출정을 나가도 무사히 돌아오긴 하지만, 예전엔 몸에 자잘한 상처를 남기기도 했었는데. 다치기라도 하면 어쩌나. 그녀는 미간을 좁혔다.

"휴, 이런 생각 따위 해 봤자 뭐하나."

마음만 무거워질 뿐이다. 그리고 객관적으로 겨울의 마법을 가진 자카리를 상처 입힐 수 있는 존재는 이 제국에서 존재하지 않는다. 이엘리는 마음을 비우고 산책에 집중하기로 결정했다.

"아이고, 안주인 마님. 이곳은 어쩐 일이십니까?"

정원 안쪽으로 걸어 들어가니, 정원사가 살갑게 인사를 건네 왔다. 이엘리는 생긋 웃어 보였다.

"그냥 산책 중일세. 장미를 다듬는 중인가?"

"예. 이제 가지를 좀 쳐 줘야죠. 북부에서는 겨울도 금방이지 않습니까."

정원용 가위를 손에 든 채 정원사는 고개를 끄덕였다. 이엘리의 시선이 장미 덤불로 향했다.

"아, 여름 장미……."

자늑자늑 걸음을 옮기던 그녀가 문득 그 자리에 멈춰 섰다. 꽃이 모두 진 여름 장미 덤불이 하얀 울타리에 무성히 자라 있었다. 아직은 파릇한 색깔이 남아 있다.

이엘리는 작게 미소했다.

"그러고 보니 올해는 여름 장미가 무척 예쁘게 폈었는데."

만개한 여름 장미가 붉은 꽃그늘을 드리웠던, 지난 그 여름. 짙은 장미 향기가 아득하게 공기를 메우고는 했었다. 그녀는 추억에 잠겨 장미 덩굴을 살짝 어루만졌다. 그런데 바로 그때…….

"……어라?"

내가 뭔가 잘못 보고 있는 건가? 이엘리는 멍하니 제 앞의 모습을 바라보았다. 아니, 분명히.

"이, 이게 도대체 뭐야?"

그녀는 순간 당황해 버렸다. 그녀가 손가락을 댄 그곳부터 무더기로 장미가 올라오기 시작한 것이다. 푸른 잎사귀들 사이로 붉은 장미가 송이송이 피었다. 어찌나 꽃송이가 크고 탐스러운지 마치 동그란 열매처럼 보인다.

툭툭 꽃망울을 틔우는 장미들. 그녀는 어깨를 바짝 굳혔다.

'나, 지금…….'

기이한 느낌이 들었다. 온 세상과 감각을 공유하는 것만 같은 묘한 감각. 장미가 피어나는 과정이 피부로 느껴진다. 아니, 이 감각을 정확히 표현하자면…….

혼란한 와중에 그녀는 생각했다.

'내가 꽃을 피워 내고 있는 느낌이야.'

그게 말이 되나? 그러나 시야 안쪽은 이미 붉은 장미 꽃송이들로 가득 찼다. 그 자리에 바짝 굳은 이엘리는 퍼뜩 시선을 들어올렸다. 눈앞에 펼쳐진 풍경에 이엘리는 곧 경악하고 말았다.

'지금 이 풍경은 도대체 뭐지?'

이엘리는 눈을 깜빡였다. 이엘리가 서 있었던 정원은 어느새 사라지고, 눈 닿는 세상은 모조리 분홍색으로 물들어 있었다. 수없이 흩날리는 분홍색 꽃잎들이 시야를 메우고 한들거린다.

'세상에.'

이엘리는 경악했다. 가장 먼저 눈에 들어오는 건 엄청난 크기의 아샤 꽃나무였다. 성인 남성 다섯이 팔을 활짝 벌리고 끌어안아도 모자랄 것 같은 둥치를 가졌다.

커다란 가지 위로 빽빽하게 분홍색 꽃잎들이 피어나 살랑거린다. 마치 봄의 여왕처럼 화려하게 가지를 펼치고 있었다.

'저런 나무가 북부에 존재하기는 했던가?'

그런 의문을 느끼면서도, 이엘리는 눈앞의 아샤 꽃나무에 압도되고 말았다. 경이로운 광경이었다. 지금 상황만 아니라면 무척 아름답다고 느낄 정도로.

그 모습을 멍하니 바라보던 그때였다.

'아샤.'

부드러운 목소리가 들렸다. 마치 봄으로 빚은 것처럼 다사로운 목소리다. 이엘리는 어리둥절한 얼굴로 고개를 돌렸다. 등 뒤에 한 남자가 서 있었다. 이엘리의 눈동자가 커다랗게 뜨였다.

"……당신은?"

설원처럼 새하얀 은발이 허리 아래로 길게 흩날렸다. 빙해를 조각내어 박아 넣은 것 같은 새파란 시선이 그녀를 똑바로 바라본다. 겨울을 형상화하여 만들어 낸 것 같은 아름다운 남자였다.

'나의 아샤.'

"저는 아샤가 아니……."

반사적으로 대답하던 이엘리는 찰나, 극심한 혼란을 느꼈다. 당신은 왜 날 '아샤'라고 부르지?

'아니, 넌 나의 아샤야.'

남자가 손을 뻗어 이엘리의 뺨을 쓸어내렸다. 그 온기가 지극히도 따스했다. 짙푸른 눈동자는 이엘리를 똑바로 바라보고 있었다.

아샤. 이엘리. 두 이름 사이에 놓인 경계가 천천히 허물어진다. 난 누구지? 난 왜 내가 '아샤'가 아니라고 생각하는 거지? 정말로 내가 '아샤'인 건가?

"당신은……."

그녀는 입술을 움직였다. 온통 분홍색으로 물든 봄의 세상 속에서, 남자는 홀로 버림받은 겨울인 것처럼 고요히 서 있었다. 당신은 도대체 누구야? 그녀는 그렇게 물어보려 했다.

"헤센바이츠."

막상 입술 밖으로 튀어나온 이름은 달랐다. 그리고 그 이름을 불쑥 내뱉은 이엘리는 짙은 기시감을 느꼈다. 저 눈동자와 얼굴은, 이엘리를 바라보는 애정 어린 시선은. 당신은, 나의…….

"……자카리?"

그 이름이 공기 중에 얹힌 순간. 세상이 무너지고 이지러졌다. 환상처럼 아름다운 남자의 모습도, 화려하게 흩날리는 분홍색 꽃잎들도, 거대한 아샤 꽃나무도 순식간에 멀어져 사라진다.

"……님."

"……."

"안주인 마님!"

마치 꿈에서 깨어나는 것처럼 이엘리는 화들짝 정신을 차렸다. 정원사가 걱정이 가득한 얼굴로 그녀를 바라보고 있었다. 마치 찰나의 낮잠이라도 잔 것만 같다. 순간 이엘리는 어리둥절해졌다.

"마님, 정신이 드십니까?"

"이게…… 어떻게 된 일이지?"

"갑자기 마님께서 비틀거리시는 바람에……."

다행히도 쓰러지지는 않으셨다며, 정원사는 조심스레 이엘리에게 말했다. 그러던 중 이엘리는 코끝을 스치는 짙은 장미 향기를 맡았다. 멍하니 고개를 돌린 그녀의 눈이 커다랗게 뜨였다.

"저건…… 저 장미들은."

"가, 갑자기 피어났습니다."

정원사도 내심 무척이나 놀란 얼굴이었다. 한참을 망설이던 정원사가 잠시 후 말을 덧붙였다.

"……마님께서 장미 덩굴에 손을 대신 이후로요."

이엘리는 유령에라도 홀린 듯한 표정이 되어 버렸다. 마치 그녀를 놀리기라도 하는 것처럼 새빨간 장미들이 무리 지어 피어 있었다. 바람결에 흔들리는 장미들이 달콤한 향기를 흩뜨린다.

"거짓말……."

그녀가 가만히 양손을 내려다보았다. 내가 저 장미를 피워 냈다고? 그녀 스스로가 느꼈던 그 감각, 세계와 감각을 공유하는 것 같던 그 느낌도 모조리 현실이란 말인가? 그렇다면 나…….

'그 풍경.'

봄의 여왕 같던 아샤 꽃나무와 겨울을 빚어 만들어 낸 것 같던 남자. 비현실적으로 아름다웠던 그 풍경 또한 실제로 존재하는 것이었다고?

이엘리는 마른침을 삼켰다. 남자가 이엘리를 향해 간절하게 불렀던 그 이름이 귀에 아직도 쟁쟁했다. 나의 아샤. 이엘리는 입술을 당겨 물었다.

*   *   *

그날 저녁, 메리는 붉은 장미를 가득 담은 화병을 이엘리의 집무실에 놓아주었다. 진한 향기에 그녀는 미간을 좁혔다. 그녀는 화병을 손가락질로 가리키며 다소 신경질적으로 묻는다.

"설마 그 여름 장미야?"

"네. 정원에서 여름 장미가 활짝 피었다더라고요. 참 이상한 일이죠?"

"이 꽃, 바보 같네. 자기가 피어야 할 계절조차 알아보지 못하고."

이엘리는 다소 심술궂게 대답했다. 낮에 있었던 일로 마음이 혼란한 탓이다. 메리가 미소했다.

"장미가 안주인 마님을 만나서 기뻤던 게 아닐까요?"

메리의 여상한 대답에 이엘리는 꿀 먹은 벙어리가 되어 버렸다. 안녕히 주무시라는 밤 인사를 남긴 메리가 방을 빠져나갔다. 화려한 붉은 장미를 눈 안에 담던 이엘리가 작게 중얼거렸다.

"……헤센바이츠."

이엘리를 향해 '나의 아샤'라고 불렸던 새하얀 남자. 하지만 헤센바이츠는 건국 전설에도 나오는 겨울의 은룡이자, 공작가의 시조인 존재가 아닌가. 그리고 이엘리는 그 남자를 분명히…….

"자카리……."

그래, 자카리라고 불렀다. 왜였을까. 하지만 분명히 그 사람은 자카리를 닮았다. 아니, 정확히는 동일인인 것만 같은. 잡힐 듯 잡히지 않는 묘한 감각에 이엘리는 또다시 혼란스러워지고 말았다.

*   *   *

그리고 이튿날. 자카리가 없는 공작 성에 반갑지 않은 소식이 찾아왔다. 로렌 백작 영애가 보낸 소식이었다.

백작 영애는 정중한 편지를 보내왔는데, 그 편지에는 공작 성에 방문하고 싶다는 내용이 담겨 있었다. 북부를 떠나기 전에 북부의 안주인에게 인사를 전하고 싶다고 했다.

"로렌 백작 영애가 공작 성에 방문한다고? 도대체 왜?"

이엘리는 조금 어리둥절해졌다. 메리도 당혹스러운 낯이다.

"네. 그리고 편지를 가져온 사람도, 답신을 받기 전에는 돌아가지 않을 기세예요."

"그래?"

이엘리는 미간을 좁혔다. 뭐 아예 납득하지 못할 이유는 아닌데, 왜 하필이면 자카리가 없는 지금? 그녀는 묘하게 신경을 건드리는 기분을 느꼈다. 굳이 백작 영애가 이곳에 와야 할 이유가 있나?

"또한 황녀 전하께서 공작 성에 체류하고 계시니, 함께 인사를 올리고 싶다…… 라."

편지의 내용을 모르는 황녀를 위해 이엘리는 편지에 적혀 있는 내용을 또박또박 읽어 내렸다.

"흐음……."

그 내용을 들은 황녀도 의아한 낯이 되어 버렸다. 이엘리는 황녀를 돌아보며 질문을 던졌다.

"황녀 전하께서는 괜찮으실까요?"

"네, 뭐. 저는 크게 상관은 없어요."

그렇게 대답하며 황녀는 미간을 좁혔다. 북부에서의 로렌 백작가가 생각보다 영향력이 없다는 건 알고 있다.

그래도 황제가 아직 그들을 버리지 않으니 황녀도 태도를 조심해야만 했다.

'이 무슨 쓸모없는 신경 소모인지 모르겠네.'

황녀는 쓰게 웃었다. 고개를 끄덕인 이엘리가 다소 시큰둥한 얼굴이 되어서 입술을 열었다.

"그렇다면 내일쯤 찾아오라고 이르렴. 함께 차라도 마시고 돌려보내면 되겠지."

"그렇게 말씀 전하겠습니다, 마님."

깊숙이 고개를 숙여 보인 메리가 방 밖으로 빠져나갔다.

잠시 이엘리와 황녀가 서로 얼굴을 마주보더니, 황녀가 먼저 입을 열었다.

"제 생각에도, 백작 영애가 방문하는 건 조금 이상한 것 같아요."

"음…… 정확히 어떤 점을 말씀하시는 것인지요?"

그녀의 물음에 황녀가 고개를 갸웃 기울였다. 곰곰이 생각하는 것 같던 황녀가 말을 잇는다.

"우선, 로렌 백작 영애가 굳이 인사를 올린다며 공작 성에 찾아올 이유가 없잖아요."

"아."

그녀는 눈을 깜빡였다. 그녀가 느낀 불편함을 황녀도 고스란히 느낀 것 같다. 이엘리가 물었다.

"황녀께서도 좀 미심쩍으신가요?"

"솔직히 그렇죠. 게다가 저는 굳이 인사를 올릴 정도로 세력을 가진 황족도 아니고요."

그렇게 말한 황녀가 쓴웃음을 지었다. 이마를 좁힌 황녀가 이엘리를 바라보면서 말을 이었다.

"공작 부인과 로렌 백작가의 사이는 원만하진 않고, 게다가 공작께서도 자리를 비우셨잖아요?"

"그렇죠. 이번 연회에서도 로렌 백작가와 언쟁이 있었으니까요."

"그러고 보니 이번 연회에서 내온 백조 요리는 무척 신선했다고 생각해요."

황녀가 눈을 찡긋댔다. 그녀는 쿡쿡 소리 내어 웃었다. 황녀는 여상한 어조로 설명을 이었다.

"어쨌거나 로렌 백작 영애가 공작 성에 인사를 하러 온다고 하면……."

황녀는 어깨를 으쓱이며 이엘리를 돌아보았다. 다소 신랄한 태도로 이엘리를 향해 미소했다.

"……별 볼 일 없는 황녀 하나, 그리고 관계가 나쁜 공작 부인만 만나게 될 거 아니에요?"

"저도 그렇게 생각했어요. 굳이 불편함을 감수하면서까지 인사를 하러 올 이점이 없죠."

"게다가 이미 연회에서 한번 만났잖아요. 공작가의 외척임을 과시하기 위해서일까요?"

그렇게 말한 황녀가 고개를 가로저었다. 제가 말해 놓고서도 말도 안 된다는 걸 알아서였다.

"뭐, 그렇다고 하기에는 공작 각하가 마수 토벌 때문에 자리를 비우셨죠."

굳이 따지자면 로렌 백작 영애의 외척은 이엘리가 아니라 자카리였다. 게다가 공작 부부가 로렌 백작가에 호의적이지 않다는 건 북부, 아니 제국 사람들이 전부 다 알고 있었다.

황녀는 살포시 미간을 찌푸리는가 싶더니, 말을 이었다.

"뭐, 제가 너무 예민하게 생각하는 것일지도 몰라요. 순수한 의도일 수도 있죠."

"……네, 뭐."

로렌 백작가와 순수함이란 전혀 어울리지 않는 것 같긴 하지만. 이엘리는 떨떠름한 얼굴로 황녀의 말에 동의했다.

그리고 황녀도 이엘리와 심정적으로 같은 마음을 갖고 있는 것 같았다.

"좋게 생각하자면…… 최근에 워낙 점수를 잃었으니 그 점수를 만회하려는 것일까요?"

황녀의 말에 이엘리는 눈을 가늘게 떴다. 사실 이런 식으로 추측해 봤자 답은 나오지 않는다.

"어쨌거나 로렌 백작 영애를 만나 본다면, 진짜 의도를 알 수 있겠죠."

이엘리의 말에 황녀 또한 동의했다. 두 사람은 쓸데없는 고민을 접고, 점심을 먹으러 식당으로 내려가기로 의견을 모았다. 오늘의 점심 식사는 더운 채소를 곁들인 양고기 스테이크였다.

*　　*　　*

공작 성에 편지를 부친 로렌 백작 영애는 지금, 싸늘한 표정이 되어 거울 앞에 앉아 있었다.

"그깟 계집애에게 이대로 밀릴 줄 알고?"

그 망할 계집애. 그 계집애만 없었더라면 이번의 모욕적인 일은 당할 필요조차 없었지 않나.

"이번에 받은 모욕은 어떻게든 꼭 갚아 주겠어."

그렇게 중얼거리던 백작 영애는 입술을 꽉 당겨 물었다. 운 좋게 좋은 남편감을 만나 결혼해서 신분 상승을 한 것뿐인 주제에, 공작 부인이라는 이름으로 나와 우리 가족을 그렇게 무시하다니.

너무나도 화가 났다. 그런데 그때, 그녀는 등골을 씨늘하게 후벼 파는 위화감을 느꼈다.

'뭐지? 난 왜 이렇게 화가 나는 거지?'

그야 물론 연회에서 모욕적인 일을 당했으니까 그렇지. 백작 영애는 억지로 고개를 주억거렸다. 하지만 누군가 제 분노에 부채질을 하고 있는 것 같은 기분이 든다. 그녀는 숨을 삼켰다.

'아냐, 신경이 예민해진 것뿐이야.'

불쾌한 얼굴이 된 그녀는 그 위화감을 깔끔하게 무시해 버렸다. 이 타오르는 것 같은 감정은 모조리 자신의 분노였다. 남에게 분노를 부채질 당한다니, 그런 말도 안 되는 일이 어디 있나.

그리고 이튿날. 로렌 백작 영애는 공작 성에 방문했다. 하인을 데려다 선물까지 바리바리 챙겨 온 모습이었다. 응접실에 세 여자는 나란히 앉았다. 백작 영애가 대뜸 고개를 숙여 보였다.

"지금껏 저희 가문이 공작가에 무례하게 행동했지요. 정말로 죄송합니다."

"아, 네……."

이엘리는 멍하니 고개를 끄덕였다. 평소의 무례하고 날카로운 태도는 간데없이 사라지고, 그녀는 마치 봄바람처럼 사근사근한 미소를 짓고 있었다. 오히려 그 모습이 어색하게 느껴질 정도였다.

"이제 저희도 며칠 후면 제도로 돌아가거든요. 그래서 그 전에 인사를 올리러 왔어요."

"고마운 일이네요. 그런데 저희가 이렇게 인사를 나눌 만한 사이였던가요?"

이엘리의 목소리에 미세한 가시가 돋아 있었다. 하지만 백작 영애는 생글생글 웃을 따름이다.

"공작 부인께서 저희를 불편해하시는 건 당연한 일이에요."

"백작 영애께서 그렇게 말씀하실 줄은 몰랐네요."

"진심이랍니다, 공작 부인. 공작님의 면을 봐서라도 저희를 용서해 주시면 안 될까요?"

백작 영애는 기가 죽은 척 속눈썹을 파르르 떨었다. 그 모습은 꽤나 가엾고 안타까워 보였다.

"저희도 저희의 잘못을 충분히 인지하고 있답니다. 부모님께서도 죄스러워하고 계세요."

"……그런가요."

이엘리는 희미한 위화감을 느꼈다. 로렌 백작과 백작 부인이 자신의 잘못을 인지하고 죄스러워할 수 있는 사람인지는 둘째 치자. 그건 어차피 그녀에게 답변을 들을 만한 문제가 아니니까.

'백작 영애가 이렇게 능란하게 대화를 이어 나갈 수 있는 사람이었던가?'

이엘리가 의문을 느끼는 건 바로 이 지점이었다. 로렌 백작 영애는 좋게 말하면 부모의 사랑을 듬뿍 받고 자랐다. 현실을 말하자면 오냐오냐 자란 사람 특유의 단점을 가졌다고나 할까.

'지금까지 봐 온 바, 영애는 자존심이 강하고 자신의 잘못을 인정하기 싫어했었지.'

이엘리는 두 눈을 가늘게 떴다. 허리를 곧게 펴고 그녀를 마주 보는 로렌 백작 영애의 행동에는 흠잡을 구석이 하나도 없었다. 그리고 이엘리는 그 완벽한 처세술이 계속 마음에 걸렸다.

'그런 사람이, 평소 그렇게 싫어하던 사람을 찾아와 순순히 사과한다고?'

여러모로 수상한데, 어디가 수상한지 짚어 이야기하기는 어려운 이 불편함. 게다가 백작 영애도 이번엔 무례를 저지르지 않았으니, 쉽사리 의심하기도 어렵다. 이엘리는 미간을 좁혔다.

'이번 연회에서 로렌 백작 가문이 당한 망신만 생각해도…… 저런 태도를 보일 리 없을 텐데.'

이엘리는 힐끔 백작 영애를 곁눈질로 바라보았다. 게다가 로렌 백작 영애의 지금 분위기도 조금 이상했다.

무언가에 들뜬 것 같은 그 표정. 무언가에 홀리기라도 한 것 같은, 이상한 느낌.

"……괜찮으신가요?"

보다 못한 그녀가 백작 영애에게 물었다. 하지만 백작 영애는 아무렇지도 않게 대답을 했다.

"어떤 것을 말씀하시는 건가요?"

"그것이…… 아니에요."

입술을 달싹이던 이엘리는 결국 고개를 가로저었다. 평소보다 들떠 보이는 모습이 이상하다고 말할 수는 없는 노릇이었으니까.

백작 영애는 고개를 끄덕였고, 이엘리는 어색한 얼굴을 했다.

"제가 가져온 선물도 두 분의 마음에 드셨으면 좋겠네요."

"아, 신경 써서 가져와 주셔서 감사해요."

그렇게 나름대로 화기애애한 대화가 이어졌다. 묘한 느낌이었다. 깨진 유리 조각들 위로 보드라운 천을 깔아 둔 그런 느낌. 언젠가는 그 천이 찢어져 버릴 것만 같은, 그런 예민한 긴장감.

"그럼 황녀께서는 공작 성에 계속 머무르고 계신 건가요?"

로렌 백작 영애가 은근슬쩍 질문을 던졌다. 이엘리는 떨떠름한 얼굴이 되어 고개를 끄덕였다.

"아마 그럴 것 같아요."

"그러시구나…… 그렇다면 황녀 전하께서는 현재 손님방에서 머무시겠어요?"

왜 이런 걸 물어보지? 이유는 알 수 없지만, 지금 로렌 백작 영애가 하는 행동을 보며 이엘리는 미세한 불쾌감을 느꼈다. 하지만 그 불쾌감을 눈치채지 못한 황녀는 여상하게 대답했다.

"아니요, 공작 부인께서 호의를 베풀어, 별저를 빌려주셨답니다."

"어머, 정말인가요?"

"네. 공작 각하께서 자리를 비우셔서, 지금은 공작 부인께서도 별저에서 함께 생활하신답니다."

황녀는 다소 뿌듯한 얼굴로 대답했다. 황족 중에서 공작가와 원만한 관계를 유지하는 사람이 거의 없었거니와, 보통은 정말로 친한 관계가 아니라면 같은 별저를 사용하지 않기 때문이다.

"두 분께서 절친한 친우라고 하시더니, 그 소문이 정말로 사실이신가 봐요!"

그 사실을 눈치챈 로렌 백작 영애가 양손을 꼭 쥐며 밝게 말했다. 황녀가 수줍게 미소했다.

"글쎄요. 공작 부인께서 그렇게 생각해 주신다면 저도 무척 기쁘겠어요."

"황녀 전하께서 그리 말씀해 주시니 저야말로 굉장히 행복하네요."

누군가가 자신을 특별하게 생각해 준다는 게 기분 나쁠 리 없다. 이엘리는 로렌 백작 영애에게서 느껴지는 희미한 위화감은 접어 버리고 생긋 눈웃음을 쳤다. 그때 백작 영애가 말했다.

"그러고 보니, 공작 성의 별저라니요. 굉장히 아름답다고 들었어요."

그 말에 이엘리는 별생각 없이 고개를 끄덕였다. 사실 공작 성은 굉장히 고풍스럽고 아름다운 건물이었다.

값지고 귀중한 재료를 이용하여 만들어진 데다가, 거기에 오래된 시간과 섬세한 관리까지 더해졌다. 역사적으로도 가치가 있는 건축물이라 건축 학도도 관심을 보인다고 했다.

"저도 공작 성의 별저를 꼭 한 번쯤은 구경해 보고 싶었는데……안 될까요?"

그때 로렌 백작 영애가 조심스럽게 입을 열었다. 그 말을 들은 이엘리는 묘한 얼굴이 되었다.

"그게……."

"불편한 제안이라면 죄송해요, 하지만 공작 성의 별저도 워낙 유명하잖아요."

백작 영애의 눈동자가 반짝반짝 빛났다.

'사실 궁금해하는 건 이상한 일은 아니지만……'

유서 깊은 공작가의 별저를 볼 수 있는 기회는 얼마 되지 않는다. 그녀가 연 살롱이 귀부인들 사이에서 폭발적인 인기를 끈 이유 중 하나는, 공작 성의 아름다운 별저를 실제로 볼 수 있었기 때문이었다.

게다가 이엘리가 황녀에게 빌려준 별저는 외부에 공개된 적 없는 별저였다.

"정말로 궁금했었어요. 어떻게든 한 번만 볼 수는 없을까요?"

백작 영애가 다시 한 번 간절하게 말했다. 이엘리는 살짝 난처한 얼굴을 했다. 저렇게까지 말하는데 거절할 수 있을 리 없었다. 결국 이엘리는 짧은 한숨을 삼키면서 고개를 끄덕여야 했다.

"좋아요. 그렇게 보고 싶다는데 거절하는 건 역시 매몰차 보일 테니까요."

"감사합니다, 공작 부인!"

이엘리의 말에는 살짝 가시가 돋쳐 있었지만, 백작 영애는 그런 가시 따위는 전혀 눈치채지 못한 것처럼 행동했다. 이엘리는 미세한 불쾌감을 애써 억누르면서 소파에서 몸을 일으켰다.

현재 황녀와 이엘리가 함께 머무르고 있는 별저는 공작 성에서도 가장 호화로운 별저였다. 공작과 그 부인, 그리고 직계에게만 열어 주는 별저.

이엘리가 황녀에게 저 별저를 빌려준 것 자체가 커다란 호의를 베푼 것이었다. 이엘리는 살짝 뒤를 돌아보며 백작 영애에게 입을 열었다.

"기대를 충족시킬 수 있는 모습인지는 잘 모르겠네요."

"아니에요, 정말 아름다워요!"

백작 영애가 밝은 목소리로 입을 열었다. 가을이 한껏 무르익은 정원 안쪽으로 새하얀 건물이 얌전히 자리하고 있었다. 지금부터 약 삼백 년 전의 건축 양식으로 지어진 우아한 건물이었다.

"이런 곳을 구경할 수 있다니 정말로 기뻐요."

"그런가요?"

"네. 그런데 공작 성에 이런 별저가 있을 줄은 몰랐네요."

백작 영애가 천진한 얼굴이 되어 이엘리를 돌아보았다. 또다. 이 희미한 위화감. 어딘지 콕 짚어 말할 수 없는 이 불편함. 이엘리는 어깨를 바짝 굳혔다. 그리고 무난한 대답을 꺼내 놓았다.

"글쎄요, 공작 성은 워낙 규모가 크니까요."

"그러게요, 그래도 이렇게 꼭꼭 숨겨진 별저가 있을 줄은 몰랐어요."

솔직히 숨겨 놓은 건 아니지만. 그녀는 백작 영애의 말을 정정해 줄 필요성을 느끼진 않았다.

"비밀 장소 같아요."

"그렇게 느껴질 수도 있겠네요."

곁에 서 있던 황녀가 끄덕였다. 백작 영애는 이엘리에게 고개를 꾸벅 숙이며 살갑게 말한다.

"이런 별저까지 구경시켜 주시고, 오늘 정말로 감사했습니다."

"그래요. 만족했다니 다행이네요."

이엘리는 떨떠름하게 대답했다. 그 대답을 들은 백작 영애의 눈동자가 은밀한 빛으로 빛났다.

백작 영애는 정중한 인사를 남기고 떠났다. 그녀가 남긴 위화감은 분명 있었지만 짙지는 않았다. 평소라면 경계했을 이엘리마저도 까맣게 잊어버릴 정도로.

이엘리와 황녀는 늦은 오후를 도란도란 대화를 나누며 보냈다. 그리고 그날 밤. 헤센바이츠 공작 성에 침입자가 들이닥쳤다.

*   *   *

만물이 잠든 야심한 시각, 먹물처럼 까만 밤이 지배하는 때. 느닷없이 불길이 치솟아 올랐다.

"불이야!"

이엘리는 화들짝 놀라 자리에서 일어났다. 날카로운 고함 소리가 울려 퍼진다. 황급히 창문에 달라붙어 보니 저 멀리서부터 주홍색 불길이 마구 불타올랐다.

까만 하늘을 살라먹으며 불티들이 우수수 휘날렸다. 순식간에 소란스러워진다. 이름 모를 이 하나가 목청껏 외쳤다.

"야만족들이 침입했다!"

순간 이엘리는 얼굴을 찌푸렸다. 야만족들? 지금껏 단 한 번도 공작 성 근처에도 와 본 적 없던 그들이? 하지만 오래 의문을 갖고 있을 새가 없었다. 그녀는 황급히 방 밖으로 뛰쳐나갔다.

"뭐, 뭐지?"

"공작 부인, 괜찮아요? 다친 곳은 없어요?"

그때 이엘리를 부르는 날카로운 목소리가 들렸다. 잠옷 바람으로 밖으로 뛰어나온 황녀가 이엘리를 바라보고 있었다. 이엘리는 우선 황녀에게로 다가갔다. 황녀의 얼굴이 무척 창백했다.

"네, 전 괜찮아요. 황녀께서는……."

"저도 몸은 멀쩡해요. 이게 도대체 무슨 일이죠?"

황녀가 어깨를 가늘게 떨었다. 사실 이엘리나 황녀나 이런 상황에 면역이 없는 건 똑같았다.

'하지만 이대로 앉아 있을 수만은 없잖아.'

어떻게든 지금 상황을 해결해야 했다. 저들이 어째서 공작 성을 침입했는지는 모르겠지만, 자카리가 공작 성을 비운 상황에서 들어온 것이 악질적이었다. 그 목표가 너무 투명하지 않은가.

'자카리가 없는 틈을 노려서, 나와 황녀 전하를 어떻게든 해 볼 생각인 거야.'

겨울의 마법을 가진 자카리가 곁에 있을 땐, 감히 그 누구도 공작 성에 접근할 수 없었다. 하지만 지금 그는 마수 퇴치를 위하여 공작 가의 기사들을 이끌고 출정한 상태였다. 그 말은 곧, 지금은 상대적으로 공작 성의 보안이 취약하다는 뜻이다.

'나와 황녀 전하가 인질이 되거나 상해를 입는다…… 그건 안돼.'

이엘리는 그렇다 치고 황녀가 더 문제였다. 공작 성에 황녀가 머무르는 상태에서 황녀가 다치기라도 한다면, 황가가 공작가에 책임을 물을 수 있는 여지가 생긴다.

최악의 상황으로, 황녀가 목숨을 잃기라도 한다면?

'어떻게든 그 상황만큼은 막아야 해.'

이엘리는 입술을 피가 나도록 깨물었다. 이엘리는 덜덜 떨고 있는 황녀의 손목을 움켜쥐었다.

"황녀 전하, 우선 여기를 빠져나가요."

"하, 하지만……."

"듣기로, 침입자가 들어왔다고 해요. 그들이 노리는 건 분명 저와 전하일 거예요."

그녀는 황녀의 손목을 잡은 손에 지그시 힘을 주었다. 깜짝 놀란 황녀가 이엘리를 마주보았다.

"저는 몰라도, 만약 전하가 여기서 다치기라도 하면 황가와 공작가 사이에 문제가 생겨요."

"……공작 부인?"

"공작가와 황가 사이에 내전이 일어나는 것을 바라지는 않으시겠지요?"

그 말을 들은 황녀의 눈동자에 파랗게 날이 섰다. 크게 숨을 들이쉰 황녀는 고개를 끄덕였다.

"맞아요. 그래서는 안 되지요."

"그렇다면 가요. 우선 별저부터 빠져나간 후에 생각해 봐요."

그렇게 말한 이엘리가 황녀와 함께 몸을 돌렸다. 그런데 그때, 한 남자의 목소리가 들려왔다.

"공작 부인?"

"누구냐!"

바짝 긴장한 이엘리가 언성을 높였다. 어둠 속에서 기사 한 명이 걸어 나온다. 그가 고개를 숙였다.

"공작 부인과 황녀 전하를 뵙습니다."

"신원과 소속을 밝혀라."

"혜센바이츠 기사단의 잭 노먼입니다. 직책은 수습 기사입니다."

저런 기사가 있었던가? 이엘리는 순간 혼란해졌다. 기사는 곧바로 서글서글하게 웃어 보였다.

"아직 신참이라 공작 부인께서 절 알아보지 못하시는 것도 이해는 갑니다."

"……."

"지금 야만족들이 공작 성에 침입했습니다. 한시바삐 대피하셔야 합니다."

자신이 혜센바이츠 기사단의 소속이라 주장하는 기사가 두 사람을 재촉했다. 하지만 뭔가 이상했다. 이엘리는 황녀를 등 뒤로 숨기며 기사를 날카롭게 쏘아보았다. 그녀가 질문을 던졌다.

"하나 그들은 한 번도 공작 성의 성벽을 넘은 적이 없는데."

"언제나 예외는 있는 법 아니겠습니까?"

"그 예외는 공작가의 안주인, 그리고 황녀 전하를 지키는 것에도 적용되나?"

"예?"

기사가 순간 허를 찔린 얼굴을 했다. 이엘리는 냉엄한 얼굴이 되어 기사를 향해 따져 물었다.

"내가 알고 있는 공작 성의 사람들은, 우리를 지키기 위해 최고의 기사를 보낼 것 같은데."

"그, 그것은……."

"공작 성에는 기사단의 부단장이 남아 있어. 수습 기사가 아니라, 마땅히 그가 오지 않겠나?"

이엘리의 질문에 기사의 표정이 점차 일그러지기 시작했다. 이엘리는 차가운 어조로 말했다.

"게다가 다른 기사들과 합류하는 게 아니라 우리를 따로 끌고 간다고? 도대체 어디로?"

"공작 부인, 밖에 나가시면 다른 기사들도 있습니다. 상황이 급하여 제가 먼저 온 것……."

"그리고 또 하나."

하지만 이엘리는 기사의 말허리를 잘라 냈다. 냉철한 연녹색 눈동자가 기사를 빤히 노려본다.

"공작 성의 사람들은 날 안주인 마님이라고 불러."

"……."

기사는 순간 말문이 막혔다. 이엘리가 턱을 치켜세웠다. 황녀를 붙든 손에 절로 힘이 들어간다.

"자네, 도대체 누구지?"

"하, 이런…… 젠장."

욕설을 내뱉은 기사의 표정이 악귀처럼 일그러졌다. 기사가 이엘리를 확 붙들어 잡아당겼다.

"이, 이것 놔!"

"가만히 있어!"

기사가 험악하게 외쳤다. 하얀 손수건이 입과 코를 틀어막는다. 알싸한 향이 폐에 가득 찼다.

'설마, 마취제가 적셔져 있는 건가?!'

이엘리는 황급히 몸을 움직이려 했지만, 이미 늦었다. 순식간에 정신이 까마득하게 멀어진다.

'황녀 전하!'

마지막으로 이엘리가 본 것은 그녀를 향해 비열하게 웃고 있는 기사였다. 저멀리 황녀가 이엘리의 이름을 외쳐 부르는 목소리가 들린 것도 같았다. 이엘리는 그대로 정신을 잃어버렸다.

* * *

새벽에 가까운 늦은 밤. 먹물처럼 까만 밤의 가장자리는 다가오는 새벽에 의해 푸르스름하게 물들어 있었다.

"이제야 전령 새가 도착했네."

백작 영애는 손에 편지를 움켜쥔 채 즐거운 얼굴로 미소를 지었다. 영애가 서 있는 장소는 전령 새가 오가는 탑 위였다. 이렇게 늦은 시간에 귀족 영애가 있을 만한 장소는 아니기도 했다.

"공작 부인의 납치를 성공적으로 마무리했다, 라……."

눈엣가시였던 공작 부인을 드디어 치워 버렸다. 백작 영애는 마음껏 지금의 기쁨을 만끽했다.

'꼴좋다, 속 시원해. 그러게 적당히 행동했어야지.'

그렇게 생각하던 백작 영애는 다시 한 번 위화감을 느꼈다. 나, 이렇게 행동해도 되는 걸까?

"……."

불안한 얼굴이 된 영애는 잠시 후, 벽에 걸린 횃불에 편지를 태워 버렸다. 이상하게 마음이 술렁거리는 기분이 들었다. 괜찮아, 난 복수를 하는 것뿐인걸. 입술을 사려 문 영애는 황급히 걸음을 옮겼다.

탑 안의 긴 계단을 휘청휘청 달려 내려가는 그 뒷모습은 무척 위태로워 보였다.

*   *   *

덜컹덜컹. 몸이 제멋대로 흔들렸다. 마치 자갈이 깔린 길을 마차로 달리는 것만 같은 느낌.

'여기는?'

이엘리는 두 눈을 느리게 깜빡였다. 시야가 온통 흐릿했다. 그나마 어슴푸레한 빛으로 간신히 주변을 구분할 수는 있어 다행이었다. 그녀는 곧 자신이 갇혀 있는 곳이 마차 안임을 깨달았다.

"……아윽."

몸을 일으키던 이엘리는 얕은 신음을 흘렸다. 머리가 쾅쾅 울렸다. 비틀거리며 자리에 주저앉은 그녀가 크게 숨을 내쉬었다. 아무래도 마취제에 당했던 게 맞는 것 같다. 속이 울렁거린다.

'세상에, 내가 살다 살다 마취제로 기절하는 것으로도 모자라, 납치까지 당해 보다니.'

전생의 삶까지 모두 통틀어도 정말 신선한 경험이었다. 너무 신선한 나머지 짜증이 났다.

'이런 신선함은 경험하고 싶지 않았는데.'

이엘리는 입술을 잘근잘근 씹었다. 어떻게든 여기가 어딘지 위치를 살펴보려 했지만, 마차가 워낙 험하게 달리는 데다 문이 꽉 닫혀 있는 바람에 밖을 내다볼 수가 없었다. 그런데 그때.

"이런, 공작 부인이 드디어 정신을 차리셨나 본데."

느른한 목소리가 들렸다. 동시에 덜컹, 소리와 함께 마차가 멈췄다. 갑작스러운 움직임이었다.

"윽!"

비명을 지르려 한 것은 아니었지만, 마차가 급히 멈추는 바람에 등을 부딪친 이엘리는 짧은 신음을 삼켰다. 삐걱, 마차 문이 열린다. 아까 이엘리를 납치한 남자가 고개를 들이밀었다.

"오, 드디어 깨어나셨네요."

"당신들 누구야?"

이엘리는 날카롭게 물었다. 그러나 남자는 입술을 비죽이 올리며 미소를 지어 보일 따름이다.

"그냥 조용히 계십시오. 위해는 가하지 않을 테니까요."

"당신들이 누구인지 물었어."

이엘리가 싸늘하게 다시 말했다. 이엘리를 빤히 바라보던 남자가 조롱 섞인 목소리로 답했다.

"저희는…… 글쎄요."

남자의 눈동자가 이엘리의 얼굴을 위아래로 훑었다. 잠시 후, 남자는 어깨를 으쓱여 보였다.

"북부에 떠도는 야만족이라고나 할까요."

"헛소리. 야만족들이 제도에서나 사용할 법한 제국 표준어를 사용하나?"

이엘리의 차가운 질문에 남자는 다시 한 번 싱긋 웃었다. 그 미소를 바라보며 이엘리는 문득 깨달았다. 실제로 자신들이 야만족인지 아닌지는 그들에게 중요하지 않을 것이었다. 다만…….

"야만족이라고 사람들에게 인지되는 것만이 중요하다, 그 소리군?"

이엘리는 두 눈을 가늘게 떴다. 남자는 대답하지 않았으나, 그 차분한 얼굴을 보며 이엘리는 제 말이 맞다는 사실을 깨달았다. 이엘리는 비딱하게 고개를 기울였다. 그녀가 말을 내뱉었다.

"좋아, 그렇다면 질문을 바꾸지."

그러자 남자는 흥미롭다는 얼굴을 했다. 이엘리가 입술을 잘근 깨물며 남자를 쏘아보았다.

"이게 도대체 무슨 짓이지? 어째서 이런 짓을 하는 건가?"

"이런, 제가 그것을 대답해 드릴 리 없지 않습니까."

하지만 남자는 싱글싱글 기분 나쁜 미소만을 짓고 있을 따름이었다. 그러고는 어깨를 으쓱였다.

"다만 제가 약속드릴 수 있는 건, 조용히 계시면 해를 끼치지는 않겠다는 것뿐입니다."

"……."

"내리시지요."

남자는 정중한 동작으로 이엘리에게 손을 내밀었다. 에스코트를 하는 신사의 동작이다. 그 동작까지 그녀를 놀리는 것 같아 기분 나빴다. 손을 노려보던 이엘리는 그 손을 탁 쳐 버렸다.

"공작 부인?"

"당신의 에스코트 따위 필요 없네, 혼자 내릴 수 있어."

그녀는 몸을 일으켰다. 비틀거리긴 했지만 어쨌든 똑바로 설 수 있었다. 남자가 입을 열었다.

"아직 마취제의 효과가 남아 있어서 어지러우실 텐데요."

"인질의 현기증까지 걱정해 주다니, 납치범 주제에 신사다운 척하고 있군."

이엘리는 노골적으로 빈정거렸다. 남자는 그런 그녀를 빤히 바라보고, 농처럼 말을 덧붙였다.

"그거야 당신은 아주 중요한 인질이니까요."

"……인질?"

"아니, 굳이 따지자면 인질이 아니라 전리품에 가까우려나요?"

이건 도대체 무슨 소리? 이엘리는 퍼뜩 고개를 들었다. 남자는 까딱 턱짓으로 문을 가리켰다.

"하지만 우선 내리시는 게 가장 우선일 것 같군요."

이엘리는 미간을 좁히며 몸을 돌렸다. 픽 웃음을 흘린 남자는 꽤나 정중한 척 마차의 문까지 열어 주었다. 자신이 도망칠 수 있으리라고는 전혀 생각도 하지 않는 그 얼굴이 그녀는 너무 분했다.

"하아."

이엘리는 커다랗게 숨을 들이마시고는, 긴 호흡을 내뱉었다. 오랫동안 마차에 갇혀 있다 밖으로 빠져나오니, 맑은 공기가 반가웠다. 주변을 두리번거리던 이엘리가 이내 미간을 좁혔다.

"……여긴?"

인적이라곤 전혀 없는 곳에 버려진 탑 하나가 덩그러니 놓여 있었다. 그녀가 싸늘하게 말했다.

"도대체 이런 곳을 어떻게 찾아냈는지, 재주도 좋군."

간신히 비를 피할 수 있을 정도의 규모였다. 아마 예전에는 주변을 경계하는 초소 역할을 했던 것 같은데, 사람들이 도시로 이동하며 버려진 것 같다. 남자는 아무렇지도 않게 대답했다.

"불편하시겠지만 조금만 참아 주십시오. 아마 여기에 오래 계시지는 않을 거거든요."

"그게 무슨 소리지?"

"공작 부인께서는 이제 곧 다른 곳으로 이동하실 예정이시니까요."

이엘리는 순간 바짝 어깨를 굳혔다. 그녀가 예리한 눈동자로 남자를 쏘아보며 차게 묻는다.

"다른 곳으로 이동한다니?"

"물론 거절하실 권리는 없습니다."

남자는 눈썹 하나 까닥하지 않았다. 이엘리가 입술을 비뚜름히 올린 후 말을 이었다.

"강제로 끌고 가겠다, 이 소리로군. 그렇다면 어디로 이동한다는 거지?"

"이번에도 제가 그 질문에 대답해 드릴 리 없지 않습니까."

젠장, 느물거리기는. 이엘리는 입 안의 보드라운 살을 짓씹었다. 남자는 여상하게 입을 연다.

"사실 이 탑을 찾아낸 건 운이 좋았습니다. 어디에 공작 부인을 숨겨야 할지 고심했거든요."

"……나를 숨겨야 한다니, 그건 무슨 말인가?"

"그도 그럴 것이, 지금 북부는 난리가 났거든요."

남자는 보기 좋게 눈매를 접어 보였다. 양손을 들어 올린 남자가 보란 듯 어깨를 으쓱였다.

"공작 부인께서 실종되셨다고, 공작 각하께서 반미치광이가 됐다고 하시더군요."

자카리가? 순간 이엘리의 두 눈이 커다랗게 뜨였다. 그렇구나. 자카리가 날 찾고 있어…… 이엘리는 숨을 삼켰다. 안도감과 미안함이 동시에 들었다. 자카리는 지금 얼마나 걱정하고 있을까. 걱정하는 자카리에게 괜찮다 말한 건 나였는데.

남자는 이엘리를 빤히 응시하더니 말했다.

"그래서 북부 전체가 봉쇄되어 개미 새끼 하나 빠져나갈 수 없는 판국이니까요."

"……내가 납치된 지 얼마나 되었지?"

"한 하루 정도 되었죠."

고작 하루 만에 북부 봉쇄를 명령하는 공작도 놀랍다며, 남자는 웃으며 너스레를 떨어 댔다.

"헤센바이츠 공작도 대단하지요, 공작 부인이 납치된 것을 알자마자 북부 봉쇄를 명령하다니."

북부 봉쇄. 헤센바이츠 공작령은 물론이고, 공작령에 종속된 가신들의 영토까지 모두 출입 금지하는 조치였다. 당연히 북부 전체에도 무리가 가는 그런 조치를 아무렇지도 않게 취하다니.

"역시 공작 부인께서는 귀한 분들의 사랑을 독차지하는 운명이신 가 봅니다."

귀한 분들의 사랑? 그 말에 스며들어 있는 묘한 느낌에 이엘리는 남자를 흘끗 돌아보았다. 하지만 남자는 더 이상 말할 생각이 없어 보였다. 그리고 정중한 척 그녀의 팔을 붙들었다.

"여하튼, 그러니 당장은 공작 부인을 숨겨 두어야 하지 않겠습니까?"

이엘리는 다시 한 번 그 손을 탁 쳐 냈다. 사나운 연녹색 눈동자가 남자를 똑바로 노려보았다.

"다시 한 번 말하지만, 내 몸에 함부로 손대지 말게."

"……이런 앙칼진 점까지 높으신 분들께 매력적으로 보이는 걸까요?"

남자는 얼얼한 손을 반대편 손으로 어루만지며 씩 웃었다. 그리고는 나긋한 목소리로 말했다.

"공작 부인을 무사히 옮겨 가기 위해서, 시간을 번다고 생각하시면 될 것 같군요."

그나마 저 남자가 떠벌리는 것을 좋아하는 성격이라 다행이었다. 사실 이엘리가 연약한 여성의 몸이기에 얕잡아 보아 저러는 것이겠지만.

그녀는 분한 마음을 꾹꾹 누르면서 생각했다.

'언젠가 이번 일은 꼭 갚아 주겠어.'

그렇게 생각하던 이엘리는 남자의 차림새에 문득 주목했다. 납치범의 말엔 신뢰도가 전혀 없다는 것은 무시하더라도, 야만족이라고 스스로를 소개한 주제에 저런 옷차림을 하고 있다니.

'저 남자, 옷차림 자체가 제국 복식이잖아.'

그녀를 납치한 사람은 총 세 명. 그중에서도 이엘리와 직접적으로 대화하는 사람은 한 명이었다.

다른 사람들은 끈으로 조이는 특색 없는 옷차림이었지만, 이 남자만큼은 다르다. 단추까지 달린 단정한 옷차림에, 잘 훈련받은 자 특유의 단단한 몸집. 그리고 허리에 차고 있는 검.

'게다가 저 남자가 사용하는 저 검…… 제도에서 자주 사용하는 검의 형태를 하고 있네?'

제국 최고의 기사를 남편으로 두고 있는 이엘리는 검의 형태에 얼추 익숙했다. 보통 북부에서 사용하는 검은 바스타드 소드라고 불리는 검으로, 묵직한 무게감을 가지고 있었다. 그에 반해 제도를 포함한 남부는 가느다란 세검을 주로 사용한다. 세검을 귀족적이라고 여기는 것이다.

'제국인인 것이 분명해. 단독 범행은 아닐 거고, 이 일을 지시한 윗선이 있겠지.'

이엘리는 두 눈을 가늘게 떴다. 아마 저쪽은 그들의 침입 자체를 야만족이 한 짓이라고 덮어씌우고 싶은 모양이었지만, 이엘리가 보기엔 절대 그렇지 않다. 그녀는 입술을 짓씹었다.

'……하지만 저들이 야만족들이 아니라는 증거가 필요한데.'

이대로 그녀가 무사히 구출된다고 해도 그들의 죄는 말끔히 덮어질 것이다. 야만족들이 저지른 짓이라고 주장하면 그만일 테니까. 그들의 죗값을 무사히 치르게 하려면 증거가 필요하다.

'그러고 보니 저 단추…….'

그러던 중, 이엘리는 남자의 옷소매에 달린 단추 하나를 눈여겨보았다. 이엘리의 눈동자가 반짝 빛났다. 정교한 돋움 장식이 새겨져 있는 황동 단추였다. 그 자리에 도사린 그녀는 생각했다.

'증거가 될 수 있을지도 모르겠어.'

만약 이엘리가 무사히 구출된다 해도 저들이 도망치면 소용없지 않나. 증거품은 하나 정도 남겨 두는 게 여러모로 좋을 것이다. 얌전하게 걸음을 옮기던 그녀의 시선이 순간 날카롭게 빛났다.

이엘리가 반대편으로 미친 듯이 달리기 시작했다. 마른 풀잎들이 바삭거리며 짓밟혔다.

"무, 뭐야!"

"도망치잖아, 잡아!"

"절대 놓쳐서는 안 돼!"

이엘리와 남자, 두 사람의 뒤를 따르던 두 명의 수하들이 날카롭게 언성을 높였다. 아쉽게도 이엘리는 오래 도망치지는 못했다. 팔을 와락 붙들린 것이다. 이엘리는 거세게 몸부림을 쳤다.

"이것 놔!"

"그래서는 안 된다는 것은 공작 부인께서도 잘 알고 계시지 않습니까?"

유들유들하게 대답한 남자가 이엘리를 확 끌어당겼다. 이엘리는 힘없이 남자의 쪽으로 끌려갔다. 무력감이 온몸을 가득 채운다. 이엘리는 불타오르는 연녹색 눈동자로 남자를 쏘아보았다.

"공작 부인."

"……윽."

"해를 끼치지 않겠다는 말씀은……."

남자가 이엘리를 붙든 손에 힘을 주었다. 천천히 조여 오는 압박감에 이엘리는 낯을 구겼다.

"……얌전히, 그리고 조용히 계실 때에 한정한 겁니다."

남자의 목소리가 얕게 으르렁거렸다. 이엘리를 가만히 내려다보며, 남자는 조그맣게 속삭였다.

"공작 부인께서는 이성적인 분이시지요."

남자의 시선에서는 두 가지의 감정이 느껴졌다. 지금의 상황을 재밌어하는 것, 그리고 약간은 짜증스럽고 귀찮아하는 것. 남자는 어린애를 달래기라도 하는 것처럼 조곤조곤 말을 이었다.

"어차피 도망치지 못하실 거라는 건 잘 알고 계셨으면서, 왜 이런 쓸데없는 짓을 하십니까?"

"이것 봐."

"쓸데없는 짓으로 사람을 귀찮게 만들지 않으신다면, 놓아드리지요."

이엘리는 분한 얼굴로 고개를 끄덕였다. 픽 웃은 남자가 움켜쥔 그녀의 팔을 탁 풀어 주었다.

"약속하신 겁니다."

남자가 놀리듯 말했다. 남자가 어찌나 팔을 세게 쥐고 있었는지, 피가 통하지 않았던 팔에 그제야 피가 통하기 시작한다. 그 저릿한 감촉에 이엘리는 미간을 구기며 남자에게 쏘아붙인다.

"당신, 납치범들 사이에서 우두머리 노릇 하니까 좋아?"

"좋을 것도 나쁠 것도 없지요. 어차피 전 높으신 분들의 뜻에나 따르는 입장이니까요."

"우스운 사람이로군."

이엘리는 부러 고개를 절레절레 저었다. 잠시 후, 흘끗 남자를 뒤돌아본 그녀가 입술을 열었다.

"그래서 이 탑에 얌전히 갇혀 있으면 된다, 그건가?"

"그런 셈이지요."

이엘리는 더 말하지 않고 탑에 올랐다. 남자는 부러 정중한 태도를 꾸며 내어 고개를 숙였다.

"그럼 부디 편히 쉬시기를."

"염치도 없군. 이따위 불편한 곳에서, 얼굴도 보기 싫은 작자들과 함께 있으면서……."

새파랗게 날이 선 연녹색 눈동자가 남자를 쏘아보았다. 이엘리는 입술 끝을 비뚜름히 올렸다.

"편히 쉬기를 바란다니."

쾅! 이엘리는 그대로 문을 닫아 버렸다. 남자는 닫힌 문을 빤히 바라보다 말고 씩 미소 지었다.

"확실히 매력적인 레이디이긴 하시군."

절세의 미인이라는 건 그렇다 치더라도, 그 성격까지 무척 매혹

적이지 않나. 만약 저 레이디가 공작가의 안주인이자 황제의 사랑을 받는 여인이 아니었더라면, 자신이 갖고 싶을 정도로.

"다들 내려가서 주변을 경계해."

약간 아쉬운 얼굴이 된 남자가 수하들에게 명령했다. 수하들이 황급히 몸을 돌려 뛰어나간다. 그 모습을 지켜보던 남자는 혀로 입술을 핥으며 뒤돌아섰다. 어쨌거나 재미있는 레이디였다.

*　　*　　*

이제 탑 안에는 그녀 혼자 남아 있었다. 온몸을 짓누르던 긴장감이 풀려 그녀는 비틀거렸다.

"후우."

크게 한숨을 내쉰 이엘리가 주변을 돌아보았다. 그래도 방 안은 조금 정돈되어 있긴 했지만, 오래된 탑 특유의 텁텁한 먼지 냄새가 났다. 이엘리는 꽉 닫혀 있는 창문 쪽으로 다가갔다.

"어라, 열려 있네?"

나무 덧창을 밀어 열던 이엘리는 조금 놀란 얼굴이 되었다. 당연히 잠가 놓았을 줄 알았는데.

"……아아, 왜 열어 놨는지 알 것도 같네."

창밖을 내다본 이엘리는 허무한 표정이 된 채로 중얼거렸다. 탑의 높이는 상당했다. 적어도 이 높이에서 뛰어내린다면, 탈출하기전에 팔이나 다리 하나쯤은 부러뜨리고 남을 높이였다.

"젠장."

고운 입술 사이로 숙녀답지 못한 욕설이 흘러나왔다. 폭 한숨을 내쉰 그녀가 짚을 넣은 딱딱한 침대 위로 털썩 주저앉았다. 피곤했다. 이엘리는 미간을 구기며 침대 헤드에 몸을 기댔다.

"뭐, 사실 애초부터 도망칠 수 있을 거라는 생각은 하지 않았으니까."

그녀의 신체 조건으로는 저 남자들에게 무사히 도망칠 수 있는 가능성도 없거니와, 처음부터 그것을 노리고 행동한 것도 아니었다. 그 대신…….

"…….."

이엘리는 꽉 움켜쥐고 있던 손바닥을 펼쳤다. 황동으로 만든 단추를 관찰하던 그녀의 눈동자가 싸늘해졌다.

"……백조의 문장이라."

백조 문장은 로렌 백작 가문의 상징이었다. 이번에 이엘리 자신이 황제를 맞이한 연회에서 백조 요리를 내 오며 경고를 했으니, 그건 확실했다. 이엘리는 이전에 있었던 일들을 곱씹었다.

"그러고 보면…… 로렌 백작 영애가 별저에 들렀었어."

이엘리와 황녀가 머무르고 있었던 별저는 공작 성에서도 내부에 자리하고 있었다. 그 말은 곧, 위치를 알지 못하면 찾아오기 어렵다는 뜻이었다.

그렇다면…… 별저를 구경하고 싶다는 백작 영애의 그 말 자체가 그들의 위치를 파악하기 위해서였다면? 이엘리의 시선이 차게 얼어붙었다.

'하지만 그들이 바보가 아닌 이상에야, 납치극을 벌이면서 이런

단추가 달린 옷을 입는다고?'

그 단추에 새겨진 문장은 명확했다. 로렌 백작가의 문장. 하지만 납치의 결과가 어떻게 끝날지도 모르는데, 증거가 될지도 모르는 옷을 입힌 수하를 보내다니. 전혀 이해가 가지 않는다.

'마치 불의의 상황이 오면, 그들이 가진 소지품들이 증거가 되기를 바라는 것처럼.'

의심스러운 기색을 감추지 못하던 이엘리는, 문득 아까 남자가 그녀에게 했던 말을 떠올렸다.

　　'아니, 굳이 따지자면 인질이 아니라 전리품에 가까우려나요?'

　　'……이런 앙칼진 점까지 높으신 분들께 매력적으로 보이는 걸까
　　요?'

도대체 무슨 의미지.

'전리품이라.'

이엘리는 입술을 깨물었다. 그 단어를 생각하면 항상 떠오르는 사람이 있었다. 바로 황제였다. 황제가 자카리에게 가진 묘한 열등 감, 그리고 이엘리를 향한 소유욕.

'설마 황제가 로렌 백작가를 이용하고 있는 건 아닐까?'

그렇다면 모든 것이 들어맞는다. 심지어는 납치 후 이동하게 될 거라는 말까지도. 시간이 흐르고 사건이 조금 잠잠해지면, 제도로 올라가 황제를 만난다 해석해도 무방할 것 같지 않나.

'하지만 증거가 없어…….'

이엘리는 푹 고개를 수그렸다. 손안에 들린 단추가 그녀를 놀리기라도 하는 양 반짝거린다.

"······황동 단추라."

이엘리는 작게 중얼거렸다. 애초에 야만족들은 이런 물건을 입수하는 것조차 어려웠다. 황동은 제국의 특산품인 데다, 야만족들은 황동을 세공할 수 있는 기술을 갖고 있지 못하기 때문이었다.

또한 야만족들의 주력 무기는 검이 아니라, 날카롭게 깎아 세공한 흑요석 창이었다.

"야만족들의 생활 방식조차 조사하지 않은 채 뒤집어씌우려 하다니, 안이하기는."

이엘리가 두 눈을 가늘게 떴다. 게다가 야만족들은 이엘리를 납치해도 아무런 이득을 얻지 못한다. 자카리가 공작 위를 계승한 이후부터 공작가는 야만족들에게 온건 정책을 펴고 있었다.

'온건 정책을 통해 얻게 된 이득이 상당한데, 야만족들이 그 관계를 깨뜨릴 리가 있나.'

한편 야만족에게 베푸는 온건 정책이 불만스러운 쪽은 아마 황가일 것이다. 공작가는 대대로 북부의 마수들과 야만족들을 경계하는 방벽의 위치 아닌가. 야만족과 화친을 맺는다면 야만족을 방비하기 위해 사용되는 자원 또한 줄어든다. 그리고 그런 과정을 황제가 반길 리 없었다.

'황제는 자카리와는 다르게, 즉위한 이후 이렇다 할 성과를 내지 못했으니까.'

두 사람이 여실히 비교되니 황제 입장에서는 초조할 만하다. 이엘리는 곰곰이 생각에 잠겼다.

'게다가 공작 성에는 안네로제 황녀님도 계셨어. 그리고 황제는 황녀 전하를 싫어하시지.'

만약에 황녀가 죽거나 다치기라도 했다면, 황제는 정식으로 공작가에 문제 제기를 할 수 있게 된다. 그러므로 이번 납치 사건으로 가장 큰 이득을 얻은 건 황제라고 보는 게 옳을 것이다.

'눈꼴 시린 여동생도 정리하면서, 공작가의 잘못으로 모든 걸 떠밀어 버릴 수 있는 상황이라.'

이엘리는 어깨를 움츠렸다. 수많은 걱정들이 머릿속을 헤집어 놓는다. 황녀는 다치지 않았을까. 공작 성은 무사할까. 그녀의 실종 때문에 다들 마음고생 하고 있지는 않을까. 그리고…….

"……자카리."

지금 이 순간, 자카리가 너무나 보고 싶었다. 자카리는 지금 무엇을 하고 있을까. 초조해하고 있지는 않을까. 적어도 나 때문에 자카리가 걱정할 일은 만들지 않겠노라 결심했었는데…….

"자카리."

이엘리는 그 이름을 계속 읊조렸다. 자신이 할 수 있는 일은 이미 다 했다. 이제 섣불리 움직여서 납치범들의 의심을 사는 것보다는, 얌전히 자카리를 기다리는 편이 낫다는 걸 아는데도.

'그래도 분해.'

움켜쥔 주먹 안쪽으로 황동 단추가 손 안쪽을 아프게 찌른다. 어째서 난 이렇게 무력한 걸까. 정말로 자카리의 구조를 기다릴 수밖에 없나. 눈물이 날 것 같아, 그녀는 입술을 사리물었다.

"······아니야, 침착하자."

한참 울음을 삼키던 그녀는 크게 숨을 들이쉬었다. 진정해. 호랑이 굴에 빠져도 정신만 차리면 산다 했어. 그녀는 얼굴을 가린 손을 떼어 냈다. 눈물로 손가락 끝이 축축하게 젖어 있었다.

"이대로 울고만 있을 수는 없어."

제 눈물을 내려다보던 그녀는 입술을 세게 깨물었다. 어떻게든 마음을 진정시키려 노력했다.

"내 실종 소식이 자카리에게 들어갔다면, 분명 그도 날 찾고 있을 거야."

그녀의 위치를 자카리에게 알릴 노력이라도 해야 한다. 황동 단추를 잘 챙겨 넣은 이엘리는 그대로 몸을 일으켰다.

"이대로 갇혀 있을 수만은 없으니까, 내가 할 수 있는 일이······."

그러던 중 그녀는 문득 창밖을 내다보았다. 그녀가 끌려온 탑 근처로, 하나둘 잎사귀를 떨어뜨리는 나무들이 빽빽하게 자라 있었다. 그중 그녀는 익숙한 나무를 발견했다. 아샤 나무였다.

"그때 정원에서······."

가을의 정원에서 여름 장미를 피워 냈던 그때. 그 당시에 그녀가 느꼈던 감각이 찌르르하게 온몸을 스쳤다. 이엘리의 눈동자가 결연해졌다. 허리를 곧게 편 이엘리는 두 눈을 질끈 감았다.

'할 수 있어.'

그때의 감각을 깨운다. 자카리에게 자신의 위치를 알려야 했다. 그녀가 크게 숨을 들이쉬었다.

17
경계에 서서 2

자카리가 제 아내의 실종 소식을 듣게 됐던 때는 이엘리가 사라진 이튿날 아침이었다. 공작 성에서 급파된 사람이 밤새 말을 달려, 마수 토벌을 진행하는 북쪽 설원으로 향했던 것이다.

'얼른 돌아가고 싶어.'

토벌 계획을 정리하던 자카리는 문득 아내를 떠올렸다. 지금쯤 이엘리는 무엇을 하고 있을까.

'이엔.'

자카리는 버릇처럼 크라바트 장식 핀을 손안에서 굴렸다. 장식 핀이 빛을 반사해 반짝, 빛났다. 저번 풍어제 때, 이엘리가 선물로 준 그 물건이었다. 그때의 이엘리가 무어라고 했었더라.

'내가 만약 네 곁에 없다고 해도, 나 대신 그게 널 지켜 줄 거야.'

왜 갑자기 그 말이 생각이 나는지. 심장이 덜컹 내려앉는 느낌이다. 자카리는 미간을 좁혔다.

'기사들을 좀 조여서라도 빨리 마수 토벌을 마쳐야겠어.'

기사들이 들으면 기겁했겠지만, 자카리는 얼른 일정을 마치고 돌아가기로 마음먹었다. 그 정도로 그는 당장이라도 이엘리가 환하게 웃는 얼굴을 보지 않으면 죽을 것 같았다.

"공작 각하, 공작 성에서 사람이 도착했습니다."

그때 심각한 얼굴이 된 기사단장이 자카리를 찾아와 보고를 올렸고, 자카리는 의아한 얼굴이 되었다. 공작 성에서 왜 사람을 보내 오는 거지? 게다가 고작 이런 사안에 기사단장이 찾아와?

"들이게."

자카리는 미간을 좁히며 고개를 들어 올렸다. 한 남자가 구르듯이 달려와 자카리 앞에 멈췄다.

"무슨 일인가?"

그렇게 물은 자카리는 남자가 깊게 숙인 고개를 들어 올리자마자 무언가가 잘못되었음을 본능적으로 직감했다. 창백한 얼굴과 파리하게 질린 표정. 자카리는 목소리를 높였다.

"왜 그런 얼굴이지?"

"고, 공작 각하를 뵙습니다."

소식을 전하는 남자의 얼굴은 절망감에 가득차 있었다. 자카리는 다급하게 남자를 채근했다.

"인사는 됐네. 도대체 무슨 일이기에 여기까지 찾아온 건가?"

"……아, 안주인 마님께서……."

남자가 더듬더듬 입을 열었다. 자카리는 심장을 할퀴는 불안을 느꼈다. 그는 입술을 짓씹었다.

"제대로 말하게, 그게 도대체 무슨 소리야."

자카리의 목소리가 낮게 가라앉았다. 어찌할 바 모르던 남자가 덜덜 떨며 고개를 숙였다. 띄엄띄엄 이어지는 말을 그는 신경을 곤두세워 들었다. 이어지는 말들은 칼날이 되어 그의 가슴 깊은 곳을 베었다.

"납치되셨습니다."

"……누가?"

"아, 안주인 마님께서 납치를……."

쾅! 자카리는 순간 테이블을 세게 내리쳤다. 벌떡 자리에서 일어난 자카리가 말을 내뱉었다.

"말을 준비해."

"알겠습니다."

기사단장이 잽싸게 대답했다. 주군에게 있어, 세상에서 가장 귀중한 존재는 바로 안주인 마님이었다. 마수 토벌 따위에 신경을 쏟을 여력이 없었다. 기사단장은 빠르게 밖으로 뛰어나갔다.

"그래서 누가 감히 헤센바이츠의 안주인을 납치했지?"

"저, 저희도 잘 모르겠습니다. 추측하기로는 야만족들이 아닐까 추측하고 있지만……."

"야만족들이 이엘리를 납치해?"

자카리의 새파란 눈동자가 잘 갈린 칼날처럼 빛났다. 고개를 가로저은 그는 확고하게 말했다.

"그럴 리 없어."

"공작 각하?"

"지금껏 온건 정책을 펼친 이유가 무엇인지 아나?"

자카리는 피가 나도록 입술을 짓씹었다. 그대로 주먹을 꽉 말아 쥔다.

"모두 내 아내에게 위협이 될 요소를 지우기 위해서였어."

"각하."

"그런 상황에서 야만족들이 이엘리를 납치할 이유가 없지. 젠장!"

애써 침착함을 유지하던 자카리는 결국 거칠게 욕설을 내뱉고 말았다. 안 된다, 침착함을 유지해야만 해. 그가 숨을 삼켰다. 하지만 그녀를 잃어버렸는데 어떻게 침착할 수 있단 말인가?

"그렇다면 지금, 이엘리가 누구인지도 모르는 납치범들에게 붙들려 있다는 소리잖아!"

저도 모르게 고함을 지른 자카리가 제 이마를 감싸 쥐었다. 심장이 미친 듯이 뛰었다. 이엘리를 잃을지도 모른다는 강렬한 공포. 마치 살아 있는 짐승처럼 자카리의 뒷덜미를 물어뜯는다.

'이엔.'

자카리는 온몸이 떨리는 것을 느꼈다. 나의 이엔. 네가 내게 미소 지어 주는 모습을 나는 봐야 해. 괜찮다고 말해 줘야만 해. 너의 체온이 예전과 똑같이 따스하다는 것을 알려 줘야만 해.

'그렇지 않으면……'

만약 너를 잃어버린다면? 그 상상만으로도 자카리는 절망 속에 굴러떨어지는 기분을 맛보아야만 했다. 이를 악문 자카리가 자신의 검을 꽉 움켜쥔 후, 그대로 막사 밖으로 뛰쳐나갔다.

* * *

북부, 그중에서도 헤센바이츠 공작가가 배출해 온 기사들은 대대로 제국 내에서 이름이 높았다. 그런 기사들이 흉험한 기세로 북부 전체를 틀어막았다.

북부의 귀족들은 느닷없이 공작가가 내린 봉쇄령에 깜짝 놀랐지만, 헤센바이츠의 안주인이 실종되었다는 사실에 두 배로 놀랐다.

"이번 일에 반기를 든다면, 그 또한 같은 죄로 치죄하겠다."

평소 얼음으로 빚은 사람인 양 냉철한 공작은 거의 미친 사람처럼 굴었다. 하나 북부의 모든 사람은 공작을 이해했다.

헤센바이츠 공작에게 공작 부인이 얼마나 소중한 존재인지 모르는 이는 없었다. 사실 공작 부인은 북부 귀족들에게도 중요했다. 유일하게 막 나가는 공작의 고삐를 쥘 수 있는 존재였으니.

"공작가가 전 병력을 풀어서 북부를 수색하고 있다고 하더라고요."

"한시바삐 찾으셨으면 좋겠는데요."

"맞아요. 공작 부인께서 계시지 않으면 공작께서 어떻게 행동하실지……"

귀족들이 공작가의 눈치만 살피고 있던 와중, 로렌 백작 영애는 초조한 얼굴을 하고 있었다.

"왜 그런 얼굴을 하고 있니?"

같이 식사를 하던 백작 부부가 걱정스러운 표정으로 묻자, 화들짝 놀란 백작 영애가 고개를 가로저었다. 백작 영애는 애써 태연한 목소리를 내어 부모님에게 답했다.

"아, 아니에요."

"정말로 괜찮니? 안색이 좋지 않아."

"네, 정말로 괜찮아요."

백작 영애는 조그맣게 고개를 끄덕였다. 백작 부인은 두 눈을 가늘게 뜨고는 화제를 바꾼다.

"그래, 네가 그렇다면. 그건 그렇고 헤센바이츠 공작 부인이 실종되었다면서?"

"……그런가요?"

백작 영애는 억눌린 목소리로 입을 열었다. 애써 침착한 척하고 있었지만, 무릎에 얹은 손은 초조함에 못 이겨 드레스 자락을 마구 쥐어뜯고 있는 채였다. 보다 못한 부인이 입을 열었다.

"너 정말 표정이 안 좋아. 들어가서 좀 쉬렴."

고개를 끄덕인 백작 영애는 자리에서 일어났다. 백작 부부가 의심스러운 눈초리로 그녀의 등을 바라보고 있었지만, 차마 부모님의 눈치를 살필 여유도 없었던 그녀는 방문을 쾅 닫았다.

"어, 어떡하지……?"

백작 영애는 숨을 헐떡였다. 입술은 어찌나 잘근거렸는지 너덜거렸고, 입 안에서는 피 맛이 돌았다.

"도대체 내가 왜 그런 행동을 한 거지?"

그녀가 머리를 감싸고 자리에 주저앉았다. 무서웠다. 무서워서 죽을 것만 같았다. 무언가에 홀린 것처럼 이 일을 저질렀다. 그녀가 제정신을 차린 후에는 이미 엎질러진 물이 되어 있었다.

"이, 이렇게까지 진행될 줄은 몰랐단 말이야."

게다가 가장 두려운 건, 자신이 어째서 그런 행동을 저질렀는지도 이유를 알 수 없다는 것이다. 갑자기 어느 순간 공작 부인에 대한 분노가 확 치밀어 올랐다.

그녀는 입술을 앙다물었다.

"누, 누구를 만났던 것도 같은데."

필사적으로 기억을 더듬어 보았으나 누군가를 만났는지에 대해서는 기억이 희미했다. 다만 그 사람이 무척 다정하게 그녀의 감정에 공감해 주고, 그녀를 살살 부추겼다는 것만 기억났다.

"누가 나 좀 도와줘……."

이제 그녀의 힘으론 일을 수습할 수도 없게 되어 버렸다. 백작 영애는 덜덜 온몸을 떨었다.

영애의 눈동자에 공포가 가득 찼다. 마음에 들지 않는 남부의 촌뜨기 계집애를 납치하며, '한번 당해 봐라'라고 생각할 수 있는 때는 이미 지났다. 지금 자신이 저지른 짓은 명확했다. 북부의 지배자인 헤센바이츠 공작이 유일하게 사랑하고 아끼는 '공작의 부인'을 자신이 납치한 것이다.

"……난 그저 아주 조금만 겁을 주려고 했을 뿐인데!"

백작 영애는 엄지손톱을 잘근잘근 깨물었다. 어찌나 세게 깨물었는지, 곱게 다듬었던 손톱이 엉망이 되며 피가 배어 나왔다. 하지만 초조함과 공포에 질린 그녀는 고통조차 느끼지 못했다.

"하지만 솔직하게 말할 수도 없잖아."

그게 가장 큰 문제였다. 이런 엄청난 비밀을 간직한 채, 저 혼자 침묵하고 있어야 한다는 것.

"이 일이 밝혀진다면, 우리 가문은 정말로 멸문할지도 몰라……."

앞일이 훤하게 그려진다. 영애는 두 눈을 꽉 감았다. 공포에 질린 그녀가 몸을 둥글게 말았다.

＊　　　＊　　　＊

공작을 필두로, 공작가에서도 최정예로 손꼽히는 기사들은 모조리 모여 그들의 안주인 마님을 찾기 시작했다. 이 잡듯이 북부를 뒤지다 못해, 가끔은 허락을 구하지도 않고 가신들의 영지를 침입하기도 했다. 그럼에도 항의를 하는 귀족가는 없었다. 다만 숨을 죽이고 있을 뿐이었다.

'이엔, 제발 무사하기만 해.'

자카리는 무섭게 굳은 얼굴이 되어 빌고 또 빌었다. 말고삐를 쥔 손등이 가늘게 떨리고 있었다.

'네가 없으면 난 정말로 죽을지도 몰라.'

마르텔 경은 초조한 표정의 자카리를 슬쩍 곁눈질했다. 마르텔 경은 헤센바이츠 공작가의 기사단장이자 자카리의 어릴 적 스승으로, 전대 공작 또한 굉장히 신뢰하던 사람이었다.

'저렇게 무너지시다니…… 하긴, 납치되신 분이 공작 부인이시니 어찌 보면 당연하지만.'

헤센바이츠의 새로운 공작은, 제가 가진 권리만큼이나 짊어져야 하는 큰 책임을 아주 잘 알고 있었다. 게다가 괴물로 배척받던 기나긴 시간은 공작을 얼음을 깎아 만든 칼날처럼 예리하게 만들었다. 그런 자카리를 유일하게 다독여서 부드럽게 만들어 주던 사람이 바로 이엘리였다.

'한시바삐 안주인 마님을 찾아야 할 텐데.'

마르텔 경은 걱정스러운 얼굴이 되었다. 자카리는 이제 싸늘한 표정으로 전방을 주시하고 있었다. 빙하처럼 차가운 푸른 눈동자가 어둠에 묻힌 숲을 노려본다. 수색은 밤낮을 가리지 않고 진행되었다. 병사들이 손에 갈라 쥔 횃불들이 진득하게 고인 어둠을 밀어내며 일렁거렸다.

'이엘리, 제발. 너 어디에 있어?'

자카리는 누군가가 제 목을 조르는 것 같은 기분을 느꼈다. 숨이 막힌다. 그녀가 곁에 없다는 사실 하나만으로, 이렇게 사람이 미칠 것 같은 기분이 든다니. 그는 피가 나도록 입술을 물었다.

"……제발, 이엔."

애써 마음을 가다듬던 자카리였으나, 조그만 애원이 입술 밖으로 흘러나가는 건 어쩔 수 없었다. 마르텔 경은 그런 자카리를 보며 안타까움을 느꼈다. 그 심정이 어떨지 감조차 잡히지 않는다.

'……저런 표정을 지으실 때는 전대 공작 각하께서 세상을 떠날 때뿐이었는데.'

마르텔 경은 전대 공작이 느닷없이 세상을 떠났을 때의 자카리의 공허한 얼굴을 기억했다. 지금의 자카리는 그 당시보다도 더욱 고통스러워 보였다. 자카리가 고개를 꺾으며 중얼거렸다.

"너 도대체 어디 있는 거야……?"

자카리는 도무지 정신을 차릴 수가 없었다. 아버지를 잃은 후, 자카리를 현실에 붙들어 주는 유일한 끈은 바로 이엘리였다. 그런 그녀를 이렇게 급작스럽게 잃어버려야 한다니, 시야가 깜깜했다.

"대답해, 이엔."

"공작 각하, 조금 진정하시고……."

"제발, 제발……."

자카리의 목소리 끝이 흐트러졌다. 그나마 기사들과 병사들 앞에서 무너지지 않도록 이를 악무는 것이 최선이었다. 마르텔 경은 그런 자카리를 나지막하게 불렀다.

"헤센바이츠 공작 각하."

"……."

저를 부르는 목소리에, 자카리는 느릿하게 시선을 들어올렸다. 어둠 속에 묻힌 새파란 눈동자는 평소의 단정함과 한참 거리가 멀다. 귀기가 서린 양 불타오르는 눈동자가 그를 응시했다.

"마음이 무척 어지러우실 것은 알고 있으나, 제발 진정하십시오."

"……마르텔 경."

자카리가 입술을 달싹거렸다. 마르텔 경은 마른침을 삼켰다. 말을 몰아 자카리의 곁에 다가선다. 말고삐를 있는 힘껏 움켜쥔 자카리의 손이 바르르 떨렸다. 자카리는 신음처럼 속삭였다.

"지금 이 상황에서, 내가 어떻게 진정할 수 있겠나?"

자카리의 목소리는 지금껏 마르텔 경이 알고 있던 것과는 전연 달랐다. 쇠를 갈아 내는 것처럼 섬뜩한 그 음성. 절대 손안에서 놓아서는 안 되는 무언가를 영영 잃어버린 것처럼 절박했다.

"이엘리가 납치되었어. 실종되었다고."

"공작 각하."

"누가 그녀를 납치했는지 그것조차 몰라. 그녀가 탔던 마차도 근교에 버려져 있었지."

그는 날카롭게 말을 이었다. 지금 상황을 곱씹어 생각할수록 속이 바짝바짝 말라비틀어진다.

"그녀가 스스로를 지킬 수 있을까? 검이나 활 같은 무기는 손에 쥐어 본 적조차 없어."

"각하."

"그녀가 지금 어떤 상황인지도 모르는데 나 혼자 속 편하게 있으라고?"

자카리가 싸늘한 어조로 되물었다. 팽팽하게 당겨진 신경을 유리 조각으로 갉작이는 느낌이다.

"만약 상처를 입었다면? 혹여나 목숨…… 목숨이라도 잃는다면. 그렇다면 난……."

자카리는 약간 말을 더듬거렸다. 마르텔 경은 저도 모르게 눈살을 찌푸렸다. 누가 보아도 지금 그는 명백히 이성을 잃었다. 자카리의 창백한 얼굴이 불안하게 주변을 두리번거린다.

'공작 부인께서는 각하의 역린이시니까…….'

하지만 공작 부인을 찾기 위해선 냉철한 이성을 유지해야 한다. 마르텔 경은 냉랭하게 말했다.

"외람되오나 각하, 안주인 마님께서는 그들에게도 소중한 인질일 것입니다."

그 말에 자카리는 퍼뜩 정신을 차렸다. 불안해 보이던 푸른 시선이 다소나마 빛을 되찾았다.

"그리고 각하께서도 아마 잘 알고 계시겠지요."

"……마르텔 경."

"각하께서 이성을 잃으시면 안주인 마님을 찾아낼 확률이 더욱 줄어듭니다."

찬물을 끼얹은 것처럼 자카리가 두 눈을 깜박였다. 약간의 이성은 되찾은 것 같았다. 시선 안쪽의 타오르던 불이 다소 가라앉는 그 모습에, 마르텔 경은 속으로 안도의 한숨을 내쉬었다.

"안주인 마님을 빨리 찾아내기 위해서는, 공작 각하께서 이성을 찾으셔야 합니다."

"……그래."

"기사들과 병사들을 최대한 효율적으로 지휘하셔야, 마님을 발견할 수 있지 않겠습니까."

그 말을 귀담아듣던 자카리가 입술을 세게 짓씹었다. 그러나 맞는 말이라고 여겼는지 반박하진 않는다. 주군의 입술에 맺힌 핏방울을 안타까이 응시하던 마르텔 경은 곧장 말을 이었다.

"그러니 명령을 내려 주십시오, 공작 각하."

"……."

"어떻게 수색해야 가장 빠르게 그분을 찾아낼 수 있을지, 각하께서 해답을 주십시오."

마르텔 경은 진지한 목소리로 말했다. 자카리는 주먹을 움켜쥐었다. 그 시선이 짧게 흔들렸다.

"저희는 각하의 손과 발이며 검이니, 안주인 마님을 모셔 올 수 있도록 최선을 다하겠습니다."

짧게 고민하던 자카리가 두 눈을 꽉 감은 후, 입술을 열었다. 흘러나오는 목소리는 지독하게 낮았으나, 적어도 아까 전처럼 타오르는 감정에 휘말려 감정적이진 않았다.

"현재 수색 인원들을 셋으로 나누도록 하겠네."

그 말을 듣던 마르텔 경은 안도의 한숨을 내쉬었다. 평소의 냉철한 주군으로 돌아온 것이다.

"첫 번째 분대는 마르텔 경이 직접 지휘하도록 하게. 분대원들을 넓게 산개시켜 찾도록 해."

"알겠습니다."

"두 번째 분대는 숲의 외곽으로 돌려보내도록 해. 숲의 밤은 어둡지. 혹시나 납치범들이 이엘리를 끌고 숲 밖으로 도망치려고 할 수도 있네. 그들을 놓치지 않도록 경계를 바짝 세워."

"명령 전하겠습니다."

"마지막으로 세 번째 분대는 내가 직접 지휘하겠어."

자카리의 목소리 끝이 차갑게 가라앉았다. 잠시 고민하는 것 같던 그가 빠르게 말을 이었다.

"이엘리를 찾아내면 어디서든지 확인할 수 있도록 신호탄을 올리도록 하게."

신호탄이라. 마르텔 경은 고개를 끄덕였다. 약간 생각을 정리한 자카리가 그대로 설명을 했다.

"그녀가 안전하다면 푸른색, 위험한 상태일 때는 붉은 신호탄을 쏘는 걸로 하지. 그 색에 따라서 성과 수색 인원들 각자 대비하도록. 붉은색일 때는 급한 치료를 할 준비를 해 두게."

"따르겠습니다."

고개를 숙인 마르텔 경이 빠르게 그 자리를 빠져나갔다. 저 멀리서 분대를 지휘하는 목소리가 울린다. 홀로 남겨진 자카리는 문득 제 손을 내려다보았다. 꼴사납게 떨리고 있었다.

'너를 잃을지도 모른다고 생각하면…… 두려워서 견딜 수가 없어.'

자카리는 손안에 얼굴을 파묻었다. 제발, 안전하게만 있어 줘. 네가 어디에 있든 꼭 찾아낼게. 다시는 널 혼자 두지 않을게…… 호흡이 불규칙하게 흐트러진다. 두려워 견딜 수가 없다.

"……"

잠시 그 자리에 서 있던 자카리는 이윽고 손을 내렸다. 새파랗게 날이 선 눈동자가 빽빽한 어둠을 휘돌아본다. 말에 박차를 가한 자카리는 병력을 이끌고 한쪽 방향을 수색하기 시작했다.

＊　　＊　　＊

북부의 가을밤은 무척 차가웠다. 흰 입김이 부옇게 뿜어져 나와 시야를 어지럽힌다. 이엘리가 정상적인 상태라 해도 이런 추위에 계속해서 노출되어서 좋을 리 없다는 생각이 들자, 자카리는 다시 한 번 마음이 초조해졌다. 어떻게 해야 하나. 생각하던 그가 분노로 어금니를 물었다.

'아무것도 하지 못하고 있다니, 내 자신이 한심해서 죽을 것 같아.'

헤센바이츠의 후계로서 자카리는 검을 휘두르지 않은 적이 없었다. 실제로 소규모 전투에 차출되어 부대를 이끌고 싸운 적도 다수였다. 괴물이라 매도되며 스스로를 갈고닦으며 흘려보낸 그 시간, 이엘리가 있어 견딜 수 있었던 시간. 그에게 삶의 의미란 이엘리 단 한 명뿐이었다.

'하지만 그런 게 도대체 무슨 소용이란 말이야?'

이엘리에 의지하여 버텨 냈던 시간. 그녀가 제게 건네주었던 엄청난 애정의 단 일부도, 그는 되돌려 주지 못했다. 자카리가 가진 모든 건 지금 이 순간 아무 소용이 없었다. 소중한 사람 하나도 찾아내지 못하는데, 황가와 비견되는 유일한 대공가의 이름 따위 무슨 쓸모가 있을까.

'그 이름을 위해 이엘리는 수많은 것들을 희생했어야 했는데.'

말고삐를 쥔 손에 힘이 들어가, 손등의 뼈가 새하얗게 도드라졌다. 자카리는 깊게 고개를 숙였다. 스스로가 한심해 견딜 수 없다.

자책이 쌓여 다시 한 번 머릿속이 새하얗게 물든다. 이대로 미쳐 버릴 것 같았다.

그가 더이상 견디지 못하겠다며 소리라도 지르고 싶은 기분이 되었을 때…….

"……저건?"

저 멀리서 계절과 맞지 않는 꽃들이 화려하게 피어올랐다. 무르익은 가을 속에서 점차 잎새를 떨구는 나무들 사이로, 분홍색 아샤 꽃잎들이 눈부시게 흩날렸다.

자카리는 눈을 크게 치떴다.

"이엔?"

하얀 달빛 아래에서 분홍색 꽃눈처럼 쏟아지는 꽃잎들이 눈이 부셨다. 선명한 가을 안, 홀로 피어난 봄꽃. 찬란한 봄이 선연했다. 울창한 숲의 한 부분이 순식간에 연한 분홍으로 물든다.

'자카리, 난 여기 있어.'

마치 그렇게 말하기라도 하는 것처럼 꽃잎들은 하늘하늘 흩날렸다. 자카리 뒤에 서 있던 기사들은, 눈앞에서 벌어진 기적을 바라보며 그 자리에 얼어붙었다. 그들이 서로에게 조그맣게 속삭인다.

"아, 아샤 꽃……?"

"하지만 지금은 가을인데……."

그리고 자카리는 확신했다. 이엘리. 그녀가 저곳에 있었다. 그녀가 자카리를 부르고 있었다.

'이엔.'

한시바삐 찾아와 달라는 것처럼 꽃잎은 살랑거린다. 자카리는 홀린 듯이 말고삐를 잡아챘다.

"저쪽으로 간다!"

"명 받들겠습니다, 각하!"

기사들이 우렁차게 외쳤다. 자카리를 필두로, 헤센바이츠의 기사들은 숲을 질주하기 시작했다.

* * *

이엘리는 눈을 동그랗게 뜬 채 자리에 서 있었다. 그녀의 입술에서 놀란 음성이 흘러나왔다.

"돼, 됐어……."

까만 밤하늘 아래, 달빛을 머금어 하얗게 보이는 꽃잎들이 활짝 피어나 있었다. 화려하게 흩날리는 그 꽃잎들을 바라보며 그녀는 어안이 벙벙해졌다. 세상에. 내가 정말로 성공한 건가?

'어떻게든 해내고 싶다고는 생각했지만, 실제로 가능할 줄은 몰랐는데.'

꽃잎들이 하나둘씩 떨어졌다. 납치되어 있는 상황과 다르게, 달빛에 젖어 있는 아샤 꽃송이들은 낭만적으로 보였다. 하지만 평온한 이엘리와 별개로 납치범들의 상황은 그렇지 않았다.

"아샤 꽃이 피었다니, 이게 도대체 어떻게 된 일이야!?"

"지금은 가을이지 않습니까!"

한편 주변을 경계하던 납치범들은 온통 혼란에 빠져 있었다. 아득 이를 악문 남자가 탑 위로 미친 듯이 뛰어 올라갔다.

쾅! 방문이 열렸다. 이엘리는 표정을 정돈하고 남자를 돌아보았다.

"공작 부인, 당신!"

"무슨 일인가?"

최대한 태연하게. 흔들리지 말자. 마음을 가다듬은 그녀는 차분한 어조로 남자에게 되물었다.

"저 꽃들, 도대체 무슨 조화입니까!"

"그걸 내게 와서 물으면 어떡하나?"

이엘리는 정말 아무것도 모른다는 표정으로 남자에게 되물었다. 남자는 어금니를 꽉 물었다.

"정말로 공작 부인과 아무런 상관도 없다는 말씀이십니까?"

"내가 무엇을 했다는 말인가?"

이엘리는 여전히 차분한 얼굴이었다. 사실 그도 그랬다. 그녀가 무슨 힘이 있어 계절에도 맞지 않는 꽃을 피워 낼 수 있단 말인가. 이엘리 자신도 제가 다루는 힘이 어떤 건지 모르는데.

"젠장."

아드득, 이 가는 소리가 들렸다. 분한 마음을 억누르려 숨을 들이쉰 남자가 말을 씹어뱉었다.

"하긴, 이제 그런 건 중요하지 않습니다. 일어나십시오."

"일어나라니?"

"젠장, 이동해야 한단 말입니다!"

아까 전의 능글거리던 태도는 모조리 사라진 지 오래였다. 남자는 이엘리에게 언성을 높였다.

"저 빌어먹을 꽃들 때문에 우리의 위치가 발각되게 생겼지 않습니까!"

그 모습을 지켜보던 이엘리는 내심 고소한 기분이 들었다. 아까 전부터 날 손안에 든 쥐처럼 대하더니, 이제 좀 초조해졌나 보지? 씩씩거리던 남자는 이엘리를 거칠게 자리에서 일으켰다.

"나갑시다."

"나간다니, 이 밤에?"

"당연히 어둠을 틈타 도망쳐야지요."

남자는 굉장히 초조해 보였다. 사실 공작 부인을 납치한 것 자체가 위험 부담이 상당한 일이었다. 겨울의 마법을 지닌 헤센바이츠 공작이 유일하게 집착하는 대상이 바로 그녀 아니었던가.

'만약 붙잡히기라도 하면……'

정말로 목숨을 내놓을 각오를 해야 한다. 남자는 마른침을 삼켰다. 그러나 이엘리는 두 눈을 가늘게 떴다. 고개를 비스듬히 기울이며 남자를 응시하는 그녀의 목소리는 삐딱하기만 하다.

"내가 그것에 왜 협조해야 하지?"

비협조적인 태도에 남자는 와락 얼굴을 구겼다. 남자가 잇새로 협박 섞인 말을 씹어뱉었다.

"이번에도 잠드신 채 들려 나가고 싶지는 않으시겠지요."

"신사답지 못하군. 하긴, 납치범이 다들 그러려나."

이엘리는 두 눈을 가늘게 떴다. 그리고 더 말하지는 않고 순순히 몸을 일으킨다. 드레스 속주머니에 넣어 둔 황동 단추의 감촉이 선명하다. 지금 상황에서는 저 남자 말대로 따라 주는 편이 나았다.

"좋아. 가자고."

"……."

이엘리의 순순한 태도에 남자는 눈을 가늘게 떴다. 그가 의심스러운 기색을 버리지 못하며 말한다.

"아까 전처럼 중간에 도망치려고 한다거나, 그러시면 안 됩니다."

"보장은 못 하겠네. 하지만 기절한 나를 떠메고 이동하는 것도 힘들지 않겠나?"

이엘리는 뚱한 얼굴이 되어 남자를 마주본다. 정곡을 찔렸는지, 남자가 끙 앓는 소리를 냈다.

"게다가 당신들, 아까 마차도 버리지 않나."

"……그건 또 어떻게 알았습니까?"

"왜, 탑 밖을 바라보는 것도 금지된 일이었었나? 그럴 거면 창문을 닫아 두지 그랬나?"

이엘리는 싸늘한 어조로 빈정거렸다. 그녀의 속도 남자 못지않게 불편한 상태였기 때문이다.

"어쨌거나 나도 아프거나 다치는 건 싫으니까…… 우선은 따라주지."

그녀가 협조적으로 나오는 게 의심스러웠는지, 남자는 이엘리를 빤히 보았다. 그녀가 재차 물었다.

"그래서 안 나가나?"

"아닙니다. 다만 손목은 묶어야 할 것 같습니다."

이엘리는 남자를 째릿 노려보았다. 하지만 남자는 완고했다. 남자가 차가운 표정으로 말했다.

"최소한의 안전 조치입니다. 아까 전에도 도망치신다며 난리를 치시지 않았습니까."

"······좋네."

결국 양손을 든 쪽은 이엘리였다. 단추를 빼앗기 위해 한 일이었지만, 어쩔 수 없었다. 그녀는 양손을 내밀었다. 남자는 부드러운 손수건 하나를 꺼내 능숙하게 손목에 매듭을 짓는다.

"이리 오십시오."

남자는 이엘리를 데리고 밖으로 나갔다. 밖으로 빠져나가던 이엘리는 문득 숲을 둘러보았다. 남부보다 훨씬 차가운 북부의 가을 속, 홀로 봄을 만끽한 분홍색 아샤 꽃가지가 아름다웠다.

"말에 오르시기 좀 어려울 테니, 제가 도와 드리지요."

남자가 이엘리를 부축하려 했다. 이엘리는 주춤 뒤로 물러났다. 생리적인 거부감이 든 탓이다.

"······협조하신다고 하시지 않았습니까?"

그건 맞지만, 그래도 저 남자와 저런 친밀한 신체 접촉까지 예상한 것은 아니었는데. 이엘리는 미간을 좁혔다.

'지금이 도망칠 수 있는 유일한 기회일지도 몰라.'

내내 탑 안에 갇혀 있었을 때보다는, 그나마 도망칠 수 있는 수단이 있는 지금이 더 낫지 않을까.

숨을 삼킨 이엘리는 우선 말 위에 올라탄 후, 묶인 양 손목을 흔들어 보였다. 단단하게 묶인 손목은 풀릴 생각을 하지 않는다. 그런 이엘리를 보며 남자는 미간을 좁혔다.

"쓸데없는 생각 마십시오."

남자는 경고하듯 이엘리에게 말했다. 그와 동시에 남자는 자신
또한 말 위에 올라타려 했다. 순간 이엘리는 결심했다.

'도망치자!'

결심과 행동은 동시에 이루어졌다. 말 위에 납작 엎드려 갈기를
움켜쥔 이엘리가 말의 배를 있는 힘껏 박찼다.

히히힝!

느닷없는 발길질에 놀란 말이 미친 듯이 질주하기 시작했다.

"꺅!"

이엘리는 비명을 지르며 말에 답삭 매달렸다.

말고삐를 잡고 있을 때와 양손이 자유롭지 않을 때는 말에 매달
리는 난이도 자체가 달랐다.

온몸이 미친 듯이 흔들려서, 당장이라도 떨어질 것 같다. 이엘리
는 피가 나도록 입술을 깨물며 말에 매달렸다.

'지금 붙잡힌다면, 계속 저들에게 끌려다니게 될 거야!'

그녀의 목적은 단 하나였다. 저들의 손에서 벗어나, 자카리가 자
신을 찾아올 때까지 숨어 있기.

자카리를 생각하자 그녀의 코끝이 시큰해졌다.

자카리.

이엘리는 그 이름을 작게 읊조렸다. 그 이름만이 지금 이엘리에
게 용기를 줄 수 있는 단 하나뿐인 주문이었다. 거세게 몰아치는 칼
날 같은 바람이 윙윙거리며 귓속을 메우고, 말이 달리는 서슬에 온
몸이 흔들린다. 토할 것 같다. 그러나 버텨야만 했다.

"저, 저 미친!"

뒤에 남겨진 남자가 멍하니 이엘리의 뒷모습을 바라보았다. 잠시 후, 날카롭게 욕설을 내뱉은 남자가 쩌렁쩌렁 고함을 내질렀다.

"젠장, 인질이 도망치고 있어!"

"쫓아가!"

"놓치면 안 돼, 당장 잡으라고!"

남자들이 각자 말을 잡아타고 이엘리를 따라붙기 시작했다. 이엘리는 두 눈을 질끈 감았다. 더 이상 말의 속도를 올릴 수는 없었다. 사실 그녀는 지금, 말에 달라붙어 있는 것 자체가 한계였다.

"꺄아악!"

그때 이엘리의 입술에서 찢어질 것 같은 비명이 울려 퍼졌다. 숲을 질주하던 말이 나무뿌리에 발을 차인 것이다. 말이 몸을 뒤채며 날뛰었고, 이엘리의 몸 또한 허공으로 붕 떴다.

"젠장!"

욕설을 짓씹어 뱉은 남자가 말에서 몸을 일으켜 이엘리를 낚아챘다. 이엘리는 소중한 인질이었다. 만약 그녀가 여기서 다친다면 그들에게 명령을 내린 '귀하신 분'이 진노하실 게 분명했다.

'귀하신 분'의 진노를 받아 내느니, 차라리 그녀를 구하며 제 몸이 상하는 편이 낫다.

"큭!"

남자가 이엘리를 받아 안은 채 바닥에 굴렀다.

쾅! 등 뒤로 커다란 충격이 밀어닥쳤다.

작게 신음한 남자가, 두 눈을 부릅뜬 채 이엘리를 쏘아보았다. 험악한 기세로 그녀를 붙들며 언성을 높인다.

"당신, 도망치지 않는다더니……!"

"그 손 놔."

그런데 그때. 싸늘한 목소리가 들렸다. 얼음으로 빚은 양 차가웠다.

순간 그 자리의 사람들은 모조리 얼어붙었다. 이엘리만이 화색이 되어서 등 뒤를 돌아보았다.

"자카리!"

자카리를 바라보던 이엘리는 헛숨을 삼켰다. 자카리의 새파란 눈동자가 형형하게 불타오른다.

'아, 어쩌지?'

지금의 자카리는 완벽히 이성을 잃은 모습이었다. 이엘리는 마른침을 삼켰다. 그대로 자카리가 성큼 한 걸음 다가섰다.

하얀 은발 아래의 차가운 시선이 푸른 불길처럼 일렁거렸다. 누구도 자카리를 말리지 못했다. 자카리의 등 뒤에 선 기사들은 물론이고, 심지어는 이엘리조차도.

"그 손 놓으라고 했어."

그렇게 말한 그가 가볍게 손을 휘저었다. 그 순간 이엘리를 붙들었던 남자가 비명을 질렀다.

"악!"

짧은 비명과 함께 남자의 손목이 날카롭게 잘려 나갔다. 붉게 터져 나온 핏줄기들이 이엘리의 몸 위로 우수수 쏟아진다. 뺨을 스치는 핏방울의 감촉이 너무 뜨겁다. 그녀는 헛숨을 삼켰다.

"아아아악!"

양 손목을 잃어버린 남자가 바닥을 뒹굴며 미친 듯이 비명을 질렀다. 사위는 찬물을 끼얹은 것처럼 고요했다. 남자가 목이 터져라 내지르는 처절한 비명만이 쩌렁쩌렁 울려 퍼지고 있었다.

　"아악, 내 손목, 내 손……!"

　삽시간에 내려간 기온을 느끼며 이엘리는 어깨를 떨었다. 기분 탓이 아니라 실제로 기온이 내려간 것이다. 훈김이 끼치던 핏자국과 핏덩이들은 어느새 차갑게 얼어 붉은 얼음이 되었다.

　"자, 자카리."

　"……이엔."

　그 부름에 자카리는 천천히 이엘리에게로 시선을 돌렸다. 망가진 인형처럼 삐거덕거리는 동작이었다. 이윽고 자카리가 웃었다. 눈앞의 잔혹한 광경과는 한참 거리가 먼, 화사한 미소였다.

　"미안해. 눈을 감으라는 말을 먼저 했어야 하는데."

　"저기, 너……."

　이엘리는 부들부들 몸을 떨면서 자카리를 바라보았다. 자카리는 약간 미안한 얼굴로 말했다.

　"네가 보기엔 너무 잔인한 모습이지."

　그게 아니잖아. 이엘리는 처음으로 자카리에게 이질감을 느꼈다. 자카리는 곧 시선을 돌렸다.

　"이엔, 미안하지만 눈을 좀 감아 줄래?"

　이엘리를 바라보며 다정한 미소를 짓고 있던 푸른 눈동자. 하지만 그 눈동자는, 손목이 잘린 채 바닥에 나뒹구는 남자를 볼 때는 단 하나의 온기도 남아 있지 않았다. 마치 사람이 달라진 것 같은 싸한 느낌이었다.

자카리는 한 발을 내디뎠다. 빠직, 발밑에 얼음 얼어붙는 소리가 들렸다.

"네게는 이런 모습은 보여 주고 싶지 않거든."

"그, 잠시만…… 진정해. 응?"

"진정?"

자카리가 비스듬히 시선을 기울였다. 텅 빈 눈동자. 새파란 그 눈동자를 보면서, 이엘리는 목을 조이는 것 같은 공포를 느꼈다. 처음이었다. 제 남편을 바라보면서 이런 공포를 느낀 적은.

"네가 이런 일을 당했는데 진정할 수 있을 리 없잖아."

"하, 하지만……."

"제발, 이엔."

자카리의 목소리가 툭 끊겼다. 그가 그대로 눈을 내리깔았다. 긴 속눈썹 그늘 아래, 새파란 눈동자가 반나마 감춰진다. 이엘리는 숨을 삼켰다. 그녀를 향한 자카리의 목소리는 나긋하기만 했다.

"내가 너에게…… 보여 줘서는 안 될 모습을 보이게 하지 말아 줘."

이엘리는 그 자리에 얼어붙었다. 그렇게 말한 자카리가 저벅저벅 걸음을 옮겼다. 그 누구도 자리에서 움직이지 못했다.

이엘리의 앞에 다가선 자카리는 손을 뻗어 그녀의 뺨에 튄 핏방울을 문질러 닦아 주었다. 그의 손가락은 무척 따스했음에도 이상하게 이엘리는 한기를 느꼈다.

"눈, 감아 줄래?"

그렇게 말한 자카리가 생긋 눈웃음을 쳤다. 압도적인 공포가 이 자리의 모든 사람을 억누르고 있었다. 아예 종족이 다른 존재인 것 같았다. 그 누구도 거역할 수 없는 거대한 존재감.

기사들은 물론이고, 심지어는 이엘리를 납치한 납치범들마저 오금이 저려 움직이지 못하고 있다.

"오래 걸리지는 않을 테니까."

그렇게 말한 자카리가 손을 까닥 들어올렸다. 새하얀 얼음 창날이 창백한 달빛을 머금어 반들거린다. 얼음 창날은 바닥에서 꿈틀거리는 남자의 목을 노리고 있었다. 이엘리의 눈이 커졌다.

"아, 안 돼!"

이엘리는 반사적으로 자카리의 손을 잡았다. 자카리가 흘끗 시선을 돌려 그녀를 돌아본다.

"이엔?"

"……싫어, 그러지 마!"

이엘리는 마구 고개를 가로저었다. 자카리의 푸른 눈동자가 이엘리를 담은 채로 가늘어졌다.

"무슨 소리야? 이 벌레만도 못한 버러지는 너를 납치했어."

그렇게 답한 자카리가 망설임 없이 제 발을 내디뎠다. 그가 남자의 잘린 손목을 지그시 짓밟는다.

"아아악!"

날카로운 비명이 터져 나왔다. 자카리는 그 노래를 감미로운 음악처럼 귀담아들었다. 처음이었다, 이런 해방감은. 온몸을 저릿하게 하는 감각. 어째서 난 이런 강대한 힘을 가졌으면서도 지금껏 나

스스로를 억누르기만 했을까. 만물은 제 발밑에 엎드려 자신을 경배해야 마땅했다.

'그 누구도 나에게 범접할 수 없을 거야.'

또한 이엘리가 곁에 있었다. 그의 삶에서 가장 소중한 존재. 그에게 있어서 유일하게 필요한 건 이엘리뿐이다. 이대로 모든 것을 없애 버리고, 그녀와 단둘이 살아가는 세계는 어떨까.

'이엔.'

파괴적인 충동이 전신을 뒤흔든다. 지나치게 유혹적인 충동이었다. 자카리는 활짝 미소 지었다.

"있잖아, 이엔."

"……응?"

"우리 둘만이 살아가는 세계는 어떨까?"

자카리는 애틋한 목소리로 물었다. 그를 빤히 바라보던 이엘리는 단호하게 고개를 내저었다.

"말도 안 돼."

"어째서?"

"그건 옳은 일이 아니니까."

그 말에 자카리는 멈칫 어깨를 굳혔다. 이엘리는 자카리의 발에 짓밟힌 남자를 흘끗 곁눈질했다. 끄르륵, 괴상한 소리를 내며 남자가 꿈틀거린다. 애써 눈을 돌리며 이엘리는 이어 말했다.

"너 지금 이상해."

"내가?"

자카리는 고개를 갸웃 기울였다. 의아한 눈동자 안쪽으로, 잠시 후 이해의 빛이 깃들었다. 그 이해의 빛은 약간의 실망감을 가지고 있었다. 고개를 가로저은 자카리는 단호하게 대답했다.

"네가 날 이해하지 못한다면, 그래서 널 실망시켰다면 정말 미안해."

"자카리."

"하지만 지금 이 모습도 나야."

이엘리는 입술을 피가 나도록 깨물었다. 자카리는 상냥하게 그녀의 뺨을 어루만지며 말했다.

"난 어쩔 수 없는 괴물이야. 구제할 수 없지. 게다가……."

자카리의 눈동자가 위험한 빛을 품고 반짝였다. 질 좋은 비단처럼 매끄러운 목소리가 들렸다.

"……너를 절대로 포기하지 않을 거라는 점에서 굉장히 질도 나쁘지."

지금까지 이엘리는 자카리가 '괴물'이라 불리는 이유를 그녀 스스로 잘 알고 있다고 여겼다. 타인들이 자카리를 '괴물'이라고 여기는 근거는 그저, 악의를 가진 모욕이었다.

왜냐하면 헤센바이츠는 무려 황가를 적으로 두고 있는 가문이었으니까. 지금껏 황가는 몇 번이나 헤센바이츠를 깎아내리려 했고, 이엘리 자신도 황가가 저지르곤 하는 말도 안 되는 억지와 모욕을 수없이 지켜보았다. 하지만.

'……이런 두려움을 느끼게 할 정도라니. 몰랐어.'

그때 자카리는 손을 뻗었다. 그녀의 눈가를 덮어 오는 다정한 손. 그가 눈을 가린다. 눈앞의 자카리는 그녀가 알고 있는 모습 그대로인데, 그럼에도 그녀의 남편이 아닌 것 같은 느낌이 들었다.

"어쨌거나 이엔, 네가 보기에 좋은 모습은 아니니까."

가려진 시야. 이엘리는 그대로 회피해 버리고 싶은 충동을 느꼈다. 지나치게 잠잠해서 오히려 두려울 정도로 공기는 고요했다. 이엘리는 이 조용한 공기가 뜻하는 바를 이미 알고 있었다.

'……폭주의 전조.'

이엘리는 자카리가 폭주하는 모습을 몇 번이나 경험했다. 감정이 극한에 다다르면, 자카리는 자신이 보유한 겨울의 마법을 제대로 통제하지 못하는 모습을 보인다. 지금도 마찬가지였다.

'공기가 너무 차가워, 겨울 같아…….'

공기 하나하나에 살의가 들끓었다. 피부를 따끔따끔하게 찌르는 것 같은 그런 느낌이었다. 하지만 가장 불안한 점은 따로 있었다. 지금의 자카리는 선을 넘었다. 분명 여기서 한 발짝 더 가면.

'……돌아올 수 없을 거야.'

그 순간, 이엘리는 숨이 막힐 것 같은 두려움을 느꼈다. 이대로라면 자카리를 영영 잃어버리게 될 것이다. 눈 안에 남아 있는 자카리의 잔상 위로, 스치듯 본 남자의 모습이 덧씌워졌다.

'나의 아샤.'

새하얗게 흩날리는 긴 은발, 짙푸른 시선. 얼음으로 빚어낸 것 같은 아름다운 남자의 목소리.

'……겨울의 은룡, 혜센바이츠라고 했나.'

순간 이엘리는 입술을 깨물었다. 분했다. 어째서 과거의 존재들 때문에 이딴 식으로 휘둘려야 하는 거야? 아샤 요정이고, 헤센바이츠 용이고, 황가며 건국 전설까지도 모조리 지긋지긋했다.

"누가 네 맘대로 그따위로 생각하래?"

그리하여 그녀는 그의 손을 확 떼어 냈다. 그를 똑바로 바라보는 얼굴은 화가 난 표정이었다.

"……이엔?"

자카리는 약간 허를 찔린 표정이 되어 이엘리를 마주 보았다. 그녀는 곧장 대답을 쏘아붙였다.

"너에게 날 포기하라고 한 적, 단 한 번도 없어!"

이엘리는 단호한 시선으로 자카리를 마주보았다. 자카리가 예전부터 '괴물'이라고 불렸던 진정한 이유를 이제야 알 것 같았다. 하지만 도망칠 생각 따위는 없었다. 그녀가 차분하게 말했다.

"널 이해하지 못하는 내게 실망하는 건 하는 수 없지만."

자카리의 말문이 턱 막혔다. 이엘리는 언제나 자신의 가장 깊은 속내를 날카롭게 꿰뚫어 본다.

"아무리 그래도 그렇지, 내 말부터 먼저 들어 봐야 하는 거 아니야?"

자카리는 멍하니 그녀를 마주보았다. 비딱하게 선 이엘리가 짓씹듯이 입을 열었다.

"나, 너 포기 안 해."

그녀의 손이 자카리의 양 뺨을 똑바로 붙들었다. 곧은 연녹색 눈동자는 흔들림이라곤 없었다.

"널 떠나지도 않아."

"……."

"매번 지레 겁먹어서 먼저 이야기하는 건, 오히려 너잖아."

자카리는 숨을 삼켰다. 은밀하게 감춰 둔 두려움을 낱낱이 드러낸 기분이었다.

"그러니까 진정해. 난 언제나 네 곁에 있을 테니까."

그의 눈동자가 짧게 흔들렸다. 공기를 찌르르하게 울리던 살기도 잠잠히 가라앉는다. 이엘리는 쓰게 웃었다. 그녀의 남편은 다 좋은데, 항상 이러는 게 문제였다.

"멋대로 생각하고 판단하지 좀 마, 제발."

이엘리는 자카리를 달래듯이 입을 열었다. 눈앞의 자카리는 완벽한 성인의 모습을 하고 있었지만, 그럼에도 이엘리는 가끔씩 그에게서 길 잃은 어린아이처럼 불안정한 면을 보고 말았다.

"너에게만큼은 이런 모습 보이고 싶지 않았어."

한참 입술을 달싹거리던 자카리가 작게 속삭였다. 새파란 눈동자에는 아까 전의 광기 대신 공허함과 허망함이 남아 있었다. 그는 그녀의 시선을 피하며 중얼거렸다.

"네 앞에서 내 자신이 괴물이라는 것을 증명하고 싶지 않았어……."

"네가 무엇을 했는데?"

그 속삭임에 이엘리가 되물었다. 그가 멈칫하자 그녀는 어깨를 으쓱하며 말을 이었다.

"물론 저 사람의 손목이 날아가기는 했지만."

"……이엘리."

"감히 헤센바이츠의 안주인을 납치하고도 저 정도 대가조차 치르지 않는 게 이상한 거지."

이엘리는 당연한 얼굴이 되어서 대답했다. 손목이 잘린 것에 대한 시각적인 충격은 분명 있었다. 하지만 그녀는 자신을 납치하려 했던 납치범에게 도덕적인 죄책감이 전혀 들지 않는다.

"그 외에 네가 어떤 짓을 저질렀는데?"

"하지만 이엔, 난 하마터면 또 한 번 폭주를……."

"그 폭주, 하지 않았잖아."

자카리의 말을 툭 자른 이엘리가 단호하게 말했다. 연녹색 눈동자가 자카리를 똑바로 보았다.

"넌 괴물이라는 증명 따위, 한 적 없어."

"……이엔."

"그러니까 그딴 말은 하지도 마."

어느 순간 이엘리는 약간 화가 난 것처럼 보였다. 자카리는 저도 모르게 그녀의 얼굴을 마주보았다. 새초롬한 눈길과 꼭 다문 입술과 가느다란 어깨, 그리고, 항상 흔들리지 않는 그 곧은 시선을.

"넌 세상에서 제일 예쁘고 잘생기고 멋진 사람이야."

자카리는 입을 꾹 앙다물었다. 그런 자카리를 보며, 어린아이를 보듯 그녀는 희미하게 웃었다.

"들어 봐, 자카리. 난 네 장점을 백 가지도 더 넘게 말할 수 있어. 그리고 그중……."

이엘리는 손을 뻗어 자카리의 흐트러진 머리카락을 넘겨 주었다. 그 손길이 너무나 다정했다.

"네 가장 큰 장점이 뭔지 알아?"

"……뭔데?"

"누군가를 열렬히 사랑해 줄 수 있는 사람이라는 것."

자카리는 숨을 삼켰다. 누군가를 열렬히 사랑해 줄 수 있는 사람이라. 그 말만큼 제게 어울리지 않는 말이 또 있을까.

이엘리는 환하게 웃고 있었다. 소곤소곤 들려오는 목소리가 달았다.

"어떻게 변하든지, 네가 어떤 사람이든지…… 난 모두 괜찮아."

이엔, 넌 하나 모르는 게 있어. 내 심장은 너무 작고 작아서…… 너 혼자만으로도 꽉 차고 말아.

"넌 내게 첫 번째로 소중한 사람이고, 내 남편이니까."

내가 이 세상에서 유일하게 사랑하는 건 너뿐이야. 그런데도 넌 나를, 이렇게 부족하고 헤매는 나를 믿고 사랑해 주지. 언제나 똑같은 태도와 미소로. 자카리는 울컥하는 기분을 느꼈다.

"난 널 처음 봤던 그 순간부터 지금까지…… 널 사랑하지 않았던 적이 없었어."

그렇게 말한 이엘리는 생긋 눈웃음을 쳤다. 입 밖으로 내어놓으니 그제야 실감이 났다. 그랬구나. 난 자카리와 처음 만났던 순간부터 그를 사랑하고 있었어. 자카리가 조심스럽게 물었다.

"내가 몇 번이고 폭주한다고 해도?"

"응."

"아까 전의 난…… 세상 전체를 부수고 싶었어. 오직 너와 단둘이 남아 있고 싶었지."

고해성사라도 하는 것처럼 나직한 음성이었다. 입술을 잘근잘근 깨물던 그가 이엘리에게 말했다.

"언젠가 내가 겨울의 용이 되어 버리면 어떡하지? 정말로 세상을 부수어 버린다면?"

진심이었다. 그리고 자카리는 자신이 그렇게 할 수 있다는 것을 본능적으로 알고 있었다. 방금 전, 한계를 넘어 버렸던 그 감각이 아직도 손끝에 생생하다. 그는 간절하게 그녀를 보았다.

"걱정하지 마. 왜냐하면 그럴 일은 없을 테니까."

"……정말로?"

"그럼. 내가 무슨 일이 있어도 막을 테니까."

이엘리는 마치 어린아이를 달래듯 상냥한 목소리로 말했다. 그러고는 손가락을 들어 자카리의 입술을 어루만졌다. 계속 짓씹어 피까지 냈던 메마른 입술 위로, 이엘리의 체온이 와닿았다.

"그러니까 잊지 마, 자카리."

그 말을 듣자마자 전신에 안도감이 가득 차올랐다. 오로지 그녀의 목소리만을 믿고 싶었다.

"난 너와 모든 것을 공유하고 싶어. 네 고민이나 고통까지도 모두."

이엔, 그거 알아? 넌 내 삶의 이유이자 목적이고, 빛이며, 단 하나뿐인 이정표야. 네가 옳다고 하는 것이 내 진실이고, 네가 아니라고 한다면 그게 무엇이든 잘못된 거야. 나의 유일한 여신.

"네가 힘들어하는 문제가 있다면 그것도 함께할게."

이엘리의 목소리는 흔들림 없이 고요하다. 자카리는 연녹색 눈동자 안쪽에 비친 자신의 얼굴을 가만히 마주했다. 그녀의 차분한 낮과는 다르게, 제 표정은 금방이라도 울어 버릴 것 같았다.

"그러니까 멋대로 너 혼자 판단하거나, 날 밀어내거나 하지는 말아 줘. 알았지?"

이엘리는 생긋 웃었다. 그 웃는 얼굴을 보며, 자카리는 그녀가 곁에 있음을 피부로 실감했다. 그는 그녀를 부서져라 끌어안았다. 깊게 호흡하던 그는 제가 이토록 몰려 있었음을 깨닫는다.

"……숨 막혀, 자카리."

그녀가 작게 칭얼거렸다. 자카리는 어설프게 웃었다. 이제야 조금이나마 구원받은 기분이었다.

*　　*　　*

기사들은 납치범들을 모두 제압해 냈다. 상황은 그럭저럭 정리된 것처럼 보였고, 이엘리는 한숨을 내쉬었다. 온몸을 빳빳하게 긴장시키던 긴장감이 사라지자, 금방이라도 기절할 것 같았다.

'하지만 벌써 쓰러지면 안 되지.'

이엘리는 양손으로 양 뺨을 찰싹 쳤다. 아직 자카리에게 해 줘야 할 이야기가 남아 있지 않나. 그가 의아한 낯이 되어 이엘리를 내려다본다. 이엘리는 자카리를 향해 말문을 열었다.

"자카리. 황녀 전하는 어때서?"

그가 살며시 미간을 좁혔다. 갖가지 감정이 뒤범벅된 시선이 그녀의 얼굴을 훑어 내린다.

"넌…… 네 걱정이나 하지."

"보다시피 난 멀쩡하잖아. 내가 납치당할 때, 황녀 전하도 분명 곁에 계셨는데."

이엘리는 걱정스러운 목소리로 입을 열었다. 그건 친구에 대한 걱정이기도 했고, 황가와 공작가 간에 분쟁이 생길까 염려하는 것이기도 했다. 자카리는 짧게 한숨을 내쉬며 대답해 줬다.

"황녀 전하께서는 멀쩡하셔."

"그래? 다행이다……."

그녀는 그제야 작게 웃었다. 황가가 공작가에게 트집을 잡을 걱정은 내려놓아도 될 것 같다.

"황녀 전하를 해하려고 하긴 했는데, 때마침 헤센바이츠의 기사가 들이닥친 모양이야."

그 말에 그녀는 자초지종이 궁금해졌다. 자카리는 미간을 좁히면서 차근차근 설명해 주었다.

"그래서 황녀 전하를 포기하고 너를 납치하는 쪽에 집중한 거지."

"아하."

"아무래도 그들의 첫 번째 목적은 너였던가 봐. 감히……."

그렇게 말한 자카리의 얼굴은 다시 화가 난 표정이 되어 버렸다. 치밀어 오르는 분을 어쩌지 못하고 꾹꾹 누르고 있는 낯에 어색하게 미소 지은 이엘리가 황급히 말문을 돌린다.

"그리고 자카리, 네게 줄 것이 있어."

"내게 줄 물건이 있다고?"

"응. 아까 저들한테서 빼앗은 건데……."

품을 뒤적이던 그녀가 자카리에게 황동 단추를 꺼내 놓았다. 단추가 반짝, 빛을 반사해 냈다.

"실은, 꽤 힘들게 빼돌려 놓은 거거든."

이엘리는 불퉁한 얼굴을 했다. 정말이었다. 일부러 도망치는 흉내까지 내면서 빼앗아 둔 건데.

"이렇게 저들을 제압하게 될 줄 알았더라면 괜히 힘 빼지 말 걸 그랬어."

"아냐, 넌 최선을 다한 거야. 고마워."

자카리가 이엘리의 이마에 쪽 소리 나게 키스했다. 그녀는 단추를 내보이며 열심히 설명했다.

"그게, 이 단추에 새겨져 있는 문양이 백조 문양이거든. 로렌 백작가의 문양이야."

"뭐라고?"

자카리의 언성이 순간 높아졌다. 고개를 저은 그녀가 곧게 세운 검지를 입술에 가져다 댔다.

"하지만 바보도 아니고 누가 납치범들을 보내면서 가문의 문장을 단 옷을 입히겠어?"

이엘리는 목소리를 낮춰 소곤거렸다. 간신히 침착함을 되찾은 자카리가 질문했다.

"그 말은?"

"응. 그리고 저 사람들은 야만족에게 이번 일을 뒤집어씌울 거라고 했었어."

이엘리의 대답을 들은 자카리가 잠시 침묵했다. 그녀는 살포시 미간을 좁히며 말을 이었다.

"사실 이 단추가 황제가 개입했다는 증거가 될 수는 없지. 하지만······."

잠시 망설이던 그녀가 힐끗 남편의 눈치를 살폈다. 그녀가 단추를 손안에서 굴리며 말했다.

"적어도 야만족들이 개입하지 않았다는 증거는 되잖아. 이 단추는 제국의 물건이니까."

"그렇지."

"기껏 온건 정책을 통해 야만족과 관계가 개선됐으니, 새로이 문제를 일으킬 필요 없어."

그렇게 말하던 그녀의 눈빛이 차갑게 가라앉았다. 아마 납치범들의 일차적인 목적은 야만족들에게 이번 일을 뒤집어씌우고 그들은 빠져나가려는 것일 터였다.

로렌 백작가의 문장은 그 목적이 성사되지 않았을 때, 방패로 삼기 위함이겠지. 그녀는 냉정한 어조로 설명을 이어 나갔다.

"제국 내에서 이번 일을 기획한 사람이 있다고 봐. 그리고 난 그 사람이······."

그렇게 말하던 이엘리의 몸이 순간 휘청거렸다. 아, 안 되는데. 아무리 긴장이 풀렸다고 해도 벌써 이렇게 쓰러지면······ 그녀는 애써 정신을 차려 보려 했지만, 절로 목소리가 흐트러진다.

"그러니까, 그 사람이······."

사실 당연한 일이었다. 납치를 당했고, 마취제에 당해 기절했으며, 깨어난 이후에도 계속해서 극심한 긴장 상태에 놓여 있어야 했다. 이 정도로 제정신을 유지한 것만 해도 대견한 일이다.

"……이엔?!"

이엘리의 몸에서 힘이 쭉 빠져나갔다. 놀란 자카리가 이엘리를 붙들었다. 어느새 그녀는 두 눈을 감은 채 고른 숨소리를 내고 있었다. 곁에서 지켜보고 있던 마르텔 경이 입술을 열었다.

"걱정 마십시오, 단순히 긴장이 풀리셔서 잠드신 것 같습니다."

"……그래."

자카리가 보기에도 그래 보였다. 비록 곤히 잠들어 있긴 했지만 혈색이 나쁘지는 않았다. 자카리는 그녀를 추슬러 안았다. 그런 두 사람을 바라보던 마르텔 경이 조그맣게 입을 열었다.

"정말 다행입니다, 각하 곁에 안주인 마님이 계셔서요."

그 말은 한 점 거짓 없는 진심이었다. 문득 마르텔 경을 돌아본 자카리가 작게 미소 지었다.

"그래, 나도 그렇게 생각한다네."

자카리의 얼굴에 드리워진 미소에는 드물게 그늘 한 점 없다. 기사들은 내심 크게 안도했다.

'정말로 폭주 직전에 멈추셨어.'

'믿어지지 않는데…….'

'저게 가능한 일이었던가?'

그녀가 등장하기 전까지 기사들은 당장 물러나야 하나, 혹은 대피령을 내려야 하는 건 아닐까 고민하고 있었다. 하지만 지금 자카리는 굉장히 평온해 보였다. 그런 걱정을 하는 것 자체가 우스워 보일 만큼.

'지금의 각하를 보고 있자면, 폭주의 위험 자체를 아예 무시해도 될 것만 같군.'

어렸을 적부터 공작가의 기사들과 함께 전장을 굴렀던 자카리였다. 그 당시의 자카리는 전투에 나설 때마다 언제나 폭주를 거듭했다. 사람들이 자카리를 보며 공포에 젖었던 이유가 있었다.

'사실 각하께서 어렸을 적에는…… 폭주 직전에 진정됐던 적은 한 번도 없었지만.'

하지만 이엘리가 자카리의 아내로 공작가에 들어오고부터 상황은 반전됐다. 자카리는 전장에서 자신의 힘을 완벽히 제어해 냈고, 단 한 번도 폭주했던 적이 없었다. 지금도 마찬가지였다.

'안주인 마님이 곁에 계시는 것만으로도 폭주 자체를 막을 수 있다니, 다시 봐도 놀라워.'

놀란 표정을 능숙하게 감추며 마르텔 경은 생각했다. 하늘을 올려다보던 그가 싱긋 미소했다.

'역시, 기온도 다시 제대로 돌아가는군.'

입김이 나올 정도로 싸늘하게 식었던 날씨는 모두 사라졌다. 이제 공기는 가을밤에 어울리는 쌀쌀한 정도의 온도로 돌아가 있었다. 자카리는 깊게 잠든 이엘리를 조심스럽게 안아 올렸다.

"아차, 그리고."

이엘리를 소중하게 품에 안은 자카리가 흘끗 시선을 돌렸다. 차가운 시선이 납치범들을 본다.

"저 세 사람은 모두 공작 성으로 압송하도록."

"예, 각하."

기사들이 깍듯이 묵례했다. 자카리는 턱을 까닥하고는 휙 몸을 돌렸다. 품 안에서 색색 들려오는 숨소리를 귀 기울여 듣던 그는 문득 고개를 들었다. 분홍색 꽃잎들이 시야를 가득 채웠다.

"아샤 꽃이라. 지금 계절에 피는 꽃이 아닌데…….."

자카리는 주변을 휘둘러보았다. 전설 속의 아샤 요정은 봄의 화신으로서, 계절을 바꾸고 꽃을 피우며 만물을 치유하고 소생시키는 힘을 가졌다고 했다.

그리고 제 품 안의 조그만 아가씨는 전설로 전해지는 아샤 요정의 외양과 꼭 닮았다. 자카리는 저도 모르게 조그맣게 중얼거렸다.

"설마 이엘리가 이 꽃들을 피워 낸 건가…….?"

자카리는 설레설레 고개를 내저었다. 이건 너무 과한 추측이다. 어째서인지는 모르겠지만 고마운 일이었다. 만약 이 꽃들이 피지 않았다면, 그녀가 있는 위치를 알지도 못했겠지. 그는 그녀를 꼭 끌어안았다.

"가자, 집으로."

잠든 제 아내를 향해 자카리가 상냥하게 소곤거렸다. 새파란 눈동자가 순간 싸늘하게 빛났다.

"조금만 기다려, 네가 이런 일을 당하게 된 대가는 모두 받아 올 테니까."

칼날 같은 시선은 오로지 제 아내를 바라볼 때만 누그러졌다. 흩날리는 꽃잎이 온 세상을 화사하게 물들이는 가운데, 먼동이 트고 있었다. 만물이 주홍색 태양빛에 부드럽게 젖어 들었다.

＊　　　＊　　　＊

오랜 긴장감에 시달렸는지, 이엘리는 쉽사리 정신을 차리지 못했다. 자카리는 의사가 이엘리의 건강에는 아무런 이상이 없으며, 단순히 잠들어 있다고 확언해 줄 때까지 움직이지 않았다.

"정말로 아무런 문제가 없다는 말이지?"

"예, 정말입니다. 그저 긴장이 풀리고 피로가 누적되어 잠들어 계신 것뿐입니다."

자카리의 흉험한 기세에 의사는 잔뜩 긴장하여 그렇게 말했다. 그제야 자카리는 좀 안도했다.

"그래, 알겠네. 이엔을 잘 보살펴 주도록."

"각하께서는……?"

"난 아직 해야 할 일이 좀 남아 있어서 말일세."

그렇게 말한 자카리가 몸을 일으켰다. 공작의 기세가 지나치게 섬뜩하여, 의사는 몸을 굳혔다.

"그녀를 납치한 대가를 받아 내야지."

자카리는 비뚜름하게 입술 끝을 밀어 올렸다. 방 밖으로 빠져나가는 공작의 뒷모습은 베일 것처럼 날카로워, 의사는 숨을 삼켰다.

＊　　　＊　　　＊

제국 안의 귀족 가문들은 꽤 많지만, 그중에서도 범죄자를 가두는 감옥을 직접 보유한 가문은 흔하지 않다. 그리고 헤센바이츠 공작가는 감옥을 보유한 몇 안 되는 가문 중 하나였다.

"그들은?"

"안에 있습니다."

그를 감옥 앞까지 수행한 마르텔 경이 절도 있게 고개를 숙여 보였다. 그가 고개를 끄덕였다.

"문을 열게."

끼이익. 불쾌한 소리와 함께 문이 열렸다. 자카리는 그 안쪽으로 한 걸음 발을 디뎠다. 피비린내와 습기가 뒤섞인 불쾌한 냄새가 그의 코를 찔렀지만, 자카리의 표정은 평온했다.

"자, 그대들이 내게 해 주어야 할 이야기가 아주 많을 거야."

느슨한 얼굴이 된 그가 입을 열었다. 자카리가 건드릴 것도 없이, 지금 납치범들의 상태는 거의 만신창이였다. 그가 허리를 숙여 납치범들의 얼굴을 바라보자, 그들은 움찔 몸을 굳혔다.

"그래서 누가 이번 일을 기획했지?"

"저들의 말로는 로렌 백작 영애라고 하더군요."

마르텔 경이 빠르게 대답했다.

"로렌 백작 영애?"

자카리는 미간을 좁혔다. 헤센바이츠의 기사들은 입을 열지 않으려 하는 상대에게 정보를 뜯어내는 실력도 일품이다. 자카리는 그들의 실력을 의심하는 게 아니었다. 다만 의아할 뿐이다.

"로렌 백작 영애라고? 고작 그 여자가 이렇게 대규모의 일을 저지를 수 있다고?"

자카리는 대번 의심스러운 낯이 되었다. 뭔가 이상했다. 자카리는 이엘리가 뜯어 온 황동 단추를 떠올렸다. 백조 문장이 선명하게 남아 있던 그 단추. 그리고 이엘리가 자신에게 했던 말.

'하지만 바보도 아니고 누가 납치범들을 보내면서 가문의 문장을 단 옷을 입히겠어?'

자카리는 아내의 생각에 동의했다. 일차적으로는 야만족들에게 이번 일의 죄를 덮어씌우려 한 것이다.

'하지만 이번 경우처럼 그 일을 실패한다면…….'

그 경우를 대비하여 로렌 백작가의 문장을 남겼다. 백작가를 희생해서 이 일을 기획한 윗선을 가리려 한 의도겠지. 그는 눈썹을 찡그렸다.

'제국 내에서 이번 일을 기획한 사람이 있다고 봐. 그리고 난 그 사람이…….'

누구일까. 감히 간 크게 헤센바이츠의 안주인을 납치하고, 그녀를 다른 곳으로 이동시키려 한 사람은. 이엘리가 예측하고 있었던 사람은 그가 현재 예상하고 있는 사람과 같을 것인가.

"그래, 로렌 백작 영애가 이 모든 일을 기획했다고?"

비딱하게 선 자카리가 의자에 묶여 있는 납치범에게 질문을 던졌다. 소년처럼 청량한 얼굴이었으나 어조는 서늘했다. 무엇보다도 자카리는 잔인한 광경을 보며 눈 하나 깜짝하지 않았다.

"끄르륵……."

그럼에도 납치범들은 대답하지 않았다. 정확히는 대답하지 못했다. 오랜 시간 동안 집약된 헤센바이츠의 온갖 기술을 온몸으로 직접 맛본 납치범들은 이미 정신이 혼몽한 상태였다.

"깨워."

눈썹을 찡그린 자카리가 턱을 까닥거려 보였다. 기사 한 명이 납치범들에게 찬물을 끼얹었다,

"으윽!"

"헉!"

촤아악! 얼음처럼 차가운 물이 인정사정없이 쏟아져 내렸다. 납치범들은 신음을 내뱉으며 두 눈을 깜빡였다. 자카리는 눈썹을 슬쩍 구긴 채 그들을 내려다보았다. 그가 비스듬히 웃으며 말한다.

"정신을 잃을 여유가 있다니, 대단하군."

"……헉, 억, 허억……."

"헤센바이츠의 기술도 모두 녹슬었어. 그렇지 않은가, 마르텔 경?"

자카리가 힐끔 마르텔 경을 돌아보았다. 마르텔 경은 무표정한 얼굴이 되어서 고개를 숙였다.

"면목 없습니다."

"뭐, 지금은 평화로운 시대니까."

자카리는 뚱하니 대답했다. 황가와 대놓고 으르렁거리던 몇 세대 전에야 이런 고문 기술을 사용할 일이 많았다지만, 지금은 그렇지 않았다. 마지막으로 이런 기술을 사용할 일이 생겼을 땐 그가 아

직 어렸던 시절이었고…… 또한 그 당시, 기술을 사용할 당사자는 사라져 버렸다.

'내가 죽여 버렸으니까.'

그때의 일을 떠올리던 자카리는 기분이 저조해지는 걸 느꼈다. 등에 길게 남아 있는 흉터가 다시 욱신거리는 기분이었다. 칼로 베였을 때의 감촉이 어땠더라. 꽤 아팠던 것 같기도 하다.

"아무튼, 다시 질문하지. 벌써 세 번째로 질문한다는 게 불쾌하긴 하지만."

팔짱을 낀 자카리가 세 납치범을 가만히 내려다보았다. 납치범들은 고통에 시달리는 와중에도 두려움에 질려 온몸을 떨었다. 자카리가 고개를 기울이며 상냥한 눈동자로 속삭인다.

"그래서 이번 일을 기획한 사람은 누구라고?"

"로, 로렌 백작 영애입니다!"

두려움에 못 이긴 남자가 와락 언성을 높였다. 샐쭉 눈매를 휜 자카리가 다시 말을 잇는다.

"아까 전에도 그렇게 말했다 하더군."

"예, 그렇습니다!"

"헤센바이츠의 수많은 기술들을 몸으로 경험하고서도 일관적인 대답이라니……."

자카리의 목소리는 마치 봄바람처럼 보드라웠다. 순간 그들은 또다른 두려움을 느꼈다. 눈앞에 펼쳐진 잔인한 광경을 보면서도 꺼낼 수 있는 목소리가 아니었으니까. 자카리가 재차 말했다.

"……아주 장하군. 근성이 대단해."

"가, 각하?"

"그런데 말이지, 난 하나 의심스러운 게 있어서 말이야."

그렇게 말한 자카리가 손 위로 황동 단추를 꺼내 들었다. 지하 감옥의 어두운 불빛 아래에서도, 단추는 빛을 머금어 반짝, 차갑게 빛났다. 손목이 잘린 남자의 눈동자가 경악에 차서 커다랗게 뜨였다.

'저, 저건 언제 가져간 거지?'

남자의 얼굴에 번지는 혼란을 자카리는 흥미롭게 응시했다. 잠시 후, 자카리가 손끝으로 단추를 튕겼다.

팅, 소리와 함께 허공을 가로지르는 단추. 신경이 그대로 끊어져 버릴 것 같았다.

"이 단추에 새겨져 있는 건 명백히 로렌 백작가의 문장이지. 나도 알아."

단추를 잽싸게 잡아챈 자카리가 싱긋 웃었다. 하지만 새파란 시선엔 온기는 남아 있지 않았다.

자카리는 그저 침착한 얼굴을 하고 있는데도, 납치범들은 마치 분노가 극에 달한 맹수를 보는 것 같은 두려움을 느꼈다.

목을 졸라 끝내 숨을 끊어 버릴 것 같은 압도적인 공포. 자카리는 지나치게 차분하여 오히려 서늘한 목소리로 물었다.

"그런데 그대들에게 감히 내 아내를 납치하라 시킨 '윗선'이 바보가 아니고서야."

그 질문을 들으며 납치범들의 낯은 창백하게 질렸다.

"자신들의 꼬리가 명확하게 드러나는 이런 증거를 일부러 남겼을까?"

"그건, 그건······!"

"게다가 그대들은 이번 일이 야만족들이 사주한 일로 꾸미려 하지 않았나."

마치 얼음으로 조각해 만든 것 같은 싸늘한 얼굴이 그들을 똑바로 바라보았다.

"역시 앞뒤가 맞지 않잖아?"

헉, 납치범들은 동시에 숨을 들이켰다. 자카리는 어깨를 으쓱여 보였다.

"그래서 내 영민한 아내는 어떤 사실을 떠올렸지."

"저, 저희는······."

"야만족과 더불어 로렌 백작가까지, 더 중요한 누군가를 숨기기 위한 미끼는 아닐까 하고."

그 말을 들은 납치범들은 두 눈을 휘둥그렇게 떴다. 그는 그림처럼 아름다운 얼굴로 말했다.

"물론 로렌 백작가가 아예 얽혀 있지 않다고는 생각하지 않아."

"······."

"그들도 한 다리를 걸쳤겠지. 하지만······."

자카리가 두 눈을 가늘게 떴다. 자카리가 가장 궁금한 건 이번 일의 꼬리가 아니라 머리였다.

"······난 진정한 윗선을 알고 싶어서 말이야."

"각하, 저희는······!"

"어떤가. 말해 주지 않겠나?"

그 질문과 함께 납치범들은 절대적인 공포에 사로잡혔다. 눈앞의 공작은 분명 미소 짓고 있는데. 평온한 목소리를 하고 있는데. 그런데 금방이라도 목줄을 채여 살해당할 것만 같은, 아니.

'이대로 죽으라고 명령한다면…… 그 명령에 따라야 할 것만 같은.'

그런 압도적인 감각. 이런 감각이 가능하기는 한 건가. 마치 자신들이 폭풍우나 태풍처럼 압도적인 자연 현상 앞에 선 조그마한 짐승이 된 기분이었다.

절대로 이길 수도, 반항할 수도, 하다못해 도망칠 수도 없는 무소불위의 두려움.

"공작 각하, 살려 주십시오!"

그러므로 자연스럽게 이런 애원이 튀어나오는 것은 어쩔 수 없었다. 그 말에 자카리는 눈썹을 올렸다.

"살고 싶으면, 살고 싶다는 마음을 제대로 표현해야지."

"각하!"

"고작 '살려 달라'라는 말로 목숨을 구명하려 하기엔, 저지른 죄가 너무 크다 생각하지 않나?"

물론 납치범들이 진실을 토해 낸다 해도 살려 줄 생각은 없지만. 자카리는 뒷말을 삼킨 채로 싸늘하게 미소했다.

'감히 이엘리를.'

그녀는 자카리의 마지막 선이자, 절대 건드려서는 안 되는 성역이었다.

하지만 지금 당장 그 속내를 이야기할 필요는 없다. 그렇지 않아도 잔뜩 공포에 질린 것 같으니, 우선은 살살 구슬릴 생각이었다. 자카리는 차분한 얼굴로 그들의 대답을 기다렸다.

바로 그때였다.

"저희는……."

납치범 중 한 남자가 무어라 입술을 열려 했다. 그러던 중, 남자의 시선이 갑자기 몽롱해졌다.

'뭐지?'

자카리는 의심스러운 얼굴이 되었다. 마치 어떤 물리적인 것에 감정이 차단이라도 된 것처럼, 남자의 표정은 엉망으로 일그러졌다. 이건 뭔가 이상하다. 자카리가 다급하게 그들을 불렀다.

"당신들……."

"컥!"

그 순간 납치범들이 커다란 기침을 내뱉었다. 자카리는 물론이고, 기사들까지 눈을 부릅떴다.

"공작 각하!"

"이, 이게 무슨!"

끄르륵, 남자의 입술에서 붉은 피와 함께 신음 소리가 흘러나왔다. 남자뿐 아니라 다른 두 납치범 모두 그랬다. 혀를 깨물어 자결한 것이다. 그런데 세 사람이 동시에 자결을 선택하다니?

"……자신의 주군에게 목숨을 바칠 정도로 충성스러운 사람들이라고는 보이지 않았는데."

자카리는 약간 놀란 얼굴로 그렇게 말했다. 납치범들의 죽음에 대해 아쉬움이 느껴지지는 않지만, 계속 막혀 있었던 생각에 물꼬가 트인 것 같은 느낌이었다.

"아무래도 암시가 걸려 있었던 것 같군."

"……."

"비밀을 발설하려는 순간, 자살을 통해 입을 막아 버리는 암시라."

자카리의 눈동자가 가느스름해졌다. 의자에 축 늘어진 시신에는 시선조차 주지 않은 채, 자카리는 곰곰이 생각에 잠겼다.

지금은 거의 사장된 마법의 영역에 닿아 있는, 정신에 직접적으로 영향을 주는 힘. 자카리가 가진 겨울의 마법과 거의 동일한 격을 가진 힘이라고 하면…….

"이 제국에서 저렇게 강력한 암시를 걸 수 있는 사람은…….."

단 한 명뿐이었다. 황제. 자카리는 숨을 삼켰다. 그리고 충성스러운 기사단장의 얼굴이 걱정에 가득 차서 주군을 응시한다.

"하지만 물증이 없지 않습니까."

"알아. 물증조차 없는 마당에, 이대로 황가를 건드릴 수는 없지."

자카리는 냉정한 군주의 얼굴로 그렇게 답했다. 잠시 후 그는 사납게 입꼬리를 밀어 올렸다.

"다만 경고는 해 줄 수 있지 않겠나."

"예?"

"나의 아내, 북부의 안주인을 다시 한 번 건드린다면…….."

자카리가 서늘한 얼굴로 입을 열었다. 그 얼굴을 보며 기사들은 저도 몰래 긴장하고 말았다.

"……공작가가 차후에 어떻게 나올지에 대한 경고 말일세."

"……."

"……."

싸늘한 침묵이 흘렀다. 자카리는 어깨를 으쓱였다. 시체를 흘끗 바라본 자카리가 입을 열었다.

"시체는 깔끔히 치워 두도록."

"알겠습니다, 각하."

기사들이 고개를 꾸벅 숙여 보였다. 몸을 돌리던 자카리는 잠시 후, 생각난 것처럼 통보한다.

"그리고 오늘 공작 성을 잠시 비울 예정일세."

"예?"

느닷없는 공작의 말에 마르텔 경은 당황한 표정이 되었다. 자카리는 빙그레 눈웃음을 지었다.

"오늘 밤까지는 돌아올 테니, 안주인 마님을 잘 지키고 있게."

"하, 하지만 각하."

"아 참, 공작 성의 병력은 모두 두고 갈 걸세. 그러니……."

마치 가벼운 산책을 간다고 말하는 것처럼 여상한 말투였다. 새파란 눈동자는 홀로 평온했다.

"……이만한 병력을 가지고도 불미스러운 일이 생긴다면, 그대들도 목을 내놓아야 하겠지."

기사들은 모두 마른침을 삼켰다. 자카리는 대충 손을 휘저어 보이는가 싶더니 걸음을 옮겼다.

"어떻게든 내 아내를 제대로 지키게. 알겠지?"

"예, 각하. 명 받들겠습니다."

휘적휘적 걸어 나가는 공작을 그 누구도 붙잡을 수 있을 리 없었다.

그리고 그날, 헤센바이츠 공작은 로렌 백작가를 방문했다.

느닷없는 공작의 방문에 로렌 백작과 백작 부인은 깜짝 놀랐다. 공작가와 백작가 간의 관계는 빈말로라도 좋다고는 할 수 없었기에 더더욱.

"고, 공작 각하께서 여기까지 어떤 일이시죠?"

"대가를 받으러 왔지."

인사조차 생략하고 발을 들인 자카리가 가장 먼저 한 일은, 백작 가족만을 남기고 다른 사람들을 모두 내보낸 것이었다. 이후 그는 대뜸 그렇게 말했다. 백작의 얼굴에서 핏기가 가셨다.

"예? 대, 대가라니."

"감히 내 아내를 건드린 것에 대한 대가."

그렇게 말한 자카리가 쌩긋 눈웃음을 쳤다. 하지만 누군가의 미소가 무조건 호의를 뜻하는 것은 아니다. 서리 같은 미소가 날카로웠다. 금방이라도 누군가를 갈기갈기 찢어 죽일 것 같다.

"그리고…… 친애하는 황제 폐하께 보낼 경고의 뜻 정도가 되려나."

"각하?"

그 순간, 로렌 백작은 등골을 타고 흐르는 선명한 공포를 느꼈다. 감히 인간이 범접할 수 없는 존재를 건드린 것만 같은 기분이었다. 거대한 자연재해를 마주하는 기분이 이렇지 않을까.

"로렌 백작."

나긋한 목소리. 우아한 시선. 귀족적인 그 모습 안쪽에 숨겨져 있는 거칠고 폭력적인 그 면모.

"그대들은 선을 너무 많이 넘었어."

평소의 존대조차 모조리 지워 버린 싸늘한 말투에, 로렌 백작은 목 뒤를 스치는 서늘한 두려움을 느꼈다. 비록 자카리는 화사하게 웃는 얼굴이었지만, 지금 그가 느끼는 분노는 진짜였다.

"……예?"

"날 너무 화나게 했지."

"그, 그게 무슨 말씀이신지……."

로렌 백작은 온몸을 덜덜 떨었다. 자카리는 오만한 시선으로 얼어붙은 세 사람을 돌아보았다.

"난 더 이상 그대들을 용서하지 않을 거란 말일세."

자카리의 분노는 바다 안쪽에 고요하게 가라앉은 빙하 같은 분노였다. 바다 표면에 보이는 면적보다도 훨씬 더 크고 강력하다는 뜻이었다. 그 표정은 차분하되, 폭풍 직전의 차분함이었다.

"아무래도 그대는 내 말을 이해하지 못하는 것 같지만."

자카리가 씩 미소 지었다. 싸늘한 한기에, 평소 말이 많던 백작 부인마저 입을 다물고 있었다.

"아쉽게도 그대의 딸은 내 말을 아주 잘 이해하고 있는 것 같군."

그 말을 듣자마자 로렌 백작은 파랗게 질린 얼굴로 홱 고개를 돌렸다. 로렌 백작의 시선 끝에는 안쓰러울 만큼 바들바들 떨고 있던 백작 영애가 서 있었다. 그가 갈라진 목소리로 언성을 높였다.

"너, 도대체 무슨 짓을……!"

"공작 각하, 제발 용서해 주세요!"

바로 그 순간, 로렌 백작 영애가 그 자리에 납작하게 엎드렸다. 그녀는 곧 펑펑 울기 시작했다.

"죄송해요, 절대로 의도적으로 그렇게 행동했던 건 아니었어요! 다만……!"

"용서?"

자카리는 고개를 갸웃 기울였다. 자카리의 눈동자는 온기라고는 하나도 없이 차갑기만 하다.

"용서라는 말을 입에 담는 걸 보니, 그대가 저지른 잘못이 어떤 것인지 알긴 하나 보군."

"다, 다시는 그렇게 행동하지 않겠어요. 그러니까!"

"이엘리에 관한 일에 한해서는, '만약'이란 없어."

바로 그때, 기이하리만치 부드러운 목소리가 백작 영애의 귀에 내려앉았다. 백작 영애는 공포에 질린 얼굴로 자카리를 올려다보았다. 커다랗게 뜨인 눈동자에서 뜨거운 눈물이 흘러내렸다.

"감히 공작가의 공작 부인을 납치 사주한 것에 대한 대가는 치를 준비가 되어 있겠지?"

"뭐라고!"

기겁한 로렌 백작 부부가 백작 영애를 노려보았다. 두 부부는 이구동성으로 고함을 내질렀다.

"공작 부인의 납치 사건에 네가 관련되어 있다는 말이야?!"

"죄송해요, 죄송해요! 정말로 그러려던 건 아니었어요, 그냥 무엇에 홀린 듯이……!"

"무엇에 홀린 듯이?"

그 말에 자카리가 처음으로 반응했다. 로렌 백작 영애는 눈물에 범벅이 된 낯을 들어 올렸다.

"네, 저도 제가 왜 그랬는지 모르겠어요! 저는……!"

"그렇군."

자카리는 냉정하게 웃었다. 백작 영애가 움찔 어깨를 굳혔다. 자카리는 차분하게 말을 이었다.

"난 그 이유를 알 것 같지만…… 어차피 증거는 없으니."

"……가, 각하."

"내게 뭔가 솔직히 고백할 게 있나?"

자카리는 마지막 자비를 베푸는 목소리로 그렇게 물었다. 무엇이라도 입 밖에 꺼내 놓고 싶었다. 하지만 아무것도 기억나지 않는다.

로렌 백작 영애는 닭똥 같은 눈물을 뚝뚝 떨어뜨렸다.

"없나 보군."

"살려 주세요!"

로렌 백작 영애는 발작적으로 고개를 가로저었다. 살려 주세요! 제가 잘못했어요, 그래서는 안 되는데 선을 넘었어요. 수많은 사죄의 말이 입 안을 뱅글뱅글 돌고 있었다.

하지만 자카리는 그저 무표정한 얼굴이었다. 바늘로 찔러도 피 한 방울 나오지 않을 것 같은 써늘한 그 얼굴.

"그래야 할 이유가 없는 것 같군."

너무 태연한 대답에, 세 사람은 멍하니 자카리를 마주보았다. 자카리는 서늘하게 웃어 보였다.

"왜냐하면 난, 지금까지 너무 많이 참았으니까."

"각하, 제발……."

"더이상 그대들에게 분노하고 실망하는 감정 낭비도 하고 싶지 않아."

그건 완전히 상대방에게 기대를 접고, 누군가를 포기한 자 특유의 표정이었다. 혈연이라는 이유로, 저 쓰레기 같은 작자들을 세상에 너무 오래 두었다. 자카리는 곧장 차갑게 말을 이었다.

"내 어머니에 대한 예의는 여기까지만 차려도 될 것 같군."

"한 번만 자비를 베풀어 주십시오!"

"난 같은 말을 여러 번 하고 싶지 않아."

그것이 로렌 백작 일가가 기억하는 마지막 말이었다. 그 순간, 겨울의 마법이 저택 전체를 뒤덮었다. 겨울의 가장 깊은 곳에서 끌어올린 힘이 폭발했고, 이제 그곳에는 아무것도 남지 않았다.

그렇게 로렌 백작 가문은 피붙이 하나 남지 않았다. 헤센바이츠 공작이 단신으로 저지른 멸문이었다.

공작 부인의 납치 사건은 북부에 스며들었던 친황제파 귀족들이 모두 제거되는 계기가 되었다.

*　　　*　　　*

그리고 며칠 후. 황제는 반갑지 않은 소식을 들었다.

"폐, 폐하!"

"무슨 일이지?"

평소 침착한 모습을 유지하던 황궁의 시종장이 저렇게 이성을 잃고 허둥대는 모습이라니. 쓸데없는 소식이라면 당장 처벌을 내릴 것이리라. 내심 그렇게 생각한 황제가 턱을 쓸어내렸다.

"로렌 백작가가 멸문했습니다!"

"갑자기 그게 무슨 소린가, 말도 안 돼!"

권태로움이 가득 차 있던 황제의 얼굴에 충격이 가득 서렸다. 게다가 시종장의 말은 아직도 끝나지 않았다.

"드, 듣기로 헤센바이츠 공작이 단신으로 그리 했다고……."

"……뭐라고?"

도무지 믿을 수 없는 소식에 황제의 얼굴이 온통 굳었다. 시종장이 조심스럽게 말을 잇는다.

"그리고 폐하께 선물이 진상되었습니다."

"내게?"

"예. 헤센바이츠 공작가에서 진상한 선물입니다."

그 말을 듣는 순간 황제는 모든 것이 잘못되었음을 인지했다. 미간을 좁힌 황제가 명령했다.

"그 선물, 가져오게."

"예, 폐하."

시종장이 정중하게 고개를 조아렸다. 잠시 후 선물 상자가 방 안에 날라져 왔다. 금으로 만들고 보석으로 치장한 화려한 상자였다. 헤센바이츠의 부유함을 과시하기라도 하듯 번쩍거린다.

"……열어 보게."

황제의 명에, 시종장은 있는 힘껏 상자 뚜껑을 잡아당겼다. 덜컹, 뚜껑이 바닥으로 떨어진다.

"으아악!"

"아악!"

그 순간 황제의 입술에서 기괴한 비명 소리가 터져 나왔다. 힘겹게 선물 상자의 뚜껑을 연 시종장도 끔찍한 비명을 내질렀다. 상자 안엔 황제가 골라 보냈던 세 사람의 목이 들어 있었다.

"이런, 젠장!"

분에 못 이겨 황제가 고래고래 고함을 질렀다. 그러고서도 꽉 막힌 속은 뚫리지 않았다.

로렌 백작가의 멸문, 그리고 공작 부인을 납치하기 위해 보냈던 세 사람의 수급. 황제가 북부에 넣어 두었던 모든 것을 잘라 냈다. 그로써 헤센바이츠 공작은 완벽하게 황제에게 경고한 것이다.

'황제가 저지른 일임을 이미 알고 있다.'

목을 잘라 보낸다는 잔혹한 방식을 택한 것 또한 경고의 의미였다. 언제든 공작가가 황가에게 잔혹해질 수 있다는 의미. 황제는 침음을 흘렸다. 일이 이런 식으로 실패할 줄은 상상조차 못 했다.

'공작의 외척이기도 한 로렌 백작 가문을 제 손으로 멸문시켰을 줄이야.'

황제는 두 가지 이유를 추측할 수 있었다. 첫 번째는 그 누구라도 공작 부인에게 해를 끼치는 이는 용서하지 않겠다는 뜻이었고, 두 번째는 황가의 간섭을 더이상 허용하지 않겠다는 뜻이었다.

"카, 카드가……."

그때 시종장이 기절할 것 같은 어조로 중얼거렸다. 숨을 몰아쉬던 황제가 고개를 들어올렸다.

"카드라고?"

그러고 보니 잘 정돈된 수급 사이로 카드가 하나 놓여 있었다. 황제는 가늘게 떨리는 손으로 편지를 낚아챘다. 고급 종이로 만들어져 금박이 찍힌 카드 위로, 짤막한 문장이 쓰여 있었다.

'다음 차례가 누구일지는 저도 모릅니다. 또한, 아샤의 축복을 남용하지 마십시오.'

친절한 내용은 아니었다. 하지만 무슨 의도로 카드를 보냈는지는 명확했다. 헤센바이츠 공작은 모든 것을 알고 있었다. 심지어 아샤의 축복을 이용하여 로렌 백작가와, 세 명의 납치범들에게 암시를 걸어 조종한 것까지도.

카드를 쥔 황제의 손에 힘이 들어갔다. 희게 뼈가 돋는다.

"……헤센바이츠 공작."

온몸을 뒤흔드는 처절한 패배감. 처음 느끼는 감각이었다. 완벽하게 패배했다. 저 멀리서 공작의 웃음소리가 들려오는 것 같았다. 분을 이기지 못해, 황제는 두 눈을 있는 힘껏 부릅떴다.

18
기억의 저편

자카리의 행동은 무려 황제의 면전에 경고장을 던진 행위나 다름 없었음에도, 황가는 공작가에게 별다른 항의를 하지는 않았다. 왜냐하면 공작이 모든 것을 꿰뚫어 보고 있음을 알았기 때문이었다.

물질적인 증거가 없어 경고 선에서 멈춘 것뿐이다. 정말로 전쟁이 날 수도 있으니까.

'……그리고 넌 그런 걸 원하지 않겠지.'

한편, 북부는 공작의 분노를 바라보며 숨을 죽였다. 모두 공포에 질렸다. 제 어머니가 태어난 로렌 백작가마저도 단신으로 멸해 버리는 공작의 행동은 가히 충격적이었다.

겨울의 마법이 가진 엄청난 파괴력. 로렌 백작가의 저택이 남아 있던 곳은 눈과 얼음과 서리로 뒤덮인 지옥도로 변했다 했다.

"괜찮아, 자카리."

이엘리는 정신을 차리자마자 로렌 백작가가 멸문되었다는 소식을 접했다. 복잡한 얼굴을 하고 있으면서도 그녀는 자카리에게 '괜찮다'고 말해 주었다.

"황제에게 이용당한 건 맞지만, 그래도 그들이 날 납치 사주한 건 변하지 않으니까."

자카리의 막막한 얼굴을 바라보던 이엘리는 자카리의 손을 꼭 마주 잡았다. 그리고 옅게 미소 짓는다.

"네가 죄책감을 느낄 일은 아니라고 생각해."

"이엔."

"당연히 치러야 했던 대가를 치른 것뿐이니까…… 너무 안타까워하지 마."

마치 자카리의 마음을 달래 주기라도 하려는 것처럼, 이엘리는 그렇게 말했다. 그리고 그녀의 말을 들은 자카리가 약간 마음을 놓자마자, 그녀는 또다시 죽은 듯이 잠 속에 빠져들었다.

'난 어떻게 했어야 했을까.'

솔직히 자카리는 제가 이루어 낸 말도 안 되는 기적 따위에는 전혀 관심이 없었다. 다만 그가 궁금한 건 이엘리였다.

동화 속, 깊이 잠들어 영영 깨어나지 않는 공주처럼 고요히 눈을 감은 제 아내. 갈피 잡기 어려운 혼란뿐이었다.

'내가 제대로 행동한 게 맞을까.'

자카리는 잠든 이엘리를 내려다보며 멍하니 생각했다. 이엘리의 얼굴은 고요했으나, 자카리의 마음은 마치 폭풍을 맞은 바다 같았다.

그래, 네가 원하지 않으니까. 그는 주먹을 움켜쥐었다.

'황녀 전하는 네 얼마 되지 않는 친구지.'

손안을 손톱이 아프게 찔러 댔다. 하지만 자카리는 그 감각조차 제대로 느끼지 못하고 있었다.

'알고 있어, 그래서 참았어. 하지만.'

새파란 눈동자는 깜빡이지조차 않고 아내의 얼굴을 굽어보았다. 그가 피가 나도록 입술을 깨문다.

'이엔.'

도대체 난 어디까지 참아야 하는 걸까. 너에게 직접적으로 위해를 가하는 황가를 언제까지 무시해야 하는 걸까. 그의 소중한 아내는 이성적인 성정을 가지고 있었다. 그는 가끔 그게 마음이 아팠다.

'하지만 이엔…… 난 가끔.'

황가와 공작가의 대립은 남부와 북부의 대립이 된다. 제국이 반으로 쪼개져 서로 칼날을 겨루는 상황도, 그 원인이 자신이라는 것도 원하지 않을 터. 그래도 괜찮았다. 그가 숨을 삼켰다.

'모든 것을 다 내려놓고, 그냥 다 부수어 버리고 싶어져.'

그 어떤 것도 이엘리보다 우선하지 못한다. 가끔씩, 시시각각. 의문이 들었다. 이 세계에 과연 의미가 있는 것일까. 너와 나, 단둘이 남은 세계는 어떨까. 온전히 이엘리를 소유하고 싶은 마음이 든다.

"……"

그가 손을 들어 그녀의 뺨을 쓸어내린다. 그저 긴장이 풀리고 피로가 쌓여 잠든 거라 했는데. 이엘리는 여전히 그에게 보석 같은 연녹색 눈동자를 보여 줄 생각을 않는다.

"내게 소중했던 사람들은 모두 날 떠났지."

마른 입술 사이로, 잔뜩 쉬고 갈라진 목소리가 흘러나왔다. 되짚어 보면, 자카리의 인생은 꾸준히 무언가를 잃어버리고 있었다. 상실의 기억은 차곡차곡 쌓여, 가장 먼저 체념부터 배웠다.

"그리고 그 이유는 모두 나 때문이었어."

자카리는 숨을 삼켰다. 누군가의 온기에 익숙하지 않았던 그 시간들. 부모조차도 두려워하고 경멸했던 자신의 힘. 모든 이에게 괴물이라 경멸당하면서 그것이 당연하다 여겼던 그 순간들.

"나는……."

아주 오래전부터 모든 것을 포기했다. 자신이 무언가를 포기하고 있다는 것조차 몰랐다. 온기와 빛, 다사롭고 다정하고 보드라운 모든 것들은 제게 주어지지 않는 게 당연하다 여겼다.

"……그런 내가 너를 욕심냈던 것 자체가 잘못이었을까?"

자카리는 고개를 꺾으며 조그맣게 속삭였다. 포기할 수 없었던 단 하나, 이엘리. 그녀가 헤센바이츠의 일원이 되고, 그의 아내가 되며 희생해야 했던 많은 것들.

자신 때문에 겪어야만 했던 수많은 일들을 생각하면 죄책감으로 가슴이 조여 오는 것 같다. 하지만 가장 이기적인 건.

'네가 괜찮다고 해 줬으니까.'

네가 내 곁에 남아 있겠다고 말해 줬으니까. 그 따스한 말에 의지하여, 평생 그녀를 놓지 않으리라 결심한 자신이었다. 이렇게까지 몰렸음에도, 그는 절대 그녀를 포기할 마음이 없었다.

"미안해."

그러므로 이 사죄는 제 죄책감을 어떻게든 조금이나마 가볍게 해 보려는 것에 불과하다. 자신의 한심함에 자카리는 이를 물었다. 치미는 죄책감을 꾹꾹 억누르며, 그는 시선을 떨어뜨렸다.

*　　*　　*

이엘리는 눈을 뜸과 동시에, 지금 그녀가 있는 곳이 현실이 아니라는 것을 알았다.

"어, 당신?"

왜냐하면 그녀의 앞에 서 있는 존재는 현실에 있을 수 없는 존재였기 때문이었다. 길게 흩날리는 새하얀 은발 위로 분홍색 아샤 꽃잎이 팔랑거리며 스쳤다. 남자가 부드럽게 웃어 보였다.

'오랜만이구나, 나의 아샤.'

"왜 자꾸 저에게 당신의 아샤라고 하는 거예요?"

이엘리는 두 눈을 가늘게 떴다. 양 허리에 손을 얹은 그녀가 삐딱한 시선으로 남자를 보았다.

"제 남편은 자카리거든요? 그리고 제 이름은 이엘리예요, 아샤가 아니라."

정말, 사람 잘못 보셨다고요. 민폐예요.

그녀는 새초롬한 얼굴을 했다. 하지만 남자는 여전히 상냥한 얼굴을 하고 있었다.

남자는 한 걸음 그녀에게 가까이 다가섰다. 그가 다정하게 소곤거린다.

'알아. 그건 네 현재의 이름이지.'

"알쏭달쏭한 소리만 하시네요."

이엘리는 뚱한 표정으로 남자를 흘겨보았다. 이런 식의 이해도 잘되지 않는 대화를 하는 건, 역시 그녀의 취향이 아니었다. 하지만 여전히 남자는 그녀를 바라보며 제 할 말만 할 뿐이다.

'네가 나와 이렇게 대화를 나눌 수 있다는 건……'

자카리와 꼭 닮은 새파란 눈동자 위로 온기가 서렸다. 남자는 그녀를 향해 온화하게 말했다.

'……드디어 네가 각성했다는 소리구나.'

"자카리랑 꼭 닮은 외양을 가지셨으면서, 성격은 별로 비슷하지 않으신가 봐요."

이제 이엘리는 빈정거리고 있었다. 그 정도로 그녀는 지금 상황 자체가 마음에 들지 않았다.

'솔직히 말이지, 아무리 저쪽이 자카리의 먼 선조님이라고 해도.'

자카리에게 남겨 준 게 도대체 뭐가 있단 말인가. 빌어먹을 겨울의 힘 때문에 자카리의 마음고생이나 시키지 않았나. 그 힘 때문에 그가 괴물 취급을 받았던 것만 생각하면 이가 갈린다.

"제 남편은 그쪽보다 훨씬 더 다정하고 친절하다고요."

남자는 웃는 낯으로 눈썹을 치켜 올렸다. 하나 그녀는 전혀 기죽지 않았다. 꿈인데 뭐 어때?

"상황 설명도 잘해 주고요."

이엘리는 얄밉게 말을 덧붙였다. 저 남자가 자카리를 쏙 빼닮은 얼굴로 영문 모를 말만 지껄이는 것도 기분 나빴다. 사실 미운털이 박혀 그런 것 같지만, 그녀는 신경 쓰지 않기로 했다.

'네가 날 타인으로 인지하는 것도 당연하지. 하지만 역시 마음은 좀 아프군.'

잠시 그녀를 바라보던 남자가 가볍게 어깨를 으쓱였다. 그의 목소리는 약간 서글프게 들렸다.

'넌 기억을 빼앗겼으니까.'

"……제가 기억을 빼앗겼다니요?"

순간 이엘리는 그 자리에 멈칫했다. 기억을 빼앗겼다니, 이게 도대체 무슨 소리야. 연녹색 눈동자가 남자를 빤히 바라보았다. 남자는 그녀를 빤히 바라보더니 차분한 목소리로 대답했다.

'말 그대로야, 나의 아샤.'

"아니, 전 그쪽의 아샤가 아니라고……!"

'오래전에 넌 기억을 빼앗겼어.'

그 말을 들은 이엘리는 바짝 어깨를 긴장시켰다. 오래전에 기억을 빼앗겼다니? 남자는 비스듬히 고개를 기울였다. 자카리를 닮은, 아니, 똑같이 생긴 단아한 얼굴이 이엘리를 응시했다.

'그래서 네 과거를 너라고 인지하지 못하는 거지.'

"과, 과거라니. 그건……."

'넌 너 스스로를 다른 세계에서 온 사람이라고 생각하고 있을 거야. 그렇지?'

그 질문에 이엘리는 허를 찔린 낯을 했다. 남자를 가만히 바라보던 그녀가 미간을 찌푸렸다.
"그게 무언가 문제가 되나요?"

'부정하지는 않는군.'

"그건 사실이기는 하니까요."

이엘리는 툭 대답을 내뱉었다. 그녀가 다른 세상에서 온 것은 부정할 수 없는 사실이었다. 죽기 전까지는 환생이란 걸 믿지 않았는데 몸으로 경험하게 됐다. 그는 작게 고개를 끄덕였다.

'그렇게 공격적인 태도를 보일 필요는 없어.'

"그러면……."

'애초부터 문제가 된다고 말하려 하지도 않았으니까.'

그 자리에 비스듬하게 선 채, 남자는 희미하게 웃었다. 남자가 여상한 목소리로 말을 잇는다.

'그리고 넌 실제로 다른 세계에서 온 사람이 맞아.'

이엘리는 경계하는 눈초리로 남자를 마주보았다. 남자의 태도는 무르익은 봄처럼 다정한데도, 그녀는 여전히 혼란스럽기만 하다. 이엘리의 혼란을 아는지 모르는지 남자는 싱긋 미소했다.

'다만 네 영혼이 최초로 태어난 곳은 여기지.'

"수수께끼 같은 소리는 그만하고……!"

'물론 나도 좀 더 설명해 주고 싶지만, 시간이 없어.'

그렇게 말한 남자가 두 눈을 가늘게 떴다. 시간이 없다니? 이엘리는 눈을 깜빡였다. 이 와중에도 남자에게서 자카리의 흔적을 찾는 자신이 싫었다. 하지만 자카리와 너무 닮았잖아, 저건.

'넌 아직 각성한 지 얼마 되지 않았고, 너의 일부 또한 잃어버린 상태니까.'

"……그게 무슨 소리인가요?"

이엘리는 눈썹을 찡그렸다. 너의 일부를 잃어버렸다니, 그렇다면 내가 지금 온전하지 못한 상태이기라도 하다는 건가? 남자는 그녀를 제 눈 안에 가만히 담는가 싶더니, 그대로 설명했다.

'불완전한 너는 나와의 만남을 오래 유지할 수 없다는 뜻이지.'

"제가 불완전하다니요. 저는……."

'어차피 조금 시간이 지나면 너도 알게 될 거야.'

남자는 그녀의 말을 툭 잘라 냈다. 새파란 눈동자가 그녀를 담은 채 고요히 안으로 침잠한다.

'네가 완전해지기 위해서는 필히 해야 할 일도 있고.'

"그게 뭔데요?"

'회색 기사에게서 너의 잃어버린 조각을 돌려받는 것.'

회색 기사? 이엘리는 움찔했다. 회색 기사라 하면 리펜베르크 황실의 선조를 이야기한다. 건국 전설에서 봄의 아샤 요정, 겨울의 은룡 헤센바이츠와 더불어 한 자리를 차지하는 그 사람.

'그런데 그 사람이 왜 여기서 튀어나와?'

이엘리는 어리둥절한 얼굴로 남자를 마주보았다. 하지만 남자는 지금은 딱히 설명해 줄 생각이 없는 것 같았다. 대신 그녀에게 진지한 표정으로 한 걸음 다가섰다. 남자가 입술을 열었다.

'네가 봐야 할 기억이 있어.'

"저기, 아까 전부터 대화를 따라가기가 어렵거든요?"

이엘리는 포기했다는 뜻으로 양손을 들어 보였다. 그녀가 입술을 동그랗게 모으고 남자에게 묻는다.

"설명 좀 해 줄래요? 그게 무슨 소리예요, 내가 봐야 할 기억이라니요?"

' '현재의 나'를 얽매고 있는 기억이지.'

'현재'라. 그렇다면 '과거'도 있는 건가? 남자를 탐색하듯이 바라보던 이엘리는 재차 질문했다.

"'현재의 나'라니, 그럼 당신은 '과거의 인물'인가요?"

'당연하지. 이미 알고 있는 줄 알았는데.'

반쯤 농담 삼아 던진 말에 남자는 진지한 얼굴로 대답했다. 어라, 진짜였어? 이엘리는 말문이 막히는 기분을 느꼈다. 남자는 설핏 미소 지었다. 다정한 미소까지 자카리와 꼭 닮아 있었다.

'이미 넌 내가 누구인지 알고 있잖아.'

"……겨울의 은룡, 헤센바이츠?"

'정답.'

그럼 내가 전설 속의 남자를 보고 있다는 말이야? 이엘리는 약간 놀란 표정이 됐다. 아예 추측하지 못한 건 아니지만, 그래도 상대에게 정답이라고 대답을 듣는 건 역시 기분이 다르다.

"정말로 그 헤센바이츠? 건국 전설에 나오는?"

'그래, 맞아.'

"……."

이엘리는 의심 섞인 눈초리로 남자를 응시했다. 남자는 담담하게 이엘리의 시선을 맞받았다.

"……그렇다면 당신이 말하는 '현재의 나'는 도대체 누구인데요?"

잠시 후 그녀가 조심스레 물었다. 질문을 던지면서도 왠지 무슨 대답이 나올지 알 것 같았다.

'자카리 헤센바이츠.'

남자는 눈썹 하나 까닥하지 않고 대답했다. 그 목소리엔 고저가 없었다. 그녀는 입술을 당겨 물었다. 역시 이 대답이 나올 거라고 생각하긴 했지만, 실제로 듣자 정신적 충격이 상당하다.

"자카리가 현재의 당신이라고요?"

'그래.'

"그렇다면 자카리는 과거에 겨울의 은룡, 헤센바이츠였고요?"

미심쩍은 질문에 남자는 가볍게 고개를 끄덕였다. 남자는 침착한 목소리로 그녀에게 답했다.

'맞아. 환생의 고리를 거쳐서 지금의 그가 되었지.'

"장난치지 마세요!"

이엘리는 발끈하여 언성을 높였다. 지금까지 그녀의 남편이 얼마나 괴로웠는데, 저 민폐 덩어리 조상님이 자카리의 예전 모습이라고? 그녀는 끙, 입술 안으로 앓는 소리를 흘렸다.

'……자카리랑 너무 닮았어.'

외양은 그렇다 치더라도 분위기와 성품까지도. 만약 자카리가 아무런 고통도 받지 않은 채 초월자가 되었다면 저런 남자가 되지 않았을까 싶을 정도로. 여유로우면서도 고적한 분위기. 무엇보다도…….

'외로워 보이는 저 눈동자.'

자카리가 천성처럼 가지고 있는 짙은 고독. 갑옷처럼 온몸에 둘러 남을 접근하지 못하게 하는, 아주 오래된 외로움. 이엘리는 이마를 짚었다. 그래, 아니라고 현실 부정할 시간도 없다.

"……알겠어요. 장난이 아니라는 거죠?"

한숨을 내쉰 그녀가 손을 내리며 남자를 흘끗 바라보았다. 입술을 잘근거리면서 말을 잇는다.

"또한 우리에게는 시간도 얼마 없다고 했죠."

'그렇지.'

"좋아요."

이엘리는 툭 대답을 내뱉었다. 형형한 연녹색 눈동자가 남자를 잡아먹을 것처럼 바라보았다.

"당신이 진짜로 겨울의 은룡인지, 공작가의 조상인지…… 그딴 건 난 잘 몰라요."

이엘리는 단호한 태도로 입을 열었다. 알 게 뭔가, 조상님들 때문에 자카리가 겪어야 했던 고통들을 생각해 보면 얄미워 죽을 것 같다. 그런데 그 조상님이 자카리라니. 머리가 아파 왔다.

"솔직히 관심도 없어요."

'그런가?'

"다만 내가 당신 말에 순순히 따르는 이유는 자카리 때문이에요."

그 말을 들은 남자의 눈동자에 희미한 미소가 서렸다. 행복하게 미소 지은 남자가 대답했다.

'그 말을 들으니 기쁘군.'

"뭐가요?"

' '현재의 내' 가 나의 아샤에게 그렇게 사랑받고 있다는 것이.'

남자의 말을 들은 그녀는 검지를 들어 경고의 의미로 흔들었다. 이엘리가 샐쭉한 낯으로 말을 잇는다.

"하나 정정하자면 전 '당신의 아샤'가 아니라 '자카리의 이엘리'랍니다."

날 멋대로 누군가의 사람으로 말하지 말라 이거야. 이엘리는 뻔뻔한 표정을 짓고는 질문했다.

"어쨌거나, 그 기억이 뭔데요?"

'잠시 손을 잡아도 되겠나?'

남자가 정중하게 물어 왔다. 이엘리는 제 양손을 내려다보곤 폭 한숨을 쉬었다. 저렇게 일일이 그녀의 의사를 물어보는 것까지 자카리를 닮았다. 아니, 이렇게까지 닮을 필요는 없잖아.

"……어차피 잡지 말라고 해도 잡을 거잖아요."

'기억과 경험을 공유하려면 영혼의 접촉은 필수니까.'

"네에, 네에. 그렇다면 잡죠. 뭐, 닿는 건 아닐 테니까요."

반쯤 포기한 그녀가 남자의 손을 덥석 잡았다. 그 접촉 하나가 굉장히 행복하기라도 한 것처럼, 남자는 만면에 활짝 미소를 지었다.

이엘리는 입 안의 보드라운 살을 사정없이 짓씹었다. 솔직히 그렇게까지 밉상인 남자는 아니었는데, 자카리를 생각하면 자꾸 말이 얄밉게 나간다.

'고맙군.'

짧은 인사와 동시에 남자의 모습이 지워졌다. 남자의 미소가 마지막이었다. 온 세상이 새하얗게 물든다. 눈부신 빛이 따끔거리며 눈 안을 찌르는 가운데, 그녀는 기억 안에 굴러떨어졌다.

*　　*　　*

눈을 떠 보니, 그녀는 공작 성 안에 서 있었다. 이엘리는 어리둥절한 얼굴로 주변을 돌아보았다. 아무리 봐도 여기는 공작 성이 맞았다. 다만 건물이 예전보다는 좀 더 산뜻해 보이는 것이⋯⋯.

'⋯⋯지금의 공작 성에서 10—20년 정도 돌아가면 이런 모습일 것 같은데.'

이엘리는 눈을 깜빡였다. 벨벳처럼 부드럽게 깔린 어둠 위로 주홍색 불빛들이 나비처럼 흔들린다. 익숙한 공작 성의 복도였다. 이엘리는 미간을 좁혔다.

"아으, 도대체 뭐야⋯⋯."

이엘리는 뚱한 표정이 되어 주변을 돌아보았다. 아까 그 남자가 뭐라고 했더라. 자카리를 얽매고 있는 기억이라 했지. 그렇다면 우선 자카리부터 찾아야⋯⋯ 생각하던 그녀가 멈칫했다.

"⋯⋯자카리?"

그녀는 저도 모르게 입술을 열었다. 그녀의 바로 눈앞에 어린 소년이 서 있었다. 이엘리가 자카리를 처음 만났던 그때보다도 훨씬 더 앳되어 보이는 얼굴이었다. 저렇게 어린 자카리라니.

'그런데 이렇게 늦은 시간에, 소공작이 외부에 돌아다니는 것을 그냥 보고 있다고?'

이엘리는 묘한 눈빛이 되었다. 자카리가 어린 시절부터 제대로 돌봄을 받지 못하고 있었다는 건 얼추 예상했다. 하지만 그런 모습을 눈으로 보게 될 줄은 몰랐다. 그녀는 입술을 짓씹었다.

"저기, 자카리. 있지……."

하지만 자카리에게 이엘리의 목소리는 들리지 않는 것 같았다. 이엘리는 미간을 좁히며 자카리 곁으로 다가갔다. 역시 그녀를 인지하지 못한다.

자카리는 방문 앞에 선 채, 그 방문을 집요하게 노려보고 있었다. 어린아이답지 않게 서늘한 눈동자는 이미 포기를 배운 눈동자였다.

'왜 그러는 거지?'

이엘리는 고개를 갸웃거렸다. 하지만 의문보다도 어떻게든 그를 달래 주고 싶은 마음이 먼저였다. 어린아이의 무표정한 눈동자는 사람의 마음을 안타깝게 했다.

'하지만 말을 걸 수도 없고, 방법이 없는데.'

그런데 바로 그때. 와장창! 무언가 깨져 나가는 소리가 요란하게 들렸다. 자카리는 움찔 어깨를 굳히면서도, 이미 익숙하다는 얼굴을 하고 있었다. 깜짝 놀란 그녀가 급히 방문을 응시했다.

"뭐, 뭐야?"

닫힌 방문 안쪽으로 날카로운 고함 소리가 짜랑짜랑 울려 퍼졌다. 아리따운 여성의 목소리였다.

"그래요. 공작 부인으로서 책임을 지기 위해 당신과 관계를 맺은 건 사실이에요!"

"아델라이데. 하지만……."

"하지만 당신과 결혼하기 전, 저는 이미 약혼자가 있었다고요!"

죽음과 같은 침묵이 흘렀다. 하지만 악에 받친 여자는 여전히 사납게 고함을 지를 따름이다.

"뭐라고 말 좀 해 봐요! 제 약혼 관계에 대해 변명이라도 해 보라고요!"

여전히 대답은 들려오지 않았다. 여자의 목소리 끝이 축축하게 젖어 들었다. 재차 그녀가 소리쳤다.

"난 다른 사람을 사랑하고 있었단 말이에요!"

목이 찢어져라 외치는 그 목소리. 이엘리는 반사적으로 자카리를 돌아보았다. 어머니가 다른 남자를 사랑하고 있었노라며, 대놓고 외치고 있었다. 아직 어린 자카리는 지금 어떤 기분일까.

"헤센바이츠는 손이 귀한 집안이라고 했죠."

닫힌 문 바깥으로도 목소리가 날카롭게 울릴 만큼 여자의 목소리는 처절했다.

"자카리를 낳기까지 제가 몇 번이나 사산했는지 기억은 하고 계세요!?"

"……기억하고 있어."

"저, 정말로 힘들었어요. 그런데 아직도 저를 놓아주지 못하시겠다고요!"

찢어질 것 같은 고함 소리 사이로 서럽게 흐느끼는 소리가 스며 들었다.

"후계도 낳아드렸잖아요. 그러니까 이제 절 이 감옥 같은 공작 성에서 해방시켜 달라고요!"

"미안해, 아델라이데."

거친 매도를 들으면서도 상대방은 그저 사죄의 말만을 입에 올 릴 따름이었다. 그 사과를 듣던 여자는 잠시 말문이 막힌 것 같았 다. 이윽고 절망에 빠진 처절한 목소리가 짜랑짜랑 울렸다.

"헤센바이츠의 괴물을 배 속에 품고 있는 것만으로도 죽을 것 같 았는데!"

괴물. 자카리가 매번 들어 왔던 그 말. 아버지는 물론이고 어머 니에게도 들었을 줄이야. 이엘리는 입술을 꼭 앙다물면서 자카리를 돌아보았다. 소년의 무표정한 얼굴은 하얗게 질려 있었다.

"……자카리, 저런 말들은 듣지 마."

자카리에게 자신의 목소리는 들리지 않는다는 것을 알면서도, 이엘리는 간절하게 소곤거렸다.

"넌 괴물이 아니야."

"……."

"넌 내가 세상에서 가장 사랑하는 사람이야. 그러니까……."

하얀 석고로 만든 것처럼 딱딱한 소년의 얼굴. 긴 속눈썹만이 파 르르 떨리고 있었다. 폭풍이 휩쓸고 간 양 짧은 정적이 흐른다. 잠 시 후, 금세라도 부서질 것처럼 조그만 대답이 들려왔다.

"너를 사랑해서 미안해, 아델."

고해하듯이 아내에게 속삭이는 테론의 목소리 안엔, 희망이라고는 한 톨도 남아 있지 않았다.

"널 놓아주지 못해서 정말 미안해…… 아델."

"닥쳐!"

쨍그랑! 다시 한 번 무언가 깨지는 소리가 들렸다. 쾅! 동시에 방문이 열렸다. 한 여자가 밖으로 뛰쳐나왔다.

사슴처럼 긴 목, 우아한 다갈색 머리카락, 그리고 신록처럼 빛나는 녹색 눈동자를 가진 아름다운 여자였다. 하지만 잔뜩 흥분한 낯은 눈물에 젖어 붉게 달아올라 있었다.

"아, 끔찍한 헤센바이츠의 괴물 같으니라고."

자카리와 시선을 마주친 여자의 눈동자가 사납게 반들거렸다. 여자가 싸늘한 어조로 말했다.

"내가 너 같은 걸 낳았을 리 없어."

"네가 왜 여기에 나와 있나!"

여자의 뒤를 따라 나온 테론이 자카리를 보며 언성을 높였다. 자카리는 움찔 어깨를 굳혔다.

"당장 방으로 돌아가거라, 자카리!"

하지만 자카리는 어머니의 차가운 눈빛에서 도무지 벗어날 수가 없었다. 그를 바라보며 단 한 번도 미소를 지어 준 적 없던 아름다운 어머니. 어머니가 입매를 비틀며 웃어 보였다.

"도대체 너 같은 건 왜 태어난 거니?"

"……어머니."

"너만 없었더라면 난 행복해졌을지도 모르는데."

심장을 저미는 것 같은 고통에, 자카리는 그 자리에 얼어붙었다. 힘이 빠진 아델라이데는 그 자리에서 짧게 비틀거렸다. 테론은 제 아내를 부축했다. 그 손을 밀어내며 그녀는 중얼거렸다.

"어째서 내 인생은 이렇게 되고 만 걸까?"

"얼른 들어가지 않고 뭐해!"

그 말에 자카리는 퍼뜩 정신이라도 든 것 같았다. 자카리는 주춤 주춤 뒤로 물러났다. 테론이 자카리를 바라보는 시선 또한 그리 따스하지는 않았다. 그가 아내를 향해 조그맣게 속삭였다.

"아델, 아델라이데. 제발 정신 좀 차려 봐."

"정말 싫어, 모든 게……."

광증과도 같은 분노가 지나자 아델라이데의 몸을 뒤덮는 건 깊은 공허함뿐이었다.

어린 아들은 뒤로하고 테론은 제 아내를 돌보는 것에 집중했다. 아무것도 모르는 이엘리가 봐도 알 것 같았다.

테론과 아델라이데, 두 사람 모두 자카리에게는 애정을 갖고 있지 않았다.

"……."

그 모습을 멍하니 바라보던 자카리는 천천히 몸을 물렸다. 숨을 삼킨 이엘리는 타박타박 걸어가는 그 뒷모습을 응시했다. 아이가 받아야 할 최소한의 애정조차 받지 못하고 자란 것이다.

"……자카리."

이엘리는 조그맣게 중얼거렸다. 아마 두 사람 모두 현실에 몰려서 그런 것이리라. 하지만 그렇다 한들, 학대에 가까운 부당한 대우를 받은 자카리가 이해해 줄 만한 문제도 전혀 아니다.

"어쩌면 좋지, 널……."

테론과 아델라이데는 방으로 돌아간 지 오래였다. 홀로 자리를 떠나던 자카리의 가녀린 뒷모습이 눈에 밟혀, 이엘리는 입술을 짓씹었다. 막연히 들어 알고 있던 것을 현실로 바라보는 것은 달랐다.

'이렇게나 네 과거가 가혹할 줄 몰랐어.'

자카리, 내 소중한 남편. 칼로 베인 것처럼 마음이 욱신거렸다. 그녀는 주먹을 꽉 움켜쥐었다.

＊　　＊　　＊

전대 헤센바이츠 공작 부부, 즉 테론과 아델라이데는 정략결혼에 가까운 결혼식을 올린 사이였다.

아델라이데의 오라비, 로렌 백작은 공작을 잡기 위해 제 여동생의 약혼까지 깨 버리면서 여동생을 공작에게 보냈다.

공작은 그 사실을 나중에 알아챘지만, 이미 그녀를 마음 깊이 사랑하고 있었기에 결국 눈을 감아 버렸다. 그건 공작의 발목을 평생 잡는 죄책감이 되었다.

"공작 각하. 아마 전 당신을 영영 사랑할 수 없을 겁니다."

그들의 첫날밤, 아델라이데는 새뜻한 얼굴로 테론에게 말했다. 테론은 아내의 분노를 이해했고, 평생 아내를 감싸 주리라 결심했다. 하지만 이미 아델라이데의 마음은 닫혀 버린 채였다.

"아이를 낳는 건 공작 부인의 의무이니 행하겠습니다. 하지만 더한 것을 바라지는 마십시오."

아델라이데는 그렇게 선을 그었다. 그리고 아이를 갖는 과정에서 그들의 관계는 더욱 악화되었다. 공작가는 손이 귀한 집안이었고, 무엇보다도 겨울의 마법을 물려받는 아이가 태어났다.

"……언제까지 이런 일을 반복해야 할까요?"

아델라이데는 어느 날 지친 목소리로 그렇게 말했다. 그녀는 눈물 고인 눈으로 테론을 바라보았다.

수없이 계속해 온 애정 없는 관계. 아이는 쉬이 들어서지 않았다. 가끔씩 운 좋게 임신이 가능해도 금방 배 속에서 사산하고 말았다. 그리고 테론은 그런 그녀를 포기할 수 없었다.

"미안해, 정말로."

테론은 떨리는 목소리로 그렇게 말했다. 아델라이데는 입가를 비스듬히 올렸다. 날카로운 조소였다. 테론은 그 비웃음마저 사랑했다. 그저 그녀가 제 곁에 남아 있는 것으로 족했다.

"하지만 당신을 사랑해……."

진심이었다. 아델라이데는 지치고 피로한 얼굴로 테론을 흘끗 바라보다가 고개를 돌려 버렸다.

*　　*　　*

아델라이데는 몇 번의 사산을 거쳐 약해진 몸으로 간신히 자카리를 임신할 수 있었다. 아이를 배 속에 품고 있는 동안 그녀는 몇 번이나 혼절했고, 음식을 거부했다.

아이를 낳을 때는 정말로 죽을 뻔했다. 그렇게 태어난 아이는 은 발에 푸른 눈을 가진 미려한 외양의 사내아이였다.

"전 이제 공작 부인의 의무를 모두 다했어요."

아델라이데는 이혼을 요구했다. 공작은 처음으로 그녀의 요구를 거절했다. 지금껏 아내의 요청을 모두 들어주던 그였지만, 그것만 큼은 들어줄 수 없었다.

아델라이데는 배신감에 어깨를 떨었다. 아이만 낳으면 관계를 정리하고 떠날 수 있으리라 여겼는데.

"어째서 절 떠나게 두지 않는 거죠?!"

"아델라이데, 난……."

"모든 의무를 끝냈잖아요!"

그녀는 언성을 높였다. 공작은 그런 그녀의 얼굴을 망연히 바라 만 보았다.

아니다, 그런 게 아냐.

"제가 필요했던 이유는 결국 헤센바이츠의 후계를 갖기 위해서 가 아닌가요?"

"그런 게 아니야."

"그럼 뭔데요!"

그녀는 금방이라도 무너질 것 같은 얼굴을 했다. 온통 쉰 목소리 로 공작은 그녀에게 답했다.

"내가 당신을 사랑해서."

"하…… 뭐라고요?"

그 말을 들은 아델라이데는 키들키들 웃기 시작했다. 명백한 비웃음과 공작의 말을 전혀 믿을 생각조차 하지 않는 그 얼굴. 아델라이데의 마음은 이미 단단히 닫혀 있었다.

"사랑이라. 그렇다면 사랑은 참으로 끔찍한 감정이네요."

아델라이데는 천천히 시선을 들어올렸다. 그리고 제 남편의 새파란 눈동자를 바라보면서 소곤거린다.

"그거 아시나요, 테론?"

그녀는 이미 모든 희망을 포기한 얼굴이었다. 긴 속눈썹이 죽어가는 나비처럼 파르르 떨렸다.

"제가 언젠가 목숨을 잃는다면."

"……아델라이데."

"당신이 저를 마음에 품고 있다고 말하는…… 사랑. 그래, 사랑 말이에요."

녹음처럼 짙은 초록색 눈동자가 공작을 제 안에 담았다. 그녀는 입술 끝을 올리며 속삭였다.

"전 그 감정 때문에 지쳐서 죽게 될 거예요."

그리고 아델라이데의 예언은 현실이 되었다. 7년 후, 그녀는 스스로 목숨을 끊어 버렸으니까.

*　　　*　　　*

두 부부에게는 불행하게도, 자카리는 겨울의 마법을 물려받은 채 태어났다. 눈과 얼음, 서리와 바람을 마음대로 다루는 아이는 검집 없는 칼날과도 같았다.

힘을 다루는 것에 미숙한 모습은 평범한 사람들에게 괴물처럼 보였다. 그리고 아델라이데는 제 아들을 견디지 못했다.

"내가 낳은 아이가 저런 괴물일 리가 없어!"

아델라이데는 몇 번이고 발작했다. 애정 없는 남편과의 사이에서, 의무감 때문에 목숨을 걸어가며 간신히 낳은 아이. 그런 아이가 괴물이야. 그녀의 연약한 정신은 점차 깎여 가고 있었다.

"내가 저 아이를 왜 낳았는데!"

걸음마만 간신히 하고 있는 아이를 보며, 아델라이데가 느끼는 감정은 혐오와 공포뿐이었다.

"언제까지 공작가에 이렇게 얽매여 있어야 하지?!"

한편 공작도 마찬가지였다. 서서히 아이에게 애정이 식는 스스로를 느꼈다. 그의 애정은 한정되어 있었고, 제 아내에게 퍼붓기에도 모자랐기 때문이었다.

공작에게는 원망을 전가할 대상이 필요했다. 그리고 마침, 제 아들은 아내를 구석으로 몰고 가는 겨울의 마법을 타고난 괴물이었다.

"자카리, 물러나거라."

"……네, 아버지."

그를 볼 때마다 발악하는 어머니, 그리고 언제나 얼음장처럼 차가운 아버지. 그 사이에서 자카리는 포기부터 배우고 살았다. 공작가의 혈통에서 내려오는 겨울의 힘이란 그런 것이었다.

'나는 괴물이야.'

자기 자신을 그렇게 생각하게 만드는 힘. 모두가 소년을 두려워하게 만드는 힘. 스스로를 저주하고 사랑하지 못하게 하는 겨울의 힘. 차라리 저주에 가까운 그 힘에, 자카리는 체념했다.

'난 도대체 왜 태어난 걸까. 차라리 태어나지 않는 게 나았을 텐데.'

그래도 공작은 아들을 최소한의 공작가의 후계자로 대했다. 자카리가 제 아내의 피를 타고났기 때문이기도 하고, 무엇보다도 제 아내를 닮았기 때문이다.

하지만 형식적으로나마 유지되던 부자 관계도 어느 때, 완전히 끝장나고 말았다. 그 계기는 바로 아델라이데의 죽음이었다.

*　　　*　　　*

그 사건이 일어난 날은 평화로운 오후였다. 공작 성을 혐오하는 아델라이데는 공작 성 바깥으로 나들이를 자주 나가곤 했다.

평소에는 혼자 돌아다니는 것을 좋아했지만, 오늘은 드물게 자카리도 함께였다. 아델라이데는 어떻게든 자카리를 떼놓으려 했지만, 뜻대로 되지 않아 무척 마땅찮은 얼굴이었다.

"……도대체 넌 왜 따라온다고 해서는."

"얌전히 있을게요, 어머니."

자카리는 조심스럽게 어머니의 눈치를 살폈다. 아델라이데는 불편한 낯으로 입술을 깨물었다.

"산책은 나 혼자 할 테니 귀찮게 굴지 마."

자카리는 열렬히 고개를 끄덕였다. 그녀는 더이상 제 아들에게 시선을 주지 않았다. 창밖, 마차 너머를 바라보는 신록의 눈동자가 희미하게 반짝인다. 이엘리는 그 모습을 가만히 보았다.

'뭐가 저렇게 기쁘신 거지?'

이엘리가 곁에서 아델라이데를 바라본 지도 꽤 시간이 흘렀다. 그녀는 기본적으로 상냥한 성격이긴 했지만, 아들과 남편에 한해서는 무척 신경질적인 태도를 보였다. 하지만 오늘은…….

'……마치 무언가를 기대라도 하고 계신 것처럼.'

그날, 아델라이데는 드물게 기분이 좋아 보였다. 조그맣게 콧노래를 부르는 어머니를 자카리는 힐끔 바라보았다.

아름다운 어머니. 언제나 웃고 계시면 좋을 텐데. 자카리가 입을 열었다.

"어머니, 오늘 무척 기분이 좋아 보이세요."

"맞아. 드디어 해방될 수 있을 테니까."

"해방이요?"

어머니와의 대화가 이렇게 길어진 적은 없었다. 어머니의 변덕스러운 마음이 식을까 두려워하면서도 자카리는 속으로 기뻐했다. 그런 자카리를 빤히 바라보던 그녀는 곧장 시선을 돌렸다.

"더 말 걸지 말렴, 시끄러우니까."

용기를 내어 입을 열었던 자카리는 어머니의 냉랭한 반응에 금방 입을 다물었다. 그럼에도 어머니와 함께 있는 것 자체가 굉장히 기쁜지, 아직 앳된 얼굴 위로 환한 미소가 서려 있었다.

'자카리.'

이엘리는 그 모습을 뒤에서 가만히 바라보았다. 자신은 애정 따위 받을 수 없다고 포기했으면서도, 어쩔 수 없이 어머니의 애정을 갈구하는 그 모습이 안타까웠다. 그녀가 입술을 물었다.

"넌 여기에 있어, 혼자 산책하고 올 거니까."

이름 모를 들꽃이 가득 피어 한들거리는 들판에서, 공작 부인은 매몰차게 아들을 떼어 놓고 걸어갔다.

차라리 모든 것을 내려놓고 싶은 것 같은, 선을 그어 두는 그 뒷모습. 산들산들 걷는 가녀린 뒷모습 뒤로 다갈색 머리카락이 흐트러진다. 그 모습을 보던 자카리가 입술을 물었다.

'어머니께서 길을 잃기라도 하시면…….'

알고 있다. 어머니께서는 이미 성인이시고, 고작 산책 정도로 길을 잃지 않으실 거라는 건. 하지만 묘한 불안감이 자카리의 온몸을 잠식했다.

보기 싫은 괴물인 자신은 그렇다 치고, 어째서 하녀들까지 모두 떼어 두고 가시는 거지?

어느새 자카리는 어머니의 뒤를 따르고 있었다.

"……어머니?"

그리하여 자카리가 보게 된 건 생각조차 하지 못했던 광경이었다. 저 멀리서 한 대의 마차가 달려왔고, 그 안에서 한 남자가 내렸다. 그 남자와 아델라이데는 서로를 있는 힘껏 포옹했다.

"나의 아델."

"필립……."

아델라이데는 남자의 품에서 얕게 흐느꼈다. 남자는 소중하다는 듯 그녀를 끌어안았다.

꽃잎이 한들한들 흔들리는 가운데, 두 사람은 완벽한 연인의 모습을 하고 있었다. 그것을 본 자카리는 얼어붙었다.

'거짓말.'

자카리 곁에 서 있던 이엘리 또한 놀란 얼굴을 감추지 못했다. 그렇다면 전대 공작 부인께서는 결국 예전 약혼자에게로 돌아가시기로 결심한 건가? 하지만, 그렇게 된다면 자카리는? 반사적으로 고개를 돌린 이엘리가 숨을 삼켰다.

자카리의 얼굴이 백지장처럼 희게 질려 있었다.

"……어, 어머니."

자카리는 약간 말을 더듬었다. 처음이다. 어머니가 저렇게 즐겁게 웃고 있는 모습을 보는 건.

"자카리?"

아델라이데는 화들짝 놀라 고개를 돌렸다. 그녀와 포옹하고 있던 남자도 흠칫 어깨를 굳혔다.

"어머니, 이게 무슨……."

"아델. 혼자 오기로 했잖아!"

남자가 언성을 높였다. 아델라이데는 입술을 짓씹었다. 연인의 품에서 빠져나온 아델라이데가 자카리에게로 걸어갔다. 온기라고는 전혀 남아 있지 않은 신록의 눈동자가 그를 내려다본다.

"자카리, 넌 나를 이해하겠지."

"……어머니?"

"헤센바이츠 공작가에 대한 의무는 충분히 다했어."

아델라이데는 입술 끝을 비틀며 웃었다. 그녀가 얼어붙은 자카리에게 냉랭한 목소리로 말을 잇는다.

"후계인 너를 낳았잖니."

"어머니, 지금 무슨 말씀을……."

"게다가 네가 괴물로 태어난 건 솔직히 내 탓도 아니잖니?"

그 날카로운 목소리에 이엘리마저도 굳어 버렸다. 그녀가 공작가에 환멸을 품고 있다는 건 이엘리도 잘 알고 있었다. 공작가를 증오하는 그녀의 마음을 이해하지 못하는 것도 아니다.

여성이 무조건 모성애를 품어야 한다고 생각하지도 않는다. 하지만 이렇게, 자카리를 저버리면.

'그러면 자카리는…….'

이엘리는 반사적으로 자카리를 돌아보았다. 어머니가 그를 버리고 다른 남자와 도망친다. 그 광경을 눈앞에서 지켜보게 된 자카리는 과연…… 다음 순간, 이엘리는 두 눈을 질끈 감았다.

'아, 안 돼.'

자카리가 폭주하는 모습을 지금껏 몇 번이고 봤었던 이엘리였다. 지금의 자카리에게는 폭주의 전조가 보였다. 새파란 눈동자가 절박하게 빛나고 있었다. 자카리는 간절한 어조로 애원했다.

"어머니, 제, 제발 떠나지 마세요."

"네가 무슨 권리로 나를 붙드는 거니?"

하지만 아델라이데는 냉정한 목소리로 그렇게 말했다. 그녀 입장에서는 당연한 일이었다. 이미 그녀는 공작가에게 해 줘야 할 의무를 다했다.

사랑이라는 이름하에 자신을 얽어매던 남편은 물론이고, 괴물 같은 아들은 더 보고 싶지도 않았다. 그저 사랑하는 사람과 떠나고 싶었다.

"……어머니."

"어차피 잘난 공작가의 후계자니까, 난 없어도 되잖아?"

차가운 목소리로 쏘아붙이던 아델라이데는 확 어깨를 굳혔다. 자카리가 무릎을 꿇은 것이다.

"제발 가지 마세요. 제가 더 잘할게요, 네?"

"난 네가 싫어! 네가 곁에 있는 것 자체가 혐오스러운데 어쩌란 말이야!"

아들의 애원을 차갑게 뿌리치며 그녀는 몸을 돌렸다. 자카리는 펑펑 울며 어머니를 붙들었다.

"어머니!"

"이것 놓지 못해!?"

그렇게 말하던 아델라이데의 곁으로 한 남자가 다가왔다. 자카리는 눈물에 젖은 얼굴로 고개를 들어 올렸다. 아까 어머니와 함께 열렬한 포옹을 나누던 남자였다. 남자가 비뚜름하게 웃었다.

"소공작님. 그만 아델을 제게 보내 주시죠."

"……."

"공작가와 소공작님의 이기심 때문에, 언제까지 아델이 희생해야 합니까?"

자카리는 멍하니 남자를 올려다보았다. 남자는 사나운 조소로 자카리를 내려다보았다. 자카리는 아직 어린 소년이다. 지금 제게 주어진 이 상황 자체를 납득하기에는 나이가 너무 어렸다.

"당신까지 그럴 필요 없어요, 필립."

보다 못한 아델라이데가 그의 옷깃을 살짝 움켜쥔다. 그러고는 고개를 가로저으며 남자를 끌어당겼다.

"그냥 빨리 떠나요. 아무도 없는 곳으로……."

두 사람은 서로를 보며 고개를 끄덕이곤, 얼른 그 자리를 벗어나려 했다. 그런데 바로 그때.

"……못 가요."

"뭐?"

아델라이데가 흘끗 뒤를 돌아보았다. 자카리는 느릿하게 시선을 들어 올렸다. 새파란 눈동자가 기이하게 빛나고 있었다.

그가 천천히 몸을 일으켰다. 그 순간 온 세계가 쩡, 소리와 함께 얼어붙었다. 화사하게 피어 있던 꽃들 또한 자카리가 발을 내딛자 서리로 뒤덮이기 시작했다.

"이게 도대체 무슨……."

주변의 공기가 서늘하게 가라앉았다. 피부를 찌르는 살기에 아델라이데의 낯이 차게 굳었다.

"너, 이렇게 또 괴물 같은 짓을!"

"어머니, 제발 가지 마세요."

자카리는 눈물이 말라붙은 얼굴로 아델라이데를 빤히 응시했다. 그때 남자가 욕설을 뱉었다.

"젠장!"

"피, 필립?!"

깜짝 놀란 아델라이데가 제 연인을 돌아보았다. 하지만 그녀가 연인이라 믿고 있던 남자의 얼굴은 흉흉하게 일그러져 있었다. 그녀의 손목을 잡았던 손을 놓아 버리며 남자가 뒤로 물러났다.

"아아, 아무리 보상이 훌륭하다고 해도…… 이건 너무 위험하잖아."

"……그게 무슨 말이에요?"

순간 아델라이데의 낯이 창백해졌다. 아차, 말실수했다. 남자의 얼굴 위로 그런 당혹감이 스쳐 지났다. 아델라이데가 남자에게 바짝 다가서며 파르르 떨리는 목소리로 언성을 높여 묻는다.

"도대체 그게 무슨 말이냐고요!"

"아무것도 아닙니다."

"보상이라니요, 그게 무슨……!"

그렇게 외치던 아델라이데는 문득 멈칫했다. 그러고 보면 뭔가 이상했다. 그녀가 공작가와 혼인하고 자카리를 낳기까지 꽤 오랜 시간이 지났음에도 필립은 단 한 번도 연락이 없었다. 그저 최근에 우연히 연락이 닿았고, 다시 들불 같은 사랑에 빠져들었던 거다.

'그런데 과연 그것이 우연이었을까?'

지금껏 애써 눌러두었던 의심이 순식간에 몸집을 불린다. 만약에 의도가 있어서 내게 접근했던 거라면? 과거의 애정에 휩쓸려 현실을 보고 있지 못했던 거라면? 그녀는 입술을 짓씹었다.

"……당신."

그때 자카리가 한 걸음 앞으로 내디뎠다. 색유리처럼 투명한 시선이 남자를 똑바로 응시한다.

"가, 가까이 오지 마!"

폭주 직전에 놓인 자카리의 존재감은 그야말로 무시무시했다. 남자는 저도 모르게 아델라이데를 제 쪽으로 끌어당겼다. 어느새 그의 손엔 작은 단도가 들려 있었다. 그가 언성을 높였다.

"가까이 오면 아델을……!"

그 모습을 보던 자카리의 눈이 확 불타올랐다. 한 발자국 앞으로 내디디며, 자카리가 말했다.

"어머니께."

그 순간 봄과 어울리지 않는 싸늘한 북풍이 몰아닥쳤다. 시야를 가리며 거세게 쏟아지는 그것들은 바로 눈이었다. 새하얀 눈보라가 온 세상을 뒤덮고, 구름 같은 입김이 퍼지기 시작했다.

"손대지 마."

자카리의 눈동자가 반짝, 깨진 유리처럼 날카롭게 반짝였다. 까닥, 손끝을 움직이는 그 순간.

"컥!"

남자의 입술에서 짧은 비명이 터졌다. 등 뒤에서 느닷없이 솟아난 커다란 얼음 조각이 남자의 몸을 꿰뚫었기 때문이었다.

남자의 입술 바깥으로 주르륵 핏덩이가 흘러내렸다. 아델라이데를 움켜쥔 손에서 스르륵 힘이 빠지는가 싶더니, 단도가 툭 떨어졌다. 그녀의 낯이 파리해졌다.

"이, 이게 무슨 짓이야!"

내가 지금 무엇을 보고 있는 건지. 아델라이데는 순간 지독한 공포에 빠져 버렸다. 그녀의 앞에 서 있는 어린 소년이 이 세상에서 가장 두렵고 무서운 무언가로 보였다. 그녀가 발악했다.

"가, 가까이 다가오지 마!"

"어머니."

"이 괴물!"

이성이 반쯤 나간 그녀는 바닥에 떨어진 단도를 와락 움켜쥐었다.

"……가까이 가지 않을게요."

온 세상을 겨울로 뒤덮은 주제에 자카리는 고요한 얼굴로 그렇게 말한다. 눈물이 말라붙은 새하얀 얼굴은 제 어머니를 가만히 바라보았다. 잠시 후, 자카리는 한 걸음 뒤로 물러나 속삭였다.

"죄송해요."

"내, 내가 무엇을, 지금 무엇을 보고……."

"정말 죄송해요, 어머니."

그렇게 말한 자카리가 뒤돌아섰다. 차마 제 어머니에게 가까이 다가가는 것조차 두렵다는 것처럼. 어머니에게 버림받는 것을 견딜 수 없었기에 먼저 도망치는 것처럼.

아델라이데는 눈에 날을 세운 채 자카리의 뒷모습을 쏘아보았다. 머릿속이 새하얗다. 지금 내가 무엇을 본 거지.

"……필립."

지독히도 건조한 목소리가 입술 새로 흘러나왔다. 아델라이데는 뒤를 돌아보았다. 바닥에 나뒹구는 시체. 예전의 약혼자. 한때 열렬히 사랑했던 남자. 지금도 사랑하고 있다고 믿고 있었던 남자.

하얗게 성에가 낀 꽃송이들 사이로 남자의 피만이 유난히도 붉었다. 이미 죽어 버린 그.

'저 괴물을 죽여야 해.'

아델라이데는 입술을 깨물었다. 그건 인간으로서 느끼는 본능적인 감정이었다. 자연재해와도 같은 압도적인 존재, 인외에 선 존재. 그게 바로 그녀의 아들이었다. 그녀의 온몸에 소름이 돋았다.

'아직 괴물이 어릴 때, 그러니까 지금…… 죽이지 않으면 안 돼.'

그녀는 느리게 눈을 깜빡였다. 사랑했던 약혼자에 대해 복수하려는 심산은 아니다. 오히려 그녀가 인간이기에, 언젠가 인간을 멸할 수도 있을 끔찍한 재앙을 보며 느끼는 감정에 가깝다.

'괴물을 죽이지 않으면 내가 살아남을 수 없어.'

아델라이데는 단도를 쥔 손에 힘을 주었다. 눈 폭풍 속에서 그녀는 느릿하게 걸음을 옮겼다.

'내가 낳은 아이니까, 내가 책임져야 해…….'

세상에 이 괴물을 내보내서는 안 돼. 그 생각과 동시에 그녀는 단도를 휘둘렀다. 자카리의 몸이 그대로 무너졌다. 비명 하나조차 없었다.

온통 새하얀 세상 안쪽으로 붉은 피가 실선처럼 튕겨 오른다. 얼굴 위로 쏟아지는 뜨거운 감촉, 비릿한 냄새. 그녀는 느리게 눈을 깜빡거렸다.

"……자카리?"

잠시 후, 아델라이데의 입술 새로 쇳소리 비슷한 소리가 흘러나왔다. 절망에 빠진 초록색 눈동자가 파르르 떨렸다. 바닥에 쓰러진 아이의 자그마한 몸. 그녀는 덜덜 떨며 무릎을 꿇었다.

"자, 자카리."

내가 무슨 짓을 한 거지. 뒤늦은 충격이 아델라이데의 몸 위로 벼락처럼 꽂혔다. 그녀는 어떻게든 자카리를 일으켜 보려 했다. 힘없이 늘어지는 팔다리. 쿨럭쿨럭 쏟아져 나오는 핏덩이들.

"내가, 내가 널⋯⋯."

시야가 흐릿해졌다. 점차 기세가 약해지는 눈발 때문이 아니었다. 뜨겁게 괴는 눈물 때문이었다. 손안에 담뿍 묻는 피가 뜨거웠다. 가늘게 숨을 몰아쉬는 자카리를 보자, 숨이 콱 막힌다.

"⋯⋯아아, 자카리, 내가 너에게⋯⋯."

아델라이데는 더듬거리며 자카리를 불렀다. 그녀의 하얀 뺨 위로 주르륵 눈물이 흘러내렸다.

"내가, 너를⋯⋯."

"어머니."

그때, 기이하리만치 침착한 목소리로 자카리가 아델라이데에게 속삭였다. 그녀가 다급한 동작으로 자카리를 끌어안았다. 가늘게 떨리는 손가락이 그녀의 눈가를 닦았다. 그가 소곤거렸다.

"울지 마세요."

"⋯⋯자카리?"

"저만 태어나지 않았더라면⋯⋯ 어머니께서는, 행복하셨을⋯⋯ 텐데."

아델라이데는 누군가가 목을 조르는 것 같은 기분을 맛보았다. 자신이 아이에게 항상 퍼부었던 그 말을, 아이는 자신의 입으로 꺼내 놓고 있었다. 마치 그 매도가 절대적인 진실인 것처럼.

"죄송해요."

"……."

"죄송해요, 어머니."

자카리의 목소리가 토막토막 끊겼다. 출혈이 너무 심했다. 그가 온 힘을 다해 속삭였다.

"태어나서, 어머니를 괴롭게 해서…… 정말로, 죄송해요."

마지막으로 미소를 지은 자카리가 눈을 감았다. 이엘리는 아연한 얼굴로 그 광경을 응시했다.

'……이런 거였어.'

이엘리는 입술을 피가 나도록 당겨 물었다. 이 모든 것은 이미 지난 과거이며, 자카리의 기억일 뿐이다. 하지만 이 기억은 아직도 현재에 영향을 끼치고 있지 않나.

초상화 방에 걸린 그림이 생각났다. 새하얀 눈 폭풍 속, 피를 흘리던 자카리. 칼로 저며 내는 양 마음이 아파 왔다.

'자카리.'

이엘리는 눈을 감았다. 지금 당장 자카리가 보고 싶었다. 그를 품 안에 가득 끌어안고, 얼마나 고통스러웠느냐고 묻고 싶었다. 하지만 기억은 아직 끝나지 않았다. 주변 풍경이 일렁거렸다.

* * *

아델라이데의 전 약혼자가 그녀에게 접근한 이유는 돈 때문이라고 했다. 전 약혼자는 도박 빚에 시달리고 있었으며, 익명의 누군가에게 그녀를 납치해서 데리고 오면 도박 빚을 갚아 주겠다는 제안을 받았다고 했다.

그 뒤에 황가가 있으리라는 추측은 했지만 물적 증거는 없었다.

"……다 괜찮아질 거야, 아델라이데."

테론은 부정을 저지른 그녀의 죄를 묻지 않았다. 그가 그녀에게 준 고통을 생각하면 이 정도는 당연하다고 여겼다. 대신 테론은 전 약혼자의 가문에게 일정 금액을 지불하고 소문을 무마했다.

감히 공작 부인을 희롱하려 한 것은 사실이었기에, 상대 또한 테론의 제안을 받아들였다.

"하나도 괜찮지 않아요."

툭 말을 내뱉은 아델라이데는 손으로 얼굴을 가렸다. 그녀는 깊은 죄책감에 시달리고 있었다.

"내가, 내가……."

한때 신록처럼 싱그러웠던 초록색 눈동자는 이제 까맣게 죽어 있었다. 그녀가 작게 속삭였다.

"자카리를 죽이려 했어."

"그건 당신의 잘못이 아니야."

"그게 어째서 제 잘못이 아니에요!?"

아델라이데는 번쩍 고개를 들어 남편을 노려보았다. 자카리가 아무리 밉다 한들, 제가 배 아파 낳은 아들이었다. 아직 어린아이다. 그런 아이에게 칼을 휘두른 건 명백히 제 잘못이었다.

"자카리는 그 자리에서 폭주했어. 하마터면 당신을 죽일 뻔했지."

하지만 테론은 무표정한 얼굴로 대답했다. 그의 목소리에는 사나운 분노가 일렁거리고 있었다.

"그것만 생각하면……."

테론의 눈동자가 싸늘하게 가라앉았다. 아델라이데는 그런 그를 멍하니 올려다보며 질문했다.

"어째서…… 당신, 당신은 왜 내게 화내지 않아요?"

"아델라이데?"

"난 헤센바이츠의 후계자를 죽이려 했어요."

아델라이데는 단언했다. 현재 자카리는 깊은 혼수상태에 빠져 있었다. 고집스럽게 정신을 차리지 않는 그 모습을 보며, 아델라이데는 뼈를 깎는 고통에 몸부림쳐야만 했다.

테론은 끝없는 죄책감에 빠져 눈물만을 흘리는 그녀를 응시했다. 잠시 후, 그가 아델라이데에게 다가섰다.

"그거야……."

그녀는 젖은 눈동자를 들어올렸다. 새파란 시선. 아들과 꼭 닮은 눈동자가 그녀를 담고 있다.

"내가 당신을 사랑하기 때문이지."

"테론."

"아이는 얼마라도 가질 수 있어. 하지만 당신은 단 하나뿐이야."

그렇게 말한 테론은 조심스럽게 아델라이데를 끌어안았다. 아델라이데는 밭은 숨을 내뱉었다.

"……있잖아요, 테론."

아델라이데는 처음으로 테론의 포옹을 거부하지 않았다. 품에 고개를 기대며 그녀는 울었다.

"당신의 사랑은 잘못되었어요."

그 말에 테론은 침묵했다.

아델라이데는 눈을 내리떴다. 젖은 속눈썹이 옅은 그늘을 드리운다.

"그리고 내 사랑도요."

창백한 뺨 위로 주르륵 눈물이 흘러내렸다. 소리 없는 울음이 방 안에 고였다. 테론의 품 안에서, 죄책감을 곱씹으면서 아델라이데는 의문을 품었다.

이런 내가 자카리 곁에 계속 있어도 되는 걸까. 언젠가 내가 나의 아들을 죽이게 되는 것은 아닐까. 그녀는 가볍게 어깨를 떨었다.

그리고 그 두려움은 끝없이 이어졌다. 사랑했다고 믿었던 옛 연인의 배신, 그리고 아들에 대한 죄책감. 그 두 가지의 감정만 있었더라면 차라리 좋았을 텐데.

그녀의 연약한 정신은 강대한 용의 폭주를 받아들이기엔 너무나도 약했다. 그녀는 눈을 감으면 괴물 같던 그 모습이 떠오르는 것을 느꼈다.

'……무서워.'

아델라이데는 어깨를 끌어안으며 온몸을 떨었다. 온통 새하얗게 물들던 세상, 바다에서 솟아오르던 날카로운 얼음. 작살에 꿰인 물고기처럼 심장을 꿰뚫린 자신의 예전 약혼자. 정말로 두려웠다.

'무서워.'

그녀는 입술을 달싹거렸다. 자카리는 여전히 혼수상태에 빠져 있었다. 하지만 가끔씩 말도 안 되는 공포가 불쑥 치솟아 오른다. 그 아이가 괴물이 되어 그녀를 갈기갈기 찢어 놓을 것 같은.

'과연 널 이 세상에 풀어놓아도 괜찮은 걸까?'

자카리를 처음 본 순간 떠올렸던 그 생각은, 마치 가시처럼 박힌 채 도무지 사라지지 않는다. 억지스러운 생각이라는 것을 안다. 그 때의 자카리는 명백히 그녀를 지키려고 했었다. 하지만.

만약 저 아이가 괴물로 각성하여 날 죽이면 어떡하지? 나뿐 아니라, 내가 소중하게 여기는 모든 사람들을 해한다면?

'내가 낳은 아이니까, 내가 책임져야 해⋯⋯.'

그녀는 기이한 충동에 사로잡혔다. 괴물을 낳은 건 자신이다. 그러니 괴물을 죽이는 것도 그녀 자신이어야 한다. 제 생각이 옳은지 그른지를 판단하지 못할 정도로 그녀는 벼랑 끝에 몰려 있었다.

'세상에 이 괴물을 내보내서는 안 돼.'

아델라이데는 홀린 듯이 시선을 들어올렸다.

낳은 것도 자신, 죽이는 것도 자신. 그건 아이를 위한 책임감이었다.

그녀에게 광증이 발병한 때는, 자카리와의 일이 발발한 지 일주일이 지난 후였다.

*　　*　　*

테론은 제 아내가 작게 몸을 웅크린 채, 파리한 얼굴로 뜻 모를 말을 중얼거리고 있는 것을 가만히 지켜보고 있었다. 무슨 말을 하는지 스스로도 아마 잘 모를 것이다.

"으응, 맞아. 그래야지……."

아델라이데는 품에 꼭 끌어안은 인형을 고쳐 안았다. 포대에 싼 인형을 마치 제 아이라도 되는 것처럼 소중하게 보듬는다. 탁한 초록색 눈동자가 인형을 똑바로 바라보며 미소를 지었다.

"……그래, 우리 자카리."

인형에게 소공작의 이름을 붙이며 중얼거리는 그 모습은 공작 성안에 한껏 소문이 퍼진 지 오래였다.

공작 부인이 반미치광이가 되었다는 소문. 지금은 어떻게든 입단속을 시켜 소문이 퍼지지 않도록 하고 있었지만, 그것도 오래가지는 않을 것이다. 테론은 입술을 잘근 짓씹었다.

'아델라이데.'

그녀가 자신을 사랑하지 않는 건 괜찮았다. 다른 사람에게 마음을 주었던 것도, 그와 함께 도망치려 했던 것도 괜찮았다. 하지만 그녀가 저렇게 제정신을 잃어버리고 점차 미쳐 가는 것은…….

"……."

테론은 가쁘게 숨을 몰아쉬었다. 끝없는 나락으로 떨어지는 것 같은 기분을 느낀다.

아델라이데를 처음 만났을 때의 그 순간이 떠오른다. 신록이 우거진 밤의 정원, 청량한 공기, 군데군데 꿈결처럼 흔들리던 화려한 불빛. 생기발랄하게 웃고 있던, 나무의 정령처럼 아름다웠던 그녀.

"아델, 너를 망가뜨린 건…….”

절망이 목을 조른다. 그의 귓가에 강제로 속삭인다. 아델라이데가 저렇게 된 건 자신 때문이고, 또한 자신이 그녀에게 잉태시켰던 자카리 때문이라고. 그는 순간 강렬한 증오를 느꼈다.

'……자카리.'

아이의 이름만을 읊조리며 멍하니 앉아 있는 아델라이데. 그 모습을 바라보며 시시각각 비탄에 잠기는 자신. 테론의 사랑은 너무 작았기에, 그가 사랑할 수 있는 사람은 단 하나뿐이었다.

'이건 모두 자카리 때문이야.'

그리하여 테론은 아이에게 풀 길 없는 원망을 퍼부었다. 그러지 않으면 제가 버틸 수 없어서.

　　　　　　＊　　　＊　　　＊

어느 창백한 새벽, 아델라이데는 자카리의 방을 찾아왔다. 자카리는 죽은 듯이 잠들어 있었다.

"자카리."

"……"

아델라이데는 의자를 끌어다 침대 곁에 앉았다. 얕은 숨을 내뱉는 자카리의 얼굴은 여전히 창백하기만 했다. 그녀는 그대로 고개를 숙였다. 아이의 손등 위로 이마를 기댄 채 소곤거린다.

"이런 선택을 해서, 정말, 정말로…… 미안해."

그 말은 자카리가 어머니에게 듣게 된 최초의 사과이자, 최후의 사과가 되었다. 아이는 잠에서 깨어나려 들지 않는다. 의사가 말하기를 몸은 다 회복되었다 했다. 그런데도 눈을 뜨지 않는 건…….

"……너도 네가 죽는 편이 낫다고 생각하는 거겠지."

아델라이데는 질끈 눈을 감았다. 툭툭 떨어지는 눈물들이 침대 시트를 동그랗게 적셔 나갔다.

"너무 걱정하지 말렴. 널 보내 주고 엄마도 금방 따라갈 테니까……."

그렇게 말한 그녀가 자카리를 침대 시트로 잘 감싸고 안아 올렸다. 사박사박 걸음을 옮겨 공작 성의 첨탑으로 향한다. 까마득한 높이를 걸어 올라가는 그 얼굴엔 단호한 확신이 가득했다.

"그래, 처음부터 이렇게 했었어야 했어."

아델라이데는 잠든 아이의 이마를 쓸어내리며 다정하게 소곤거렸다. 아이가 깨어 있을 땐 한 번도 보여 주지 않았던, 봄의 녹음을 닮은 따스한 눈동자. 그녀가 아이의 흰 이마에 키스했다.

"엄마가 미안해, 자카리."

그렇게 속삭인 아델라이데가 난간에 비스듬히 기대어 첨탑 아래를 내려다보았다. 하얀 조각달만이 파리하게 빛나는 푸른 새벽. 그녀는 가슴 깊이 숨을 들이쉬었다.

괴물을 낳은 어미와, 어미에게서 단 한 번도 사랑받지 못한 어린 괴물. 애초에 이 세상에 태어난 것부터 잘못이었다.

"이제 금방 편해질 테니까……."

아델라이데는 아이를 와락 끌어안았다. 조그맣고 따스한 아이의 몸. 그녀가 책임지고 목숨을 거두어 줘야 하는 그 몸. 그녀는 난간 위에 올라섰다. 바로 그때, 커다란 고함 소리가 들렸다.

"아델라이데!"

찌렁찌렁하게 울리는 목소리가 그녀의 귓전을 쨍하니 울렸다. 그녀는 황급히 뒤를 돌아본다.

"테론⋯⋯?"

그가 겨울 설원처럼 창백하게 질린 얼굴이 되어 그녀를 바라보고 있다. 그녀는 눈살을 찌푸렸다. 누구든지 그녀를 방해하면 안 된다. 그녀는 아이를 부둥켜안은 채로 뒤로 물러났다.

"가까이 오지 말아요."

"아, 아델? 제발. 무슨 생각을 하는 거야⋯⋯?"

테론이 더듬거리며 아델라이데를 불렀다. 그녀는 경계심 가득한 눈초리로 테론을 쏘아보았다.

"우리를 이대로 보내 주세요."

"보낸다니? 아델, 잠깐만. 제발 좀 진정하고⋯⋯."

"괴물은 마땅히 괴물을 낳은 어머니와 함께 떠나야지요."

그 말에 테론은 누군가가 뺨을 후려친 것 같은 충격에 휩싸이고 말았다. 아델라이데는 자카리를 절대 빼앗기지 않겠다는 것처럼 힘을 주어 품고 있었다. 그녀가 냉정한 목소리로 말했다.

"그러니까 우리를 보내 주세요."

"아델, 그러지 마. 응?"

그렇게 애원한 테론이 주춤주춤 아델라이데에게로 다가갔다. 그의 사나운 시선이 고요히 잠들어 있는 자카리에게로 향했다. 새파란 눈동자가 분노로 확 불타올랐다. 그가 입술을 깨물었다.

'만약 네가 없었더라면.'

안다. 비이성적인 증오라는 것쯤. 자카리에게는 아무 잘못도 없

으며, 오히려 어른스럽지 못한 테론과 아델라이데 사이에서 고통만
받은 피해자라는 것도. 그럼에도 테론은 아들이 미웠다.

'너만 없었더라면…… 아델은 이렇게까지 몰리지 않아도 되었을
텐데.'

그건 차라리 눈먼 분노에 가까웠다. 스스로 말도 안 된다는 것을
알면서도, 원망을 쏟아 넣을 대상이 필요하여 그런 것이다.

테론은 아델라이데의 손목을 확 붙들었다. 그녀는 물 밖에 건져
진 물고기처럼 마구 몸부림을 쳤다. 짜랑짜랑 울리는 목소리가 테
론의 귀를 가득 메웠다.

"놔요, 난 자카리와 함께 떠나야 해!"

"아델라이데!"

"난 저 아이의 엄마야, 그러니까 저 아이를 죽이지 않으면……!"

그렇게 고함치며 실랑이를 하던 중, 아델라이데의 몸이 커다랗게
휘청거렸다, 난간 너머로 그녀의 몸이 확 넘어간다.

테론의 눈동자가 경악에 가득찼다. 테론은 처절하게 아내를 불
렀다.

"아, 아델!"

몸이 넘어간 건 아델라이데 혼자뿐이었다. 힘이 빠진 그녀의 손
에서 자카리의 몸이 미끄러져 공작 성의 바닥으로 떨어진 것이다.

등부터 뒤로 넘어갔기에, 그녀의 시선은 순식간에 허공으로 향했
다. 검푸른 밤하늘, 총총히 흩어진 사금파리 같은 별들, 그리고 창
백한 푸른색의 달.

'아.'

그녀의 창백한 입술 위로 희미한 미소가 스쳐 지났다. 제 아들의 눈동자와 꼭 닮은 달빛을 받으며 아델라이데의 몸은 아래로, 아래로 끝없이 추락했다. 마지막으로 그녀가 떠올린 생각은……

'난 드디어 자유로워지는구나.'

쾅! 그녀의 몸이 바닥에 부딪쳤다. 그녀는 긴 숨을 한차례 내쉬고, 온몸을 부르르 떨었다.

"아데에에엘!"

테론이 찢어질 것처럼 처절한 비명을 내질렀다. 그녀는 신음 소리조차 내뱉지 않았다.

고통보다도 후련함이 훨씬 더 컸다. 그녀가 작게 입술을 달싹였다. 미안해요, 테론. 미안해, 자카리.

"……."

죽은 나비인 양 힘을 잃은 속눈썹이 파르르 떨렸다. 시야가 흐릿해진다. 그녀는 눈을 감았다.

*　　*　　*

테론은 아델라이데가 그렇게 된 건 자카리 때문이라고 생각했다. 왜냐하면, 그렇게 생각하지 않으면 버틸 수 없었기 때문이었다. 테론에게는 누군가 자신의 죄책감을 전가할 대상이 필요했고, 마침 그에 어울리는 상대도 있었다.

그리하여 자카리는 눈과 얼음으로 쌓아 올린 세상에 갇혔다.

"이번 마수 토벌에 너도 참여하거라."

열 살도 되지 못한 아이에게 말하기에는 너무 가혹한 말이다. 하지만 소년은 그저 담담했다.

"왜 그런 표정이지? 넌 어미까지 잡아먹은 괴물 아닌가."

"……."

"마수들 앞에서 폭주하면 그만일 것을."

테론은 차갑게 웃었다. 새파랗게 날을 세운 시선이 자카리의 온몸을 난도질할 것처럼 본다.

"설마 괴물도 상처받는 게냐?"

비웃음 섞인 목소리로 테론은 질문을 던진다. 테론은 한 음절 한 음절, 못 박듯이 말을 이었다.

"잊지 말거라, 어린 괴물아."

저를 꼭 닮은 새파란 눈동자가 자신을 본다. 테론은 그 눈을 파내고 싶은 충동에 사로잡혔다.

"네가 내 아내를 잡아먹은 그 순간부터……."

"……."

"……난 평생 널 사랑할 마음이 없다."

부자의 관계를 근원부터 잘라 내는 말이었다. 하지만 잔인한 말을 들으면서도 자카리는 미동조차 하지 않았다. 테론은 경멸과 혐오에 가득 찬 눈으로 소년을 바라보다가, 이내 뒤돌아섰다.

*   *   *

눈을 뜬 이엘리가 그대로 짧게 비틀거리자, 곁에 다가온 은발청

안의 남자가 그녀를 부축해 주었다. 그녀는 숨을 들이마셨다. 지금까지 바라본 기억들이 너무 선명해서 고통스러웠다.

"······거짓말."

그녀가 조그맣게 중얼거렸다. 입술을 잘근잘근 짓씹던 그녀가 퍼뜩 고개를 들면서 애원했다.

"거짓말이죠? 거짓말이라고 해 줘요."

"거짓이 아니라는 건, 너 자신이 더욱더 잘 알 텐데."

"······."

이엘리는 헛숨을 삼켰다. 깨진 유리 조각을 집어삼킨 것처럼 가슴속이 아팠다. 자카리. 넌 지금까지 어떤 기분으로 내게 웃어 주었던 거니. 난, 바보같이······.

"······네가 이렇게 고통스러운지도 모르고······."

이엘리의 목소리가 가늘게 떨렸다. 뜨거운 눈물이 고여 시야가 흐릿해진다. 그녀는 손을 들어 얼굴을 거칠게 닦아 냈다. 그는 이런 기억을 품은 채로 그녀에게 내내 웃어 주었다. 얼마나 아팠을까.

"나, 난. 그런 줄도 모르고."

그녀를 물끄러미 바라보던 남자가 그녀의 뺨에 손가락을 갖다 댔다. 길고 우아한 손가락이 그녀의 눈물을 닦아 냈다. 따스한 체온이 눈가에 닿자, 그녀는 울음이 복받쳐 오르는 걸 느꼈다.

"자카리에게 나와 전대 공작 부인과는 다르다며 화만 냈어요."

"······그건 네 탓이 아니야."

"자카리가 나에게 이혼하자고 했을 때, 그 애가 무슨 마음이었을지도 모르고······."

그녀의 목소리 끝이 눈물에 가득 젖어 흐트러졌다. 자카리가 예민하게 굴었던 것은 당연했다.

"자카리는 어떻게 웃을 수 있는 거죠? 나, 나라면……."

이엘리라면 그가 언제나 짓곤 하는 다정한 미소는 지을 수 없었을 것이다.

자카리가 이혼하자고 했을 때, 그녀를 계속 밀쳐 냈을 때. 매번 매달리며 그에게 날카로운 말만 쏘아 냈다. 모두 자카리의 탓이라며 매도했다. 하지만 내가 저런 과거가 있었다면, 나라면 어떻게 했을까.

"……나라면, 저렇게 태연할 수 없었을 텐데."

그녀는 흐느껴 울었다. 목 안쪽 깊은 곳에 뜨겁고 딱딱한 무언가가 걸린 느낌이었다. 뚝뚝 떨어지는 눈물을 닦아 주던 남자는 이윽고 그녀를 조심스럽게 끌어안았다. 그녀는 그 품에 고개를 폭 기댔다. 자카리. 나의 자카리. 아무것도 몰랐던 게 너무 미안해. 너무, 너무 미안해…….

한참 흐느낀 후에야 그녀는 울음을 멈췄다. 그리고 달아오른 눈가로 남자를 바라보며 질문을 던진다.

"……그러니까 당신은 겨울의 은룡이고, 자카리의 전생이자 조상님이다 이거죠?"

"굳이 따지자면 그런 셈이지."

고개를 끄덕인 남자가 손을 내밀어 이엘리의 뺨을 어루만졌다. 그녀는 살짝 눈가를 찡그렸다.

"아까 전에도 말했지만 아직 너의 각성은 완전하지 않아."

"맞아요, 그런 말씀을 하셨죠."

"네가 이 세계에 머무를 수 있는 시간이 한정되어 있으니, 빠르게 말할게."

남자의 말씨가 조금 빨라졌다. 내가 우느라 너무 시간을 낭비한 건 아닐까. 이엘리는 조금 머쓱해졌다. 남자는 그런 그녀를 바라보며 다정하게 웃었다. 그가 살짝 고개를 기울이며 말을 잇는다.

"우선 네게 주술을 하나 남길 거야."

"주술이요?"

"그래. 이 주술이 네가 힘을 각성하는 데 조금이라도 도움이 됐으면 좋겠군."

그렇게 말한 남자가 이엘리의 손등을 가볍게 들어올렸다. 뭐지, 이건? 이엘리는 두 눈을 동그랗게 떴다. 남자는 그대로 이엘리의 손등에 짧게 키스했다. 기겁한 이엘리가 목소리를 높였다.

"어, 뭐, 뭐야. 제 남편은 자카리……!"

"그렇게 따지자면 난 네 남편의 과거이지 않나."

"그렇다고 해서 멋대로 키스해도 된다는 뜻은 아니거든요!?"

이엘리가 발끈했다. 남자는 눈매를 접으며 웃었다. 미소가 담긴 눈동자는 그녀를 너무 사랑스럽게 바라보는 시선이어서, 이엘리는 화를 내려던 것조차 잊은 채 입술을 당겨 물고 말았다.

"손등을 한번 살펴보도록 해."

"손등이요? 왜……."

그렇게 되물으며 손등을 내려다보던 그녀는 두 눈을 커다랗게 떴다. 꽃물이 든 것처럼 그녀의 손등 위로 분홍색 꽃잎 무늬가 남아 있었기 때문이었다. 다섯 잎 꽃잎이 활짝 핀 그 모양새였다.

"……이, 이건 뭐예요?"

"이 세계로 올 수 있도록 길을 열어 놨어."

이엘리는 멍하니 남자의 얼굴을 바라보았다. 이 세계라고? 여기, 그냥 내 상상이나 뭐 그런 게 아니었단 말이야? 분홍색 꽃잎이 팔랑거리는 주변을 둘러보던 이엘리는 기겁하고 말았다.

"잠깐만요, 이 장소가 실제로 있는 곳이란 말이에요?"

"그럼 거짓인 줄 알았나?"

남자는 희미하게 웃었다. 이엘리는 손등의 문양을 손가락으로 문질러 보았다. 지워질 리 없었다.

"이곳은 이 세계에 속해 있으면서 속해 있지 않은 공간이야."

남자는 여상하게 말했다. 그녀가 눈을 깜빡였다. 이 세계에 속해 있으면서 속해 있지 않다니?

"마법으로 만들어졌지. 한때 우리가 영원히 행복할 수 있으리라 믿었던 장소이기도 하고."

이엘리는 자신이 등을 기댄 나무를 흘끗 올려다보았다. 성인 남성 여럿이 모여 끌어안아도 다 안을 수 없을 것 같은 거대한 나무의 둥치.

분홍색 꽃잎을 마치 화관처럼 머리에 인 나무는, 멀리서 보면 분홍색 꽃다발처럼 보였다. 남자는 나뭇등걸을 어루만졌다. 그 눈빛이 다정하다.

"이 나무가 아샤의 본체야."

"아샤의 본체라고요?"

"그래. 나의 아샤…… 아, 그러니까 아샤 요정의 본체."

그녀는 힐끔 남자를 바라보았다. 남자는 마치 여신을 우러르는 신자처럼 나무를 올려다본다.

"아샤는 이 나무의 요정이지. 세계와 세계, 꿈과 현실의 경계에서 봄을 관장하는 여신."

저 남자가 알쏭달쏭한 소리를 하는 건 이제 익숙해졌다.

"어쨌거나 이제 길은 열어 두었으니까."

"그런가요?"

"그래. 네가 이곳에 돌아오고 싶으면…… 언제든지 돌아올 수 있어."

그렇게 말한 남자는 손을 들어 그녀의 뺨을 살짝 튕겼다. 그녀를 바라보며 곱게 접히는 눈매는, 역시 자카리와 꼭 닮았다. 청명한 가을 하늘처럼 빛나는 눈동자가 그녀를 제 안에 담는다.

"지금 이 장소는 오직 너와 나를 위해 만들어진 곳이니까."

애정이 담뿍 담긴 목소리로 말한 남자가 코끝을 찡그리며 웃었다. 그러고는 그녀의 머리를 쓰다듬는다.

"그럼 '현재의 나'를 잘 부탁한다, 나의 아샤."

"거참, 전 아샤가 아니라니까요? 그리고 제 남편은 제가 잘 챙겨요!"

이엘리는 미간을 좁히며 믿지 않게 남자를 흘겨보았다. 남자는 고개를 끄덕이면서 대답했다.

"그래, 난 그저 너희가 행복하기만을 바라."

그 말이 마지막이었다. 화사한 분홍색 꽃잎이 마치 폭풍처럼 휘

몰아쳤다.

저기……!

그렇게 외치려던 이엘리는 반사적으로 눈을 꽉 내리감았다. 잠시 후, 그녀가 눈꺼풀을 조심스레 들어올렸다.

"아."

이엘리는 멍하니 두 눈을 깜빡였다. 익숙한 천장이 눈앞에 있었다. 헤센바이츠 공작 성이었다.

이엘리는 자리에 누운 채, 눈동자를 굴려 주변을 살펴보았다. 그녀를 바라보는 시선이 느껴졌다. 새파란 눈이 그녀를 똑바로 응시한다. 그 시선을 가만히 맞받던 그녀가 입술을 달싹였다.

"자카리?"

"……깨어났구나."

자카리는 희미하게 미소를 짓는가 싶더니, 이윽고 기나긴 한숨을 내쉬었다. 마치 오랫동안 비바람에 묻혀 있던 조각이 생명력을 얻어 움직이는 것 같은 그 모습. 그가 나직하게 질문했다.

"왜 울었어?"

"나?"

이엘리는 그제야 제 눈가가 촉촉하게 젖어 있다는 것을 깨달았다. 그렇구나, 나 울었구나. 아마 자카리의 기억을 들여다보며 흘렸던 눈물이 남아 있는 것일 터였다. 그녀는 숨을 들이마셨다.

'자카리의 기억.'

그 처참한 기억을 떠올리면 심장이 꽉 조이는 것 같은 기분이 든다. 모든 이에게 외면당하고도 숨을 죽였던 작은 소년. 겨울의 세계에 버려졌던 소년. 이엘리는 충동적으로 손을 뻗었다.

"있잖아, 자카리."

그녀의 손끝이 자카리의 뺨을 쓸어내렸다. 의아한 눈동자를 한 자카리에게 그녀가 속삭였다.

"……많이 힘들었지."

"……."

그 말에 자카리는 그대로 얼어붙는다. 이엘리는 짙은 죄책감을 느꼈으나, 그렇다 해서 그의 기억을 보았다는 사실을 숨기고 싶지는 않았다.

"봤어?"

잠시 후, 자카리는 토막토막 끊어지는 목소리로 이엘리에게 물었다. 그 목소리는 그녀가 무엇을 보았는지 이미 알고 있는 자의 목소리다. 그녀가 고개를 끄덕이자 그는 눈을 질끈 감았다.

"……봤구나."

자카리의 표정이 순식간에 무너졌다. 지금의 자카리는 바닷가 해변에 모래로 쌓은 성처럼 보였다. 금방이라도 파도에 휩쓸려 바스러질 것 같은.

이엘리는 손을 내밀어 그의 손을 잡았다.

"저기, 자카리."

"나와 함께 있는 사람들은 모두 불행해져."

힘겹게 눈을 뜬 자카리가 건조한 어조로 입을 열었다. 새파란 눈동자는 무척 괴로워 보였다.

"그러니까, 내가 널 욕심냈던 것 자체가 잘못이었던 건지도 모르겠어."

"왜 그런 말을 해?"

"지금까지 넌 내 곁에 있으면서 나쁜 일만 겪었잖아."

그렇게 말한 자카리가 불안한 얼굴로 이엘리를 응시했다.

"게다가…… 봤다면서."

"……자카리."

"내 아버지와 어머니, 모두 나와 얽혀 그렇게 망가지셨어."

자카리는 피가 나도록 입술을 깨물었다. 도무지 그녀의 시선을 마주 볼 용기가 나지 않았다.

"계속 두려웠어."

자카리는 입을 열었다. 목소리가 떨릴까 봐 걱정했는데, 다행히도 목소리는 차분하게 나온다.

"네가 내 부모님처럼 망가질까 봐."

"그런 거 아니라고 했잖아."

이엘리는 억눌린 목소리로 대답했다. 하지만 그가 어째서 저렇게 생각하는지 이젠 모두 이해할 수 있었다. 그런 과거를 보았는데, 그가 가진 상실의 공포를 이해하지 못하는 게 이상하다.

"그래서, 너를 떠나보냈을 때도…… 그럴 수밖에 없었다고 생각했는데."

마치 여신에게 제 죄를 고백하는 신자처럼 자카리의 목소리는 참담했다. 그가 어깨를 떨며 말했다.

"네가 내게 돌아와 '곁에 있자'고 말해 줘서…… 정말 기뻤어."

이엘리는 그 자리에 딱딱하게 굳은 채 자카리를 마주보았다. 자카리는 힘겹게 미소를 지었다.

"……다시는 너를 포기할 수 없다고 생각할 만큼."

그 순간 이엘리는 와락 자카리를 끌어안았다. 평소라면 그녀를 마주 안아 왔을 자카리는, 쉬이 그녀에게 손을 대지 못했다. 그녀를 건드리는 것 자체가 죄스럽다는 것처럼 굳어 있을 뿐.

"자카리, 날 욕심내도 좋아."

그의 품에 어린아이처럼 뺨을 비비면서 그녀는 그에게 소곤거렸다. 신음 같은 대답이 들렸다.

"이엔."

"왜냐하면 나도 너를 욕심내고 있으니까."

그 말에 자카리가 어깨를 굳히는 것이 느껴졌다. 그의 뺨에 짧게 키스하며 그녀는 속삭였다.

"내가 너를 좋아하니까, 이렇게……."

대답 대신 자카리는 얕은 숨을 뱉었다. 그녀가 살포시 눈매를 접으며 확고하게 못을 박는다.

"……사랑하고 있으니까."

그를 똑바로 올려다보는 연녹색 눈동자. 자카리는 그 눈동자를 눈이 부신 것처럼 내려다본다.

"그러니까 안아 줘."

그녀가 조그맣게 속삭이는 순간, 단단한 두 팔이 이엘리를 와락 끌어안았다. 영영 놓지 않겠다는 것처럼 절박하게 끌어안고 체온을 나눈다.

이엘리 또한 그의 품에 매달렸다. 다시는 널 혼자 외롭게 홀로 두지 않을 거야, 그렇게 생각하면서. 이엘리는 그에게 고개를 기댔다.

"난 아마도 너와 처음 만났던 그 순간부터 지금까지 널 사랑했던 것 같아."

이엘리는 달콤한 목소리로 조그맣게 소곤거렸다.

"그러니까 결국, 우리는 공평하게 서로를 사랑하고 있다는 거지."

"……이엔."

"우리는 영원히 함께야. 서로가 마지막 사람이 되는 거라고."

이엘리는 힘을 주어 그렇게 말했다. 그 목소리를 듣던 자카리는 지극히 행복한 얼굴을 했다.

"그러니까 제발 떠나겠다느니, 내게 미안하다느니 그런 소리 좀 하지 마."

"그건…….'

"사랑하는 사람이 매번 땅을 파고 있는 모습을 보는 거, 기분 좋은 일 아니다?"

이엘리는 밉지 않게 투덜거렸다. 자카리는 살며시 웃었다. 그때 그녀가 살포시 미간을 좁혔다.

"어라, 너 우는 거야?"

"……아니, 그런 게 아니라."

"어휴, 내 남편. 눈물도 많지."

자카리의 눈가를 손으로 슥슥 닦아 주며 이엘리가 미소 지었다. 결국 그는 울며 웃어 버렸다.

            ＊   ＊   ＊

두 사람은 도란도란 대화를 나누었다. 그리고 그동안, 이엘리는 내내 자카리의 품에 안겨 있었다. 자카리는 한시도 가만히 있을 수 없다는 양, 제 아내의 뺨에 키스하고 나지막이 웃었다.

"이건 뭐야?"

그러던 중 자카리가 이엘리의 손등에 남은, 아샤 꽃을 닮은 문양을 발견한 것은 순전히 우연이었다. 이엘리는 미간을 좁히며 생각했다.

'그거, 역시 꿈은 아니었나 보네.'

그렇다면 아샤 꽃잎이 수없이 휘날리던 그 세계는 물론이고, 자카리를 '현재의 나'라고 칭하던 은발의 푸른 눈을 가진 그 남자도 실제로 존재한다는 소리지. 그녀는 조심스레 입을 열었다.

"저기, 놀라지 마. 아까 내가 너의 그 기억을 봤을 때……."

이엘리는 자초지종을 설명했다. 그녀가 자카리의 기억을 보게 된 경위와, 그녀가 만났던 은발청안의 남자를.

또한 그 남자가 자신과 자카리가 무슨 관계인지 설명해 준 것까지도. 이엘리의 말을 귀기울여 듣던 자카리는 대번 인상을 구겼다. 자카리는 불만스러운 어조로 말했다.

"아니, 그래서 내 조상인지 뭔지 하는 그 작자가 너에게 이런 흔적을 남겼다고?"

……아니, 지금 그걸로 화낼 게 아니지 않아? 화내는 포인트가 잘못됐다는 생각, 안 하는 거야?

"나도 못한 걸 그 작자가 먼저 했다 이거야?"

"아니, 자카리. 그게 중요한 게 아니라……."

"게다가 멋대로 남의 기억을 보여 줘? 이거 완전 날강도 아냐?"

이엘리는 그냥 얌전히 입을 다물기로 했다. 자카리는 굉장히 화가 난 표정으로 말을 이었다.

"사람을 멋대로 움직이는 것도 정도가 있지."

"어, 그게."

"그 작자가 물려준 힘 때문에 내가 얼마나 개고생을 했는데!"

그건 이엘리도 동감이었다. 그때 그가 입술을 당겨 물며 한숨을 내쉬었다.

"……그래도."

"응?"

"하나 고마운 건 있네."

자카리는 말을 툭 내뱉었다. 화가 난 기세가 조금 수그러든 것 같아, 그녀는 고개를 갸웃했다.

"뭔데?"

"그 용인지 뭔지가 아니었다면, 네가 이렇게 무사히 잠에서 깨는 것도 어려웠을 거 아냐."

맞는 말이었다. 이엘리도 잘 모르긴 하지만, 그녀가 깊은 잠에 빠져 있었던 이유도 그 용이 말하던 '각성'인가 하는 문제 때문이었던 것 같았다.

"……젠장."

이엘리는 도끼눈을 했다. 저도 모르게 욕설을 내뱉던 그가 화들짝 놀라 이엘리에게 사과했다.

"미, 미안해. 네 앞에서 욕을 하려던 건 아닌데……."

"알아. 평소에는 욕 잘 안 하니까."

뭐, 기사들에게 듣기로는 이엘리의 유무에 따라, 자카리는 거의 이중인격 수준으로 언행이 바뀐다고는 했다.

"아무튼, 내가 그 용을 만나고 네 기억을 보게 된 것 자체가……."

지금 상황을 설명할 적절한 말을 고르느라 이엘리는 살며시 눈살을 찌푸렸다. 그녀가 말했다.

"너와 내가 연결되어 있기 때문이래. 그, 뭐라고 해야 하지?"

"어떤 거?"

"그…… 그 용이 나에게 아샤 요정이라고 했으니까. 그리고 너도……."

그렇게 말하던 그녀는 저도 모르게 뺨을 붉히고 말았다. 아니, 건국 전설에서나 듣던 아샤 요정이 나라니. 정말 손발이 오그라든다. 난 그런 건 아이들의 동화에나 나올 줄 알았단 말이야.

"그리고 보니, 아샤 요정이라."

그녀의 말을 듣던 자카리가 문득 고개를 기울였다. 그러고 보니 궁금했던 점이 하나 있었다.

"그리고 보면 그 아샤 꽃들은 네가 피운 거야?"

"아샤 꽃들?"

"너 구하러 갔을 때, 네 위치를 알려 주었던 그 아샤 꽃들 말이야."

"아, 응. 아마 그런 것 같아."

이엘리는 머쓱한 낯이 되어 고개를 끄덕였다. 자카리는 입 안으로 끙 하는 앓는 소리를 냈다.

"젠장, 전설 속 이야기를 이런 방식으로 현실에서 봐야 한다니."

"어……."

"……그래도."

자카리는 이엘리를 끌어안은 팔에 힘을 주었다. 다정한 목소리가 그녀의 귓전을 간지럽힌다.

"네가 무사히 돌아와서 정말 다행이야."

"응, 나도 그렇게 생각해."

이엘리는 활짝 웃었다. 그 웃는 얼굴을 보며 자카리는 생각했다. 어떻게든 그녀를 지키겠다고.

*　　*　　*

자카리는 오랜만에 초상화 방에 들렀다. 그가 부모님의 초상화 앞으로 저벅저벅 다가가 입을 연다.

"아버지."

방 안은 고요했다. 우리가 겪었던 모든 일은 과거의 일이라고 말하는 것처럼 초상화 속 아버지와 어머니의 표정 또한 그저 평온했다. 그 얼굴을 가만히 들여다보던 그가 속삭였다.

"이엔이…… 저와 아버지, 그리고 어머니에 관한 그 일을 알았어요."

어머니의 죽음에 관련한 진실. 이엘리가 모든 것을 보았다고 고백했을 때, 시야가 깜깜해지던 그 감각은 아직도 선연했다.

이엘리가 당장이라도 자신을 떠난다 말하면 어떡하나, 그런 두려움에 목이 죄이는 것 같던 그 느낌.

하지만 이엘리는 그러지 않았다. 오히려 그를 끌어안았다.

"그런데도 이엔은 저를 떠나지 않겠다고 했어요."

그 사실이 숨막히게 감격스러웠다. 제 모든 걸 알면서도 온전히 받아들여 주는 단 한 사람.

"저를 사랑한다고 말해 줬습니다."

그렇게 속삭이는 자카리의 목울대가 커다랗게 움직였다. 목이 멘 그는 작게 헛기침을 했다.

"살면서…… 제가 죽어서는 안 될 이유가 생길 거라고는 생각한 적도 없었는데."

자카리가 지금껏 살아오던 세상은 언제나 차가웠다. 눈과 얼음, 서리로 쌓아 올린 싸늘한 세상. 온 세상은 절망에 차 있다고 생각했다.

하지만 온기를 나눠 주는 그녀가 존재한다는 것만으로도, 영원한 겨울이었던 자카리의 세계에도 봄이 찾아들었다.

따스한 햇살, 활짝 핀 봄꽃.

"제가 죽으면 슬퍼해 줄 사람이 생긴다는 건, 이런 기분이군요."

가장 내밀한 비밀까지 공유하고도 그를 사랑한다고 말해 주는 사람. 그를 떠나지 않을 사람.

"그러니까 전 이제부터 전력을 다해 살아남을 생각입니다."

이엘리를 울리고 싶지 않았다. 자카리가 행동하는 모든 이유는 오로지 이엘리가 있어서였다.

"그 애가 슬퍼하는 모습은 보고 싶지 않으니까요."

이엘리는 언제나 환하게 웃는 얼굴만 하고 있었으면 좋겠다. 모든 힘겨운 일은 그 자신이 떠맡아도 좋았다. 따스한 봄 아래, 활짝 피어난 아샤 꽃나무 하나. 자카리는 조그맣게 속삭였다.

"그거 아십니까, 아버지?"

초상화 속 아버지가 기웃이 자카리를 내려다보았다. 자카리의 입가에 희미한 미소가 스쳤다.

"저는 처음으로…… 누군가와 행복해지고 싶다는 생각을 하고 있는 것 같아요."

그렇게 말한 자카리가 시선을 돌렸다. 그 시선 끝에는 어머니가 돌아가시기 직전, 어린 자신을 그렸던 그림이 놓여 있었다. 그 위에 덮어 둔 천을 거둘 용기는 아직 나지 않았다.

"……이엔은 제가 목숨을 걸어서라도 지키겠습니다."

아버지가 이엘리를 딸처럼 귀애했다는 사실은 그 자신도 알고 있었다. 삭막했던 공작 성에 웃음과 생기를 불어넣어 주었던, 아샤 꽃을 닮은 사랑스러운 아가씨.

자카리는 진지하게 말했다.

"이 맹세를 하러 이 방에 들른 거예요."

착각일까, 초상화 속의 아버지가 가볍게 고개를 끄덕인 것도 같았다. 그가 환하게 웃었다.

"……그럼, 편히 쉬시기를."

짧은 인사를 남긴 자카리가 초상화 방을 빠져나갔다. 방 안쪽으로 맑은 햇살이 비쳐 든다. 초상화 속의 전대 공작 부부는 부드럽게 웃고 있었다. 아들의 결심을 응원하기라도 하는 것처럼.

*　　　*　　　*

오랜 시간 잠들어 있었다고는 믿어지지 않을 만큼 이엘리의 몸은 가뿐했지만, 자카리는 불면 날아갈까 쥐면 터질까 그녀를 애지중지 대했다.

"저기, 그 정도로 내 몸이 아픈 건 아닌데."

"알아. 그래도 내가 하고 싶어서 하는 거니까."

자카리는 눈 하나 깜짝하지 않고 대답했다. 그녀는 얌전히 침대에 누운 채 머쓱한 낯을 했다.

"나 건강한데……."

"이왕 쉬는 김에 푹 쉬라는 소리지."

뭔가 말이 좀 이상하지 않나? 이엘리는 눈동자를 굴렸으나 그녀의 남편은 완강했다. 그리하여 이엘리는 아주 오랜만에 긴 휴식을 취하게 되었다.

자카리는 그녀가 손가락 하나 까닥하는 것조차 보고 싶어 하지 않는 것 같았다. 일조차 미루고 이엘리의 곁에 붙어 앉아 있었다.

'뭐, 내 말은 쉴 필요가 없다는 뜻이지만.'

그래도 자카리가 그녀를 소중하게 여기는 건 역시 기분이 좋았다. 이엘리는 마음 편히 현재의 휴식을 누리기로 결심했다. 그렇다 하여 그저 놀고만 있었던 것은 아니다. 정신을 차리자마자, 가장 먼저 만나 봐야 할 사람이 한 명 있었기 때문이었다.

"황녀 전하."

이엘리는 침대에서 황녀를 맞이했다. 사실 그녀의 현 상태는 아주 건강했기에, 굳이 안네로제를 침대에서 맞이할 필요는 없었다.

하지만 황녀와 자카리 두 사람이 완강히 저지했다.

"괜찮아요, 누워 계셔도."

"맞아. 황녀 전하께서 괜찮다고 하시는데 왜 굳이 일어나려고 그래?"

황녀의 말에 자카리는 기다렸다는 것처럼 동조했다. 아니, 나 안 아프다니까? 이엘리는 한숨을 삼켰지만, 왠지 그 자리에서 일어나는 건 두 사람의 기대를 동시에 배반하는 느낌이 들어 그대로 있기로 했다.

"이엔."

그녀의 눈을 가만히 바라보던 자카리가 씩 웃어 보였다.

"그럼 난 나가 볼 테니까, 전하와 함께 대화를 나누도록 해."

"응, 고마워."

이엘리는 얌전히 고개를 끄덕였다. 황녀는 고맙다는 뜻으로 까닥 목례를 했다. 자카리는 밖으로 빠져나갔다.

달칵 문이 닫히자 이엘리와 황녀, 두 사람만이 남았다. 황녀가 입술을 열었다.

"미안해요."

대뜸 사과부터 하는 황녀였다. 잠시 후 황녀가 희미하게 미소를 지었다. 어딘가 지친 미소였다.

"……공작 부인에게는 매번 미안하다는 사과밖에 할 수 있는 말이 없네요."

"황녀 전하. 저는 괜찮아요. 그러니……."

"그래도 제가 공작 부인에게 사죄해야 한다는 건 변하지 않아요."

황녀는 입술을 깨물며 고개를 가로저었다. 황녀는 지금 깊은 자괴감에 빠져 있었다. 이미 공작에게 모든 상황에 대해 설명을 들은 탓이기도 했고, 무엇보다도 그녀는 영민한 사람이었다.

'내 오라버니가 아니라면 이 모든 일을 해낼 수 있는 사람이 없어.'

로렌 백작 영애를 유혹함으로써 로렌 백작 가문을 뒤에서 움직이고, 암살자를 잠입시킨다. 무엇보다도 공작 부인을 향한 집요한 집착은 어떠한가. 그 모든 조건이 황제를 가리키고 있었다.

"제 오라버니가 저지른 짓이잖아요."

단호한 얼굴은 현실을 모두 알고 있는 자 특유의 표정을 짓고 있었다. 이엘리는 말을 삼켰다.

"정말로 미안해요. 전 언제나 공작 부인에게 큰 도움을 얻고 있는데."

황녀는 입술을 잘근 깨물었다. 그 표정이 너무 괴로워 보여서, 이엘리는 어찌할 바를 몰랐다.

"공작 부인은 황가 때문에 항상 피해만 받으시네요."

"괜찮아요, 한두 번도 아닌데요, 뭐."

이엘리는 어떻게든 황녀를 달래 주려 입을 열었다. 하지만 말을 잘못 선택했는지, 황녀의 얼굴은 더욱 어두워져 버렸다.

하아, 긴 한숨을 내쉬며 고개를 숙이는 통에 이엘리는 기겁했다.

"……하지만 제 오라버니도 정말 이해가 안 가요."

그때 황녀가 손을 들어 이마를 짚으며 입을 열었다. 앓는 소리를 섞어, 황녀가 작게 중얼댄다.

"공작께서 북부 전체에 봉쇄령을 내릴 정도로 중요한 사안을 어떻게 그렇게……."

"어, 음. 그랬죠, 북부에 봉쇄령이 내려졌었죠……."

이엘리는 좀 민망해졌다. 그래도 자신 때문에 북부 전체를 봉쇄한 건 너무 과한 처사 아닌가.

"아무리 제국의 지존이시라지만, 이젠 저도 잘 모르겠어요."

이엘리를 앞에 둔 황녀는 여러모로 머릿속이 복잡한 것 같았다. 그녀가 한숨을 섞어 입술을 열었다.

"이제 슬슬 황궁으로 돌아가야 할 텐데, 저도 어떻게 해야 할지."

"……저, 황녀 전하."

그런 황녀를 가만히 보던 이엘리는 조심스럽게 입을 열었다. 황녀에게 제안할 게 있어서였다.

"그러고 보니 말씀드릴 게 있어요."

"제게요?"

황녀가 의아한 얼굴로 이엘리를 마주보았다. 가볍게 고개를 끄덕이며, 이엘리는 말을 꺼냈다.

"혹시 공작령에 계속 머무실 생각은 없으세요?"

"공작령에 머문다고요?"

"네. 황녀 전하께서 마음이 내키신다면 그렇게 하셔도 돼요."

이엘리는 빙그레 웃어 보였다. 우리 때문에 그렇게 피해를 입었는데도 공작 부인은 여전히 자신을 배려하고 있었다. 황녀는 코끝이 찡해지는 걸 느꼈다. 이엘리는 조심스럽게 입을 열었다.

"어차피 폐하께서는 황녀께서 공작가와 친밀하건 그렇지 않건, 계속 경계하실 거예요."

이엘리는 한숨을 삼켰다. 이번 일을 통해, 그녀는 황녀와 황제의 관계를 똑똑히 알게 되었다.

"게다가 이번 납치 사건에서 전 납치만 당했지만…… 황녀 전하께서는."

황녀는 납치가 아니라 거의 살해 위협을 당하지 않았나. 이엘리는 황녀에게 칼을 들이밀던 그 작자들의 모습을 똑똑히 기억했다. 그건 위협하려는 동작이 아니었다.

상대를 죽이려는 의도가 명확한 동작이었다. 아마도 그들이 그렇게 행동한 이유는 아마도 황제의 명령 때문이리라.

"……황제 폐하의 명령이 아니었다면 그 누가 감히 황녀 전하께 칼을 휘두를 수 있을까요?"

"……."

"그렇다면 차라리 공작가의 보호를 받으시며 사시는 게 나을지도 몰라요."

황녀는 말없이 이엘리를 마주보았다.

이엘리는 마른침을 삼켰다. 솔직히 이런 제안이 황녀에게 무례할 수 있다는 건 알고 있다.

황녀가 혜센바이츠의 보호 아래에 산다는 건, 황녀가 '공작가와 결탁했다'는 타인의 의심을 무릅쓸 수 있다는 것 또한. 그럼에도 제안하는 그 이유는…….

"다른 뜻이 있어서 그런 건 아니에요. 다만 전……."

이엘리는 잠시 머뭇거렸다. 연녹색 눈동자가 황녀를 가만히 바라보았다. 그녀가 곧장 말을 덧붙였다.

"……전하께서 위험해지시는 그 상황이 싫어요."

황녀는 속을 알 수 없는 눈동자로 이엘리를 응시한다. 이엘리는 마른침을 삼켰다.

"저는…… 황녀 전하를."

이엘리는 주먹을 가만히 움켜쥐었다. 이런 내밀한 속내를 이야기하는 이는 자카리 외로는 황녀가 처음이었다.

하지만……. 이엘리는 황녀와의 수많은 기억들을 떠올렸다. 결혼 동맹의 쓸모를 이야기하며 서글프게 웃던 황녀. 공작의 죽음을 미리 언질해 주던 황녀. 그 호의를 기억한다.

"소중한 친구로 생각하니까요."

진심이었다. 친구라는 그 단어가 이상하게 낯간지럽게 느껴진다. 황녀는 잠시 입을 다물었다.

"……저도 공작 부인을 가장 소중한 친구로 생각해요."

그 이후, 황녀는 희미하게 웃어 보였다. 손을 뻗은 황녀가 이엘리의 손등을 가만히 움켜쥐었다.

"그 말씀 믿어요. 정말로 기뻐요."

그렇게 말하는 황녀의 얼굴에는 진심만이 가득했다. 황녀는 다정한 어조로 그녀에게 답했다.

"제게 그렇게 말해 주셔서 고마워요."

"혹시 저희가 불편해질까 봐, 그것을 걱정하시고 계신 거라면 괜찮아요."

진심이었다. 이미 자카리와도 이 문제는 모두 대화를 끝내 놓았다.

"아니에요, 저를 소중하게 생각해 주셨으니 부담을 무릅쓰고 제게 그런 제안을 해 주셨다는 거…… 알아요."

그렇게 말한 황녀가 곧게 고개를 들었다. 선명한 회색 눈동자는 상냥한 온기를 품고 있었다.

"하지만 괜찮아요. 전 이만 돌아갈 생각이에요."

"전하, 하지만!"

"왜냐하면 저는 어쨌든 황위 계승권을 가진 제국의 단 하나뿐인 황녀이니까요."

반사적으로 언성을 높이던 이엘리는 그 말을 들으면서 입술을 다물고 말았다. 황녀가 웃었다.

"그러니까 전, 제도를 지키는 게 옳다고 여겨요."

그런 황녀를 보면서, 이엘리는 황제와 황녀가 근본적으로 다른 인간임을 느꼈다.

자신의 의무조차 제대로 행하지 않으면서 권리만을 휘두르려고 하는 황제. 그에 반해 단 한 조각의 권리조차 허용되지 않았으면서도 제 의무를 짊어지려 하는 황녀.

이엘리는 쓸쓸한 기분을 느꼈다.

"특히 오라버니께서 저렇게 비이성적인 태도를 보이고 있을 때
는…… 더더욱 말이에요."

황녀는 제가 짊어진 책임감에 괴로워하면서도 도망치지는 않는
다. 오히려 그 책임감을 똑바로 마주한다. 만약 이엘리 자신이라면
저럴 수 있을까. 이엘리는 가만히 황녀를 눈 안에 담았다.

"게다가 황후께서도 제도에 홀로 계신 지 오래잖아요? 아마 꽤나
힘드시겠죠."

황녀는 어깨를 으쓱이며 눈매를 접었다. 가벼운 분위기였던 황
녀는 이내 진지한 얼굴을 했다.

"그리고 제가 공작가에 오래 머무르고 있을수록 상황은 더욱 나
빠질 거예요."

황녀가 가볍게 고개를 기울이며 말을 이었다. 황녀는 영민한 아
가씨였고, 공작가와 황가 사이의 적대적인 관계를 알아볼 수 있는
눈을 가졌다.

황제가 공작가에게 가진 적대감과 공작 부인에게 느끼는 집착은
상상 이상이었다. 가장 질이 나쁜 건 그 적대감엔 이유가 없다는 것
이다.

"왜냐하면 제 오라버니께서는 공작가에게 압박을 가하려 하실
테니까요."

"그건……!"

"공작 부인이 절 소중한 친구로 말씀해 주셨듯이, 저에게도 공작
부인은 그런 사람이에요."

황녀는 설핏 웃어 보였다. 손을 들어 그녀의 손등을 장난스럽게

두드리며 황녀는 말을 이었다.

"그런 소중한 친구에게 부담을 짊어지게 하고 싶진 않아요."

한 점 거짓 없는 진심이었다. 지금까지 이엘리에게 차고 넘치는 호의를 얻었다. 그 호의에 기대는 것도 좋지만, 그것도 일정 선이 있었다. 공작가에게 부담이 되는 일은 하고 싶지 않았다.

"더이상 황제 폐하께서 저렇게 행동하는 것도 두고 보기 어렵고 요."

"하지만 위험할지도 몰라요, 황녀 전하."

이엘리의 걱정스러운 목소리에 황녀는 부드럽게 고개를 가로저었다.

"비록 제가 폐하의 눈엣가시인 건 맞지만, 이미 절 죽이려 했던 시도가 한번 실패했잖아요."

이번에 황녀를 암살하려 했던 암살 시도를 이야기하는 것일 터였다. 이엘리는 눈을 깜빡였다.

"이곳은 헤센바이츠 공작령 내니까 공작가에게 덮어씌울 수 있지만, 제도는 달라요."

황녀의 어조는 확고했다. 황녀는 잠시 생각에 골몰하는가 싶더니 또렷한 어조로 말을 이었다.

"제도에서 제가 이유 없는 죽음을 맞이한다면 분명 사람들도 황제 폐하를 의심할 테니까요."

그 말은 곧, 귀족들도 황제가 제 여동생인 황녀를 마땅찮아 한다는 사실을 알고 있다는 뜻이었다. 자신의 죽음을 아무렇지도 않게 상정하는 모습이 좀 안타깝다. 황녀는 곧 말을 덧붙였다.

"그리고 론도 후작도 있으니까요."

"……론도 후작만을 믿고 계셔도 괜찮겠어요?"

"아마 괜찮을 거예요. 론도 후작은 중앙 정계에서 꽤나 영향력이 있으면서도, 폐하께 호의적이지 않은 귀족이니까요."

이엘리는 문득 그의 얼굴을 떠올렸다. 론도 후작은, 제도에서 영향력을 가진 귀족이면서도 공작 부부의 결혼식에 참석하는 것에도 주저하지 않았다. 황녀는 긴 한숨을 쉬었다.

"뭐, 소중한 딸을 폐하께 강제로 빼앗겨 버린 것이나 마찬가지니까 당연하지만요."

그렇게 말하는 황녀의 얼굴에 서글픔이 스쳤다. 이엘리는 숨을 삼켰다. 황녀가 이야기하고 있는 그 사람은 아마 황후일 것이다. 황제의 곁에서 천천히 말라비틀어지고 있는 고귀한 여인.

"폐하께서는 론도 후작을 위시한 중앙 정계를 견제하고 계시니까."

황녀는 잠시 눈동자를 굴렸다. 안네로제는 힘없는 황녀로서 숨을 죽이고 살아가야 하지만, 그게 정계에 관심을 끊어도 된다는 뜻은 아니다. 오히려 정계 흐름에 신경을 곤두세워야 한다.

"아마 당분간은 저도 안전할 거예요."

이유는 간단하다. 힘없는 황녀는 언제든 정계의 흐름에 휩쓸려 이용당할 수 있기 때문이었다.

"그리고 제가 공작가에 계속 머무르는 것 자체가 폐하께서 절 공격할 수 있는 요소가 돼요."

"그 말씀은……."

"아마 공작 부인께서도 쉬이 추측하실 수 있을 거예요."

황녀가 차분한 얼굴로 이엘리를 마주 보았다. 황녀의 나긋한 목소리가 이엘리의 귀에 닿았다.

"제가 공작가와 합작하여 불온한 뜻을 가지고 있다거나, 그런 식으로요."

그 말에 이엘리는 얕게 숨을 삼켰다. 황녀는 온기 한 점 남아 있지 않은 눈동자로 설명했다.

"제 뜻을 곡해할 수 있다는 거죠."

곡해라. 이엘리는 단박에 황녀의 말이 내포하는 뜻을 이해했다. 공작가와 합작하여 황위를 쟁취하려 한다, 그런 의심을 받을 수 있다는 뜻이다. 이엘리가 내심 걱정하고 있던 문제와 같은 생각이었다.

더 나아간다면 황제의 필요에 의해, 황녀를 어떻게든 잘라 내기 위해 그렇게 몰아갈 수도 있다는 말.

황녀는 두 눈을 가늘게 뜨며 말했다.

"뭐, 폐하께서는 이성적인 분은 아니시니까 말이에요. 그러니……."

지금의 황녀는 냉철한 전략가였다. 각 상황에 대한 위험도를 계산하고 합리적인 답을 내린다.

"언제든지 공격할 수 있는 여지를 남겨 두느니, 이쯤에서 제도로 가는 편이 나을 것 같아요."

그렇게 말한 황녀의 표정이 약간 풀어졌다. 황녀는 이엘리를 향해 다정한 목소리로 속삭였다.

"지금껏 제게 친구라고 부를 수 있는 사람은 단둘뿐이었지만."

"……."

"그래도 두 사람이 있어 주어서, 여기까지 버틸 수 있었던 것 같아요."

황녀는 부드럽지만 꺾이지 않는 마음을 가지고 있었다. 이엘리는 조용히 고개만을 끄덕였다.

"정말 고마워요. 공작가의 호의로 푹 쉴 수 있었어요."

진심이 담긴 인사를 남긴 황녀가 쌩 웃었다. 그러고는 가볍지만 진지한 어조로 말을 덧붙였다.

"그리고 폐하께서도 단 하나, 옳은 추측을 하신 건 있어요."

"그건 무엇인가요?"

"별건 아니고요. 그냥 가끔씩……."

황녀의 회색 시선이 먼 곳을 바라보는 것처럼 아득해진다. 황녀의 목소리가 미세하게 떨렸다.

"……나라면 이 제국을 좀 더 아끼고 사랑할 수 있을 텐데, 그런 생각이 든다는 거죠."

"그건……."

"역시 제가 쓸데없는 소리를 했죠?"

그렇게 말한 황녀는 푹 쉬라는 말과 함께 자리에서 일어났다. 그녀는 급히 황녀를 붙들었다.

"황녀 전하!"

"네?"

"쓸데없는 소리가 아니에요."

이엘리는 황녀를 똑바로 올려다보았다. 이엘리는 단호한 목소리로 황녀에게 못 박듯 말했다.

"저는 전하께서 훨씬 더 잘하실 수 있을 거라고 믿어요."

"……고마워요."

황녀는 처음으로 양 뺨을 가볍게 물들였다. 까닥 고개를 숙여 보인 그녀가 밝게 웃어 보였다.

"저는 언제나 공작 부인에게 힘만 얻고 가네요."

"황녀 전하께 좋은 친구가 될 수 있다면, 전 그것으로도 족하니까요."

이엘리의 말에 황녀는 크게 고개를 끄덕였다. 두 여자는 서로를 향한 단단한 유대감을 느꼈다. 따스한 우정과 동질감으로 이루어진 관계. 그리고 이튿날, 황녀는 제도로 떠났다.

*　　　*　　　*

황녀를 배웅한 이엘리는 다소 묘한 기분으로 그 자리에 서 있었다. 그때 자카리가 등 뒤에서 이엘리를 끌어안았다. 놀라지도 않고 이엘리가 남편을 돌아보자, 자카리는 그녀에게 키스했다.

"이엔, 황녀 전하께서 떠나셔서 섭섭해?"

"조금은."

이엘리는 어색하게 웃어 보였다. 마음을 나눈 친구가 떠났는데 허전하지 않을 리가 없다. 그는 살짝 코끝을 찡그리는가 싶더니 아내의 이마에 제 이마를 톡 기댔다. 장난스럽게 소곤거린다.

"그래도 내가 있으니까 참아."

"뭐야, 그게."

자카리의 애교 섞인 목소리에 이엘리는 까르르 웃음을 터뜨렸다. 문득 이엘리는 정원을 돌아보았다. 그러고 보면 납치당했을 때, 계절에 맞지 않는 아샤 꽃을 피워 내곤 했었지.

'내가 아샤 요정이라니.'

이엘리는 미심쩍은 기분이 되어, 야트막한 장식 울타리를 휘감은 들장미 덩굴을 톡 건드려 보았다. 그와 동시에 새하얀 들장미가 토도독 꽃망울을 터뜨렸다.

겨울에 가까운 날씨에 화사하게 피어난 들장미는 계절과는 거리가 먼 아름다움을 뽐낸다. 자카리는 경악한 표정이 되었다.

"……이엔? 이거 설마."

"어, 응…… 내가 한 거 맞아."

이엘리는 머쓱한 얼굴로 자카리를 올려다보았다. 자카리는 눈을 깜빡거리다 말고 중얼거렸다.

"사실 예전에도 네가 전설 속 아샤 요정이랑 닮았다고 생각하긴 했는데."

"으엑, 그게 무슨 소리야."

이엘리는 몸서리를 쳤다. 와, 손발이 오그라들다 못해 사라질 것 같아. 하지만 자카리는 진지했다.

"그런데 네가 진짜로 아샤 요정이었다니."

그렇게 말하며 그녀를 바라보는 자카리의 시선에는 애정만이 가득 차 있어서, 이엘리는 머쓱해지고 말았다. 저 시선은 뭐지. 마치 어린아이를 자랑스러워하는 것 같은 그런 뿌듯한 시선.

"하지만 이엔."

"응?"

"고민이 있다면 내게도 털어놓아 주면 기쁠 거야."

양손을 들어 이엘리의 뺨을 가볍게 감싸 안으며 자카리가 말했다. 이엘리는 눈을 깜빡였다.

"나, 고민 있어 보여?"

"그거야 네 표정만 봐도 딱 보이니까."

"그게……."

이엘리는 입술을 깨물었다. 사실 이엘리는 자카리에게 하나 말하지 않은 것이 있었다. 그것은 바로 그녀가 잃어버린 조각에 대한 이야기였다.

그녀는 아직 완벽하지 않으며, '회색 기사'에게 잃어버린 조각을 되찾아야 한다는 그 말. 그게 도대체 무슨 뜻일까. 그녀는 미간을 좁혔다.

"……그냥."

"이엔?"

"아무것도 아니야."

그녀는 씩 미소 지었다. 자카리는 의심스러운 얼굴을 했지만, 그녀는 새침하게 고개를 돌렸다.

'내가 기억을 잃었다고 했지. 그리고 회색 기사가 나의 일부를 빼앗아 갔다고.'

그랬었다. 그녀는 힐끔 제 손등을 내려다보았다. 그 위엔 아샤 꽃무늬가 선명하게 남아 있다.

"……."

앞으로 난, 그리고 우리는 어떻게 해야 하는 걸까. 이엘리는 마음이 무거워지는 것을 느꼈다.

*　　　*　　　*

그렇게 헤센바이츠 공작 성에는 평화가 찾아왔다. 제 딸이 납치되었다는 사실에 기겁한 블랑쳇 자작 부부는, 며칠 동안 공작 성에 체류하기로 했다. 이엘리는 또 한 번 잔소리 감옥에 갇혔다.

"이것아, 너 때문에 북부 전체가 봉쇄되었었다니까?!"

"아니, 엄마! 저 제가 잘못한 거 없다니까요?!"

이엘리는 블랑쳇 자작 부인과 악악거리며 입씨름을 하고 있었다. 자카리는 웃는 얼굴로 두 모녀의 실랑이를 지켜보았다. 평소 어른스러운 이엘리였지만, 부모 밑에서는 소녀의 낯이 된다.

"누가 네가 잘못했대!?"

"그런데 왜 저한테 성질이에요!"

"걱정했으니까 그렇지, 엄마 마음도 몰라!?"

두 모녀는 다시 언성을 높였다. 그러나 그 말다툼 자체가 서로를 사랑하고 있음을 여실히 드러내 주었기에, 자카리는 그 모습마저도 눈물겹도록 아름답게 보였다.

괜히 제 딸에게 뾰족하게 굴던 자작 부인의 눈에 글썽 눈물이 고였다. 그녀는 제 딸을 와락 끌어안으며 중얼거렸다.

"그래도 다치지 않아서 다행이야, 우리 이엔."

"……엄마, 뭐 이런 거 갖고 울고 그래."

이엘리는 어머니의 눈물을 닦아 주며 웃었다. 곁에 서 있던 블랑
쳇 자작도 마찬가지였다. 그는 코끝이 찡했는지, 시선을 괜히 하늘
로 올리며 아내와 딸의 다정한 모습을 모른 척하고 있었다.

"아무튼 당분간은 너, 이상한 데 나다니고 그럴 생각 하지 마."

"아니, 애초에 저 이상한 곳에 나다닌 적 없었는데요?"

"이엘리 너 정말!"

조금 감동적인 분위기를 연출했던 두 모녀는 다시 악악거리기
시작했다. 이엘리의 뺨을 힘껏 꼬집으며 자작 부인은 잔소리를 건
넸고, 이엘리도 그에 맞서 언성을 높였다.

그 평화로운 광경을 보며 자카리는 그만 웃어 버렸다. 언제까지
나 이런 평화가 유지되기를 자카리는 기원했다.

*　　　*　　　*

이후 이엘리가 누리는 일상은 아주 평화롭고, 아주 풍요로웠다.
이엘리가 요새 하는 일은 고작해야 침대에 누워 손닿는 곳에 놓인
그녀 취향의 간식을 집어 먹거나, 느긋하게 산책을 하는 정도였다.

공작 성 사람들은 안주인을 세심하게 신경 썼다. 그도 그럴 게,
그녀가 잠들어 있던 당시의 모습은…….

"완전히 살얼음판이었거든요."

안주인 곁에 붙어 앉은 메리가 단정적으로 말했다. 초콜릿을 오

물거리던 그녀는 조금 놀랐다.

"그 정도였어?"

"네, 그 정도였어요."

이엘리는 머쓱해졌다. 하긴 자신은 자카리와 결혼 생활을 하면서 몇 번이나 쓰러졌었고, 그때마다 자카리는 살벌한 표정이 되어서 공작 성의 분위기를 한없이 가라앉히곤 했었다.

"미안해."

"아뇨, 안주인 마님의 잘못은 아니죠."

메리는 두 눈을 가늘게 뜨며 대답했다. 어쩐지 그녀가 자카리에 대해 심대한 유감을 가지고 있는 것 같아서, 이엘리는 슬쩍 눈치를 살폈다. 그나마 이런 분위기가 만들어진 게 훨씬 나았다.

'우리가 이혼했던 그 당시에는, 아예 숨조차 편히 쉬지 못했다고 하니까.'

이엘리는 성의 없이 손가락을 들어 초콜릿 상자를 뒤적였다. 그때 똑똑 노크 소리가 들렸다.

"들어와요."

그녀가 새 초콜릿을 꺼내 한입에 쏙 집어넣으며 말했다. 들어온 사람은 공작 성의 집사였다.

저 사람이 웬일이지? 초콜릿 안에 든 아몬드를 오독오독 씹으며 그녀가 물었다.

"무슨 일이에요?"

"안주인 마님의 몸 상태는 어떠하신지 여쭤보려고 왔습니다."

"제 몸 상태요?"

초콜릿을 삼킨 이엘리가 고개를 갸웃했다. 저 무뚝뚝한 집사가 내 몸 상태를 살피려고 여기까지 왔다고? 집사는 무표정한 얼굴로 이엘리를 바라보더니, 만면에 활짝 미소를 지어 보였다.

"정말 다행입니다."

그 목소리에 짙은 안도감이 스며들어 있다고 생각하는 건 이엘리의 착각일까. 집사가 말했다.

"이제 각하께서도 조금 덜 날카롭게 구시겠군요."

"그래서 내가 괜찮은지 상태를 확인하려고 여기에 온 거예요?"

텅 빈 초콜릿 상자를 옆으로 치우면서 이엘리가 되물었다. 집사는 슬쩍 눈썹을 치켜 올렸다.

"물론이죠. 안주인 마님의 건강 상태는 집사로서 당연히 챙겨야 하는 일입니다."

"그렇게 말해 줘서 고맙긴 한데…… 자카리가 무서워서 그런 건 아니고요?"

"절대로 아닙니다."

집사가 정색하며 이엘리에게 대답했다. 이엘리는 키득키득 웃으며 곱게 눈매를 접어 내린다.

"아하, 그렇구나. 그러니까 나 걱정해서 와 준 거지요? 고마워요."

"그, 그게."

"세상에, 지금 안주인을 걱정하면서 부끄러워하는 거예요?"

이엘리는 짓궂은 목소리로 장난스럽게 말했다. 집사는 좀 민망해졌는지 흠흠 헛기침을 했다.

"아무튼 몸조리 잘하십시오."

"이렇게 누워서 간식만 먹다 보면 살찌겠는걸요."

"마님께서는 살 좀 찌셔도 됩니다."

단호하게 말한 집사가 방문 밖으로 빠져나갔다. 그 뒷모습을 바라보던 이엘리가 쿡쿡 웃었다.

*　　*　　*

공작 부부는 오랜만에 정원으로 산책에 나섰다. 손에는 온갖 음식을 바리바리 챙겨 넣은 도시락 바구니까지 들고 있는 상태였다. 따뜻한 옷을 몇 겹이나 껴입은 채, 이엘리는 미간을 좁혔다.

"난 그냥 햇볕이 따스하다고 했을 뿐인데."

"알아. 그냥 내가 내 아내를 모시고 밖에서 도시락을 먹고 싶었을 뿐이야."

자카리가 어깨를 으쓱거리자, 이엘리는 뚱한 얼굴을 했다. 아니, 그냥 햇살이 따뜻하다는 이유로 밖에서 도시락까지 먹는 이 행동력은 도대체 뭐냐고. 공작 성 사람들도 마찬가지였다.

'도시락이요? 걱정 마십시오. 마님이 좋아하는 음식만 골라 만들어 드릴 테니까요!'

아니, 그런 의욕까지는 필요 없어. 아무래도 이엘리가 최근 납치 사건에 휘말린 이래로, 공작 성 사람들은 그들의 안주인 마님을 더욱 싸고돌았다. 자카리가 그녀에게 미소했다.

"이리 와, 이엔."

"으응."

이엘리는 사뿐사뿐 걸음을 옮겼다. 그들이 도시락을 먹기로 한 장소는 정원에 만들어져 있는 가제보 안이었다. 햇빛을 머금어 상 앗빛으로 빛나는 가제보 안쪽에는 화로가 불타고 있었다.

"화로까지 준비해 뒀네?"

"햇빛은 따사로워도 날씨 자체는 차가우니까."

자카리는 아무렇지도 않게 대답했다. 그러고는 테이블 위로 체 크무늬 천을 펼친다. 이엘리는 다시 공작 성 사람들의 행동력에 감 탄했다.

화로와 테이블과 접이식 의자는 물론이고, 화로의 불길이 잘 닿 는 곳에는 긴 의자까지 마련해 두지 않았나. 정말이지 오붓한 데이 트를 위한 최적의 장소였다.

"여기 앉아."

"응, 고마워."

이엘리는 얌전히 자리에 앉았다. 자카리는 그녀의 무릎에 손수 냅킨을 펼쳐 주고, 테이블 위로 가지런히 식기를 놓았다. 차곡차곡 차려지는 음식들은 도시락이라 하기에 미안할 정도다.

"어, 이 롤케이크는……?"

그 와중에 이엘리는 익숙한 디저트 하나를 발견했다. 자카리가 눈웃음을 치면서 대답해 주었다.

"카페 로랑의 롤케이크야."

첫눈처럼 새하얀 크림을 가득 넣은 롤케이크 안쪽에는 빨간 딸기가 구슬처럼 콕 박혀 있었다.

"오랜만에 먹고 싶다고 했었잖아?"

"그, 그랬었지."

하지만 그냥 그것도 별생각 없이 말한 것뿐이었는데. 지금 이엘리의 침상 주변에는 간식거리가 넘쳐 나도 너무 넘쳐 났다.

"……정말 고마워."

마치 주인에게 제가 가장 아끼는 장난감을 물어다 주고, 칭찬을 요구하는 강아지 같은 자카리의 눈빛을 보며 이엘리는 어색하게 웃었다. 그녀는 얌전히 차려진 음식을 모두 배 속에 집어넣기로 했다.

*　　*　　*

두 사람은 도시락을 말끔히 먹어 치운 이후 하릴없이 빈둥거렸다. 내내 꿀벌처럼 열심히 일하던 공작 부부였기에, 이런 휴식은 사실 굉장히 오랜만이었다.

오늘도 자카리는 자신의 아내를 품 안에 가둬 넣은 채, 손가락 하나 움직이지 못하도록 했다. 이엘리는 어린아이가 된 것만 같은 기분을 느꼈다.

"자카리. 자?"

자카리의 품에서 꼼지락거리던 이엘리는 문득 자카리의 얼굴을 올려다보았다. 아까 전부터 농담을 걸며 웃음을 터뜨리는 때가 점차 줄어든다 싶더니, 이제 그는 두 눈을 곱게 닫고 있었다.

"······음, 자나 보네."

하지만 이렇게 자면 불편할 텐데. 이엘리는 미간을 좁혔다. 자카리는 지금 그녀를 등 뒤에서 끌어안은 채 고개를 앞으로 떨어뜨리고 있었다. 그녀는 그의 목이 뻐근할 것이 신경 쓰였다.

"으으."

이엘리는 혼신의 노력 끝에 자카리를 깨우지 않고 그 품에서 빠져나오는 것에 성공했다. 자카리의 고개를 제 쪽으로 살짝 끌어당기자, 그의 몸이 스르르 바닥에 무너졌다. 그 모습을 본 그녀가 웃었다.

'귀여워.'

이엘리의 무릎을 베고 잠든 자카리의 얼굴은 마치 순진한 아이 같았다. 눈처럼 하얀 피부 위로 긴 속눈썹이 옅은 그림자를 드리운다.

그녀는 사내답지 않게 말랑말랑 보드라운 뺨을 손가락으로 쿡 찌르다가, 그의 이마에 흐트러진 머리카락을 쓸어 올려 주었다.

'이렇게 잠든 모습을 보는 거, 오랜만이야.'

이엘리는 흐뭇한 얼굴이 되었다. 자카리의 이마에 쪽 입을 맞춘 그녀가 조그맣게 소곤거렸다.

"잘 자."

이엘리는 손 그늘을 만들어 자카리의 눈가에 쏟아지는 햇빛을 가려 주었다. 따스한 오후였다.

＊　　　＊　　　＊

자카리는 분홍색 꽃잎들이 눈처럼 휘날리는 장소에 서 있었다. 본능적으로 알았다. 이엘리가 이야기해 주었던 바로 그 장소였다. 거대한 아샤 나무 아래로 은발청안의 남자가 서 있었다.

"……뭐야, 당신."

자카리는 비딱한 목소리로 입을 열었다. 남자의 긴 은발이 바람에 떠밀려 부드럽게 흩날렸다.

' '현재의 나' 를 여기서 만나 보는 건 처음이군.'

새파란 눈동자는 자카리를 똑바로 바라보는가 싶더니 부드럽게 휘어졌다. 자카리는 그 미소를 보며 기분이 수직으로 하강하는 것을 느꼈다. 정말 나랑 똑같이 생겼군. 기분 나쁘게.

"누가 '현재의 나'야?"

'현재의 존재들은 일단 부정부터 하고 보는군.'

남자는 어깨를 으쓱여 보였다. 그 말을 들으며, 자카리는 자신의 아내 또한 남자의 말에 자신과 같은 반응을 했음을 깨달았다. 역시 부부는 같은 마음인 거야. 자카리는 씩 웃었다.

"내가 당신과 같은 존재인지는 중요하지 않아."

자카리는 삐딱하게 고개를 기울였다. 자카리는 저 거울의 용인지, 조상님인지, 혹은 자신의 과거인지 모를 저 작자에게 굉장히 유감이 많았다. 자카리는 사납게 시선을 빛내며 쏘아붙였다.

"그보다 당신, 감히 내 아내에게 그딴 흔적이나 남기고."

남자는 어처구니없다는 표정을 지었다. 두 눈을 가늘게 뜬 자카리는 남자에게 차게 되물었다.

"죽고 싶어?"

'……**주술을 말하는 건가.**'

"그래, 그거."

자카리는 이엘리의 손등에 남아 있는 아샤 꽃문양만 생각하면 속이 뒤집혔다. 나도 내 아내에게 그런 흔적은 한 번도 남겨 보지 못했는데, 저 망할 작자가 먼저!

남자가 고개를 갸웃거렸다.

'**그럼 지워 줄까?**'

"누가 지워 달라고 했나?"

뭐 어쩌라는 것인지. 이제 남자는 딱 그런 표정을 짓고 있었다. 그가 픽 웃었다.

'**어쨌든 그런 반응인 걸 보니, 넌 그녀를 무척 사랑하나 보군.**'

"당연하지. 온 세상을 부수고 단둘이 있고 싶을 정도야."

자카리는 뭘 그런 당연한 것을 묻나, 그런 표정이 되어 말했다. 남자가 되물었다.

'그러면 그녀가 기뻐하지 않을 텐데?'

"알아. 그래서 참고 있는 거고."

자카리는 뚱하니 대답했다. 남자는 자카리를 이해한다는 양, 차분한 낯으로 고개를 끄덕였다.

'나도 예전에 그런 충동에 시달렸던 적이 있었지.'

"그런 충동?"

'그래, 세계를 부수어 버리고 싶었던 충동.'

자카리는 멈칫했다. 남자가 말하고 있는 그 충동은 자카리가 한때 느꼈던 그 충동과 같았다. 그 충동을 이해하고 있는 존재가 세상에 또 있을 줄 몰랐다.

압도적인 소유욕, 그리고 만물을 소멸시켜 버리고 싶은 그 감각. 오로지 이엘리와 이 세계에 단둘이 남아 있고 싶은 절박한 기분.

'그러니까 뭐든지 후회하지 않도록 최선을 다하도록 해.'

"······너."

'그녀를 돌려받기까지······.'

그렇게 말하는 남자의 입술에 희미한 미소가 스쳤다. 너무 오래 바람에 시달린 나무처럼, 지치고 피로한 얼굴. 그럼에도 애정을 버리지 못한 그 다정한 목소리가 자카리의 귀에 스쳤다.

'너와 나는 너무 오래 기다렸으니까.'

"그게 무슨 뜻이야."

'너와 나는 결국 한 인물의 과거와 현재지.'

자카리는 입술을 지그시 깨물었다. 남자는 비스듬히 고개를 기울인 후 나직한 어조로 말한다.

'그리고 그 모든 시간 동안, 우리는 오직 그녀만을 기다리고 있었다는 뜻이야.'

"그녀라 하면······."

'우리의 아샤 말이지.'

자카리의 눈빛이 싸늘하게 빛났다. 턱을 당긴 자카리가 남자를
쏘아보며 단호하게 답한다.

"우리의 아샤가 아니야. 내 이엘리지."

남자는 그 말을 부정하지 않았다. 그저 씁쓸하게 고개를 끄덕일
뿐이다.

겨울의 은룡 헤센바이츠와 봄의 요정 아샤는 이미 지난 과거였
다. 현재의 삶은 이엘리와 자카리가 살고 있었다.

'마지막으로 경고하는데, 넌 내가 되지 않도록 주의해.'

"그게 무슨 뜻이지?"

'너만큼은…… 세계를 파괴하려는 그 충동에 휩쓸리지 말라는 뜻이야.'

그 경고를 들은 자카리는 어깨를 굳혔다. 그 목소리와 눈빛은 이
미 한 번 세계를 망가뜨리려 했던 자의 것이었다.

자카리는 무언가 더 물어보려고 했지만, 남자는 제 할 말은 모두
끝났다는 것처럼 소매를 펄럭였다. 자카리는 순식간에 그 세계 밖
으로 밀려 나갔다.

       ＊   ＊   ＊

어느새 세상은 진홍색 황혼으로 물들어 있었다. 고개를 갸웃 기울인 채 제 남편의 얼굴을 빤히 들여다보고 있던 그녀는, 상냥한 목소리로 자카리에게 인사를 건넸다.

"잘 잤어?"

"으응……."

이엘리를 올려다보던 자카리는 그대로 조그맣게 웃었다. 이엘리가 자카리에게 질문을 던졌다.

"무슨 꿈을 꾸었기에 그렇게 표정이 안 좋아?"

"……남의 아내에게 질척거린 조상님을 만나 뵙고 왔지."

이엘리는 눈을 동그랗게 치떴다. 설마, 자카리도 그 은룡을 만난 건가. 그녀가 얼른 되물었다.

"그래서 뭐라고 하셨는데?"

"글쎄."

자카리는 느리게 눈을 깜빡였다. 세계를 파괴하려는 충동에 휩쓸리지 말라는 경고를 들었다, 그렇게 말할 수는 없는 노릇 아닌가. 대신 자카리는 그녀의 목을 안고 제 쪽으로 끌어당겼다.

"으음……."

깊숙하게 이어지는 키스에 그녀의 목 안에서 달콤한 신음 소리가 들렸다. 자카리가 속삭였다.

"사랑해, 이엔."

"……뭐?"

"사랑한다고."

느닷없는 사랑 고백을 들은 이엘리는 살짝 뺨을 붉혔다. 갑자기 무슨 소리야, 그렇게 말하면서도 싫지는 않은 눈치다. 그녀의 웃는 얼굴을 보며 자카리는 자신의 불안함을 꾹꾹 눌렀다.

＊　　　＊　　　＊

자카리의 불안함은 예기치 못한 방향으로 발현했다. 느닷없이 황가에서 북부와 제도를 왕래하는 상인들에게 높은 세금을 물게 한 것이다. 보통 같은 제국 안의 영지는 서로 세금을 면제하거나 적은 세금만을 물린다. 명목상 북부와 제도도 같은 제국이니까 지금껏 세금은 없었다.

"아무리 그래도 이건 정말 너무합니다!"

마르텔 경은 분한 마음에 왈칵 언성을 높였다. 황제는 별안간, 북부를 기반으로 하여 제도를 오가는 상인들에게 거의 국가 간의 관세와 같은 비율의 세금을 물리기로 결정한 것이다.

당연히 부당한 처사였고, 무엇보다도 상인들의 생활에 직격탄이 가해졌다.

북부의 상인들은 각자 자신들의 영주들에게 찾아가 지금 일에 대해 읍소했고, 북부의 귀족들은 긴급회의에 들어갔다.

"황제가 드디어 막 나가기로 결정했나 보군."

턱을 어루만지며 골똘히 생각에 잠겼던 자카리는 이윽고, 냉정한 표정을 지으며 입을 열었다.

"아무래도 이건…… 엄연히 보복의 의미를 가진 행동인 것 같은 데."

"어떻게 할 생각이십니까?"

마르텔 경은 걱정스러운 표정으로 자카리를 마주 보았다. 평소 정치에는 관심 없이 기사단을 관리하는 일에 집중하던 그였지만, 지금의 일은 그 중요도가 달랐다.

현재 황제가 보이는 태도는, 정치에 대해 별다른 식견이 없는 마르텔 경조차 답답하게 만들었다.

제국 만민의 아버지라는 지위가 울고 갈 일이다. 적어도 눈 가리고 아웅은 해 줘야 할 게 아닌가, 북부 사람들은 제국의 국민이 아니라는 소린가?

"우선 가신 회의를 소집해 두었으니까, 거기서 좀 의견을 나누어 볼 생각이야."

몸을 일으킨 자카리가 불안한 낯이 된 마르텔 경과 시선을 맞춘다. 씩 미소 짓는 얼굴은 평소와 다름없이 여유로웠기에, 마르텔 경은 상황에 맞지 않게 약간이나마 안도하고 말았다.

자카리가 침착한 어조로 말을 이었다.

"아마 황제는 이번 세금 조치를 통해, 어떻게든 북부가 조아리기를 바라는 것 같지만."

"……각하."

"난 황제의 뜻대로 일이 쉽게 흘러가도록 두지는 않을 생각이야."

그렇게 말하는 자카리의 눈빛이 차갑게 식어 있었다.

* * *

"자카리, 황가가 세금을 올렸다고 들었어. 사실이야?"

그날 저녁, 이엘리는 걱정스러운 얼굴로 자카리에게 물었다. 그가 불안해하는 그녀를 달래 주었다.

"너무 걱정하지 마, 이엔."

"하지만……."

"무슨 일이 있어도 네가 걱정할 일은 없게 만들 테니까."

단호하게 말한 자카리가 그녀의 뺨을 살짝 어루만졌다. 이엘리를 대하는 자카리의 손길은 언제나처럼 다정하기만 하다.

그녀의 이마에 짧게 키스한 자카리가 그녀를 조심스럽게 끌어안았다. 그녀는 그의 따스한 품에 고개를 기댔다. 황제가 무슨 생각을 하는지 도무지 알 수 없었다.

* * *

북부의 귀족들은 모두 공작 성으로 집결했다.

"도대체 황제 폐하께서 무슨 생각으로 행동하시는지 모르겠군요."

"그러게 말입니다. 정말로 북부와 적대 관계를 만드시려는 것일까요?"

귀족들의 얼굴에는 불만이 가득 차 있었다. 그들은 북부에 영지를 가진 귀족들이었으니, 노골적으로 북부를 배척하는 행동을 긍정적으로 여길 수 있을 리 없다.

또한 북부는 오랫동안 헤센바이츠 공작가를 주군으로 삼아 뭉쳐왔다. 이건 그들의 주군에 대한 예의 문제기도 했다.

"공작 각하를 뵙습니다."

대회의실에 들어선 귀족들은 젊은 공작을 향해 정중하게 인사를 올렸다. 공작이 그들을 본다.

"다들 예고 없는 소집에 이렇게 모여 줘서 정말 고맙네."

공작은 미소 한 점 없이 입을 열었다. 오랜만에 만난 공작은 바짝 날을 세운 칼날 같았다. 느른한 자세로 의자에 몸을 기댔으나, 표정에는 예기가 돌았다. 서늘한 시선이 그들을 응시했다.

"다들 황가에서 북부의 상인들에게 세금을 물리기로 한 것은 잘 알고 있을 터일세."

"그렇습니다, 각하."

"어떻게 북부를 이렇게 홀대할 수 있다는 말입니까?"

쌓인 것이 많았던 귀족들은 왈칵 성을 냈다. 공작가와 황가가 마찰했던 것이 이게 도대체 몇 번인가. 게다가 그 마찰의 시작은 언제나 황가였다.

북부 입장에서는 가만히 있을 따름임에도 멋대로 먼저 공격당하는 것이나 마찬가지인 상황이었다. 슬슬 귀족들의 불만도 쌓일 때였다.

"맞아, 이번 일에서 북부의 잘못은 없어."

귀족들의 원성을 귀 기울여 듣던 자카리는 잠시 후, 비스듬히 고개를 기울였다.

"먼저 북부에 세금을 물리기로 한 쪽은 황가 측이지."

자카리의 말에 동의하는 음성들이 이곳저곳에서 튀어 올랐다. 쌓여 있던 불만을 토해 내었기에, 상당히 격한 반응이었다. 자카리는 턱을 괸 채 그 불만들을 들었다. 이윽고 그가 말을 잇는다.

"그렇다면, 황제께서는."

자카리의 새파란 눈동자가 서늘하게 빛났다. 자카리는 톡톡 테이블을 두드리며 계속 말했다.

"북부를 제국과 같은 국가라고 생각하지 않는다는 뜻으로 해석해도 되는 게 아닌가 싶은데."

귀족들의 눈이 커다랗게 뜨였다. 자카리는 침착한 얼굴로 눈앞의 귀족들을 마주하고 있었다.

"……."

"……."

공작의 아무렇지도 않은 태도와는 별개로, 그 순간 귀족들 사이에서는 죽음과도 같은 침묵이 흘렀다.

잠시 후, 귀족 중 한 사람이 저도 모르게 입술을 열었다. 탄식과도 같은 목소리였다.

"그, 그런……."

분명히 그렇게 해석할 수 있는 여지가 있었다. 관세를 정한다는 건 엄연히 다른 나라들 사이에서 이루어지는 행위이다. 그렇다면 황제는 북부를 같은 나라라고 생각하지 않는다는 뜻인가. 그저 어깃장을 놓으려 행동한 게 아니라면…….

"그대들의 생각은 어떠한가?"

자카리의 푸른 눈동자가 우아하게 휘어졌다. 그는 그대로 앉아 있던 의자에서 몸을 일으켰다.

"난 조만간 폐하께 여쭈어볼 생각일세."

뚜벅뚜벅. 구두 굽이 바닥을 짓밟는 소리가 귀족들의 귀 안쪽을 선명하게 두드리고 있었다.

"폐하께서는 북부를 이제 제국에게서 독립시키실 생각이시냐고."

비스듬히 시선을 들어 올리면서 자카리가 입술 끝을 밀어 올렸다. 귀족들은 바짝 얼어붙었다.

"또한 폐하께서 만약 그런 의도를 가지고 계신 거라면……."

단 한 번도 녹아내린 적 없던 빙하처럼 새파랗게 빛나는 눈이 귀족들을 제 안에 가둬 넣는다.

"……이쪽도 거부하지 않을 것임을 전할 생각이야."

목소리는 단호했다. 귀족들은 지금 공작의 말에 반대한다 한들 공작이 받아들일 리 없다는 것을 알았다. 물론 반대할 생각도 없었다. 지금 공작의 행동은 합리적이며 이성적인 판단이었으니까.

"또한 우리도 제도에서 들여오는 물건에 세금을 매길 생각일세."

그 말은 곧, 황가의 이번 일을 겪으면서 공작이 또한 맞불을 놓겠다는 뜻이었다. 귀족들은 긴장한 얼굴로 고개를 끄덕였다. 눈에는 눈, 이에는 이. 북부의 오랜 생활 방침 중 하나 아닌가.

"다들 황가와 대립하는 이번 일에 마음이 좀 불편할 것은 알고 있네, 하지만."

자카리는 테이블에 양손을 짚고 허리를 슬쩍 숙인 채, 눈앞의 귀족들을 크게 휘둘아보았다.

"······언제까지 황가에 계속 끌려다닐 수도 없는 노릇 아닌가?"

여상한 질문에 귀족들은 모두 마른침을 삼켰다. 헤센바이츠 공작은 이제 황가와 대립하는 것에 망설이지 않았다. 지금은 공작이 목숨보다도 아끼는 공작 부인이 납치당했다가 돌아온 지 얼마 되지 않은 시점이었다.

황가가 본격적으로 공작가를 긁어 놓으려 한 것이 아니라면, 적어도 지금 시기는 피했을 것이다.

"상인들의 피해를 전체 보전해 주지는 못해도, 공작가에서도 상인과 영주들을 도울 것일세."

게다가 공작가도 일정 부분 희생을 함께 짊어진다. 상인들과 영주들을 돕는다는 것은 곧, 황가의 세금 때문에 피해를 입은 사람들을 지원하겠다는 뜻이었다. 공작가의 예산을 이용해서.

"그러니 다들 조금 불편하더라도 양해해 주게나."

이렇게까지 말하는데 귀족들이 동의하지 못할 리 없다. 공작은 여론을 능숙하게 사로잡았다.

"황가의 합리적이지 못한 이런 행동에 꺾여서는 안 될 일이지, 그렇지 않은가?"

귀족들은 항변 대신 고개를 끄덕이는 것으로 공작의 말에 동의했다.

마침내, 북부의 사람들은 황가의 이성적이지 못한 조치에 맞대응하기로 결정했다. 그 기세등등함을 꺾고 제 발밑에 조아리기를 바랐던 황제에겐 그리 좋은 흐름이 아니었다. 이로 인해 귀족들의 반대 또한 상당해졌다.

*　　　*　　　*

세금 관련 조치가 떨어졌음에도 북부는 꽤나 평화로운 상태를 유지하고 있었다. 북부가 비축하고 있는 식량의 양은 상당했고, 상인들의 피해 또한 공작가에서 일정 부분 해결해 주었다.

"공작가에서 이번 세금 관련으로 피해를 받은 걸 일정 부분 보상해 주겠다고 선언했다며?"

"게다가 상인 조합에게 양해 또한 구했다고……."

"그래, 그 정도면 당분간은 참을 만하지."

솔직히 북부의 상인들 또한 황가의 난데없는 조치가 마음에 들리 없었다. 북부에 세금을 매긴다니, 그렇다면 북부 사람들을 같은 제국민으로 취급조차 하지 않는다는 뜻인가.

그런 불만 때문에, 상인들은 공작가를 충실히 따랐다. 결국 오히려 혼란에 빠져든 쪽은 제도 쪽이었다.

"아니, 북부에 세금을 물린다니 이게 도대체 무슨 소린가!"

제도 귀족들은 느닷없는 사태에 비상이 걸렸다. 이 위험한 조치는 황제의 독단으로 이루어졌다. 어느 정도로 독단적인 판단이었느냐 하면, 황녀와 황후는 물론이고 황제 휘하 제도 귀족들까지 모두 전혀 몰랐던 일일 정도였다.

"폐하!"

그로 인하여 황궁은 아침부터 굉장히 시끄러웠다. 론도 후작을 필두로 한 귀족들이 모두 세금 문제가 터지자마자 황궁에 입궁한 것이다. 황녀와 황후는 조금 늦게 상황을 파악하게 되었다.

"아버지?"

북부에 세금을 물리다니, 같은 제국 안에서 세금을 물린다는 게 가당키나 한가. 당황한 황후는 황녀를 대동하고 당장 제 아버지인 론도 후작을 찾아갔다.

론도 후작은 막 황제에게 알현 요청을 넣고 알현실로 찾아가고 있었다. 저를 부르는 목소리를 들은 후작은 뒤를 돌아보았다.

"황후 폐하."

그와 동시에 후작은 황녀에게도 짧게 묵례해 보였다.

"인사는 괜찮아요. 그보다 그게 무슨 소리예요, 북부에 세금을 물리다니요?"

황후가 당황한 표정으로 제 아버지를 채근했다. 두통이 오는지 후작이 미간을 꾹꾹 눌러 댔다.

"북부도 같은 제국이지 않아요?"

"저도 그렇게 생각합니다만, 폐하께서 그렇게 명령하셨습니다."

황후는 와락 얼굴을 찌푸렸다.

"폐하께서요?"

"예. 그래서 지금 북부에서 전량 수입되는 모피가 품절 상태에 빠져 버렸습니다."

후작은 드물게 흥분한 얼굴로 말했다. 목소리를 높이지 않으려 후작은 무진 애를 써야 했다.

"폐하의 명령 때문에, 북부에서는 더 이상 모피를 제국 전체에 공급하지 않겠다 선언했어요."

"예? 북부에서 모피 공급이 중단된다고요?"

황후는 저도 모르게 목소리를 높여 물었다. 모피가 공급되지 않으면 피해를 보는 쪽은 북부보다 오히려 남부 쪽이었다. 북부는 당장 돈이 급하지 않지만, 남부는 모피가 급했기 때문이다.

"그렇지 않아도 이번 겨울은 조금 쌀쌀해서, 모피의 필요량이 점점 늘어나고 있는데…….'

"물량과 질 모두, 북부 이상으로 훌륭한 곳은 없으니까요."

"……."

"또한 우리가 잊지 말아야 할 점은, 모피를 독점하여 공급하는 건 북부라는 것입니다."

그 말을 들은 황녀와 황후의 얼굴에 순식간에 핏기가 가셨다. 북부에서 들여오는 모피는 물론 고가의 것도 있었지만, 평민들이 겨울을 나기 위해 사용하는 저렴한 모피들도 포함되어 있다.

"올해 날씨가 상당히 차가운 것도 그렇고…… 게다가 1월에는 신년 무도회가 끼어 있습니다."

북부에서 나는 것만큼 질 좋은 모피는 흔하지 않았으니, 당장 큰 타격을 받는 건 평민들이었다. 또한 신년 무도회처럼 대규모 행사가 끼어 있다는 점에서도 현 상황은 그다지 좋지 않다.

"모피의 필요량은 계속 늘어날 텐데, 제도에서 북부로 들여오는 모피 양이 줄어든다면…….'

론도 후작은 절레절레 고개를 저었다. 생각도 하기 싫었다. 비록 모피는 사치품에 가까운 물건이었지만 올해 겨울에는 사치품 이상의 역할을 하고 있었다. 후작은 미간을 좁히며 말했다.

"아마 모피 가격은 천정부지로 치솟을 겁니다."

"그렇다면……."

"가장 큰 타격을 받는 쪽은 오히려 평민들이 되지 않겠습니까."

후작의 한숨 섞인 말에 황녀의 동공이 격하게 떨렸다.

"게다가 북부에서 수입하여 들어오는 물품은 모피 외에도 여러 가지가 있으니까요."

후작은 머리가 아팠다. 최대한 황제에게 호의적으로 생각해 보았으나, 그럼에도 황제가 왜 이런 판단을 내렸는지 이해가 가지 않았다. 이 일은 결국 황가의 제 살 깎아 먹기였으니까.

"최근에 식재료도 양식하여 들여오는데, 그럼 식당들의 점주들도 피해를 입게 될 겁니다."

양식을 통해 고급 식재료였던 굴을 포함하여 갖가지 어패류와 해산물을 제도에서 즐길 수 있게 되었다. 공작가에서 사비를 들여 빠른 운송 수단을 확립하였기에 가능했다.

특히 제도는 바다와 인접한 위치가 아니었기에 북부에서 들어온 신선한 해산물들이 큰 인기를 끌고 있었다.

"무엇보다도 북부는 전혀 아쉬운 처지가 아니에요."

후작은 다소 신경질적인 말투로 입을 열었다. 현 상황 자체가 골치가 아파서 죽을 것 같았다.

"비록 북부는 날씨가 차갑긴 하지만, 당분간 식량을 자급자족할 수 있는 상태니까요."

현 황가와 공작가의 상황을 날카롭게 꿰뚫어 본 자 특유의 판단이다. 후작이 다시 말을 이었다.

"공작가에서 비축해 두고 있는 식량 자체도 어마어마하거니와, 바다와 산도 인접해 있어요."

그 말은 곧, 공작가는 당분간 버티는 것에 큰 무리가 없을 거라는 뜻이다. 북부 자체가 농성을 할 수도 있었다. 그 정도로 북부는 황가의 무례한 행동에 불만이 쌓여 폭발하기 직전인 상태였다.

"북부가 남부에서 유의미하게 들여오는 건 그나마 곡물 정도일까요?"

아무래도 황제는 남부가 북부에 판매하는 곡물을 고려하여 저러한 무리수를 둔 것 같았지만.

"하지만 적어도 헤센바이츠 공작은 생각 없이 일을 벌이는 사람이 아니지요."

황후와 황녀는 나란히 침묵했다. 후작은 헤센바이츠의 젊은 공작을 머릿속으로 떠올렸다. 날을 세운 칼날처럼 날카로운 눈동자를 한 청년. 얼음으로 빚은 양 냉철한 두뇌를 가진 귀공자.

"북부는 당분간 비축해 둔 식량으로 버틸 수 있을 겁니다. 아마 그럴 생각일 테지요."

후작은 한숨을 삼키면서 말을 이었다. 제도보다 더 탄탄한 경제를 유지하고 있을 정도로, 북부의 경제 규모는 제도와 견주어도 전혀 모자라지 않았다.

"그러니까 결국 이번 세금 문제를 유지한다 한들 북부에게는 큰 타격이 가지 않아요."

답답한 마음에 론도 후작은 길게 설명을 이어 나갔다. 황녀와 황후는 나란히 고개를 끄덕였다. 그들도 이미 북부를 방문해 보았고, 북부가 얼마나 부유한 땅인지도 잘 알았다. 이미 피부로 경험했으니까.

론도 후작은 품위 따위는 모두 내팽개치고 가슴을 펵펵 치고 싶은 심정이었다.

"……우선 황제 폐하께 작금의 사태에 대해 말씀을 들어 보는 게 좋겠습니다."

"그래요, 귀족 여러분의 노고가 크시네요."

정치에 참여할 수 없는 황녀는 고작 그런 말밖에 하지 못했다. 후작은 피곤한 표정을 지었다.

"과연 희망적인 결과가 나올지는 모르겠지만요."

한숨을 내쉰 후작이 고개를 내저으면서 걸음을 옮겼다. 그 뒷모습을 보던 황후가 중얼거렸다.

"이번 일, 잘 풀릴까요?"

"……글쎄요."

이번에도 자존심 때문에 황제는 사고를 치고 말았다. 황녀는 위가 쿡쿡 쑤셔서 오는 걸 느꼈다.

"솔직히 말하자면 안 될 것 같지만요."

황녀는 반쯤 포기한 목소리로 대답했다. 그녀의 오라비는 오만함과 자존심으로는 제국에서도 수위를 다투는 사람이 아닌가. 또한 백성들보다는 스스로의 자존심이 훨씬 더 중요한 사람이니까……

그렇게 생각하던 황녀는 입술을 짓씹었다. 요슈아는 황제의 자리에 걸맞지 않았다.

＊　　　＊　　　＊

황제는 불쾌한 얼굴로 자리에 앉아 있었다. 사실 황제의 입장에서는 그럴 만도 했다. 이른 아침부터 귀족들이 몰려와, 감히 이 제국에서 가장 고귀한 이인 자신을 압박하고 있는 것이다.

"그래서 이 이른 아침부터 귀족들이 몰려와 짐을 알현하는 이유가 도대체 뭔가?"

황제는 불쾌감을 감추지 않으며 입을 열었다. 평소 행동은 그렇게나 굼뜨던 귀족들이, 아침부터 황궁에 입궁해 알현 신청을 넣고 알현실에 대기까지 하고 있었다니. 아무래도 뭔가 속셈이 있는 것 같은데, 그 속셈이 뭔지 도무지 감이 잡히지 않는다. 황제는 두 눈을 가늘게 치떴다.

"폐하, 폐하께서 직접 북부에게 세금을 물리기로 결정하신 것을 알고 있습니다."

잠시 후, 귀족들을 대표하여 론도 후작이 입을 열었다. 정중하긴 하지만 날이 선 목소리였다.

"어째서 이런 커다란 문제를 저희와는 일절 상의 없이 진행하셨습니까?"

고작 이런 별것조차 아닌 문제 때문에 쫓아온 거란 말인가. 황제는 시큰둥한 표정을 지었다.

"오만불손한 북부에게 황가가 합당한 처벌을 내리는 건 당연한 일이 아닌가?"

황제는 당연하다는 얼굴이 되어 그렇게 말했다. 귀족들은 예의조차 잊어버린 채로 기가 막힌 표정을 짓고 말았다. 황가의 자존심은 둘째 치고, 이건 눈앞의 귀족들까지 무시하는 처사였다.

"큰 처벌도 아니고, 고작 북부에게 세금을 물리는 문제일세."

헤센바이츠 공작가는 귀족가 중에서도 가장 강력하고 신분 높은 가문이었다. 제도의 귀족들을 대표하는 가문은 론도 후작가였지만, 그런 론도 후작가도 헤센바이츠 공작가가 제도에 들어올 때면 귀족들의 대표 자리를 공작가에게 넘길 정도로. 그런 가문에게 이런 무례를 저지르다니.

'도대체 폐하께서는 귀족들을 어떻게 생각하시는 거지?'

귀족들이 그런 의문을 갖게 된 것은 어찌 보면 당연한 수순이었다. 가장 신분 높고 강력한 귀족에게도 저런 대우였으니, 그 아래에 있는 다른 귀족들은 어떻게 대할 것인지 눈에 보인다.

"그런데 왜 다들 이렇게 몰려와 짐을 귀찮게 하는 게지?"

오히려 뻔뻔하게 묻는 그 모습에 귀족들은 할 말을 잃어버렸다.

"폐하."

하지만 이대로 눈 감고 넘어가기에는 지나치게 큰일이다. 론도 후작이 결연하게 입을 열었다.

"이번 세금 문제로 큰 피해를 입는 쪽은 북부가 아니라."

황제가 미간을 찌푸리며 론도 후작을 마주 보았다. 하지만 론도 후작은 꿋꿋하게 말을 이었다.

"오히려 제도 쪽이라고 생각합니다."

"쓸데없는 소리를 하는군, 후작."

옳은 말을 하고 있음에도 쓸데없는 소리라며 일축하는 황제였다. 후작은 돌아 버릴 것 같았다.

"근래 겨울이 무척 추워졌습니다. 북부에서 전량 독점하여 공급하는 모피의 필요량도 계속해서 늘어나고 있고요. 모피 가격이 그나마 균등하게 유지되는 이유는 모두 북부 덕분입니다."

그러나 론도 후작은 최대한 이성적으로 현재 상황을 설명하기 시작했다. 적어도 황제와 같은 눈높이를 가지고 싶지는 않아서였다.

황제의 눈동자가 차갑게 식었다. 그가 비딱한 어조로 묻는다.

"지금 짐 앞에서 북부를 옹호하는 겐가?"

"북부를 옹호하는 게 아니라 현실을 자각시켜 드리는 겁니다."

하지만 후작은 눈썹 하나 까딱하지 않았다. 고작 자존심 하나 때문에 이런 일을 벌이다니. 이번 문제는 황제 개인보다도 백성들에게 더 큰 피해가 오는 일이다. 그것만큼은 막아야 했다.

"모피는 어쨌든 분류로는 사치품에 들어가니, 그렇다 치더라도."

후작의 말에 황제가 미간을 꿈틀 구겼다. 후작의 말이 꽤나 거슬리는지, 써늘한 얼굴을 한다.

"북부는 그 이상으로 제도에 영향을 끼치고 있습니다."

후작의 등 뒤에 서 있던 귀족들이 일제히 고개를 끄덕였다. 황제는 약간 허를 찔린 표정을 했다. 고작해야 지금 말한 모피 정도만

들여오고 있는 줄 알았는데, 모피가 아닌 다른 요소가 더 있다고?

"북부는 양식 사업을 성공시켰고, 그로 인해 저렴한 해산물을 제도에 유통시키지 않습니까."

"……."

황제는 입을 꾹 다물었다. 후작은 힐끔 황제의 눈치를 살폈다. 이제 조금은 마음을 바꾸려나?

"……하지만 북부는 이제 곡물 수입을 할 수 없게 되지 않나."

그러나 그것은 후작의 오산이었다. 황제가 당연하다는 얼굴로 대답한 것이다. 마치 떼를 쓰는 어린아이 같은 태도에 후작의 표정이 금세 딱딱해졌다. 씩 웃음을 지은 황제가 말을 이었다.

"식량이 없는 영지는 무너질 수밖에 없어, 우리는 침착하게 기다리기만 하면 되네."

지금 뭐라 지껄이시는 겁니까? 후작은 할 수만 있다면 황제에게 쏘아붙이고 싶은 심정이었다.

"폐하, 그건 상대가 버틸 수 없을 정도로 식량이 모자랄 때나 가능한 방법입니다."

기가 찬 후작이 황제의 말에 반박했다.

"하지만 북부는 비축하고 있는 식량이 상당합니다."

황제는 제 대답이 상당히 이성적이며 합리적이라고 생각하고 있었던 것 같다. 그렇지 않으면 들어오는 반박에 저렇게 표정을 찡그리지 않을 테니까. 후작은 답답함을 간신히 눌러 참았다.

"남부에서 곡물을 들여오지 않아도 꽤 오래 버틸 수 있을 겁니다."

대신 후작은 눈앞의 사실을 설명하는 걸로 황제를 향해 상당한 심적 폭력을 행사하기로 했다.

"고작 몇 달 정도 세금을 부과한다 하여 꺾일 수 있는 상대가 아니지 않습니까."

"그렇다면 계속해서 세금을 부과하면 그만 아닌가?"

그러나 황제는 일말의 고민도 없이 대답했다. 어떻게 저렇게 속 편한 생각을 할 수가 있지? 정말로 저 사람이 이 제국의 어버이이자 만민을 다스리는 황제가 맞는 건가? 후작은 기겁했다.

"폐하, 북부에 세금을 부과한다는 건 그만큼 정치적으로 부담스러운 일입니다."

"정치적 부담이라니, 세수는 국가의 기본 아닌가."

"북부와 제국은 같은 제국이고, 제국 내에서 이런 불합리한 세금을 매기는 건 위험합니다."

고집을 부리는 황제에게 후작은 달래듯이 말을 이었다. 저도 모르게 귀족들은 작게 고개를 끄덕였다. 그나마 론도 후작이 아니었다면 귀족들은 황제 앞에서 입도 벙긋하지 못했을 터였다.

"이 문제가 어떻게 해석될 수 있는지 폐하께서는 정녕 모르십니까?"

론도 후작이 날카로운 어조로 황제에게 따져 물었다. 황제는 뚱한 얼굴로 후작을 마주 보았다.

"북부에 세금을 부과한다는 것은 북부가 제국의 일원이 아니라고 해석할 수도 있습니다."

"그게 무슨 말도 안 되는 소린가!"

순간 황제가 와락 성을 냈다. 북부가 제국에서 벗어나 독립한다는 건 황제의 역린이었으니까.

"북부는 제국의 일부야, 감히 그따위 해석을 하다니! 이 오만한······!"

후작은 냉정한 얼굴로 황제를 마주 보았다. 설마 이 문제는 생각조차 하지 않고 있었던 건가.

"같은 나라 내에서 세금을 부과하는 건, 지금껏 전례가 없었던 일이니까요."

하지만 오히려 잘됐다고 론도 후작은 생각했다. 황제를 설득하기 위해서라면, 차라리 이 문제를 짚고 넘어가는 게 나을 수도 있었다. 황제의 드높은 자존심을 어떻게든 건드려 보는 것.

"북부가 제국에서 독립할 수 있는 근거를 주고 싶으신 겁니까?"

그러므로 후작은 차분한 어조로 황제에게 되물었다.

"게다가 북부에서도 제도 측에 세금을 부과하겠다며 맞불을 놓았습니다."

"북부가 감히 제도에게 세금을 부과해? 무례하고 불손한 것들!"

"이건 바로, 공작가가 황가에게 굽히지 않겠다는 뜻을 표하는 것과 마찬가지입니다."

후작은 터져 나오려는 한숨을 간신히 삼켰다. 벽과 대화하는 기분이다. 답답해 죽을 것 같다.

"그리고 정말로 북부가 독립한다면, 불리해지는 쪽은 황가가 아닙니까?"

"······."

황제는 처음으로 말문이 막히는 것을 느꼈다. 북부가 제국에서 가지고 있는 위치는 굉장히 중요했다.

지리적인 위치와 정치적인 위치 모두. 북부는 제국에서 가장 영토가 넓은 지역이었으며, 가장 강력한 군사력을 가지고 있었다. 무엇보다 야만족과 잇닿은 방패 역할을 하지 않나.

"……조금 더 생각해 보고 다시 한 번 회의를 소집하겠네."

결국 황제는 한 걸음 뒤로 물러났다. 하지만 후작과 귀족들은 그 미온적인 태도가 답답했다.

"폐하! 이 문제는 고민하시거나 고집을 부리실 일이 아닙니다!"

저도 모르게 후작은 언성을 높였다. 어째서 황제가 문제를 질질 끌어 대는지 이해가 안 간다.

"한시바삐 북부와의 관계를 정상화시키셔야……!"

"지금 제국의 어버이인 황제에게 목소리를 높이는 겐가!"

황제는 왈칵 성을 냈다. 후작은 입술을 잘근 깨물었다. 이런 상황에서도 저런 식으로 자신의 위치를 과시하며 고집을 부린다는 그 행동 자체가, 황제로서 걸맞지 않은 사람이라는 뜻이다.

"……죄송합니다. 잠시 이성을 잃었습니다."

하지만 눈앞의 이기적이고 철없는 사내는 그래도 제국의 황제였다. 후작은 입술을 깨물었다.

'차라리 황녀 전하께서 제위를 이으셨다면.'

저도 모르게 후작은 그렇게 생각했다. 영민하고 상황 판단이 빠른 황녀. 만약 황녀가 제위를 이었더라면 제국은 좀 더 나은 나라가 될 수 있지 않았을까. 후작은 그 생각을 애써 묻었다.

'……불충한 생각이다. 하지만…….'

자꾸만 그런 욕심이 나는 것은 어쩔 수 없었다. 숨을 쌕쌕 몰아쉬던 황제는 주변을 돌아보았다. 다들 자신이 가진 황제라는 지위 때문에 입을 다물고 있지만, 내심으로는 론도 후작의 말에 동의하고 있다는 것이 모조리 티가 났다.

황제의 얼굴이 잔뜩 일그러졌다. 그가 벌떡 일어난다.

"오늘 알현은 여기서 파하겠네!"

그렇게 외친 황제는 알현실 바깥으로 빠져나갔다. 뒤에 남은 귀족들은 황망한 얼굴이 되었다.

"도대체, 황제 폐하께서는……."

귀족 중 하나가 저도 모르게 신음 섞인 목소리로 중얼거렸다. 론도 후작이 작게 주의를 주었다.

"말씀 조심하시오, 폐하께서는 제국의 황제이십니다."

"죄, 죄송합니다."

귀족이 찔끔한 얼굴을 했다. 하지만 후작은 내심 그 말에 동의하는 자신을 발견하고, 씁쓸한 기분이 되어 버렸다.

무엇보다 후작 스스로도, 황녀가 제위를 이었더라면 좋았을지도 모른다는 불충한 생각을 하지 않았나. 후작은 손을 들어 피로한 낯을 문지르고는 그대로 눈을 감는다.

'앞으로의 일이 어떻게 될는지 모르겠군.'

아무래도 황녀와 황후에게 이번 일을 전해 주는 편이 좋을 것 같다. 그렇게 마음을 정리한 후작이 성큼성큼 걸음을 옮겼다.

　　　　*　　　*　　　*

　모든 것이 통제되지 않으며, 그의 명령을 거역하고 있었다. 그는 제국의 황제였고 만인 위에 군림하는 존재였음에도.

　집무실로 돌아온 황제는 피가 나도록 입술을 짓씹었다.

　"제기랄!"

　황제는 속이 부글부글 끓는 기분에 커다랗게 욕설을 내뱉었다. 계속해서 구석으로 몰리는 기분이었다.

　황제의 행동을 정하는 가장 큰 감정의 기반은 바로 '질투'였다.

　"헤센바이츠 공작, 그 작자!"

　언제나 자카리는 황제의 걸림돌이었다. 무언가를 이루려 할 때마다 그 작자가 끼어들어 빼앗아 간다. 마땅히 황제 자신이 누렸어야 했던 이엘리도, 명예도, 사람들의 찬사도 모두.

　그것이 참을 수 없이 화가 났다. 가슴을 태우는 들불 같은 분노. 질투가 장작이 되어 그 불길을 지폈다.

　"아아아악!"

　황제는 이성을 잃고 쩌렁쩌렁한 고함을 내질렀다. 와장창! 물건들이 벽에 부딪쳐 깨져 나갔다.

　"허억, 허억……."

　집무실의 모든 물건을 박살 내고 나서야 황제는 약간 진정했다. 분노에 차 파르르 떨던 황제가 그대로 집무실 밖으로 빠져나갔다.

　이런 더러운 기분을 해소하기 위해서는 여자를 안아야 했다. 황제에게 있어 여자란 존중해야 할 대상이 아니라 제 발밑에 두고 멋대로 굴리는 존재였다.

"이리 와!"

황제는 마주친 시녀들 중 아무나 골라 손을 잡아끌었다. 공포에 질린 시녀가 몸을 움츠렸다.

"폐, 폐하!"

"네까짓 시녀마저도 내 말을 무시하는 게냐!"

실랑이가 이루어지고, 시녀는 황제의 손에 의해 방 안으로 끌려 들어갔다. 궁내의 사람들에게는 모두 익숙한 일이었다.

황제가 시녀와 함께 밤을 보내고 버리는 것도, 황후에겐 접근조차 하지 않는 것도. 그리고 황제가 황후에게 함부로 대하지 못하는 이유는 후작가라는 배경이 있어서라는 것까지, 모두.

"아악!"

쿠당탕! 시녀의 몸이 망가진 헝겊 인형처럼 바닥에 나뒹굴었다. 하지만 고통에 신음하는 시녀를 보면서도, 황제는 눈 하나 깜짝하지 않았다. 오히려 시녀에게 성큼성큼 다가가며 비뚤게 웃었다.

"그러게 짐을 무시하지 말았어야지, 그렇지 않은가?"

"폐, 폐하…… 사, 살려…….."

"살려 달라고?"

시녀의 애원을 듣던 황제가 두 눈을 희번덕거렸다. 시녀는 뱀 앞의 쥐처럼 얼어붙었다.

"마치 짐이 자네를 쳐 죽이기라도 할 것 같은 말투인데."

"아닙니다, 폐하. 저는……!"

"아니라고? 그런데 왜 목숨을 구걸하지?"

황제의 미소가 조금 더 짙어졌다. 그 미소를 바라보며, 시녀는 금방이라도 기절할 것 같은 공포를 맛보아야만 했다. 허리에서 혁대를 끌러 낸 황제는, 사나운 시선으로 시녀를 바라보았다.

"목숨을 구걸한다면, 마땅히 목숨을 구걸할 만한 일을 만들어 줘야지."

그와 동시에, 황제는 팔을 커다랗게 휘둘렀다.

철썩! 혁대가 시녀의 몸을 거세게 후려치며 뱀처럼 감겼다. 시녀가 비명을 질렀다.

"아악!"

하지만 황제는 멈추지 않았다. 철썩, 철썩! 날카로운 파공음이 계속해서 울렸다. 시녀의 얼굴이 공포와 고통에 얼룩졌다.

"살려 주세요! 제발, 제발!"

시녀는 무릎걸음으로 기어서 황제에게서 도망치려 했다. 하지만 황제는 그런 시녀의 목덜미를 잡아채고, 발로 지그시 눌렀다.

하녀는 어떻게든 황제에게서 벗어나려 발버둥을 쳤다.

"그래, 더 소리 질러 봐. 응?"

황제의 눈동자가 광기로 번들거렸다. 그대로 말을 잇는다.

"누가 자네를 구하러 올지 보자고!"

아하하하하! 광소를 터뜨리며, 황제는 시녀의 몸 위로 거세게 발길질을 했다. 시녀가 도망치려 하면 붙들고, 살려 달라 애원하면 조롱하며 비웃었다.

가죽으로 만든 튼튼한 혁대는 시녀의 옷을 갈기갈기 찢고, 그 아래의 연약한 살갗까지도 찢어 냈다.

"왜 이제 소리를 안 지르나? 응?"

황제가 킬킬거리며 물었다. 어느새 황제는 혁대조차 내던져 버리고 주먹질과 발길질로 시녀를 두들겨 패고 있었다. 어느새 정신을 잃은 시녀의 몸이 축 늘어졌다.

비릿한 피 냄새가 번졌다. 화려한 카펫에는 피가 묻어 얼룩덜룩해졌고, 시녀의 몸은 황제의 발길질에 따라 시체처럼 흔들거렸다.

그저, 황제만이 즐거웠다.

＊　　＊　　＊

하룻밤을 보내고 버림받는 시녀들을 돕는 건 오히려 황후와 황녀였다.

"……또 그런 일이 있었나."

뒤늦게야 그 일을 듣게 된 황후와 황녀는 참담한 얼굴을 했다. 황제의 포악함은 날로달로 진화하고 있었다. 두 사람은 새로 등장한 희생자를 보살피는 한편, 답답한 속을 감추지 못했다.

'내가 힘이 있었더라면, 나에게 기회가 주어졌더라면.'

그리고 황녀는 입술을 앙다물었다. 황녀의 처지와 저 시녀들의 처지는 근본적으로 다르지 않았다.

여자, 그리고 서녀. 허울뿐인 황위 계승자. 그나마 아름다운 외모가 있어, 결혼 동맹 시장에서의 쓸모를 인정받아 간신히 목숨을 건지고 있는 처지였다. 황녀는 주먹을 말아 쥐었다.

'나라면 여자들이 저렇게 당하는 세상을 만들지 않을 텐데.'

어째서 여성들은 여성이라는 이유만으로, 저러한 피해를 겪으며 살아가야 할까. 문득 헤센바이츠 공작 부인이 떠올랐다. 언제나 당당하고 여성을 존중하는 모습을 보이는 공작 부인.

하나 여성 예술가들을 지원하는 공작 부인의 모습마저도 뒤에서 험담하는 귀족들이 상당히 많았다.

'하지만 공작 부인은 그들의 시선 따위는 전혀 신경 쓰지 않지.'

황녀 자신도 그렇게 살고 싶었다. 약자를 보호하고 존중하며, 단순히 성별만으로 차별받는 여성들을 도와주고 싶었다. 피해받는 여성들을 적극적으로 돕고 싶었다.

'내가 만약에 황제가 될 수 있다면.'

황녀 스스로의 꿈을 이루기 위해서는 결국 황제가 되어야 했다. 황녀는 입술을 사리물었다.

'그렇다면, 이 제국을 그 누구보다도 아끼고 사랑할 수 있을 텐데……'

헛된 꿈임을 안다. 그럼에도 자신이 황제가 된다는 상상을 할 때마다 황녀는 제 심장이 두근거리며 뛰는 것을 느꼈다. 난 더욱 잘할 수 있을 텐데. 그렇게 생각하던 황녀는 숨을 삼켰다.

*　　*　　*

이번 사건은 론도 후작을 필두로 한 제도 귀족과 황제의 사이가 악화되는 데에 큰 일조를 했다. 무엇보다 귀족들은 황제가 자신들을 어떻게 생각하며 대하고 있는지 잘 알게 되었다.

언제든지 제국 밖으로 밀어낼 수 있는 체스 말 같은 존재들. 그런 대우가 기분 좋을 리 없었다.

"황제 폐하께서는 너무 독선적이십니다."

"귀족들을 어떻게 이렇게 무시하실 수 있는지……."

북부 귀족들은 물론이고, 제도 귀족들의 불만까지 차곡차곡 쌓이고 있었다. 그리고 그 와중에 공작가에서 편지가 날아들었다.

'폐하께서 북부를 제국에서 독립시키실 생각이시라면, 저희 또한 기꺼이 받아들이겠습니다.'

공작의 친서가 가진 내용은 곧 황제의 행동 여하에 따라 북부가 제국에서 떨어져 나갈 것이며, 왕작 또한 거머쥘 것을 시사했다. 발등에 불이 떨어진 쪽은 결국 황제가 되고 만 것이다.

"이런 오만불손한 작자 같으니라고!"

황제는 분을 못 이기고 고래고래 고함을 질렀다. 하지만 그럼에도 먼저 꺾여야 하는 쪽은 북부가 아닌 황가였다.

북부는 제도와의 문제를 견딜 수 있되, 제도는 북부와의 문제를 견딜 수 있는 힘이 없었기 때문이었다.

결국 황제는 세금 관련 조치를 거둬들이고, 직접 황제의 친서를 보내 북부를 달랬다. 어떻게든 하지 않으려는 황제를 설득해 낸 것은 론도 후작이었다.

"이대로 일이 진행된다면, 폐하께서는 정말로 북부를 잃게 됩니다."

그 조언에 황제는 울며 겨자 먹기로 고개를 끄덕였다. 어쨌든 북부가 정말로 왕작을 되찾으면 문제가 되는 쪽은 황가 측이었기 때문이었다.

그러나 황제의 친서까지 보냈음에도 북부는 상한 감정을 쉬이 풀어 주지 않았다. 결국 황가와 공작가 사이는 냉전 상태에 접어들고 말았다.

〈다음 권에 계속〉